U0510389

本书为十三五国家重点出版物出版规划项目

本书 1—10 卷获中国人民大学 2016 年度"建设世界一流大学（学科）和特色发展引导专项资金"资助出版。

本书 11—13 卷获中国人民大学科学研究基金（中央高校基金科研业务费专项资金）项目（12XNL007）资助出版。

李 今 主编
樊宇婷 编注

汉译文学序跋集

第十二卷

1936—1937

上海人民出版社

本书编委会

顾问：严家炎　朱金顺

策划：孙　郁　杨慧林　程光炜

主编：李　今

编委（按姓氏拼音排序）：

程光炜　李　今　马相武

孙民乐　孙　郁　王家新

姚　丹　杨慧林　杨联芬

杨庆祥　张洁宇

编务：樊宇婷　雷　超　刘　彬　陈雨泓

致谢和说明

大约 1999 年，因为参与了杨义先生主编的《二十世纪中国翻译文学史》的写作，我进入了一个方兴未艾的研究新领域。在搜集爬梳相关文献史料的过程中，我深深感到汉译文学作品的序跋对于认识翻译行为的发生、翻译方法及技巧的使用，对于不同时期中国面向世界的"拿来"选择，对于中国知识界如何在比较融合中西文化异同中重建现代文化新宗的艰难探索，都具有切实而重要的历史价值和意义。同时也体会到前辈方家编撰的工具书与史料集，如北京图书馆编的《民国时期总书目》，贾植芳、俞元桂主编的《中国现代文学总书目》嘉惠后学的无量功德。于是，编辑一套《汉译文学序跋集 1894—1949》，助益翻译文学研究的想法油然而生。但我也清楚，这样大型的文献史料集的整理汇印，没有一批踏实肯干的学人共同努力，没有充足的经费支持是难以实施的。

2006 年，我从中国现代文学馆调到中国人民大学文学院，曾和院领导谈起我的这一学术设想。让我感动的是，孙郁院长当场鼓励说，你若能完成就是具有标志性的成果，不用担心经费问题。后来出任人大副校长的杨慧林老师一直对此项研究给予默默的支持。我的学术设想能够获得学校项目的资助，是与他们的关心和支持分不开的。我先后招收的博士生、博士后让我有幸和他们结成工作团队。师生传承历来都是促进学术发展的有效传统，我对学生的要求即我的硕士导师朱金顺先生、博士导师严家炎先生给予我的教诲：见书（实物）为准，做实学。只因适逢当今电子图书数据库的普及与方便，我打了折扣，允准使用图书电子复制件，但要求时时警惕复制环节发生错误的可能性，只要有疑问一定查证实物。即使如此，《序跋集》收入的近 3000 篇文章都是各卷编者罗文军、张燕文、屠毅力、樊宇婷、刘彬、崔金丽、尚筱青、张佳伟一本本地查阅、复印或下载，又一篇篇地录入、反复校对、整理出来的。为了找到一本书的初版本，或确认难以辨识的字句，他们有时要跑上好几个图书馆。为做注释，编者们更是查阅了大量的资料文献。尤其是崔金丽在编撰期间身患重病，身体康复后仍热情不减，重新投入工作。从他们身上，我看到作为"学人"，最基本的"求知""求真""求实"的精神品质，也因此，我常说我和学生没有代沟。

　　本套丛书虽说是序跋集，但所收录的文章并未完全局限于严格意义上的序跋，也就是说，我们编辑的着眼点并不仅仅在于文体价值，还注重其时代信息的意义，希望能够从一个侧面最大限度地汇集起完整的历史文献史料。考虑到对作家作品的评价往往保存着鲜明的时代烙印，译者为推出译作有时会采用理论、评论、文学史等相关论说，以阐明其翻译意图与译作价值，因而译本附录的作家评传及其他文章也一并收入。

　　鉴于晚清民国时期外国作家、作品译名的不统一，译者笔名的多变，编者对作家、译者、译作做简要注释，正文若有原注则照录。其中对译作版本的注释主要依据版权页，并参考封面、扉页、正文的信息撰写。由于晚清民国初期出版体制正在形成过程中，版权页著录项目并不完备，特别是出版部门尚未分工细化，发行者、印刷者、个人都可能承担出版的责任，因而，对出版者的认定，容易产生歧义，出现由于选项不同，同一版本录成两个版本的错误。为避免于此，遇有难以判断，或信息重要的情况，会以引号标志，照录版权页内容。《序跋集》按照译作初版的时间顺序排列，如未见初版本，则根据《民国时期总书目·外国文学》《中国现代文学总书目·翻译文学》，并参考其他相关工具书及著述确定其初版时间排序。但录文所据版本会于文末明确标注。经过编者的多方搜求，整套丛书已从450万字又扩充了近200万字，计划分18卷出版。为方便查阅，各卷都附有"书名索引"和"作者索引",终卷编辑全书"《序跋集》书名索引"和"《序跋集》作者索引"。其他收录细则及文字处理方式详见凡例。

经过六七年的努力,《汉译文学序跋集1894—1949》第三辑即将面世,我和各卷的编者既感慨万千,又忐忑不安。尽管我们致力为学界提供一套可靠而完整的汉译文学序跋文献汇编,但时间以及我们能力的限制,讹漏之处在所难免,谨在此恳切求教于方家的指正与补遗,以便经过一定时间的积累出版补编本。此外,若有任何方面的问题都希望能与我取得联系(中国人民大学文学院)。

本套大型文献史料集能够出版,万万离不开研究与出版经费的持续投入,谨在此感谢中国人民大学及文学院学术委员会对这套丛书的看重和支持;感谢中国人民大学2016年度"建设世界一流大学(学科)和特色发展引导专项资金"支持了1—10卷的出版经费;感谢中国人民大学科学研究基金(中央高校基金科研业务费专项资金)项目(12XNL007)资助编撰研究费用和11—18卷的出版经费;感谢科研处的沃晓静和侯新立老师的积极支持和帮助。另外,还要特别感谢每当遇到疑难问题,我不时要叨扰、求教的严家炎、朱金顺老师,还有夏晓虹、解志熙老师,我们学院的梁坤老师帮助校对了文中的俄语部分;感谢各卷编注者兢兢业业,不辞辛苦地投入编撰工作;感谢在编辑过程中,雷超、樊宇婷、刘彬事无巨细地承担起各种编务事宜。感谢屠毅力对《序跋集》体例、版式、文字规范方面所进行的认真而细心的编辑。

总之,从该项目的设立、实施,到最后的出版环节,我作为主编一直充满着感恩的心情,处于天时、地利、人和的幸运感中。从事这一工作的整个过程,所经历的点点滴滴都已化为我美好的记忆,最后我想说的还是"感谢!"

李今

凡　例

一、本书所录汉译文学序跋，起 1936 年，终 1937 年。

二、收录范围：凡在这一时段出版的汉译文学单行本前后所附序跋、引言、评语等均予以收录。作品集内译者所作篇前小序和篇后附记均予以收录。原著序跋不收录，著者专为汉译本所作序跋收录。

三、文献来源：收录时尽量以原书初版本或其电子影印件为准。如据初版本外的其他版本或文集、资料集收录的，均注明录自版次、出处。

四、编录格式：以公元纪年为单位，各篇系于初版本出版时间排序，同一译作修订本或再版本新增序跋也一并归于初版本下系年。序跋标题为原书所有，则直录；若原书序跋无标题，加"[ ]"区别，按书前为 [序]，书后为 [跋]，篇前为 [小序]，篇后为 [附记] 格式标记。正文书名加页下注，说明译本所据原著信息，著者信息，译者信息及出版信息等。若原著名、著者原名不可考，则付阙如。

五、序跋作者：序跋作者名加页下注，考录其生卒年、字号、笔名、求学经历、文学经历、翻译成果等信息。凡不可确考而参引其他文献者，则注明引用出处。凡不可考者，则注明资料不详。在本书中多处出现的同一作者，一般只在首次出现时加以详注。若原序跋未署作者名，能确考者，则加"( )"区别，不能确考者则付阙如。

六、脱误处理：原文脱字处、不可辨认处，以"□"表示。原文误植处若能确考则直接改正，若不能完全确考则照录，并以"[ ]"标出改正字。部分常见异体字保留，部分不常见字则改为规范汉字，繁体字统一为通行简体字。原文无标点或旧式标点处，则皆改用新式标点。

　　七、注释中所涉外国人名、书名，其今译名一般以中国大百科全书出版社中文版《不列颠百科全书》《简明不列颠百科全书》等为依据。

目 录

1936 年

《小男儿》[①]

《小男儿》译序
郑晓沧 [②]

本书描写一个学校——也可说是一个"家庭"——许多有趣而且有益的生活状态，叙述十几个各式的"小男儿"——有敏捷的，有迟钝的；有安静的，有吵闹的；有俊美的，有丑陋的；也有一二个肢体上有缺陷的，——和几个个性不同的小女子，在"师父"和"师母"监护指导之下，知识日进，德行日新的情形。他们也有日课，也上课室，然而除此之外，他们的课程实在包括了一昼夜廿四小时的藏修息游，他们的课室遍及于"梅庄"的全部——园圃，工场，谷仓，膳堂，寝室等……以及"梅庄"以外他们足迹所及之处，他们所学习的，有诵读，计算，礼仪，自然却也有生产的劳作，尤其着重的是"做人之道"。总而言之，"这是一个'稀奇的学校'"，不过所纪

---

① 《小男儿》(*Little Men*)，长篇小说，美国露薏莎·奥尔珂德 (Louisa M. Alcott，今译路易沙·梅·奥尔科特，1832—1888) 著，郑晓沧译，译者自刊，生活书店总经售，1936 年 5 月初版。

② 郑晓沧 (1892—1979)，浙江海宁人。1912 年毕业于浙江高等学堂，考入北京清华学校，1914 年毕业后赴美留学。先入威斯康星大学，继入哥伦比亚大学师范学院专攻教育，1918 年学成归国。先后任教于南京高等师范学校、东南大学、浙江大学、杭州大学、浙江师范学院等。另译有奥尔珂德小说《小妇人》《好妻子》。

的事，却也不远乎人情，然而确又不是平凡，而常具有壮阔的波澜。

　　本书是著者美国露易沙奥尔珂德女士 Alcott，Louisa May，1832—1888 借以抒写其父亲的教育理想。她的父亲勃朗生奥尔珂德 Alcott，Amos Bronson，1799—1888 出身畎亩，有贤母教之诵读，悟性特强，酷嗜读书，顾以贫穷，只受极少的学校教育，后来流寓南方，贩卖以为生，每于夜分，辄往各世家披览其所储藏之书籍，学以大进。初在嘉夏 Cheshire，Conn. 办一小学，试行其新教育的见解，成绩卓著，因不容于顽固之人物，不久去位。嗣膺聘南至日耳曼镇 Germantown，Penn. 创办学校，因出资人忽不禄，事遂中辍，旋又北归，于波士顿地方，创办登百尔学校 Temple School，无论进德修业，一以启发为务，其同事如丕葆苔女士 Elisabeth Peabody（Palmer）及富拉女士 Margaret Fuller 后皆蜚声文坛者。远近闻风向慕，前来参观者踵相接，一时教育名家如贺兰斯孟 Horace Mann 及巴纳博士 Henry Barnard 等俱亟称之，哲学家爱默生尤深致其企仰。然反对者亦复不少，终以许一黑人进校受业，其余人家子弟相率引去，学校因以瓦解。[1] 其时英国文人马悌诺女士 Harriet Martineau 来美游历，归述印象笔之于书，对于登百尔学校多所讽刺，会英国有研究瑞士裴资德洛齐 Henry Pestalozzi，1746—1827 之教育学说者葛理扶斯 James Pierrepont Greaves，1777—1842 见之，以为此正裴氏之法，何图见于大西洋之彼岸，即与通信，大有相识恨晚之慨，即在海姆地方 Ham，Surrey 办一学校，而以奥尔珂德名之"The Alcott House"，并约奥氏赴英共同办理，渠应约而往，未及抵英而葛氏竟已作古，奥氏不久亦归国。[2] 贫甚，虽爱默生重其人，时加接济，然有时竟不得不从事樵苏以资糊

---

① 本段事实，多采自 Morrow，Honoré W. *The Father of Little Women*. 1925。——原注

② 见 Monroe，Walter S.：Alcott，Amos Bronson（Monroe，Paul：*Cyclopedia of Education*）。——原注

口，或远适他乡，一路演讲，亦可博得微资，暇则读书写作或与人讨论，中间曾一度担任康皋特 Concord，Mass. 教育局长，极为儿童所喜悦，但亦不久去职。氏之一生，艰苦备尝，箪瓢屡空，然自视宴如，盖其所重不在温饱而另有在。及其次女露薏莎所著《小妇人》（1868—1869）一书出，举世风靡，因得一清宿逋，仰事有资，其心大慰，而奥氏则已垂垂老矣，于是一意于哲学之探讨，主讲坛者数十年，至今言及康皋特学派 The Concord School of Philosophy 者总不能不令人忆及勃朗生奥尔珂德其人，盖彼实为美国哲学家史上有数之人物，所秉哲学颇具东方色彩，且亦兼有若干神秘的意味，① 然而其教育的理想又何其与新教育之原则多相吻合也！

著者自《小妇人》及其续篇（即《好妻子》）出世后，声名大震，写作酬酢，至以为苦，遂于一八七〇年携其四妹"艾美"赴欧洲旅行，以事休息而避烦嚣，翌年于罗马逆旅中惊闻其姊丈——"梅格"之夫"柏鲁客"先生——实即柏拉德先生 John Pratt——病逝，念孤儿寡妇，何以为生，遂奋然命笔，欲以稿费所得，稍资补助，不及半年，书已杀青。当其归国之日，舟抵纽约，其父与书局经理，坐一车往码头迎之，车上张一红布大横条，上题原书之名，盖原书即于是日在美国出版，未出版时，预定者且已五万本，露薏莎闻之，欣慰之情，自可想见矣②。

本书以去年春季开始移译，因系于课余抽暇为之，故进行殊缓，满拟于暑假中一鼓成之，无如以诸种专门义务之故，其后又因天气酷热，为数十年来所未有，遂未果如愿。至九月后，一病卧床八十余

① 见 Christy，A.：*The Orient in American Trancendentalism*．32 Columbia Univ. Press 原书未见，但知其重要代表，即为奥氏耳。——原注
② 本节材料见（1）Cheney，Ednah D.：*Louisa May Alcott，Her Life，Letters，and Journals*．1899 pp. 212—214，（2）Moses，Belle：*Louisa May Alcott*，1909，p.232 ff.，（3）Meigs，Cornelia：*Invincible Louisa*，1933，p.225。

日，吾病未痊愈而吾第三爱女珊英——"我的珮丝"——复又患病。译至《人间遗爱》一章甫毕，伊忽竟与世长辞。从各书坊知各地人士悬盼本书出版弥为殷切，频劳问讯，惭悚实多。哀痛之中，勉成卷帙。兹即于第十七章后，附以吾女珊英遗像并哀诗若干首以志予痛，凡曾于《小妇人》及《好妻子》认识珮丝之品格与其身世者，知必蒙予以同情者也。

拙译《小妇人》《好妻子》阅者年龄有自六七十岁以至国语程度较好之小学生。此书——《小男儿》——之对象，既多年龄较小之男女孩子，则小学生对之，自必更感兴趣，故予于文字上，亦特别留意，务为浅显，以期通晓而便普及。即在英美，小儿童类多先阅此书，然后再及《小妇人》。吾友浙大心理学教授黄翼博士，一邃于儿童心理与变态心理之学者也。前曾读原书数遍，称其颇合于心理健康之旨意。至其对于一般之教育原理，亦多相吻合。故凡有事于教育者——教员，师范生，及一般父母——从本书应可得到不少有益的启示，此固区区移译本书之所切望者。

移译时见有意义不能完全明了或确定者均随时录出，曾就教于美国艾女士 Lea B. Edgar，于一小时半中，蒙其逐一诠释，字里行间予以申说，疑义赖以确定，误解得以更正，感佩无已。译文全稿，复蒙吾友胡伦清先生穷数日之力，加以校阅，多所是正，感荷至深。又请吾师张阆声先生为签署书名，国立艺专雷教授圭元装帧绘图，滋阳张鹏霄女士于补白中插图多所辅助，同学王君承绪等相助整理，皆使我铭感不忘者，合并声明，以志谢忱。

民元二十四年夏晓沧序于杭州。

移译既竣，蒙申报馆商约自去年八月一日即儿童年开始之日起，以一部分先在报端发表，因得早与国人相见，且又多得一番整理，实为厚幸。印刷时承生活书店予以不少的助力与利便，亦深感篆。兹当全书将次观成，特志数语，藉鸣谢悃。

二十五年五月晓沧又识

——录自译者自刊 1936 年初版

《小男儿》凡例

（郑晓沧）

一、译本书时，仍抱向来对于译事的主张——即以我国的成语为忠实的移译，务使阅者不感艰窘而仍不失其本来的面目。

二、本书文字，力求浅显，以使小学生亦能阅览为度。但自然的修辞，仍所不废。

三、原书共凡二十一章，其《金鬈儿》一章，所含意识似觉可议，黄翼博士亦同此见解。故特为删去。又《驯马》一章，与我国情形较难适合，兹从割爱。

四、凡有不易为人了解而又不宜删改的，则于页边加按语以明来历。

五、孩子们的刁嘴话，亦于页边注出原义，但已见过者，则不再重注。

六、原文中以斜行字 Italics 排印的，即表明着重的字眼——特别在说话的时候，——在译文里则改以重模排印，所以遇到这样的字，读时须特别着重。

七、女性之她应读伊，中性之它应读佗，则于读给他人谛听时，听者亦可据以辨别。

八、裴夫人，有时又称蜀夫人，又小乔小梅称为蜀姨母，拂朗爱弥则称为蜀姑丈，当然都是一人，同样裴先生也有裴伯伯，弗力子姨丈等称，亦是一人。

九、读过《小妇人》《好妻子》的人，当然记得坦第（劳笠的小名）和珮丝，此处又复有小坦第（蜀的小儿子）和小珮丝（艾美的女儿——即"金鬈儿"）。此因西洋习惯常爱用已故亲族之名以资纪念，读者幸勿混淆。

十、一章之内，意义上略告一段落时，便空出一行而以。。。。。。。。。。。。。排印，这是原文所无。我的用意，一则眉目可更清楚些，一则阅者——尤其是青年阅者——可在此作一小停顿，在进行的途程中，略苏一喘息，然后再向前进。但各段间自有联络，每一章自成一系统，仍旧有它的中心意旨的。

……

虽然译来勉求精确，然而疏虞何可幸免？如蒙大雅指教，俾得免有错误，曷胜感祷。

译者并识

——录自译者自刊 1936 年初版

《马克白》[①]

《马克白》序
（梁实秋[②]）

一　著作年代

《马克白》大约是作于一六〇六年。证据如下：

---

① 《马克白》(*Macbeth*)，五幕悲剧。英国莎士比亚（William Shakespeare，1564—1616）著，梁实秋译述，中华教育文化基金董事会编译委员会编辑，上海商务印书馆 1936 年 6 月初版。

② 梁实秋（1903—1987），祖籍浙江杭县（今杭州），生于北京。1915 年入清华学校，1923 年毕业后赴美留学，先后进入哈佛大学研究院和哥伦比亚大学研究院。1926 年回国，先后任教于青岛大学、东南大学、北京大学等校。另译有 Emily Bronte 小说《咆哮山庄》(《呼啸山庄》)、奥利哀特（今译乔治·艾略特)《织工马南传》等，最重要贡献是毕其一生翻译出版了《莎士比亚全集》。

第一，莎士比亚的同时的一位医生，名叫福曼（Simon Forman），他留下了一部观剧的记事簿，标题为 *The Booke of Plaies and Notes Thereof*，里面记载着于一六一〇年四月二十日在环球剧院观看《马克白》，并略述其情节。这是一个重要的证据，证明《马克白》之写作至迟不得过于一六一〇年。

第二，从剧情方面考察，此剧当是一六〇三年以后的产物，因为一六〇三年是哲姆斯一世南下登极的那一年，而剧中情节有许多地方都是与哲姆斯一世登极后的情形有关，例如：全剧之苏格兰的风味，第四幕第一景中"二球三杖"之语，第四幕第三景中关于"瘰疬"的治疗。以及关于巫婆的穿插，等等。

《马克白》是作于一六一〇年与一六〇三年之间，是无可疑的了。

第三，在第二幕第三景里看门人的那段独白，我们可以发现更有力的证据，证明《马克白》是作于一六〇六年，因为在那段独白里提到了两件事，一件是关于"说双关语者"，当系暗指一六〇六年三月间耶稣会徒 Garnet 被控一案，一件是关于因谷贱伤农而自缢的事，亦当系暗指一六〇六年的丰收。

二　版本历史

《马克白》在莎士比亚生时没有付印过，一直到莎士比亚死后七年，即一六二三年，才被收进对折本的全集里。这本子的《马克白》，在文字方面，舛误甚多，有时将诗误排为散文，或任意割裂，不特音节凌乱，甚且意义毫无。此等舛误在第二版对折本（一六三二年）里改正了一些，有些后来经蒂拔尔德（Theobald）及其他校勘家改正，有些则至今仍成不可解的疑案。

第一版对折本之《马克白》大概已不是莎士比亚原作之本来面目，无疑的是已经受过相当的改动，惟改动至若何地步则不易确定。

有人以为是曾经弥德顿（Thomas Middleton）润色过的，并且说可以指明其中非莎氏原作的所在，F. G. Fleay 便是这一派的有力的代表。弥德顿在一六一五年至一六二四年间曾继莎士比亚之后为皇家剧团编剧，润改莎氏所作自然是在情理以内的事，不过若指剧中所有鄙陋粗拙之句为必非莎氏原笔，则亦未免近于武断。第一版对折本之《马克白》大约是根据了经过删割窜改过的"舞台本"而印的，故剧情有不联贯处，音节有割裂处。至于弥德顿与《马克白》间的关系，确切可以证明的是关于"妖婆"的那一部分。弥德顿所编《妖婆》（*The Witch*）一剧，是在一七七八年才被发现稿本的，著于何年不可确定，有人以为是作于《马克白》之前，有人以为在后。如系在前，则莎士比亚有抄袭之嫌；如系在后，则嫌在弥德顿，但此点可以不论，因无论其著作是在前在后，舞台本之《马克白》中关于妖婆的部分可以有被弥德顿窜动的可能，无论如何，第一版对折本之《马克白》多少必有弥德顿的成分，殆无疑义。

　　《马克白》在舞台上一向是受欢迎的。复辟时代的日记家皮泊斯于一六六四年至一六六八年之间就看过了《马克白》八次。不过到这时候《马克白》已变了样子，弥德顿的窜动仅仅是个开端，以后改动原作变成了风气，莎氏剧中往往被羼入大量的乐舞以取悦当时的观众，所以《马克白》几乎有变为"歌剧"的趋向，最能代表这种窜改风气的是莎士比亚的义子 Sin Wm. Davenant 于一六七四年编的本子。

三　故事来源

　　《马克白》的故事的纲领是采自何林塞（Raphael Holinshed）等所编著《英格兰与苏格兰史纪》（*Chronicle of England and Scotland*）。此书初刊于一五七七年，莎士比亚所根据的是一五八七年的再版改订本。《马克白》之历史的事迹差不多是完全取给于是。

莎士比亚不一定是第一个把《马克白》的故事编为戏剧的，在莎士比亚写《马克白》以前，这故事已经成为文学的材料了。一五九六年八月二十七日书业公会的登记簿上记载着《马克多白之歌》(*Ballad of Macdobeth*) 一项，而同时复记载着《驯悍记》。此《驯悍记》如为一戏剧之名，则《马克多白之歌》也许即是《马克白》之剧，不过我们究竟没有确实证据来判断所谓"歌"者是狭义的抑是广义的。无论在形式上为歌谣或戏剧，马克白的故事是早已在文学上出现了。

关于苏格兰的历史，在莎士比亚以前已有戏剧家发现了戏剧的材料。一五六七年掌管宫廷娱乐的官员曾有为《苏格兰王之悲剧》制背景的记载；一六〇二年亨斯娄（Henslowe）在日记上又有《苏格兰王玛尔孔》一剧之记载；与《马克白》中考道伯爵叛变相类似的一段故事（即 Gowry 之叛变），在一六〇四年亦已编为戏剧，一六〇五年秋间，哲姆斯一世偕后幸牛津，大学方面特于圣约翰学院大门前表演短剧以示欢迎，这短剧更是不容忽视的。这短剧的表演是先用拉丁文给国王听，后改用英文给王后及太子听。其内容大致是根据一群巫婆向班珂预言他的子孙将有帝王之分那一段事。三个大学生穿起预言家的袈裟装做巫婆的样子，突然走到哲姆斯面前，告诉他说他们即是当初向班珂做预言的巫婆，现在又回转来了。然后这三个大学生举起手来向哲姆斯敬礼高呼：

> 甲——敬礼了，你这统治苏格兰的王！
>
> 乙——敬礼了，你这统治英格兰的王！
>
> 丙——敬礼了，你这统治爱尔兰的王！
>
> 甲——法兰西给你以尊号，还有别的国土，万岁！
>
> 乙——不列颠向来分裂而今统一，万岁！

丙——不列颠、爱尔兰、法兰西的大皇帝，万岁！

莎士比亚的《马克白》里也正有类似的几行。这次大学表演的脚本当时曾以红绒装帧分赠诸亲贵，或者有一本是落在莎士比亚的手里。他看出从这一段表演里有编成一剧的可能，于是参照了何林塞的《史记》，《马克白》因而铺叙成篇了。

四　《马克白》的意义

《马克白》有什么意义？批评家的解释是不很一致的。约翰孙博士说："野心的危险在此剧中有很好的描写。"这是教训主义的看法。德国批评家是常有离奇的解释的，例如 H. Ulrici 说："《马克白》是超过一切的悲剧，莎士比亚在这剧中特别显明的拥护着基督教的情绪，及一切事物之基督教的观点。"如此看来，《马克白》好像是表现野蛮与文明的冲突；这观点之不合理，F. Kreyssig 驳斥得很清楚。大约近代的批评家全倾向于一种心理的解释，朗斯伯莱（Lounsbury）的批评可以算是一个代表的——

　　在《马克白》里，惩罚是加在那罪恶的丈夫和那罪恶的妻身上了。但这仅是附带着而来的结果，若当做了目的来看，则在全剧进展上并不占重要的地位。值得我们注意的是，罪恶一旦握着了一个人的灵魂，其逐渐使人变质的力量是如何伟大。这种力量在不同的性格上产生出不同的悲惨的效果，对于此种效果加以研究是非常饶有心理的与戏剧的意味的（《戏剧艺术家之莎士比亚》第四一五面）。

《马克白》的意义即在罪犯心理的描写，由野心，而犹豫，而坚决，而恐怖，而猜疑，而疯狂，这一串的心理变化，在这戏里都有了深刻的描写，这便是《马克白》的意义。

但是除了这本身的意义与价值以外，莎士比亚当初写这戏时或许尚有其他的用意，另有作用，简言之，莎士比亚之写《马克白》也许完全是为供奉内廷娱乐并且阿谀哲姆斯而作的，这一段经过也是不可不察的。

苏格兰王哲姆斯于一六〇三年南下创立斯图亚皇朝。一六〇六年初夏丹麦王拟赴英格兰拜访，消息传出，宫中为之耸动，开始准备各种娱乐以宴佳宾。丹麦王是哲姆斯的内弟，自然要格外款待的。丹麦王于七月十七日到英，住到八月十一日，其间欢宴无虚夕，这是有记载可考的。莎士比亚所隶属的剧团原是在哲姆斯保护之下的皇家剧团，召入内廷，献技三次。三次所演的是什么戏，虽然不得而知，但确知内中有一出是新的作品，大约即是《马克白》了。《马克白》颇有急就章的痕迹。Hunter 说："此剧颇似草稿性质，虽然不能说是未竣工的作品，但须修润引申之处甚多。"这说得很对。Bradley 教授亦曾指陈，《马克白》仅有一九九三行，而《李尔王》则有三二九八行，《奥塞罗》则有三二二四行，《哈姆雷特》则有三九二四行，可见《马克白》必非为公众剧院而作，必是为私家或宫廷而写。Dowden 亦赞同此说。

《马克白》是含有多量的对于哲姆斯的阿谀。第四幕第一景所表演的"八王幻景"，以及第四幕第三景中"瘰疬"治疗的一段之被羼入，这都是明显的逢迎君主的铁证，但最足以使哲姆斯心满意足的一笔，则无过于关于妖巫的那些描写。哲姆斯一世是一个极迷信的人，他深信世上真有所谓巫蛊那样的东西。他于一五八九年赴丹麦就婚，翌年归国，往返均遭风浪，以为巫婆作祟，遂大捕国内无辜老妪，内有一妪熬刑不过竟屈承"曾会同妖婆二百余人……乘筛入海……希图倾覆王舟"等语，于是株连益众。鞫讯之日，哲姆斯亲临观审，并且特制刑具以为拷打之用。（详见一五九一年《苏格兰纪闻》一书）审讯结果，全体被逼招供，处以绞刑，复焚其尸骸。一五九四年有名斯考特者刊印小册，题为《巫术的真相》（*Discorie of Witchcraft*）力斥巫术为迷信之谈，哲姆斯大忿，亲撰《妖怪学》（*Demonologie*）一书以辟之，刊于一五九七年，此书在他登极时在伦敦是很流行的。第一次国会开会后八日就通过了严惩巫蛊的法律，斯考特的小册且悬为禁书。可见莎士比亚在《马克白》中引入大量的巫术描写，无疑的是为迎合哲姆斯的心理。

　　莎士比亚写《马克白》原是为供皇室娱乐，故内中杂以阿谀奉承之笔，然而这并无损于此剧的价值。此剧不仅奉承了哲姆斯，三百年来已供给了无数的观众以享乐，此剧原来之贵族的色彩早已随着历史而消失其重要了。巫术的描写，在当初是剧中重要的一部，但就我们现在看来，重要的是描写犯罪心理的部分。

——录自商务印书馆 1936 年初版

《马克白》例言
（梁实秋）

　　（一）译文根据的是牛津本，W. J. Craig 编，牛津大学出版部印行。莎士比亚的版本问题是很繁复的。完全依照"第一对折本"（First Folio）不是一个好的政策，因为"四开本"往往有优于"对折本"的地方。若是参照"四开本"与"对折本"而自己的酌量取舍另为编纂，则事实上无此需要，因早已有无数的批评家从事这种编纂的工作。剑桥本与牛津本便是此种近代编本中最优美流行的两种。牛津本定价廉，取携带便，应用广，故采用之。

　　（二）牛津本附有字汇，但无注释，译时曾参看其他有注释的版本多种，如 Furness 的集注本，Arden Edition 以及各种学校通用的教科本。因为广为参考注释的原故，译文中免去了不少的舛误。

（三）莎士比亚的原文大部分是"无韵诗"(Blank verse)，小部分是散文，更小部分是"押韵的排偶体"(Rhymed couplet)。凡原文为"押韵的排偶体"之处，译文即用白话韵语，以存其旧，因此等押韵之处均各有其特殊之作用，或表示其为下场前最后之一语，或表示其为一景之煞尾，或表示其为具有格言之性质，等等。凡原文为散文，则仍译为散文；凡原文为"无韵诗"体，则亦译为散文。因为"无韵诗"，中文根本无此体裁；莎士比亚之运用"无韵诗"体亦甚为自由，实已接近散文，不过节奏较散文稍为齐整；莎士比亚戏剧在舞台上，演员并不咿呀吟诵，"无韵诗"亦读若散文一般。所以译文一以散文为主，求其能达原意，至于原文节奏声调之美，则译者力有未逮，未能传达其万一，惟读者谅之。原文中之歌谣唱词，悉以白话韵语译之。

（四）原文晦涩难解之处所在多有，译文则酌采一家之说，虽皆各有所本，然不暇一一注明出处。原文多"双关语"(pun)，苦难移译，可译者则勉强译之，否则只酌译字面之一义而遗其"双关"之意义。原文多猥亵语，悉照译，以存其真。

（五）注释若干则附于卷末，不求丰赡，仅就非解释则译文不易被人明了之处略为说明，系为帮助不解原文者了解译文之用，不是为供通家参考。卷首短序，亦仅叙述各剧之史实并略阐说其意义。

——录自商务印书馆 1936 年初版

《新娘礼服》①

《新娘礼服》原著者为中译本所作序

刘季伯②

我得悉拙著《新娘礼服》将与中国读书界相见，心中未免有点受宠若惊之感。中国底文化基础是那么厚固悠久，其文学又是那么高超伟大，我们幼稚的北欧文学在他们底眼中渺乎其小，想系当然之事。不过，凡是真正的文化，常具宽容的精神，因此我所期望于中国诸位读者的，宁在大处着眼于拙著或可具有的一二长处，而不在注意那许多的缺点。

我于阅读任何中国文学底西欧译籍时，尝获得衷心的喜悦，因而希望将来能有机缘更深刻地认识中国及其人民。我深信我们北欧人民可从中华诸人士获得很多的教益，虽则这辽远的距离阻碍了我们之间较密切的关联。我抱着一种愿望，想使北欧人民对优良的中国文学有日益深刻的认识。③ 此间对于亚洲诸国求得透澈的了解的欲望，现方增长不已，这消息也许是大家所乐闻的吧。我敢断言，唯我们这极北小岛上的居民最能明了"四海之内皆兄弟也"这一句话底意义。④ 我

---

① 《新娘礼服》（*The Bridal Gown*），中篇小说。冰岛古德孟孙（K. Gudmundsson，今译格维兹门松，1901—1983）著，唐旭之译述，"世界文学名著"丛书之一，上海商务印书馆 1936 年 6 月初版。

② 刘季伯（1910—1984），原名刘应明，字季伯。湖南邵阳人。毕业于厦门大学教育学院教育行政学系，曾任教于福建省立师范学校（闽师），后出任福建省田粮处人事室主任，福建省训练团教育长。1949 年后赴香港，曾任《星岛日报》主笔，香港《大公报》编务主任。著有杂文集《新译余漫谈》，与孙贵定合译 J. C. Flügel《服装心理学》。

③ 据孙贵定夫人云，古德孟孙先生现方准备将鲁迅先生底《阿 Q 正传》转译成挪威文。——原注

④ 布克（P. S. Buck）夫人英译的《水浒》名叫 *All Men are Brethren*，意思就是"四海之内皆兄弟也"；本文当即据此。——原注

们既然都是兄弟和姊妹，所以必须互求认识，互求了解。愿此光明之日赶快到临。

克礼斯曼·古德孟孙

一九三五年八月二十三日，

冰岛，雷克雅未克。

——录自商务印书馆 1936 年初版

《新娘礼服》孙贵定夫人对于本书的介绍
刘季伯

克礼斯曼·古德孟孙是一个冰岛人，中国人对冰岛是极生疏的，因此在这儿略述其历史和地理不会是不合时宜的吧。

冰岛是欧洲第二个大岛，位居北大西洋。境内多山，并有许多火山和温泉，温泉以洁西尔（Geysir）为最著名，以致全世界其他各处的温泉都有"洁西尔"之称。洁西尔喷着许多大股近沸点的水，直射空中，有百许尺高。在夏天，太阳整星期照耀着岛底北部，不见沉落七八月之间，夜晚常是光明如昼，可以在午夜读书，而无须借助灯光。冬季的夜则黑暗而且悠长，但又有满天闪烁的北极光把它们照亮了。

千余年前，北欧人（Norse）始定居于冰岛。许多贵族反抗美发哈纳德（Harald Fairhair，统治挪威为联合王国的第一任国王）底约束，所以带了他们底家人，扬帆而至当时新发现的这个岛上，以求他们所最珍贵的自由。如今冰岛底语言大致仍旧与那时全北欧所用的语言相同。最初它被称做北欧语，但以后，"冰岛语"这一名词却更为世人所知。它底语言和文法构造与盎格罗撒克逊语有密接的关系。十二十三世纪，全欧洲只有冰岛人是用本国文著书的；而冰岛文学底菁华也即从那个时代开始。

冰岛人民大都智力甚高，而且受过优良的教育，文盲是绝迹的。印刷物，每年所出版的书籍杂志，以及学校和高等学术机关，其数目之巨，远过于全岛区区十万人民底比例。

冰岛是一个自治的国家，其人民之守法，在欧洲为首屈一指，——全岛上仅有一所监狱，并且往往没有犯人关进去，只此一例，便可概见其余了。五年前，冰岛曾举行过国会底千年纪念，这在全世界上据说是最老的立法团体。

以下当讲一讲作者了。古德孟孙先生是挪威国王美发哈纳德和本国许多贵族底后裔。他底祖父在他十一岁时弃了世，从那时起，他便不得不果敢地面对人世，而单人只手去开辟自己底生路。篇幅有限，他早年的奋斗经过势难在此作详细的叙述。所须说明的只是他在二十二岁那年发表了他底第一部作品，是用挪威文写的，不是用本国文，当时他于挪威文字盖已能充分地运用。次年，出版"新娘礼服"；自此之后，每年有一部小说自他那支多产的笔下发表出来。我们底作者早岁曾如何与大相悬殊的势力挣扎，后来如何成功而赢得斯干底那维亚最受称扬的文人之一底声誉，说起来确是能令人鼓舞兴奋的。他底作品业已被译成二十种不同的文字。挪威人欢呼他为一个伟大的作家，他底同国人则叹惜他没用冰岛文为表现底工具。

就古德孟孙先生论古德孟孙先生，我们发现他底材料多半取自他底本乡。他所有作品中的人物都是用绝大的精力写成的；他对于人性观察的深刻和对于读者影响的高尚，全可由这些人物证明。就是偶然取他底任何一部小说一读，也能令人确信他底精神创造具有现实底痕迹，而且以血肉之躯显现出来，在读者底记忆中久存不灭。他之能撼动人们底心弦，受举世底喜悦，其秘密即在于此。

——录自商务印书馆 1936 年初版

《新娘礼服》译后记

唐旭之 [1]

我翻译这部小说，最初是因为受了孙贵定夫人（Mrs. Oddny E. Sen）底嘱托。孙夫人是冰岛人，自与孙博士结褵之后，即与中国发生了密切的关系。她居住在中国已有多年。然而，一般地说，冰岛和中国是非常疏隔的。除了冰和雪外，对于冰岛，我们大部分人不能更有何种正确的想象。这确是一种亟应改善的情形。因此，使两国之间互相了解而发生联系，乃自然地成了孙夫人最迫切的一个希望。

曾以半生精力从事于沟通东西文化的小泉八云（Lafcadio Hearn）有言，欲使种原习俗各异的民族互相了解（感情即建立在彼此的了解之上），最善的工具莫过于文学。这道理，我想明眼的读者定能领会。冰岛底文学，我们差不多一无所知。留心文学的人自然知道冰岛有过极丰富极壮丽的英雄诗和古事记（Edda and Saga），但于现代的冰岛文学仍很生疏。那末，《新娘礼服》(The Bridal Gown) 被介绍到中国来，应当不是无意义的，——虽然我底力量是如此薄弱不称。

古德孟孙是当今冰岛作家中最负盛誉的一个，目前似乎还不上四十岁，所以日后的发展更值得世人底注意。因孙夫人底介绍，他特为拙译写了一篇深自谦抑的序文，这令我于感激之中增加了惭愧。我所略可告慰的只是我未尝吝惜自己底微力而已。至于《新娘礼服》底

---

[1] 唐旭之（1911—1968），湖南新邵人。1930 年曾在北新书局从事编辑、撰稿工作，后曾任邵阳《力报》主笔、《观察日报》编辑。另译有阿胥（Sholem Asch）剧本《复仇神》，玛加列特·格拉斯哥等著《在和平劳动之国——外国工人在苏联工作和生活的自述》。

伟大（我觉得我确未用错了形容词），是显明可观的。这是一部真正的农村"史诗"。边恩·衣斯来福生乃是一个过渡的人物，最后，他归属了旧的世代。新的天下是司谷尔和科尔芬娜——新生世代底代表——底。故《新娘礼服》是一部光明的书。新的世代如何地长大，训练，如何地斗争，作者处理得异常巧妙。情形也很复杂，而爱情和嫉妒则是其中的线索。人物，从哈尔盖都和她底挂名丈夫托夫，以至老头子克利斯祥，莫不鲜明而且真实；始终未正式登过场的西格嫩，那静默而且温和的已死少妇，则尤有力地显现在个个人底心目之中。作者又长于景物底描写。冰冻的月夜，薄暮的幽谷，夏日的牧场，风雪漫天的高山，无不可爱。我们可以时时觉得那灿烂的北极光在眼前闪烁。

但是，我不幸于斯干底那维亚文字一无所知，我所依据的是 O. F. Theis 底英译本（一九三一年纽约 Cosmopolitan Book Corporation 出版）。这定已减损了原著不少的精彩。如有博雅君子不吝赐教，是至为欢迎的。

孙夫人既供给了原书，复代向原著者索序，而又不辞劳瘁，另写了一篇美丽的介绍文，使我们对冰岛有更深的认识；我底感激殊非几句空言所能表达。此外，书中的注释亦大部分是依据孙夫人底指示。

此书译时承朱伯青先生辨释疑难，译后承孙蔚深（贵定）先生校正讹误，又承老友刘季伯先生代译两篇序文，均此敬致谢忱。

　　　　　　　　　　一九三五年十二月三十一日，

　　　　　　　　　　唐旭之记，时客居长沙香圖里。

　　　　　　　　　　——录自商务印书馆 1936 年初版

《司汤达小说集》 [①]

《司汤达小说集》司汤达

李健吾 [②]

司汤达（Stendhal 一七八三——一八四二）的真名姓是亨利·白勒（Henri Beyle）。他是法国东南格濡劳布（Grenoble）人，但是他最恨他的故乡。他著述的范围广极了，然而发表的少极了，或者不如说，活着的时候，就没有多少人注意到他。他崇拜拿破仑，跟他打仗，到过莫斯科，然而他记载下好些小事讥诮他。拿破仑失败以后，他不高兴做旧王室的官，跑到他心爱的意大利，特别是米兰——在他的遗嘱上，他写好了自己是米兰人，而且说他"活过，写过，爱过"。他真够得上这六个字。不幸是，他活着，没有人重用他；他写书，没有人誉扬他；他爱了不少女人，没有女人爱他。他做了一辈子官，在意大利一个小城做了好些年领事，写了好几部没有问世的自传，最后中了风，一跤摔在外交部门口死掉。

人人都嫌他胖，怪，然而没有人体会他多么深刻，多么笔直打进事物的灵魂。他不幸又生在一个浪漫主义风靡的时代。他是一个传统的作家，然而给自己辟了一条新路。他承继的是百科辞典学

---

① 《司汤达小说集》，法国司汤达（Stendhal，又译斯丹达尔，1783—1842）著，李健吾译，"世界文库"丛书之一，上海生活书店 1936 年 6 月初版。

② 李健吾（1906—1982），笔名刘西渭，山西运城人。1925 年考入清华大学。文学研究会成员。1931 年赴法国巴黎现代语言专修学校，开始研究福楼拜。1933 年回国，任职于中华文化教育基金董事会编辑委员会、暨南大学、上海孔德研究所等。另译有法国福楼拜小说《圣安东的诱惑》《包法利夫人》《情感教育》、罗曼·罗兰剧本《爱与死的搏斗》、俄国契诃夫《契诃夫独幕剧集》等。

派，推重的是理智；他是第一个把观念论具体化到小说的世界。他
有的是热情，然而他爱的是推敲热情。这正是他和雨果之群冲突的
地方。他非常同情浪漫主义，还替他们下了一个定义，怕是最早的一
个定义，就是："浪漫主义是把文学作品呈给人们的艺术，无论他们
习惯和信仰的实际情形如何，这些作品可以供给他们最可能的愉快。"
这定义怕没有一个浪漫主义者肯来接受。反正他爱莎士比亚，却是
真的。

　　他的作品，犹如他的性格，是一种奇怪的组合。一方面是十八世
纪的形式，方法，叙述，文笔，然而一方面是十九世纪初叶缅怀中古
世纪与异域的心情，材料，故事，情感。这两种揉在一起，做成他观
察与分析的根据。这就是为什么，他落了个四面八方不讨好。他用法
典做他文笔的楷模；他不喜欢描写风景——所以他不是承继卢骚，而
是承继第德罗；他不用辞藻，根本他就不修辞，反对修改，因为修改
等于作伪；但是他的人的趣味和立场战胜了他一切仇敌。他往里看；
他不要浮光；他探求真理——人生的究竟。而且他很可爱，用他自己
做他研究的对象。

　　他生时最大的文学的荣誉，是巴尔札克（实际是他的晚辈）写了
一篇文章恭维他的《巴穆外史》。此外没有一个人提到他，圣佩夫只
推重他的外交才干。但是他很自负，每部书后他都写上一句"献与少
数的有福人"，还是用英文写的。他预言一八八〇年会有人看他的书，
其后改了口，大约是不放心罢，说一九三五年他会成名的。和他做爱
一样，他这次推算错了，因为一八五〇年他就变成了一群少年的神
圣。浪漫的热潮退了，现在该用得着冷静的头脑了，于是司汤达现出
了不烂的金身。

　　他是近代心理小说的大师，如若不是祖师。他的两部著名的长篇
小说：《红与黑》，《巴穆外史》，是人人知道的。他很少自己意拟一部
小说的事实；他缺乏相当的想象。他的小说差不多全有来源。没有来

源的，他很少写完了的。但是经过他的安排，布置，扩展，加上他自身的经验，没有一部作品到了他手上不是富有独创性的。他是一个出名的文抄公，然而他因而永生。在他的作品里面，尤其能表现他的性格与喜好的，是他的短篇小说。和他的长篇小说一样，这自成一派。这些短篇小说，大部分采自十六世纪意大利的传说——因为一八三三年他买到十二大本意大利小故事稿本供他使用。其后他死了，由麦瑞麦介绍，重新卖给国家图书馆保存。现在我译的这一篇《迷药》(*Le Philtre*)，是一八三〇年在 *Dodecaton* 二卷上发表的，其后别人收进一八六九年的《文艺丛谈》(*Mélanges*)，又经人收在五版的《意大利平话》(*Chroniques Italiennes*)。

　　这篇故事的男主人公李耶放，一个年轻的中尉，几乎写的就是司汤达自己或者向往的神情。我们前面说过，司汤达注意的是心理的发展，这篇正是一个很好的例子。他一点不留心技巧，有时反而忽略，例如，他先说"不幸近一个月以来"，女主人公才得到丈夫的允许去听戏，跳过几段，就是"差不多两个月了罢"，他们正要看戏去。而且他绝不注意文法。好在中文的文法不像法文那样严密，中文的读者也就用不着说他文章组疏。但是，我们总该佩服他行文的舒畅，除非是我译坏了，失掉他那种自自然然的味儿。

李健吾　　四月

——录自生活书店 1936 年初版

《司汤达小说集》译者附言
（李健吾）

　　在司汤达的《意大利平话》之中，《贾司陶的女住持》*L'Abbesse de Castro* 比较最长，也最著名。因之，书局有时不用《意大利平话》，而用《贾司陶的女住持》代表其余的短篇小说，做为全部的书名。一八三九年二月三月，《贾司陶的女住持》分两期在《两世界杂志》发表。

　　司汤达是一个把爱情当做对象来研究的心理作家。在爱情里面，他最看重的是热情爱，而这种热情爱表现的最真挚的，又只有中世纪的意大利或者西班牙。《贾司陶的女住持》便是一个有所证明的动人的实例，在这里作者告诉我们"一种我们会觉得可笑的爱情，如若我们在一八三九年遇到；我是说热情爱，含有伟大的牺牲，生存于神秘的氤氲，永久和最可怕的不幸为邻"。热情爱是一种精神的冒险。爱得那样深，男或女相见了会要挣搩的。危险不唯不能减低，反而增高他们的爱情。在这篇故事里，作者又说："危险夺去那年轻女孩子的懊悔。有时也真危险万分；但是这更加燃起他们两颗心来，所有来自爱情的感觉，对于他们全是幸福。"这正好证明作者关于爱情的定义道："爱情是朵可爱的花，然而得有勇气到可怕的绝崖边儿上采摘。"

　　看到作者的《箱中人》，朋友和我讲，这很像唐人小说。他的意思是指作者注重故事，一种传奇式的曲折。唐人小说属于纯粹的传奇。但是，对于司汤达，传奇的性质只是一个方便，或者一种证明罢了。证明什么呢？证明力的存在。力！犹如郎松 Lauson 说得好，"力的研究是司汤达小说的灵魂"。司汤达说他有意采用"我们旧日民间传说的风格"，同时他故意卖弄风姿，犹如民间传说，把错推到天命："然而上天却要另一个作法。"实际，扯破他的障眼法，我们马上明白，力是这里一切的底基。这种力，一种野蛮而热情的勇往直前，是唐人小说轻易看不见的一个东西。生在今日颓废时期的中国人。司汤达正好是一付补剂。

译者附言
——录自生活书店 1936 年初版

《巴比塞选集》 [1]

《巴比塞选集》巴比塞的作品考
沈起予 [2]

巴比塞是一个多作的文学家，而且也与现在各国的许多作家一样，前后的倾向，完全是迥然相异的，所以叙述他的作品时，既不能将他的每个作品抽出来论，而分期提要的工作，则是不可少的事情。现在据他的思想的变迁，将他的作品分别为三期来看罢。

最初的巴比塞是一个在 Salon 内追求妇人的象征诗人，所以他最初问世的作品，自然是题名为《哭泣人》(*Pleureuses*) 的一部诗集。这部诗集内面的作品，系彼成于十八岁及二十岁之间，其内显然有维尔伦（Panl Terlaine [Paul Verlaine]）一辈的倾向。现在我们将其中题为《信》(*Ru Rettre* [*La lettre*]) 的一首举出想将来读他的散文作品者，（闻他的《光明》也有人译出，《炮火》亦有在着手翻译）也是乐于知道纪念这位伟大的作者的第一部作品之内容一般的。

> 我写信给你灯火在傍面。
> 时钟等着似地缓缓步行；
> 我无疑地要合上我的双眼，
> 来梦寐着我们，我们两人。

---

① 《巴比塞选集》，散文小说合集，法国巴比塞（H. Barbusse，1873—1935）著，陆从道编，上海群众图书公司 1936 年 6 月初版。
② 沈起予（1903—1970），又名沈绮雨，四川巴县人。1920 年留学日本，后入京都帝国大学专攻文学，1927 年回国。后参加创造社、"左联"。译有法国泰勒文艺理论《艺术哲学》、法国罗曼·罗兰剧本《狼群》、日本鹿地亘报告文学《叛逆者之歌》《我们七个人》、苏联胡理契《欧洲文学发展史》等。

灯火温寂而我则狂热；

听得的只有，只有你的声音……

你的芳名在我的唇上微笑

你的爱抚留在我的指心

我浸润着我们近来的甘柔；

可怜的你的心啜泣于我心；

在这半梦的境下，我怎能知

写信的是我，抑或是你自身……

LA LETTRE

Je t'écris, et la lampe écoute.

L'horloge attend à petits coups；

Je vais fermer les yeux sans doute

Et je vais m'endormir en nous...

La lampe est douce et j'ai la fièvre；

On n'entend que ta voix, ta voix...

J'ai ton nom qui rit sur ma lèvre

Et ta caresse est dans mes doigts.

J'ai notre douceur de naguère；

Ton pauvre cœur sanglote en moi；

Et mi-rôvant, je ne sais guère

Si c'est moi qui t'écris, ou toi...

这部诗集，内分《过去的弥萨》(*Messe du passé*)，《古梦》(*pres uieux*［*Très vieux rêves*］)，《飨宴之夜》(*Le soiren fete*［*Le soir en fête*］)，《事物》(*Les choses*)，《灯》(*La lampe*)，《恨》(*Ra haine*)，《贫者的静默》(*Le silence despauvres*) 等各部，其中虽已有许多被介绍到英美及日本各国，但在诗人济济的法国诗坛上，自然算不得是占重心的作品。

以后的巴比塞，已经不是诗人了。除了在几个什志上写了些戏剧的批评而外，亦曾作过许多短篇，但是都没有出色的作品出现。

在创作《哭泣者》的前后，正是前世纪末一八九八年，法国喧闹 Dreyfus 将军卖国事件的时候。这个有名的事件，使法国文坛亦沸腾为两派，左拉（Emile Zola）起来告发，法郎士（A. France）亦起来喧叫正义，当时的一般的思想者，虽是无意识的，但已有许多开始感觉资本主义组织的矛盾及社会的不合理而憎恨战争了。

我们的青年巴比塞，其动机虽不能说是为的这个事件，但至少是逃不出当时的客观环境的影响的。Salon 的诗人，渐次把眼放到社会上去，对于真实的人生，起了极端的怀疑，这个怀疑期实是决定他今日的一个重要的出发点，而为巴比塞之文艺生活的第二期。

在这个时期的重要作品，就是一九〇八年所作的《地狱》(*Lenfer*［*L'enfer*］)。在这部作品内面他详细地观察了人生的百态——但他还是只见得个人的内部——恋爱，奸通，生死，艺术，宗教，丑与美等。

《地狱》与巴比塞的其他许多的作品一样，主人公是一个极平凡的人，而用第一人称来叙述的。在巴黎的某银行中得着一个位置的三十岁的主人公，遂欲改换他的生活而开始反省一切。他的过去，死的观念，恋爱的牧歌，他都梦想地追索着，但有一天因为隔室（主人公是住在公寓内面）的歌声，诱惑他发现了他的卧室的壁上有一个小孔来。构成这部小说的全内容就是主人公从这个小孔偷看邻室所发生的事实，亦可说这时巴比塞的观察社会人生，亦是坐在书斋内从小孔中看出去罢了。

主人公第一次见着的阿妈（La Bonne）。他初见着那种劳动污秽的身体时，他感觉不快，但及见着她颤栗地从怀内取出信来接吻时，他遂感觉这其中含有崇高的畏敬，及无限者的来到（D'infini est arriue），而以为省察此事是无上的美了。

第二次所见的，是两个幼孩的狂热的初恋；主人公遂感觉自身的过去成了废墟，自身的初恋已经忘却，因而感叹"小孩们的真新的爱情也会有忘失时，他们两心的热烈的前进，将会破坏他们的这个前奏曲"（Apres'ils l, oublieront；les proyres urgents de leurs peurs viendidront delruire ces preludes [Après, ils l'oublieront；les progrès urgents de leurs cœurs viendront détruire ces préludes.]）这种爱之无常遂成了主人公的恋爱的真理，所以他说："我偷窃了，但我得出了真理"（J'ai vole，mais J'ai sauve re la verite [J'ai volé，mais j'ai sauvé de la vérité]）。巴比塞的这个真理，在第三次的小孔窥见中证明出来。

这回是通奸。奸妇因为感觉与自己的丈夫之共同生活之单调无聊，而欲以奸通来打破这种"以时间来自杀"的生活。奸夫受了这种诱惑而亦贪恋奸妇的肉体起来。但他们在邻室偷会的时候，主人公见着男子只有追求初次通情的场面来征服女子，女子则只有说"我们是在作买卖，你给我以梦想，我给我 [你] 以快乐，但这都不是恋爱"。

第四次窥见的，是奸妇与她的丈夫。丈夫对于他的妻子的浓艳的肉色的诱惑是毫感不出趣味，而待妻子出外后，则想狂热地搂着污秽的女仆接吻。主人公对于这个现象的解释，以为这是人有一种"欲占有自身之所无"的永远的观念而演绎到"吾人自身以外之物，其实许多都是在吾人自身以内"的一个抽象的"秘诀"来。在此我们可以知道巴比塞对于这种有闲者的为说出无聊地（Ennuyeusement）生活的游戏，还不能下一种正确的批评。

以后又是见着奸妇与她的情人的场面。情妇因为感觉时间的经过，爱的变迁，一切的幻灭，而啼哭地憧憬着"最初一次"（Oh! La premiere fois!）想"逃脱脸上的绉纹"（Fuir la filet des rides!）因之更想追求一种永恒的绝对的情人安慰她说："我们的所言所想及所信，都是架空的。我们什么也不知道，什么也没有确实的地盘。"并且最后捉住女子的"别的一切都可以否定，但谁能否定我们的乞求的悲惨呢？"的一语时，遂承认"这就是世界中唯一的绝对物"，因而演绎出"绝对物就是我们自身"，"只有我们才是永续的"。情人说了"天国即是此生"（Le paradis C'est la vie）时，遂把他的情妇的质问答复下去了。

从结构上说来，以上可以说是《地狱》的前部。后部上的事实，则系一个濒死的有钱的老人和他所扶持起来的一个贫女子（这是另有恋人的）的恋爱的葛藤，中间参加进去两个思想不同的医生的谈论，及老人濒死时的牧师的虚伪，以及另外一个妊娠妇人的产生婴儿的场面。但无出发点的主人公对于他所见的一切的纠葛，仍然无所刻断，而最后的结果，则只得一个"无"字（Rien）。

在《地狱》中，巴比塞怀疑地观察了人生的百态；但不曾出书斋去观察，不从左右人生的社会上去观察，他的观念的结论只是：

> 我相信在我们的周围只有一个字——一个取消我们的寂寥，露出我们的光辉的伟大的字，这个字就是"无"。我相信它不是指明我们的虚无及我们的不幸，反而是指明我们的实在及我们的神圣，这因为一切都是在我内面的原故。

自然，我们可以见得巴比塞的无，是与其他的虚无不同。在此他已与其他的逍遥于花园森林中，而仅将其所得的强烈色香放散与读者的许多法国作家相异，现在的人生是他怀疑的对象了。

分割殖民地不均而起之世界大战爆发，巴比塞出书斋而观察社会之机会来了。他亲身去参加大战，他亲身去出入于"炮火"之下，因而他才知道了社会的机构，知道了近代国家，知道祖国了。这在他其后的名著《光明》中可以充分地看得出来。他说："战争是大众的——但又不是大众的。有另外一种人，拿着操纵大众的线索的人，在制御大众的手，在使大众冲前后退的……这些人远住在首府，住在宫殿。有最高的法律，有比人还强的机关。"

不过他这次的体验的结晶，还是比较《光明》先出的杰作——《炮火》（*Le feu*）

《炮火》与雷马克的《西线无战事》一样，同是站在反战争的立场上来描写帝国主义战争之残酷的。巴比塞之第三期作品，实始于这部小说，其内容共分二十四章，而都似一个分队中所发生的事件，故入题为《一个分队的日记》（*Journal d'une Escouade*）。《西线无战事》既有中文译本，现在我们把《炮火》的内容略为介绍而与前者相比较来看，亦是一个有意义的事。

《炮火》的构成：

（一）幻影（La vision）——突然的开战，似幻影一样地出现。

（二）地下（Dans la terre）——屯驻于地下的一分队之介绍。

（三）退下来（La descente）——这是描写由第一线退回来的军队之状况。

（四）Volpatte 和 Fouillade——这是被遗留在第一线上而不知交代的两个兵士。

（五）营舍（L'Asila）——这是描写兵士们征取宿舍而招乡人忌恨者。

（六）习惯（L'Abitude［Habitudes］）——战争一时中止，人怀着和平快来的光景。

（七）乘车（Embarquement）——战争又爆发了，全军集合的状态，兵士皆抱不安。

（八）准假（La permission）——这是一段插话；一个兵士虽得假回家，但仅得见妻之面，竟不得有同衾的时间。

（九）悲愤（La grand calsre［La Grande Colère］）——这是后方勤务之里面，描写军队中的善别。

（十）Argoval——这是描写一个兵士由第一线勤务偷回兵营而遂遭枪毙。

（十一）犬（La chien）——兵士想喝酒而无钱之苦状。

（十二）La portique（大悟）——一个名 Patertoo 的兵士。受敌兵的好意，把他引到住在敌地的 Lons 地方的妻子的住处去，但到冒险地到了该地，则其妻子正与两个德国军官在会谈欢笑。于是只好默然回本营，前进战死。

（十三）卑语（Les gros mots）——这是叙述作者在战壕中作备忘录时，有一个兵，向彼要求将真实的粗野的会话记上以出版，不然则像是未涂色的图画一样。

（十四）携带品（La barda）——军队的携带品之零碎的介绍，每个兵士竟带有十八个荷包。

（十五）鸡蛋（L'oeuf）——兵士在兵营中受着饥饿时的一个鸡蛋之可贵。

（十六）恋歌（Idylle）——对于一个不认识的女子的皮鞋的恋慕。

（十七）筑战壕（La sape）——掘出恋人的腐尸。

（十八）火材［柴］（Les allumetten［allumettes］）——奇功是由于想得一盒火材［柴］起。

（十九）炮击（Bomfardement［Les Bombardement］）——这是叙述要攻击了，但兵士则什么也不知道。

（二十）炮火（Le leu［feu］）——这是主篇，故校长。经过猛烈的炮火攻入敌人阵地，酣战中也不知是胜是败；及仿佛觉得是胜时，但分队长 Bertrand 已经死了。

（二一）救护所（Lepeste de secaurs［Le poste de secours］）这是介绍凹道中的交叉点上之卫生队的状况。

（二二）交替（La virée）——经过许久才得接触故地的空气。

（二三）苦工（La corvée）——在雨夜中于敌前作苦役探照灯照来，现出火与泥泞的大海。被敌人发现了的兵士，几至全灭，然当夜豪雨大作，天地晦冥，敌人或自己人，将官或兵士，生者或死者都同他为泥海而不可区别。

（二四）曙（L'aube）——大雨之翌期。待天明时，泥水已吞去了一切，兵士之极端的疲劳。泥水的伟大。完结。

以上即是《炮火》大体的构造，现在我们更将《炮火》与《西线无战事》来比较考察。从趣味这一点说来，《炮火》或者是不及《西线无战事》，但这一点实不过是两个作者的意识不同；后者自称是"不过是一个报告"，但它为迎合读者的心境起见，何者当报告，何者当舍去，作者是十分知道的。所以在《西线无战事》中，颇多"痛快的怀旧谈"（Slreiche［Streiche］）叙述到相当程度时，遂取巧地将其余裁去。务使听者不致感觉沉闷，它适是一种以兴味为中心的文学，而不是真正的报告；真正的报告，是不受听者发生沉闷与否，而要强调出所存在的事物之俨然的一面的。关此，我们顶好是用巴比塞自身批评《西线无战事》来看。巴比塞关于《西线无战事》于最近曾发表了一篇简程的论文说："雷马克的作品，是相当反军国主义而倾于非战论的，所以它能详述参加战事者之苦难，而向军国主义取一种嘲笑。但被资本主义的榨取所蹂躏的牺牲者，从资本阶级中得到什么安慰，那穿起军衣的劳动者——成为编成中队，大队军团之肉弹以惨死的兵士们，究竟得到了如何报酬等问题，作者则毫不曾能答过一句。即人类当战争的时候所不得不作的使命作者毫不曾写及而竟欲把它默过以图提高其作品之价值，这完全与我们的着想不同。彼雷马克现在所谈的话，我们在大战前已经说过，而且他恐怖而不敢言的一方面我们亦早就大胆地发表过……总之雷马克的这部小说，是有几分反军国主义的，但其实是很可恐惧的反革命的宣传书。"

对于《西线无战事》的批评，巴比塞算是说得很明了了。所以这部著作的客观的影响，除了某某国畅销了若干部，某某出版家赚了若干而外，是远不及《炮火》的。《炮火》的描写，完全是站在新写实主义的立场，用着新时代的眼光来看一切事物的。但我觉得尤可注意的，巴比塞是把握了"存在来规定意识"的这个真理，所以他所描写的人物，并不是出马就喊热烈的口号，而必到了周围的环境成熟时，才发出充心的呐喊来。（这是在《光明》中也可以看得出）在《炮火》一节中，寡言的分队长 Bertrand 奋勇地攻入敌阵，一扫德国的军队而建了爱国的奇功，但他受伤瞑目的时候，却向部下呐喊道："战争是应当废止的……虽然全世界的人都发了疯，可是仍旧有清醒的人——这就是李卜克内西。"又在《曙》一节中，兵士们经过与敌人在滂沱的泥雨中酣战过后，于是大家都反省起来究竟是在为谁打仗，都感觉自身的愚蠢，其中一个突然吼道——Jl ne fant plus quil' yait de guerre opres cellea! ［Il ne fait plus qu il' ya de guerre près cellea!］（从这以后再不应常有战争了!）于是大家都应道——Plus de guerre——Oui assez!（再不要打仗了，再不要打仗了! ——是的，够了!）结果兵士们不特觉悟了不应有帝国主义战争，而且小觉悟了还须得起来赶走自身的主人——驱使自身到战场去死的人。

以上是从作者的意识上说明《炮火》与《西线无战事》之不同；其次在叙述光景时，巴必塞亦比较雷马克更为客观一点，很少有由自己身边所发生之感伤性。尤其不可看过者，在作品中，参用着许多战时之实地用语及隐语（Argot）这虽是使读者难于理解，但却为作品增加了不少的生气。这样的描写，是作者之有意识的企图，这是可以从《卑语》一节中看得出来。

　　关于这部作品出世后的客观的影响，应当叙述的地方很多，但为时间起见，请读者去参照沈雁冰氏的《欧洲大战与文学》，关此，在该书内面是有极详细的介绍。现在我们转到他的冲动世界的第二部作品《光明》(*Bloqte*)上去罢。

　　《光明》是光明团之来源，这是我从前已经介绍过的。现在我们掉一个方向来叙述它的内容罢。这也是用第一人称来叙述的，全书共分二十三章。主人公系一工厂之职员，他时常是感觉比工人要高一级的。他也有家庭，他去与恋爱，他亦被爱国这个好听的名词迷惑着，若有人起来说了法国的坏话诋毁了法国的军官，他是马上要起来和这个人决斗的。《光明》的前半部，都是描写主人公这一面的生活。但是动变起了，欧洲大战开始，我们的主人公自然是抱着满腹的爱国心去参加撕杀。环境变迁了，以后所过的生活，是痛苦的行军，饥寒交侵的野营；及时常见着那残酷的炮火掠去了同侪的手臂，两腿，更或轰炸为碎片，肉浆。有一天主人公也经过了必然的命运，他杀伤了敌人，与敌人徒手地肉搏，但自身亦受伤倒地了。周围只是成千成万的还不曾断气的伤兵，有的发现了受伤的敌人，还要起来肉搏，但彼此都不能够动了；有的在叫着帝国的光荣，有的在回答只有法兰西共和国的光荣，但在横卧在这血染的泥地上的人中，已经有人在喊发出人类！人类！的呼声了。最后主人公的耳侧忽然听出了"我对于不幸的民众，是投着希望的"一句话来，这句话突然刺着主人公的心脏；因为他在这一瞬间，不意地觉得这个人是理解着自身所说的话一样。天明了，成群的乌鸦飞来啄食这些尚未死尽的鲜红的血肉，爱国的主人公这时开始思想他自身了，他想起了他的家庭，他的过去，与过去一样的未来，这一个刹那；他感觉自身不愿失去温度的欲望，还想生存的欲望，他哭泣；他呼救护队。以后他又把同在"救祖国"这个美名下的互相惨杀的敌人和同伍自家的人来比较，他知道这两种人都是同样，而战争的主使者则系另外站在一边；他回乡后，他的一切的行动都改变了，他见着那催命的军旗过时，他不惟不行礼而反表示出痛恨，他向着全天下的人宣布世界上只有一个神，而这个神即是真理；真理是革命的，革命即是秩序。

以上大概即是《光明》的内容。现在我们来看他的意识罢。在前面我们已经说过，巴比塞的作品，是把握着"存在来规定意识"的这个定理，所以主人公 Paulin 的转变过程，看来是很自然的。据我们现在看来，巴比塞在《光明》的后半部上所发泄的议论及所道破的真理，都是过于当然的；不过这种过于当然的真理，——人种及阶级差别之否定，及否定帝国主义战争等——现在仍然不曾实现，所以《光明》的使命，光明的意识和价值，现在仍然是不曾过去的。其次主人公关于恋爱的意识之转变，在最后一章上是叙述得很明了；他以为恋爱之归结，终于是达到了人类爱，这个伟大的爱使他说：

——Autrefois je t'aimais pour moi；aujourd'hui，je t'aime pour toi（从前，我是为我而爱你，今后我是为你而爱你。）

总之《光明》中的意识，虽算不得是如何的新奇，亦不是彻底的革命的描写，但书中那样简单的真理，那样当然的事情，现在许多青年说来，还是蒙昧不知的。我们知道这部书震动了全欧洲——全世界，而成为实际运动之根源，这是使我们喜悦，但这亦不能不使我们含着悲意。

最后，对于这部书的技巧还说两句话罢。有人说这样的题材是不应当用第一人称来叙述，我们读了过后，亦是起了这样的感觉。读到后半部来，竟使我们像在读主人公的日记或者在叫主人公的独白一样。至于前半部的主人公的私生活，则又使我们看来非常繁冗，致发生出疲倦来。不过其中关于战场的描写则极为深刻，这不能不算是本书的最大的价值之一。

作了《光明》以前的巴比塞仿佛是暂时入于休息的状态，——但与其说是休息或者是因为他忙于东奔西驰去了罢。到了一九二六年以后，我们才见着他有几部书出版，而受人注目的，可以说是其中的《耶苏》(Jesus)。

《耶苏》这样伟大的题目，使谁一见便知是难于处理的；一面他是一个过去的历史的人物，因此是不容易许人有依着自己的幻想(fantaisie) 和个人的趣味来描写的权利，一面我们又知道从来因为时代之不同人们对于耶苏和其教义（Dogme）的解释亦异。例如把人的生活之目标放在神身上的文艺复兴以前的时代，则把耶苏解释为上帝之子，所以耶苏不得不是超人，而圣经（Bible）上的耶苏传，皆是不可把评的真理。然到了科学进步，"自我"及"自然"被认识出来了的文艺复兴以后的时代，则耶苏亦被从天上牵下，人们亦遂从正教（Orthoxie）中解放出来站在自由的合理的观点上去解释耶苏了。（如法国的 J. E. Renan 的《耶苏传》，意大利的 Hiaugouanni Papini [Giovanni Papini] 的《耶苏传》等即其例）。文艺复兴以前的耶苏观自然是与专制政体相联结的非科学的见解，即 Renan、Papini 写的《耶苏传》，亦是不曾脱去唯心的，形而上学的哲学的看法。所以从这一面说来，我们亦不能像考大学者一样地去考证，而从中去修补一个无矛盾的完全的偶像出来。

在这种困难之下，巴比塞是怎样去处理他的题目呢？在此，我们有略为将《耶苏》的内容一瞥之必要。

《耶苏》系用第一人称来叙述的自叙传，全书共分三十四章，从他的出世叙述到十字架。每一章中分若干小节，每一小节中则仅一语或数语的箴言及叙事。所以从全体看来，仿佛是一部诫训的经典一样而得不出一个详细的结构，这种形式，想来亦是为着符合于题材及内容而取的罢。但在这样的内容及形式中，我们亦可以看得出巴比塞的耶苏是毫不有神秘之处，而且亦不曾被唯心地抽象化过。他对于耶苏的解释，完全是艺术的，同时亦是科学的，而且我们在内面还可以见得出一些唯物史观的解释出来。耶稣是生于一个贫穷的匠人家中，所以在此书的第一章中的幼小的耶稣，每晨是在一个小房的一隅醒来，见着母亲在邻室蹲踞着扫除灶灰，两屋间破烂得门也没有。但醒过来后，也是不能够随便出外，因为饭后就要帮助父亲作工。耶稣也具有以色列人（Israel）特性，他是不肯崇拜偶像；他到耶路撒冷（Jerusalem）去巡礼时，那些教士都问他说："要你崇拜某物某物时，你怎样？"耶稣回答说："我说：我不愿。""然如果这是值得崇拜的呢。""我还是光回答不愿，然后去找值得崇拜之物。"

以后的耶稣，仍然与平常人无异，他发生性的行为，他亦失恋而哀动；他用香油来注在他的身上，用头发来为他拭脚的 Marie-Madeleine 间发生暧昧的关系，致招其后反叙了他的弟子 Judas Jscariote 起来质问他，这倒是有我们中国的"子见南子，子路不悦"这样的圣人之风。

耶稣的私生活是这样，他向着外界所宣传的是什么呢？在此我们可以见着出生于寒微的耶稣，是以解放穷人为其使命的；他主张社会革命，他自称他是劳动者之劳动者。而他所说的哲理，不是奇怪的替天行道的神话，而乃是与近代的唯物论相通的哲学。读看此书第十二章中的耶稣罢：

（一）——当我在街中走时，一个青年走近来质问我。

（二）——"先生，对于真理与实相，我曾叫了人们说得各种各样。"

（三）——我回答他说："我们常是在这两者的中间，一个是在内面一个则在外面。……"

（八）"实在的真与学理的真，即可见之物与不可见之物，并不是两个不同的物，这是存在的物之两面。"

（一八）——"没有一个小实物，决无一个小观念"。

（一九）——"没有一个大实物，决无一个大观念"。

耶稣这样地向着青年详细地解释，而且还说无论在某个时地，只有一个实相，而且也只有一个真理。即是同一而又不是同一。这样的世界观，自然不是观念论，也不是形而上学，这乃是与近代的唯物论相通的。

由以上看来，我们可以知道巴比塞对于他的题目，一面是依据历史的事实，用一种科学的态度来处理的。所以他的耶稣，完全是一个人，是一个有革命家的热情的青年。从新兴文学的立场看来，其中或者不免有一些陷于观念的诗意的描写的地方，我以前也这样的指摘过。但我们回头想来，耶稣所生存的时代，既有相当的距离，所以耶稣与我们之间自亦不得不有同样的距离，而这个用第一人称来描写的耶稣，当然是不能完全带着二十世纪的色彩的。那末，这样的题材是无用的么？在基督教的麻醉普及于世界，旧教（Catholisme）当支配着巴比塞的祖国。而且西欧近复有以保护宗教为名的大反动的运动的现在，只有盲目无识者，才起这样的怀疑！

巴比塞最近的作品，我们知道的是一九二八年出版的《种种事件》（*Faits divers*）。这是一个短篇小说集，全书共分三部。第一部为战争（*La guerre*），中间包含了九个短篇，第二部为白色恐怖（*La tererur Blanche*），其中包含九个短篇，第三部为其余（*Et Le Reste*），其中包含七个短篇。据巴比塞在序文中说，这些短篇材料和形式，都是他亲见的事实，和他所搜集的真实事件，他不过将之小说化过罢了。最近的巴比塞想来就是从这些中间得来的罢。

在这些短篇中，我们可以看得出战争时代的残酷，那上官的复仇，系用机关枪来将自己的兵士扫射；又可见得监狱中的黑暗，对于革命者的施刑的残酷。这正如巴必［比］塞所说，二十世纪，人可称之为金钱时代，钢铁的时代，爵士班（Jazz-band）的时代，但尤其可以称为是血的时代！这些短篇，都是异常纯朴，巴比塞的往往好为玄学议论的僻气，在这里是看不出来的。

巴比塞亦曾写了许多论文，在今年出版的 Russic 中有他专论无产阶级文学的一篇。不过关于这样的介绍，属于本文的范围以外。

——录自上海群众杂志公司 1936 年初版

《巴比塞选集》后记
（陆从道 ①）

巴比塞作品之给予读者以何种影响，在国际间早有定评，这里我不想来说什么。

在中国，翻译的作品，好像一向是不以"货色"看待的。这坏风气，虽然年来因为译作的东西经多方面的提倡和推荐，有了相当的转变，但一般的讲来，却又为了著作家和出版界缺乏切实的联络，未能使这一工作做到深入和普遍，尤其关于外国名著的单行本和全集，贫乏得实在可以。纵然有几本，不是作品本身太坏，便是书价过高，使读者难于接受或负担得起。苏联把但丁、拜伦、巴比塞、纪德……等等的单行本和全集几十万几百万的出版。我们的出版界反而拿着大批的《济公传》《西游记》一类的书来毒害大众。这一文化上的危机不解决，大众将永处于万劫不复之地！

这一问题的解决，自然不会简单，容易，但也决不是十分困难不能实现的。如果仿照现在市上所流行着的标点书印行的办法，加以译品的精选，文字的通俗，价格的低廉，由集体的力量来共同进行这一工作，我想以后的收获是有把握的！

---

① 陆从道（1908—1938），江苏武进人。曾就学于武进公学、常州中学。1927年加入共产主义青年团从事革命活动。1933 年在上海群众图书公司任职员兼编辑工作，并与左翼作家往来。编有《巴比塞选集》《巴比塞小说选》。

　　我是爱好文学而并无成就的青年，本书由我来编，这中间的错误想来一定很多的。不过我仅仅借此来作一尝试，——能够在这荒芜的翻译作品的园地上，做一名园丁，将已经长成的花木，尽点栽种移植之责，使大众在这中间得些新鲜空气，如此而已！至于栽种移植的方法是否得富，是希望各方多多的指教的！

　　本书的编成，周楞伽先生，周俭先生和丁一平先生从中帮我许多的忙，而温涛先生为本书作画，田军先生更为本书题字，我在此地一并谢谢！

——编者

——录自上海群众杂志公司 1936 年初版

《死的胜利》①

《死的胜利》小引

陈俊卿（吴亚鲁②）

《死的胜利》作者邓南遮（G. D'annunzio）是意大利人。他生于

---

① 《死的胜利》（*Triumph of Death*），小说，意大利邓南遮（Gabriele D'Annunzio，1863—1938）著，陈俊卿译述，"世界文学名著"丛书之一，上海启明书局 1936 年 5 月初版。

② 吴亚鲁（1898—1939），原名吴肃，号亚鲁，后改名吴渊。1916 年考入如皋师范学堂，1919 年考入南京高等师范学校。曾参加少年中国学会，后加入中国社会主义青年团，1922 年加入中国共产党。1927 年随叶挺部队参加南昌起义。后任中共福建省委宣传部长，中共山东省委秘书长、宣传部长等职。于 1932 年受组织调派至上海从事工人运动，后曾为商务印书馆翻译英文，又曾在上海新知书店工作。1939 年 6 月 12 日在"平江惨案"中牺牲。另编译有《英语百日通》，与沈楚之合译英国共产党人奥格本《唯物辩证法和心理分析》。

一八六三年，现在尚还活着。他是一个诗人，戏剧家，小说家，又是一个飞行家，政治家，一个狂热的法西斯信徒。他于各方面都现着异常的天才。邓氏出身世家，幼时受过很好的教育。他在二十岁时出版几本诗集，字里行间，充满着狂烈的情绪，出版后他不仅成了意大利的诗人班首，而且成了欧洲诗人班首。欧洲大战发生，邓氏为军国主义的思想所驱使，便由巴黎返国，投笔从戎，出入在枪林弹雨里，结果被打瞎了一只眼睛，几乎成了残废。但是这个固执的诗人，雄心未死，欧战告终之后，意大利和法兰西发生费乌米（Fiume）事件，邓氏领了一群青年的兵士，进占费乌米，自称执政，全欧为之震动。邓氏所作小说颇多。《死的胜利》，可以列入不朽的名作之列。里面描写一个男人爱一个女人，因为妒忌与怀疑，发生种种的波折。后来这个男人拥抱着她，双双投水自沉。邓氏作品，以热情胜，在本书中便可以见到片影。

——录自启明书局 1936 年三版

《大饥饿》[①]

《大饥饿》译者序
林淡秋 [②]

自易卜生（H. Ibsen 1828—1906），般生（B. Björnson 1832—1910），

---

① 《大饥饿》(*The Great Hunger*)，长篇小说，挪威包以尔（Johan Bojer，1872—1959）著，林淡秋译，张梦麟校阅，"世界文学全集"丛书之一，上海中华书局 1936 年 7 月初版。

② 林淡秋（1906—1981），浙江宁海人。1922 年考入上海大同大学，后就读于上海大学、上海艺术大学攻读英文。另译有苏联潘非洛夫《布罗斯基》、卡泰耶夫《时间呀前进》等。

约那士·李（Jones Lie 1833—1908），和开兰（A. Kielland 1849—1906）等文豪相继露了头角之后，挪威的文学立即在世界文坛上获得重要的地位，直到现今，依然在散射着灿烂的光辉。

一提起挪威现存伟大的作家，首先不得不说到哈姆生（Kunt Hamsun 1860—　）和包以尔（Johan Bojer 1872—　）。他们同是出身微贱，同是没有受过有系统的教育的人。他们尝尽人生的苦味，踏尽世路的崎岖。而二氏之名倾世界的诸杰作，就是此种艰难困苦的生活的结晶。我们可在哈氏的《饿》和包氏的《大饥饿》中发现二氏之活生生的面影。

包以尔在一八七二年生于脱伦典（Trondhjem）附近的奥克特尔索伦（Orkedalsoren）。他和瑞典的戏曲家斯特林堡格（August Strindberg）一样，是一个婢女所生的儿子。因为母亲无力抚育，就把他寄养在乡下一个渔人的家里。他就在这里和他养母的孩子们混过了少年时代的大半。

他那时所处的环境，我们可在他自己的一段简短而有趣的描写中窥其梗概：

　　我在其中长大的那所渔人的小舍，是非常灰暗的，有如海面和海滨的沙滩一样灰暗——有如周遭的岩石一样灰暗。但我如果跪在窗下的木凳上，就可以望见那些涂饰着红色，黄色，和白色的富人的房舍在远处耸立着。举目凝眺，心神为之一快。我那时很知道住在那些光灿的大厦中的富人们，一定很愉快，很美丽，而且以为自己长大起来的时候，一定也有这样一所房子。海滨一带的土地都非常贫瘠，只有极少数的人家畜着一二头奶牛，牛奶是认为非常珍贵的东西，但从窗口一望，我看见许多广大的田庄躺在森林的前面，其中一定有大群的牛，羊，和马。那儿的人们喝的一定都是牛奶粥，不是和着糖浆的甜菜；他们一定有充分的羊毛可为自己织衣料，在冷天用不着打寒颤。那儿一定有大量的鲜肉，腌肉，和纯粹的奶油——那儿的人们一定不像我们一样，天天在吃鱼。

他那时为着维持生活，不得不常常替人做苦工，一星期只有一二次进学校读书的机会。晚上，他就听他的养母说述神仙故事，星期日又到教堂去做礼拜。十五岁时，他设法进了卫布达尔的乡塾，才知道有所谓文学的东西，而开始感到文学的趣味。从乡塾毕业后，又在一个富农的家里做工到十八岁他又进了脱伦典的一个免费的陆军学校，并同旅馆里的侍役一起学习英文，且时常出外听公开演讲。海尔曼·班格（Herman Bang）和哈姆生二大文豪的两次演讲，曾给他很深刻的印象，使他瞥见自己伟大的未来的幻影。

这时他热烈地盼望自己做一个伟大的诗人，但因被生活的钢鞭所驱策，终于进了一个商业学校。在此后几年中，他完全在和生活相决斗，干过许多劳苦微贱的职业。他曾在罗佛敦群岛上做过渔夫，尝过冬钓的苦味，也曾做过捐客和经理缝衣机的小商人。但他在这种生活的苦斗中绝未忘却做文学家的美梦，晨昏余暇，依然不断地从事文学上的著作。

从二十二岁到二十三岁这一年中，他完成了二种处女作：一是一八九四年出版的戏曲集《母亲》，一是一八九五年出版的小说《海尔加》。《母亲》是描写一个青年为着要救自己的母亲而谋为盗，至发觉而自杀。此剧本在特洛伊姆排演时曾博得美好的批评。《海尔加》也很受社会的赞赏。从此他就被公许为一个著作家了。他因这两种著作得到的稿费而旅行到哥本哈根（Copenhagen）和巴黎等地方；不久又从巴黎折回，在列森作《游行队》(*Ex Folketog* [*Et folketog*])，此书在一八九六年出版后，就轰动当时的出版界，使他奠定了自己伟大的声价的初基。一八九七年出版《在教堂坟场的门口》(*Paa Kirkvie*)；

翌年又出版《苇中的风》(*Rorfloiterne*)，这二书是他的神仙故事的搜集本。杰作《大饥饿》出版后，就在世界文坛上投了一颗惊人的巨弹，使他获得空前的荣誉。其实直到现今，《大饥饿》依然为包氏全部著作之冠。此书曾得到龚枯尔奖金，在英、法、美等国销路之广，尤是惊人。此后几年中，他又陆续出版了《人生》(*Life*)，《世界的面》(*The Face of the World*)，《叛逆的土地》(*Treacherous Soil*)，《谎言的力量》(*The Power of a Lie*)，《上帝与妇人》(*God and Woman*)，《委金氏的结局》(*The Last of the Vikings*)，《歌唱的囚徒》(*The Prisoner Who Sang*)，《进香》(*A Pilgrimage*)，《移民们》(*The Emigrants*) 等九部长篇创作，有些是很好的心理小说，有些是富于实感的平民的作品，其中以《谎言的力量》为最伟大，最出名。此书曾得到法国学院的奖金，可与《大饥饿》齐名。最近他又发表了二部创作：一部是《新庙》(*The New Temple*)，描写母女与父子间的新旧宗教的斗争。一部是《永久的挣扎》(*The Everlasting Struggle*)，描写一个家庭对于饥饿和贫穷的奋斗，写得非常深刻，生动，有力，充满了奔放的热情。

　　包氏从一八九九年和兰治 (Colonel Lange) 的女儿爱伦 (Eilen Lange) 结婚以后，一直在度着漫游的生活。他在法国住了五年，在意大利住了三年，在德国住了二年，在丹麦、荷兰、英、美等国也住了不少时候。此种流浪的生涯，给与他各种各样的人生经验，使他的作品愈加充实起来。到了一九○七年，他才回到他的祖国居住。一九一五年他在克里斯汀那附近的伐尔斯塔 (Hvalstad) 买了一块地皮，造了一所房子，建设了他的永久的家庭。

　　论者谓包氏是一个写实主义的文学家，同时又是新理想主义的著作家，这自然是很正确的。在他那赤裸的写实的精神中渗杂着浓烈的主观的理想，这是一切思想作家共通的特质。他对于人生的体验非常深刻，他怀着火一般的热情研究人生，解剖人生。其实他不但解剖人生，表现人生，同时还想创造人生，这使他不得不超越纯写实主义的范围。

包氏的思想，可以说是乐观中带有些微悲观，积极中带有几分消极。在残酷的人生战场上，在险毒的命运铁蹄下，包氏决不是一个死心服从现实的奴隶，也不是敢怒而不敢言的懦夫，他确是一员反抗不合理的现实社会的英勇的健将。不过他对于人类未来的光明毕竟没有坚定不拔的确信，因在长期的苦斗中终不免有时哼着疲倦的呻吟。他固然主张人类有超脱命运的苦海之必要与可能，但这似乎只是一种纯主观的热望，不是由于客观事实的分析所得到的确信无疑的结论，结果很容易转变到悲观消极的路上去。他那乐观积极的人生观中所以带有一点悲观消极的气分，恐怕就是这个原故吧。

因为他的思想如此，所以在他的作品中，他对于创造未来的伟大的新人生的主张，未免有些朦胧，他似乎忽略了人类伟大的和平之获得，必须经过集团的实际的斗争。然而决不因此而损坏其全部的伟大，他毕竟是一个伟大的思想作家。他有冷静的头脑，他有奔放的热情，他有锋利的观察力，丰富的想象力，和高妙的艺术手腕，在黑暗的现实人生的解剖上可称绝妙的能手，其获得当代伟大的声价，自然是应该的。

在反抗现实这一点上，包氏前期的作品和后期的作品是有量上的差别，这是部分地关联着挪威政治的转变。挪威在一九〇五年获得了政治上的独立这一事实，使本国作家的思想起了一个显明的转变。一九〇五年以前，挪威文学的共同精神，在于热烈地攻击现实社会一切传统的衣钵，易卜生和般生固然如此，哈姆生和包以尔也是如此。一九〇五年以后，正和哈姆生一样，包以尔反抗现实的热度稍稍有些降低了。在他那反抗的呼号中杂有祈求安慰的祷声——在命运的重压下祈求安慰的祷声。这一点，在理解包氏的作品上也是很重要的。

包氏今犹健在，而且依然在努力著作。我们希望他有更伟大的杰作出现。

现在就来说几句关于《大饥饿》的话。

盲目的命运无时无地不在践踏人类，玩弄人类，而人类伟大的根芽终不因此而消灭，这是本书内容的精髓。主人公披尔从一个举目无亲受尽社会的冷嘲热骂的弃儿，一跃而为拥资巨万名满四海的大工程师，而结果终于变成了一个乡下的穷铁匠，而且连他那精神上唯一的安慰者——他的乖巧可爱的儿女们，一一都被命运的毒手夺了去。人生到此，还有什么留恋，还有什么生存的价值？然而披尔却不因此而厌世，依然坚忍不拔地活下去，依然和命运相决斗，且因救助了自己唯一的敌人而感到安慰，就此证明人类的伟大，证明人类有自己创造上帝的可能。

　　"我独自坐在人生的涯角上，太阳和繁星都熄灭了，我的头上，我的四周，我的内心，四方八面，都充满着冰冷的空虚。"

　　"但那时，我的朋友，我渐渐地领悟了依然还有一点东西存留着的。我的内部还有一点不能屈服的小小的火星，它开始独自闪耀起来——我仿佛被领回初生的时候去，一种永生的意志在我的内心浮涌起来，说道：让这儿亮着吧！就是这种意志在我的内心渐渐长成了，使我坚强起来。"

　　"我明白了盲目的命运怎样可以剥削我们的一切，扫夺我们的一切，然而毕竟还有一点东西留在我们的内部，这种东西，天地间没有什么可以剥夺得了的。我们的躯体是要死亡的，我们的灵魂是要消灭的，然而我们的内部还留着一点火星，它是谐和的永生的根芽，也是世界和上帝共通的光辉。"

　　"那时我知道了自己在最得意时代所渴求的，不是学问，不是荣誉，不是财富，也不是想做牧师或机器的大创造家，都不是，朋友，却是要建造一所神庙，不是那种祷告用的礼拜堂，也不是供忏悔的罪人诉泣用的教堂，而是一所伟大的人类精神的庙堂，在这里，我们可在一首圣歌中高举我们的灵魂，作为献给上帝的礼物。"

这是主人公披尔最后给他的朋友的信中的几段话，这是他在人生战场上长期苦斗后的领悟。这几段简短的自白，简直把他的思想的精髓道穿了。

我们知道：披尔一生在生活的苦斗中无时无刻不在热烈地饥饿着，但什么东西可以满足他的饥饿呢。连他自己也不大明白。他开始以为可以停止这种饥饿的东西，结果一一都归无效。学问，荣誉，财富，创造家，家庭，爱情，等等，他结果一一都得到了，但他的饥饿依然在绵续着。直到他被命运的钢鞭驱策到人生的涯角上，驱策到苦难的深渊的最底层，他才领悟到自己过去所渴求的，是一所伟大的人类精（神）的庙堂——他想在命运的苦海中创造一个大公无私的伟大的新上帝。

披尔的思想，自然就是包氏的思想，在此种思想的背后，我们可以听见祈求安慰的微微的祷声。

本书写于欧战的时候，散满了当时资本主义社会的影子。以披尔为主人公的这幕悲喜剧，只在那时资本主义社会的舞台上扮演，才有现实性，才有活跃的生命。所有的配角都是这个时代的人物。

上面已经说过，本书曾获得龚枯尔奖金，是全世界共认为伟大的名著之一。我想把它介绍到饥荒中的中国文坛上来，当不致毫无意义的吧。

一九三一，十二，二，译者。

——录自中华书局 1936 年初版

《弟子》 [①]

《弟子》保尔·蒲尔惹评传

戴望舒 [②]

保尔·蒲尔惹（Paul Bourget）于一千八百五十二年九月二日生于法国索麦州（Somme）之阿绵丝（Amiens），为法兰西现存大小说家之一，虽则跟随着他的年龄，跟随着时代，他的作品也已渐渐地老去了，褪色了，但他还凭着他的矍铄的精神，老当益壮的态度，在最近几年给我们看了他的新作。他的这些近作固然不值得我们来大书特书，但是他的过去的光荣，他在法兰西现代文学史上的地位，却是怎样也不能动摇的。

他的家世是和他的《弟子》的主人公洛贝·格勒鲁的家世有点仿佛。他的父亲于斯丹·蒲尔惹（Justin Bourget）是理学学士，他的祖父是土木工程师，他的曾祖父是农人。在母系方面，他的母亲是和德国毗邻的洛兰州（Lorraine）人，血脉中显然有着德国的血统。这些对于蒲尔惹有怎样的影响，我们可以从《弟子》第四章"一个现代青年的自白"第一节"我的遗传"中看到详细的解释。

在他出世的时候，他的父亲是在索麦的中学校里做数学教员，以

---

① 《弟子》(*Le disciple*)，长篇小说，法国保尔·蒲尔惹（Paul Bourget，今译布尔热，1852—1935）著，戴望舒译，"世界文学全集"丛书之一，上海中华书局 1936 年 7 月初版。

② 戴望舒（1905—1950），生于杭州，曾就读于上海大学、震旦大学，后留学法国，先后入读巴黎大学、里昂中法大学。归国后与卞之琳、梁宗岱等创办《新诗》月刊，抗战爆发后到香港主编《大公报》文艺副刊、《星岛日报》副刊。另译有法国沙多勃易盎《少女之誓》、波特莱尔《恶之华掇英》、古罗马沃维提乌思（今译奥维德）《爱经》等。

后接连地迁任到斯特拉斯堡（Strasbourg），格莱蒙·费朗（Clemont-Ferrand），而在那里做了理科大学的教授。蒲尔惹的教育，便是在格莱蒙开始的。《弟子》的"一个青年的自白"中所说的：

> 他利用了山川的风景来对我解释地球底变迁，他从那里毫不费力地明白晓畅地说到拉伯拉思底关于星云的假定说，于是我便在想象中清楚地看见了那从冒火焰的核心中跳出来。从那自转着的灼热的太阳中跳出来的行星的赤焰。那些美丽的夏夜底天空，在我这十岁的孩子眼中变成了一副天文图；他向我讲着，于是我便辨识了北极星，北斗七星，织女星，天狼星，辨识了那科学知道其容积，地位和构成金属的一切，可望而不可接的惊人的宇宙。他教我搜集在一本标本册中的花，我在他指导之下用一个小铁锤打碎的石子，我所饲养或钉起来的昆虫，这些他都对我一一加以仔细解释。

等语，正就是蒲尔惹的"夫子自道"。此后，因为他的父亲到巴黎去做圣芭尔勃中学（Collège Sainte-Barbe）的校长的缘故，他便也转到这个中学去读书。这是和一个法国文艺界很有关系的中学，有许多作家都是出身于这个中学，他开始对于文学感到兴趣。就在这个时期，在一千八百七十年，普法战争爆发出来了。这对于他以后的文学生活很有影响的。而以后他的杰作《弟子》，便在这个时期酝酿着了。《弟子》的序言《致一个青年》中，他便这样地对青年说：

> 是的，他（指著者）想着，而且，这也不是一朝一夕的事，自从你开始读书识字的时候起，自从我们这些行将四十岁的人，当时在那巴黎的炮火声中涂抹着我们最初的诗和我们的第一页散文的时候起，我们早就想到你们了。在那个时代，在我们同寝室

的学生之间，是并不快乐的。我们之中的年长者刚出发去打仗，而我们这些不得不留在学校里的人，在那些冷清只剩了一半学生的课堂里，觉得有一个复兴国家的重大的责任，压在我们身上。

在一八七二年，他得到了文学学士学位，便入巴黎大学攻读希腊语言学，在这个时期，他决意地开始他的文学生活了。

正如差不多一切的文人一样，他的文学生活是从诗歌开始的。他最初的作品便是在缪赛（Alfrod de Musset），波德莱尔（Charles Baudelaire）以及当时（一八七五年顷）法国对于英国湖畔诗人的观念等的影响之下的几卷诗集：《海边》（*Au bord de la mer*），《不安的生活》（*La Vie inquiète*），《爱代尔》（*Edel*），《自白》（*Les Aveux*）。这些诗集，以诗歌的价值来说，是并不很高的，它们的更大的价值是在心理学上。在这些诗集里，蒲尔惹竭力把他对于拜伦和巴尔倍·陀雷维里（Barbey d'Aurevilly）底景仰，和他的应用在近代生活上的细腻的分析的个人趣味联合在一起。那头两部诗集的题名，"海边"和"不安的生活"，就已很明白地表显出这个二重性，表显出他的在最矫饰的上流社会下面发现了一个深切的心里［理］学的基础的愿望。因为在他的心头统治着的是心智的力，知识的热情，所以诗是和他不大相宜的。他是戴纳（Taine）和富斯代尔·德·古朗什（Fustel de Couianges）的弟子；可是在很早的时候起，一切的思想潮流都已涌进他的梦想者和好奇者的心灵里了。在他看来，哲学与医学是和政治与历史一样地有兴趣，而在他的一生之中，对于人类的智识的最不同的倾向，他又怀着极大的关心。最和他的分析的秉性相合的艺术形式是小说，——他的第三部诗集《爱代尔》就差不多就是小说了——但是他并没有立刻取这个形式。

在写他的小说以前，蒲尔惹先发表了他的《现代心理论集》（一八八三）。这是当时批评界的一个极好的收获，在这本书中，他对于法兰西的诸重要作家，如波德莱尔，勒囊（Renan），弗洛贝耳（Flaubert），斯当达尔（Stendhal），戴纳，小仲马（Dumas-fils），勒龚特·德·李勒（Leconte de Lisle），龚果尔兄弟（Edmond et Jules Goucourt）等，都有新的估价和独到的见解。这部书，以及以后的《批评与理论集》（二卷，一九一二）和《批评与理论新集》（一九二二）表现着他的批评观念的演进。从他的最初的论文起，他就对于当代青年的这些大师决定了他自己的态度，在研究着他们的时候，他用那在他心头起着作用，互相抵触着或符合着而决定了他的发展底曲线的三个主要的影响确定他自己的立脚点：代表着心灵的不安和神秘的倾向的波德莱尔，心理分析的先驱斯当达尔，以及实验主义的大师戴纳。但和他们不同之处，是他并不从这立脚点前进而后退了。他渐渐地退到传统的，保守的，天主教的路上去，在他的《批评与理论集》的那篇献给茹尔·勒麦特尔（Jules Lemaître）的序上，他这样地记着他的演进之迹：

> "这本书对于你会颇有兴趣：这里画着一条和你所经过的思想的曲线很类似的思想的曲线。我们两人都是在大革命的氛围和气质之中长大起来的，可是我们两人却都达到了很会使我们的教授们惊诧的传统的结论。"

他终于找到了那最适宜于他的性格的艺术形式了。他开始写小说了。在他最初的几部小说，如《残酷的谜》（*Cruelle énigme* 一八八五），《一件恋爱的犯罪》（*Un crime d'amour* 一八八六），《谎》（*Mensonges* 一八八七）等中，他只在找寻着他的个人表现。他在他的诗歌中和论文中所不能充分地表现出来的心理分析精神，便开始在小说中大大地发展出来了。在这些小说之中，心理学者和诗人的才能同时地表现了出来。这些小说出版的时候，很受到自然主义者的不满的批评，因为这些小说中的人物大都是取诸上流社会的，而当时的自然主义者们却几乎不承认上流社会的存在。蒲尔惹是注力于描摹现实底各面的，他认为"上流社会"的研究亦是在小说家的努力的范围中的。他之所以选了上流社会，却也有一个理由，因为他觉得上流社会中的人物不大有物质的挂虑，职业的牵累，情感是格外奔放一点，分析起来是格外顺手一点。他的许多长篇小说，如《昂德莱·高尔奈里思》（*André Cornélis* 一八八七），《妇人的心》（*Un cœur de femme* 一八九〇），《高斯莫保里思》（*Cosmopolis* 一八九三），《一个悲剧的恋爱故事》（*Une idylle tragique* 一八九六），中篇小说如《复始》（*Recommencements* 一八九七），《感情的错综》（*Complications sentimentales* 一八九八），《心的曲折》（*Les Détours du cœur* 一九〇八）等等，都是分析感情的作品。

可是在一千八百八十九年，那部在文学界上同时在他自己的著作间划时代的《弟子》（*Le Disciple*）出世了。这部小说出来以后，他也就决然地走出了他的摸索时期。它显示出了蒲尔惹的更广大的专注。从此以后，他不只是一个心理小说家，而是一个提出了著者的精神上的责任问题的道德家了。这种道德家的严重的口气，我们是可以从那篇序文的《致一个青年》中看得出来的：

在"我们这些做你的长兄的人们"那些著作中所碰到的回答，是和你的精神生活有点利害关系，和你的灵魂有点利害关系的；——你的精神生活，正就是法兰西底精神生活，你的灵魂，就是它的灵魂。二十年之后，你和你的兄弟们将把这个老旧的国家——我们的公共的母亲——底命脉，抓在掌握之中。你们将成为这个国家底本身。那时，在我们的著作中，你将采得点什么，你们将采得点什么？想到了这件事的时候，凡是正直的文士——不论他是如何地无足重轻——就没有一个会不因为自己所负的责任之重大而战战兢兢着的……

在这部书出来的时候，是很引起过一番论争的。的确，这部书是有着它的重大性。它统制着蒲尔惹的思想之分歧，结束了二十年以来在蒲尔惹心头占着优势的各种观念。宣布了那从此以后将取得优势的观念：这是蒲尔惹个人一方面的意义。而在社会一方面的意义是：它越了纯粹艺术的圈子，提出了艺术家对于社会责任的问题，更广泛一点地说，提出了个人生活对于社会生活这个主要的问题。从此以后，他把作品的社会价值看得比艺术价值更高了。从前，他可以说是一个为艺术而艺术的小说家，而现在，他却是一位把小说作为工具，作为一种教训的手段的作者了。

的确，他提出了个人生活对于社会生活这个主要的问题，并因此而引起了道德的，宗教的，社会的诸问题。但对于这些问题，他只用了天主教的和保守派的理论去回答。《弟子》是用了巴斯加尔的《基督之神秘》中的这句表面上是假设之辞，而实际上却表现着一个宗教的信仰的话来结束的：“如果你没找到过我，你是不会来找我的！……”

我们可以看到，蒲尔惹只在宗教的回返中看到了出路。以后不久，在《高斯莫保里思》（一八九三）中，蒲尔惹似乎又回复到他最初的那些上流社会的心理小说一次。但这只是一个外表，在他的心里，他的主张仍旧一贯地进行着，一直引导他到阶级的正理主义（Doctrinarisme）。

我们上面已经说过，从《弟子》以后，蒲尔惹便继续把他的天才为他的社会的信念服役了。但是他的成就是怎样呢？正如一切的宣传作品一样，我们所感到的只是使人厌倦的说教而已。《阶段》（L'Étape 一九〇三），《亡命者》（L'Émigré 一九〇七），《正午的魔鬼》（Le Démon de midi 一九一四），《死之意义》（Le Sens de la mort 一九一五）

《奈美西思》(*Némésis* 一九一八）等等，都是这一种倾向的作品，而其中尤以《阶段》一书为这一种倾向顶点。在《弟子》以后，比较可以一读的只有《正午的魔鬼》而已。

从文学上来讲，蒲尔惹的成就是很微小。对于每一个小说中的人物，他虽然力求其逼真，使读者觉得确有其人，然而他往往做得过分了，使人起一种沉滞和厌倦之感。这些果然是一切心理小说家所不免的缺陷，但蒲尔惹却做得比别人更过分一点。他尤其喜欢在他的小说中发挥他对于社会、宗教、道德等的个人意见，使一部完整的作品成为不平衡的。这些，即他一生杰作《弟子》中也不能免，至于《阶段》那样的作品，那是更不用说了。他的唯一的长处是在他天生的分析天才所赋予他的细腻周到。在这一点上，他是可以超过前人的。至于他的文章的沉重滞涩，近代的批评家们——如保尔·苏代（Paul Souday）——都有定论，也无庸我们来多说了。

下面的译文，是根据了巴黎伯龙书店（Plon）本翻译出来的。在移译方面，译者虽然已尽了他的力量，但因原作滞涩烦琐的缘故，所以译文也不免留着原著者的短处。译者不能达出作者的长处而只保留着作者的短处，这是要请读者原谅的。

译者　一九三五年十一月十五日

在本书译成后半个月，即一九三五年十一月二十五日，蒲尔惹在巴黎与世长辞了，享年八十有二岁。《弟子》中译本的出版，也可以算作我们对于这位法国大小说家的一点祭奠仪吧。　译者

——录自中华书局 1936 年初版

《高尔基选集》[①]

《高尔基选集》序言
天民 [②]

苏联革命文豪玛克西姆·高尔基，一九三六年六月十八日，在莫斯科逝世了！

他是全世界的，被压迫的人民大众的忠实英勇的朋友；是当代亦是后世的，千千万万的文艺工作的导师！

他个人，度过六十八年斗争的生涯，他是与全世界的被压迫的人民大众，一同的忠实英勇的斗争了来的；他以他的伟大的精力，与光辉的艺术天才，创造了文学事业，是当代亦是后世的，千千万万的文艺工作者所尊敬，所慑服，认为是最好的模范的！

他的死，对于被压迫的人民大众，尤其对于文艺工作者，是无比的绝大的损失！

现在，以悲切的心情来哀悼他；而想到——这死了的人，差幸他的文学事业，还能永远的留在人间；这儿，我们——几个穷苦的年青人，一致为大众文化努力，不顾一切利害困难，毅然的把他的著作中之最主要的编印了这一部选集，为了他的文学事业传得更广，更普遍，无疑的，这在大众的读者一定是非常欢迎的吧！

> 一九三六年七月五日。天民写于海上
> ——上海世界文化研究社 1936 年初版

---

① 《高尔基选集》，高尔基（Maxim Gorky，1868—1936）著，周天民、张彦夫编选，上海世界文化研究社 1936 年 7 月初版。周天民、张彦夫遍选《高尔基选集》共六卷，其中第一卷·小说、第二卷·小说、第六卷·评传为1936 年 7 月初版；第三卷·戏剧、第四卷·诗歌、第五卷·论文为 1936 年9 月初版。每卷前有相同的《序言》一篇。

② 天民，生平不详。

《李尔王》[①]

《李尔王》序
（梁实秋）

一　版本历史

《李尔王》最初在《书业公会注册簿》登记的日期，是一六〇七年十一月二十六日，旋于一六〇八年出版，是为"第一四开本"，其标题页如下：

M. William Shakespeare: His True Chronicle Histories of the life and death of King Lear and his three Daughters. With the unfortunate life of Edgar, son and heir to the Earl of Gloucester, and his sullen and assumed humor of Tom of Bedlam: As it was played before the Kings Majesties at Whitehall upon S. Stephans night in Christmas Holidays. By his Majesties servants playing usually at the Globe on the Bancke-side, London, Printed for Nathanael Butter, and are to be sold at his shop in Pauls Church-yard at the sign of the Pide Bull near St. Austins Gate.1608.

此本现存者仅有六部，而其内容则六部并不一致，正误之处非常凌乱，其中只有两部内容完全相同。此本排印出版之仓卒可以想见。

---

① 《李尔王》(*King Lear*)，五幕历史剧。英国莎士比亚（William Shakespeare，1564—1616）著，梁实秋译述，中华教育文化基金董事会编译委员会编辑，上海商务印书馆 1936 年 7 月初版。前有《例言》，同《马克白》，此处略去。

但同于一六〇八年另有一四开本《李尔王》出现，内容大致相同，惟讹误较前述本更多，殊无独立价值。此本标题页仅列出版人名姓而无地址，故"第一四开本"有"Pide Bull edition"之称，无地址之四开本则为"第二四开本"，又称"N. Butter edition"。"第二四开本"大约是袭取"第一四开本"而成，此两种版本间之关系，《剑桥版莎士比亚集》之编者阐述綦详。有些学者还以为"第二四开本"乃一六一九年之出品，标题页虽标明"一六〇八"字样，而实系伪托云云。

一六二三年"第一对折本"出版，其二八三面至三〇九面即为《李尔王》。据 D. Nicol Smith 之估计，"四开本"约有三百行为"对折本"所无，"对折本"亦有一百一十行之数为"四开本"所无。其出入若是之巨，二者关系究竟若何，实为莎士比亚版本批评上难题之一。据一般学者研究之结论，"四开本"大概是在宫廷表演时的速记盗印本，而"对折本"则系经过删削之剧院实用脚本。但"对折本"往往保存了"四开本"的舛误。这事实颇难解释，也许是排印"对折本"的时候参考了"四开本"的缘故罢。

就大致论，"对折本"绝对的优于"四开本"。不过"四开本"亦有可取之处。例如：第四幕第三景为"对折木"所全删，是很可惜的，现代通用的本子，大概全是集二者之长编制而成。

英国复辟之后，经德莱顿之提倡，莎士比亚戏剧往往改编上演，以适合当时戏剧之环境。故当代桂冠诗人泰特（Nahum Tate）遂改编《李尔王》，于一六八一年出版并上演。此改编本，以爱德加与考地利亚相恋爱，并以情人团圆李尔复位为煞尾，中间复掺入新景，"弄臣"一角则完全取消，与莎氏剧之本来面目大相径庭。然此改编本霸占舞台一百数十年，直至一八二三年名伶 Edmund Kean 始恢复悲剧结局，然犹未恢复"弄臣"一角；十五年后的名伶 Macready 始完全恢复莎氏剧之本来面目。到如今，改编本已成历史上的陈迹了。

"对折本"之《李尔王》已有幕景之划分。一七〇九年 Nicholas

Rowe 编莎氏全集出版，为最初之近代编本，在版本方面虽仅知依据
"第四对折本"，无大贡献，然其改新拼音，标点，加添剧中人物表，
及剧中人物上下等等之舞台指导，则厥功殊伟。《李尔王》之版本历史
至此可告一段落。Rowe 以后之各家编本则据 Furness 所列截至一八七〇
年已不下三十余种，益以最近数十年间出版之编本，当在六十种以上。

二　著作年代

《李尔王》之作大约是在一六〇五之末或一六〇六年之初。其重
要证据如下：

(一) 据《书业公会注册簿》，此剧初演系在一六〇六年十二月
二十六日。

(二) 爱德加所说的几个魔鬼的名字系引自 Harsnet's *"Declaration
of Egregious Popish Impostures"* 而此书乃一六〇三年出版
者。故知《李尔王》之作不能早于一六〇三。

(三) 第一幕第二景提起关于日蚀月蚀的话，这或者与一六〇五
年九月间之月蚀及十月间之日蚀有涉的。

(四) 据文体考察，《李尔王》当是莎氏晚年最成熟作品。例如：
有韵脚之五步排句极少，仅有三十七对；不成行之短句有
一百九十一行之多，为莎氏剧中最高记录；散文所占分量亦巨。

平常在宫廷出演之剧，率皆新作，故《李尔王》既于一六〇六年
冬演出，则姑断其著作年代为一六〇五或一六〇六，谅无大误。

三　故事来源

关于李尔王的故事其来源甚古，自 Geoffrey of Monmouth：
Historia Britonum 以降，以诗体及散文体转述此故事者不下十余家。

但莎士比亚确曾利用过的材料恐怕也不外下述几种：

(一) Holinshed's *Chronicles*——何林塞的《史记》出版于一五七七年，再版于一五八七年，莎士比亚戏剧之历史材料常取给于此。李尔王的故事见该书《英格兰史》卷二第五第六章。在这里，李尔没有疯，没有格劳斯特一段穿插，没有放逐化装之坎特，也没有弄臣，也没有悲惨的结局，故事的纲要略具于是，莎士比亚无疑的是读过的。

(二) "*The Faerie Queene*"——斯宾塞的《仙后》之前三卷刊于一五九〇年，卷二第十章第二十七至三十二节便是李尔王的故事。在考地利亚这一个名字的拼法上，斯宾塞与莎士比亚是一致的。还有，国王之无意识的问询三女之爱，及考地利亚之死于绞杀，这两点也是斯宾塞的创造而莎士比亚采用了的。

(三) 在莎士比亚写《李尔王》之前，李尔王的故事已经被人编为戏剧而上演了。一六〇五年出版的 *The True Chronicle History of King Leir*, *and his three daughters*, *Gonorill*, *Ragan and Cordella*. 作者不明。其内容完全按照传统的李尔故事加以戏剧的安排罢了。此剧是莎士比亚所熟知，殆无疑义，莎士比亚不但袭用了此剧中一大部分的结构，即字句之间亦有许多地方雷同。所以此剧可以说是莎氏剧的蓝本，不过莎士比亚自出新裁的地方仍然很多，这是在比较之下就可以看出来的。

(四) Sidney's *Arcadia*——亚德尼的小说《阿凯地亚》刊于一五九〇年，第二卷第十章有一段故事，与《李尔王》中格劳斯特一段穿插极为类似，故曾予莎士比亚以若干暗示，殆无疑义。

上述四种，为《李尔王》之主要来源，但剧中尚有一大部分则纯为莎士比亚之创造，例如：悲惨的结局，弄臣之插入，格劳斯特故事之穿插，李尔之疯狂，皆是。在这些地方，我们可以看出莎士比亚的编剧的手段。

四　艺术的批评

批评家大概都认定《李尔王》是一部伟大作品，但为什么伟大呢？

诗人雪莱在《诗辩》里说："近代作品常以喜剧与悲剧相掺和，虽易流于滥，然实为戏剧的领域之一大开展；不过其喜剧之成分应如《李尔王》中之有普遍性，理想的，并且有雄壮之美，方为上乘。即因有此原则，故吾人恒以《李尔王》较优于《儿底泼斯王》与《阿加曼姆农》。……《李尔王》如能经得起此种比较，可谓为世上现存戏剧艺术之最完美的榜样。"雪莱此言是专从悲剧喜剧之混和一点立论。哈兹立（Hazlitt）则更笼统的说："《李尔王》为莎士比亚戏剧中之最佳者，因在此剧中莎士比亚之态度最为诚恳之故。"像这一类绝口赞扬的批评，我们还可以举出斯文本（Swinburne），雨果（Hugo），布兰兑斯（Brandes）等等。

《李尔王》之所以伟大，宜从两方面研究，一为题材的性质，一为表现的方法。

《李尔王》的题材是有普遍性永久性的，这剧里描写的乃是古今中外无人不密切感觉的父母与子女的关系。父母子女之间的伦常的关系乃是最足以动人观感的一种题材。莎士比亚其他悲剧的取材往往不是常人所能体验的，而《李尔王》的取材则绝对的有普遍性，所谓孝道与忤逆，这是最平凡不过的一件事，所以这题材可以说是伟大的，因为它描写的是一段基本的人性。

单是题材伟大，若是处置不得当，仍不能成为伟大作品。但是我们看看莎士比亚布局的手段。T. R. Price 教授说得好：

> 李尔王的故事本身，自分析国王并与考地利亚争吵以后……仅仅是一篇心理研究。……只是一幅图画，描写一个神经错乱的老人，因受虐待而逐渐趋于颓唐，以至于疯狂而死。……所以这故事本身缺乏戏剧的意味，这是莎士比亚所熟知的，绝不能编配成剧的。我想即因此之故，莎士比亚乃以格劳斯特与哀德蒙的故事来陪衬李尔与考地利亚的故事。……经过此番揉和，故李尔个性的描写以及其心理溃坏的写照成为此剧美妙动人之处，而哀德蒙的情绪动作以及其成败之迹乃成为戏剧的骨格与活动。（见 PMLA，Vol.ix，1894，pp.174—175.）

这一段话非常中肯，两个故事的穿插配合不能不说是成功的技巧。

再看《李尔王》的煞尾处，莎士比亚把传统的"大团圆"改为悲惨的结局，虽因此而为十八世纪的一些批评家所诟病，但以我们的眼光来看，"诗的公理"在此地是没有维持之必要的。Tate 的改编本虽然也有一百五十七年的命运，终归经不起 Lamb 的一场奚落！

就大致论，《李尔王》的题材与表现都是成功的，不愧为莎氏四大悲剧之一。不过短处仍是有的，如 Bradley 教授所指示，至少有下列数端：

（一）格劳斯特之当众挖眼是太可怕的。

（二）剧中重要人物过多；故近结尾处过于仓促，于第四幕及第五幕前半部为尤然。

（三）矛盾或不明晰处过多，例如：

    （甲）爱德加与哀德蒙住在同一家中，何以有事不面谈而偏写信？

    （乙）何以爱德加甘受乃弟蒙骗而不追问贾怨之由？

（丙）格劳斯特何以长途跋涉至多汶仅为觅死？

（丁）由第一景至李尔与刚乃绮冲突，仅两星期，而传闻法兵登岸，据坎特谓此乃由于李尔受其二女虐待所致，但事实上瑞干之虐待李尔仅前一天之事，传闻毋乃太速？

（戊）李尔怨刚乃绮裁减侍卫五十名，但刚乃绮何曾言明数目？

（己）李尔与刚乃绮各派使者至瑞干处并俟回信，而李尔与刚乃绮亦均急速赶赴瑞干处，何故？

（庚）爱德加何以不早向盲目的父亲自白？

（辛）坎特何以化装至最后一景？自谓系有重要意义，究系何故？

（壬）何以白根地有先选考地利亚之权？

（癸）何以哀德蒙事败之后良心发现不早解救彼所陷害之人？

（四）动作背景之确实地点，殊欠明了。

当然此等琐细处之缺憾，不能损及此剧之伟大，然缺憾如此之多，恐怕就不能使此剧成为"完美的"艺术品了。Bradley 教授说："此剧为莎士比亚最伟大之作品，但并非如哈兹立所说，最佳的作品。"此语可谓不易之论。

托尔斯泰曾严酷的批评莎士比亚，以为不能称为第一流作家，即以《李尔王》为例曾详加剖析，谓莎士比亚之作实远逊于其蓝本，这可以说是很大胆的批评。但至少在两点上托尔斯泰的意见是不无可取的，一是莎士比亚的文字太嫌浮夸矫饰，太不自然，太勉强，一是《李尔王》的事迹太不近人情，太不自然，太牵强。这是任何公正的读者都有同感的罢？

——录自商务印书馆 1936 年初版

《马汉姆教授》[①]

《马汉姆教授》跋
洪为济 [②]　　陈非璜 [③]

本剧的作者夫力特里支·乌尔夫，在中国还是一个极为陌生的名字。他是一个医生出身的进步剧作家，现在亡命于捷克司拉伐克，从事反资本主义，反法西斯蒂的文化运动。他的代表作是《青酸加里》，此外除了《马汉姆教授》外，更有《里特尤尔·格尔辛》，《从卡他洛来的水夫》，《伏罗里斯特夫》，《普罗列陀夫的女人们》等剧，都曾在苏联的剧场上演过，博得好评。

这其中，应该特别提出《马汉姆教授》来，本剧不仅在德国，还在为法西主义所威胁的中欧诸国得到巨大的喝彩。这原因，不用说是由于那真实的，动人的内容付出了被压迫的大众的声音，并说出最警惕的话来。

本剧曾由德国有名进步演剧家皮斯卡特尔氏（现在也放逐于国外）在瓦尔夏夫上演，而主演者便是前皮斯卡特尔剧场的有名俳优亚力山大·格拉那哈氏。当时观众异常踊跃，除了劳动者，还有布尔

① 《马汉姆教授》(书名页题 "马汉姆教授——西欧德模克拉西的悲剧")，四幕剧，德国夫力特里西·乌尔夫（Friedrich Wolf，今译沃尔夫，1888—1953）著，洪为济、陈非璜合译，上海新路出版社 1936 年 7 月初版。

② 洪为济（1912—1989），又名吴天，生于江苏扬州。曾就读于上海美专西画系，后在南京民众教育馆做业余戏剧辅助工作，并参加左翼戏剧家联盟工作。1935 年东渡日本留学，专攻戏剧。另译有法国柯克兰（B. C. Coquelin）《演员艺术论》、苏联泰洛夫（Tairov）《演剧论》等。

③ 陈非璜，生卒年不详，曾到日本留学，回国后即创办新路出版社，《马汉姆教授》是该出版社的唯一出版物。另与吴天合译德国乌尔夫戏剧《希特勒的"杰作"》，与段洛夫合译苏联奥斯特洛夫斯基小说《钢铁是怎样炼成的？》等。

乔亚智识阶级。但一致卷起了狂潮，此后在瑞士，美国都曾上演了该剧。

本年二月，日本的新协剧团在筑地小剧场上演了该剧，译者曾亲眼看见在观众席中激动了无数人的兴奋的眼泪。（导演为松尾哲引，装置为村山知义）

在文化被暴力摧毁而必须叫出反抗的怒吼的今日，将这介绍给中国的观众，不会不是一件没有意义的事吧。

此剧是由日译本（译者大野俊一）译出，而又根据了新协剧团演出的台本加以补正了的。又，本剧原名《马姆罗克教授》，前年在兹由里支剧场上演时才改成现在的名字。

在翻译上，我们特别感谢杜宣夫妇，仲沉默先生，为我们详加校对。然而恐不免仍有误译的地方，还请读者指正。

　　　　　　　　　　　　译者。一九三六，六，十日东京。
　　　　　　　　　　　　——录自上海新路出版社 1936 年初版

《如愿》[①]

《如愿》序

（梁实秋）

一　著作及出版年代

《如愿》大概是作于一五九八年至一六〇〇年间。在一六〇〇年

---

① 《如愿》(*As You Like It*)，五幕喜剧，英国莎士比亚（William Shakespeare，1564—1616）著，梁实秋译述，中华教育文化基金董事会编译委员会编辑，上海商务印书馆 1936 年 7 月初版。前有《例言》，同《马克白》，此处略去。

八月四日书业公会《登记簿》上有《如愿》的记载，但是底下注着"暂缓"字样，原因不明。《如愿》迄未付印，一直到一六二三年才印在那有名的"第一版对折本"里。

一五九八年 Meres 在他的 *Palladis Tamia* 里所列举的莎士比亚的喜剧里，并没有《如愿》一剧，故《如愿》之作不能早于一五九八，且剧中有句引自 Marlowe 所作而于一五九八年始出版之 *Hero and Leander* 是亦一旁证。

二　故事的来源

《如愿》的故事是根据劳芝（Lodge）的《罗萨兰》(*Rosalynde*)而改编的。《罗萨兰》是一部散文的小说，刊于一五九〇年。而劳芝的故事又是根据了十四世纪中叶的一首诗 *The Tale of Gamelyn* 而成的，此诗相传是巢塞的作品，也许不是巢塞的手笔而巢塞确曾想加以润饰并收入《坎特堡来故事集》里去（Skeat 教授的揣测）。莎士比亚曾否读过此诗，我们不知道。有些地方《如愿》的情节颇似此诗，并且与《罗萨兰》反倒不同，然而这也许是偶然的雷同罢？在诗里，除了近尾处提到 Gamelyn 的妻以外，并无女角参加。关于《如愿》中的爱情的部分，那是劳芝的创造。

为什么这出戏叫做"如愿"（As You Like It）呢？这需要一点说明。莎士比亚之所以给这戏这样的一个名字，是根据了劳芝的《罗萨兰》弁首《致读者书》中的一句话。劳芝说："诸位，简单说罢，此书乃武人与水手之作品，是在航海时写成的，每一行都有海水喷渍，每一种情感都有风暴的冲袭。诸位若是喜欢它，那是最好……"最后这一句的原文是"If you like it, so；……"大概即是莎士比亚的喜剧之命名的根据了。莎士比亚的意思是说："我的戏是这样的写了，是否能令大家满意，我不知道，如其诸位喜欢它，那是最好。……"这样看来，As You Lik It 应该译为"任随尊便"这样意义的一句成语才好，但是这样的成语不大容易想出来。我所以译作"如愿"者是沿用一个大家习惯的译名而已。上海北新书局一九二七年出版张采真先生译的这出戏，即取名为《如愿》，据张先生说："这是周作人先生拟译，而经我采用的。"虽然我很知道"如愿"二字颇易启人误会，误会到这是指剧中情人均"如愿以偿"的意思。而其实这是作者对读者谦逊的意思。

三　舞台上的历史

相传在一六〇三年莎士比亚的剧团在 Wilton 地方演剧以娱哲姆斯一世，并且演的即是《如愿》，并且莎士比亚自己也参加表演了，（或者许是阿得姆罢?）但是我们现在没有确证。在十六世纪、十七世纪这二百年里，《如愿》上演的情形是没有一点文件的证明的。自一七四〇年起我们才有《如愿》的表演的记录，此后《如愿》遂成为很受欢迎的一剧。从这一点看，我们可以知道《如愿》的浪漫精神在十七世纪和十八世纪上半是不受欢迎的，等到浪漫运动起来，此剧才成为大众所能接受的东西。

四　如愿的意义

哈兹立（Hazlitt）说："这是作者的各剧中之最理想的。这是个'田舍剧'（Pastoral Drama），其兴味从情致与人物而来的多于从动作与情境而来的。引我们注意的，不是戏里做了什么事，而是说了什么话。修养于幽静之中，'在树荫的深处'，想象力变得很温柔娇嫩，才智于闲散之中大放异彩，恰似一个从不上学的骄养的孩子。奇思与幻想在这里纵恣欢乐，严重的世故都贬到宫廷里去了。……"（《讲演》，页三〇五。）这是一段赞美的话，但是也道出了这戏的真象。真是一出"田舍剧"。森林的背景，浪漫的恋爱，牧人的生活，哲理的风味，这都是"牧诗"或"田园诗"的特征，现在不过是挪到戏剧里来罢了。若就情节论，以现代人的眼光看，那是极其滑稽幼稚的！只有伊利沙白时代的观众能感觉到有兴味。女扮男装而能骗倒人那样久，恋爱之奇突，类此的情形都差不多是不可能的。不过我们一方面可以用现代人的眼光批评，一方面也不能忘记这部作品在历史上的价值。这戏是伊利沙白朝代的 Arcadism［Arcadianism］或 Idyllism 的最好的表现。

莎士比亚写这样的一出戏也是有因的。都敦（Dowden）说得好："莎士比亚，当他写完他的英国历史剧之后，需要给他的想象力一个休息：在这样的心情之下，企求着休养与娱乐，于是他写了《如愿》。若要明了此剧的精神，我们须要记住这是在他写完他的伟大的历史剧之后写的。莎士比亚是从那样严重，那样真实，那样难巨的历史题材里面转过身来，如释重负一般，长叹一口舒适的大气，逃出了宫廷与军营，到了阿顿森林里来，这才找到了安逸，自由与快乐。"（《莎士比亚的心理与艺术》页七六。）这是非常正确的。用现代的术语来说，《如愿》无疑的是一种"逃避现实"的态度的表现。不过若说莎士比亚拿《如愿》之写作当做是"休息"，倒不一定是事实。"逃避现实"原是浪漫主义的 一方面，莎士比亚的这种倾向还比较不算太显著。"逃避现实"是吃力的工作，像《如愿》这样的东西之写作，不能算是一个诗人的"休息"罢？

——录自商务印书馆 1936 年初版

《丹麦王子哈姆雷特之悲剧》^①

《丹麦王子哈姆雷特之悲剧》序
（梁实秋）

（一）故事的来源

十三世纪初有"学者"萨克梭著《丹麦史》（Saxo Grammaticus：
"*Historia Danica*"）这书的卷三卷四便是哈姆雷特（Amlethus）的故
事。这简陋故事的内容与莎士比亚所作，微有出入，但大致仿佛。
一五七〇年，法人贝尔佛莱（François de Belle-Forest Comingeois）
译萨克梭所述哈姆雷特故事为法文编入其所著《惨史》（*Histoires
Tragiques*）卷五。《惨史》在法国行销数版，但哈姆雷特故事至
一六〇八年始有英译本。译者为托玛士帕维尔（Thomas Pavier），自
《惨史》中摘译而成《哈姆雷特之历史》（*The Hystorie of Hamblet*）。
但在此英译本以前，哈姆雷特的故事似早已出现于英国舞台之上。
一五八九年似已有哈姆雷特之故事上演，因是年印在格林的《曼那
风》（Green：*Menaphon*）卷首之那施（Thomas Nash）的一封公开信
提起了这样的一出戏。在一五九四年汉士娄（Henslowe）又于六月九
日的日记上记载着这样的一出戏。此最早之《哈姆雷特》一剧，今
已佚，亦不知其谁人之作，（或疑为 Kyd 作品），而莎士比亚曾受此
剧之暗示与影响，则无疑义。一七八一年有德文本《哈姆雷特》印

---

① 《丹麦王子哈姆雷特之悲剧》（*Hamlet*，今译《哈姆雷特》），五幕悲剧，英国
　莎士比亚（William Shakespeare，1564—1616）著，梁实秋译述，中华教育
　文化基金董事会编译委员会编辑，上海商务印书馆 1936 年 7 月初版。前有
　《例言》，同《马克白》，此处略去。

行，系根据一七一〇年之手抄本而印行者，标题为"*Der Bestrafte Brudermord oder Prinz Hamlet aus Daennemark*"。此德文本似即是十七世纪初年英国演员在德国献艺时所用之脚本，而考其内容，则又似是英国已佚之最早的《哈姆雷特》的德译本。此德译本内容粗陋，殊无足取，当系莎士比亚的《哈姆雷特》以前之作品。

（二）著作年代

莎士比亚的《哈姆雷特》的著作期，最早不能过一五九八年，最晚不能过一六〇二年七月。一般考证的结果，认定是大约作于一六〇一至一六〇二年间。

密尔士《智慧的宝藏》（Meres：*Palladis Tamia*）印行于一五九八年，曾列举当时莎士比亚名剧十二种，而《哈姆雷特》不在内。故断定最早不能过一五九八年。

《哈姆雷特》最初见于《书业公会登记簿》（*The Stationers Registers*）是在一六〇二年，虽未标明作者名姓，但注明是张伯伦勋爵保护下之剧团所用之剧本，故指莎氏所作无疑。此最初登记之《哈姆雷特》于一六〇三年出版，印有莎士比亚之名，即所谓"第一版四开本"，亦即莎氏之初稿。故断定最晚不能过一六〇二年。

更就内部证据而论，亦叵断定《哈姆雷特》之年代。《哈姆雷特》中常提起凯撒大将，关于鬼神迷信之事，以及复仇之观念，二剧颇多相通之点，故《哈姆雷特》必紧接《凯撒大将》之后而成，而《凯撒大将》确作于一六〇〇至一六〇一年间。再《哈姆雷特》攻击童伶之时尚，而童伶之得势确始于一六〇〇年与一六〇一年之间。莎士比亚所隶属之张伯伦勋爵剧团，于一六〇一年在宫廷失宠，或有《哈姆雷特》中所描写之游行献艺之举，亦正未可知。再就作风考察，亦与上文所拟定之年期恰合。故断定此剧大约作于一六〇一至一六〇二年间。

（三）版本的历史

　　最早的《哈姆雷特》是一六〇三年的"第一版四开本"。一六〇四年又刊印了"第二版四开本"，在标题页上注明"按照真确善本重印，较旧版增加几乎一倍"。这两种四开本的相互的关系，颇引起一般考据家的纷争。第一版四开本只及第二版之半，并且内容支离凌乱，与第二版颇有歧异之处，对于哈姆雷特的性格描写部分亦较粗陋不全。但主要的故事结构，第一版四开本是都具备了，第二版四开本于想象部分则大事增加，故前后二本，优劣显然。

　　两种版本何以有如许的差异呢？

　　第一版显然的是"盗印本"，必是用速记法在剧院随听随记的，所以舛误甚多。但考其舛误的性质，又不像全是由听觉上的错误而来，有些地方明白的是抄写人的笔误。所以仅仅说第一版是"盗印本"，并不能完全解释两种版本的异文的根由，就内容论，有些琐细的情节以及人名等等，两种本子都有出入的地方。这可以证明第一版四开本与第二版四开本干脆的是代表两种底稿。第一版诚然是盗印的，但第二版并非仅仅改正第一版的错误。第二版乃是莎士比亚就初稿大加增润的改稿。所以第一版是初稿，第二版是定稿。初稿在许多情节上与传说的哈姆雷特故事很是接近，所以初稿是莎士比亚按照已佚的《哈姆雷特》旧剧改编而成，亦未可知，因为我们知道莎士比亚常常是改编旧剧。有人疑心第一版根本不是莎士比亚的手笔，这在未得满意的证据之前，殊无置信之必要。

　　自"第二版四开本"刊行以后，《哈姆雷特》大受欢迎，新版陆续刊行，内容则大致无变动，旧字之拼法逐渐革新。一六〇五年之"第三版四开本"完全是重印第二版。"第四版四开本"刊于一六一一年。"第五版四开本"无年代，显系重印本。"第六版四开本"刊于一六三七年，系第五版之重印。以后仍有许多四开本之刊行，现今统称之为"演员四开本"。

"第一版对折本"刊于一六二三年，是为莎士比亚作品第一次刊行之全集。《哈姆雷特》占该本第一五二至二八○页。对折本之剧文中，有约八十五乃至九十八行之数，为"第二版四开本"所无者，但亦有二百一十八行见于"第二版四开本"，而为对折本所无者。此外无何差异，大概经二十年舞台上之经验，剧本难免不有增删之处。故"第二版四开本"为诗人莎士比亚之作品，对折本则舞台经理莎士比亚之作品，前者较多文学意味，后者更合舞台需要。在校对方面，对折本较四开本为精审。

第二版对折本刊于一六三二年，改正第一版之误植。第三版刊于一六六三年，并一六六四年；第四版刊于一六八五年。内容均仍旧。

四开本之《哈姆雷特》均不分幕分景，对折本亦仅分至第二幕第二景为止。至一七○九年，桂冠诗人罗氏 Rowe 编《莎士比亚全集》出版，始将全剧分幕分景，添注演员之上场下场，及许多必要之"舞台指导"，并剧中人物表。

（四）哈姆雷特之舞台历史

《哈姆雷特》一起始就是很受观众欢迎的一出戏，在"第一版四开本"的标题页上就标明了常常上演的地方不仅是伦敦，还有剑桥、牛津及其他各处。李查白贝芝是第一个善演哈姆雷特的名伶。据说，莎士比亚自己还演过这出戏里的鬼。"复辟时代"最伟大的莎士比亚演员白特顿（Betterton）亦以演哈姆雷特著称。一七四二年伟大的演员加立克（Garrick）开始演哈姆雷特，直至一七七六年从剧院退休时止，独擅绝技，一时无两。加立克所用的哈姆雷特脚本，是经过他自己删改的，今已不存。一七八三年著名的坎布尔（J. P. Kemble）

开始演哈姆雷特，态度娴雅，阿诺德誉之为"最好的哈姆雷特"。一八一四年济恩（E. Kean）继起，热情流露，另为一派之表现，影响及于 Macready，Fechter，Edwin Booth，Henry Irving 诸名家。

（五）"哈姆雷特问题"

《哈姆雷特》在舞台上是一出很动人的戏，在伊利沙白时代如此，在现代仍然如此。观众大概都感觉这戏的伟大，虽然名人对这伟大的解释是很不同。但是把《哈姆雷特》当做文学作品而精细加以研究的人，便要发现《哈姆雷特》在情节上在描写上颇有矛盾缺漏的地方。例如，照剧中文字推算，哈姆雷特该是三十岁，他的母亲该在五十岁左右了，而仍有乱伦之行，毋乃不伦？哈姆雷特之爱奥菲里阿在父死之后不久，亦殊不近情理。何瑞修为哈姆雷特之契友，何以到丹麦参加殡丧，差不多过了一个月才与哈姆雷特相晤？何瑞修较哈姆雷特年长，且曾熟悉丹麦老王生前之事，何以又似非丹麦土著，竟不知丹麦宫廷纵酒之风？何瑞修究竟是丹麦人呢，还仅是威登堡的一个学生呢？哈姆雷特的母亲，对于谋杀国王的事情，是否参加的呢？哈姆雷特对于奥菲里阿的爱情是否真的？如是真的，何以忽然又不爱她？更何以对她言谈那样的粗暴？在第一幕中鬼是人人都看见的，在第三幕又何以哈姆雷特看见而王后看不见？派哈姆雷特赴英格兰，原是国王秘计，何以哈姆雷特似已知情，并知有秘信？如已知情，何以国王告以使命之时，又有惊异之状？如其惊异系属佯做，但彼究何以预知有吉罗二人伴行？秘信倘未写，何以知有秘信？哈姆雷特之疯，是真疯，是假疯，还是半真半假？如系真疯，何以不似真疯？如系假疯，何以必须假疯？哈姆雷特的性格，是英勇，还是忧郁？是果决，还是迟懦？既欲为父亲报仇，何不迳杀新王？何以延至四月之久，始于无可奈何之中与彼偕亡？凡此种种问题，有的我们可以设法代莎士比亚答解，有的直无从解释。其中比较的最成为问题的是最后一个。为什么哈姆雷特不立刻报仇？这是"哈姆雷特问题"的核心。

哈姆雷特见鬼的时候，天气正在严寒，奥菲里阿埋葬的时候，花草正在繁茂，这其间至少要有四个月的光景。为什么哈姆雷特要忍耐这四个月？若说哈姆雷特在事实上没有杀国王的机会，这理由殊为薄弱，因为哈姆雷特可以佩剑出入宫庭，国王并无戒备，要下手是随时可能的。事实上国王祷告的时候，哈姆雷特本想下手而又饶了他，后来杀普娄尼阿斯也是误认做国王杀的。所以哈姆雷特之不早下手，非事实上的困难，而必是另有深藏的原因在。

歌德在 *Wilhelm Meisters Lehrjahre* IV iii-xiii V iv-xi 说："据我看莎士比亚的原意是想要在这戏里表现出一桩大事放在一个不适于施行的人身上所发生的效果。据我看全戏便是在这观点下创作的。一棵大橡树栽在一个值钱的瓶子里，而这瓶只合插进几枝鲜花：树根膨胀，瓶可就碎了。"歌德把哈姆雷特看做一位公子，不是一位英雄，报仇的事他不配干，所以迁延不决。这解释似乎太简单。

科律己在他的《莎士比亚讲演札记》里说："哈姆雷特是勇敢不怕死的；但他因多感而犹豫，因多虑而延迟，因决心的果断而消失了行动的力量。"科律己是遵从施莱格耳的学说，以哈姆雷特为一思想特别发达的人，所以行动特别迟缓。但是报仇的事有什么可思索顾虑的呢？

乌里巽（Ulrici：*Shakespeares dramatische Kunst* 英译本二一八页）说："虽然国王的确有杀兄之罪，但照基督教的意义讲来，不经审判而自己动手杀他仍然是件罪恶。所以在哈姆雷特心里我们可以看出基督徒与自然人的斗争……"他蓦地提出基督教的问题，却又是一种新鲜的解释。

维德尔（Karl Werder：*Vorlesungen über Shakespeares Hamlet*）最有力量的驳斥歌德的学说。他在第四七页说："悲剧的复仇必须要有惩罚，惩罚必须要有公理，公理必须要令世界周知。所以，哈姆雷特的目标不是王冠，其首要义务亦不是杀死国王；他的事业乃是公正的惩罚杀父的凶手，虽然这凶手在世人心目中毫无嫌疑，他并且还要把自己处分之合理令丹麦民众认为满意。"哈姆雷特所以不杀国王者，正欲留其活口，以为异日迫其招供服罪之余地。这解释对于剧中情节似乎顾虑周到，较歌德一派的主观见解略胜一筹了。但是戏文自始至终并没有说哈姆雷特要设法向民众证实国王之罪或设法执付有司；不特此也，哈姆雷特始终是口口声声的说要自己动手报仇。这情形维德尔又何以解释？

　　柏拉德莱教授（A. C. Bradley）在《莎士比亚的悲剧》第三讲里采取一种心理的观点，认为哈姆雷特是有"忧郁症"的，对于人生及人生中一切均抱厌恶悲观之态度，所以任何事都不能迅速敏捷的去处置。这是最新的一种解释。这或者也许是比较最满意的解释。

　　无论怎样解释，"哈姆雷特问题"至今仍然不能消灭，因为戏文中缺憾太多，所以问题总是存在的。我以为这些问题不必定要解决剧情的缺憾，就由它成为缺憾。莎士比亚在艺术上的缺憾，我们原没有必须设法弥补的必要。莎士比亚写《哈姆雷特》原不是一气写成的，写成后原不曾想印出来给人推敲。因为不是一气写成的，所以第一版四开本和第二版四开本便是两个样子。初稿中的哈姆雷特便接近传统故事中的哈姆雷特，亦接近 Kyd 一派"流血悲剧""复仇悲剧"中的英雄。莎士比亚改稿之后，哈姆雷特的面目大变，不是一个单纯的英雄，而是一个多思想的少年了。这改稿之间，难免不有顾此失彼和前后不贯之处，所以"哈姆雷特问题"也许正是大半由于改稿而起，亦未可知。定稿之后，在舞台上一试成功，观众并不能发现漏洞，莎士比亚自然也就满意，哪有闲情逸致再咀嚼剧情上的琐节。所以《哈姆雷特》为"儿的婆斯错综"之一例，益为荒谬！"哈姆雷特问题"还是交给考据家去研究，以《哈姆雷特》为文艺而加以研究者，只须知其问题所在便可，固无须必先解答《哈姆雷特》之谜始足以言欣赏。（G. F. Bradby：*The Problems of Hamlet*，1928. 提出问题所在，并试说明问题之所由来，亦不主强为解释，立论最警辟。）

——录自商务印书馆 1936 年初版

《复仇神》①

《复仇神》译后记

唐旭之

《复仇神》是萧洛姆·阿胥最著名的一个剧本，自出版以来，已有了希伯来，德，俄，波兰，荷兰，瑞典，挪威，意，法，英诸种文字的翻译，并且有过多次的公演。第一次是在柏林德意志剧场由玛克斯·莱因哈特（Max Reinhardt）导演，时候是一九一〇年。以后便迅速地在欧洲各大剧场陆续出现。德国，奥国，俄国，波兰，荷兰，挪威，瑞典，意大利，都曾公演过它。但是它在美利坚共和国底纽约城却受了当局底禁止，导演魏因培格（Weinberg）和演员希尔克劳特（Rudolph Schildkraut）都曾受了罚金的处分，理由据说是有妨风化；然而这已经是公演了一百五十次以后的事了。

阿胥今年大概已有五十四岁，住在纽约。他出生的地方是在华沙附近，那时华沙正在俄国沙皇底势力之下，所以阿胥所受的是俄国式的教育。移居美国是颇晚的事情。

除《复仇神》外，阿胥著名的作品有下列诸种：

---

① 《复仇神》(*The God of Vengeance*)，三幕剧，阿胥〔Sholem Asch，又译阿施，1880—1957）著，唐旭之译述，"世界文学名著"丛书之一，上海商务印书馆 1936 年 7 月初版。

《城市》，描写旧大陆犹太人生活的小品、集子。

《梅丽》及《自我之路》(*Meri* and *the Road to Self*) 有连续性质的两部小说。描写犹太之魂追求自我认识的彷徨。背景主要地是一九〇五年的俄国革命。

《流氓穆特克》(*Mottke the Vagabond*) 描写华沙下层社会的一部小说。已经译成英文。

《我们底信仰》，一个长篇剧本。

《摩西大叔》(*Uncle Moses*)，长篇小说。已译成英文。

《短篇小说集》。

这是根据一九一八年和一九二三年的记载，时候很早，以后的阿胥自然还有好些作品，但译者不知，只得暂付阙如了。

书前的序，是为初版英译本作的，作者亚伯拉罕·卡汉 (Abraham Cahan) 也是一个住在美国的犹太人，著作颇多，有《叶克尔》(*Yekl*)，《白色恐怖与红色恐怖》(*The White Terror and the Red*)，《大卫·李文斯基底显达》(*The Rise of David Levinsky*) 等等。

这本译文所根据的是美国哥德培格 (Issac Goldberg) 博士底译本。哥氏是新犹太文学著名的权威学者，他底介绍自然最靠得住，——况且又是用了他底修正本。所可愧者，惟不佞底译笔太笨耳。

孙贵定博士为拙译校读一过，改正讹谬，复介绍出版。老友刘季伯君多方匡助。都是感激不忘的。

一九三五年，五月，唐旭之记。

——录自商务印书馆 1936 年初版

《苏联作家二十人集》①

《苏联作家二十人集》前记
鲁迅②

　　俄国的文学，从尼古拉斯二世时候以来，就是"为人生"的，无论它的主意是在探究，或在解决，或者堕入神秘，沦于颓唐，而其主流还是一个：为人生。

　　这一种思想，在大约二十年前即与中国一部分的文艺介绍者合流，陀思妥夫斯基，都介涅夫，契诃夫，托尔斯泰之名，渐渐出现于文字上，并且陆续翻译了他们的一些作品。那时组织的介绍被压迫民族文学的是上海的文学研究会，也将他们算作为被压迫者而呼号的作家的。

　　凡这些，离无产文学本来还很远，所以凡叫绍介的作品，自然大抵是叫唤，呻吟，困穷，酸辛，至多，也不过是一点挣扎。

　　但已经使又一部分人很不高兴了，就招来了两标军马的围剿。创造社竖起了"为艺术的艺术"的大旗，喊着"自我表现"的口号：要用波斯诗人的酒杯，"黄书"文士的手杖，将这些"庸俗"打平。还有一标那是受过了英国的小说在供绅士淑女的欣赏，美国的小说家在迎合读者的心思这些"文艺理论"的洗礼而回来的，一听到下层社会

---

　　① 《苏联作家二十人集》，鲁迅编，"良友文学丛书"之一，上海良友图书印刷公司 1936 年 7 月初版。

　　② 鲁迅（1881-1936），浙江绍兴人。公费赴日留学，曾就读于日本弘文学院、仙台医学专门学校，归国后长期任职于教育部，创办《莽原》周刊、《语丝》周刊、《奔流》，主编《萌芽》《前哨》《十字街头》《译文》等。曾创办未名社，左联发起人之一，也是主要领导人。先后在北京大学、北京高等师范学校、厦门大学、广州中山大学等校任教。另译有法国儒勒·凡尔纳《月界旅行》《地底旅行》、日本厨川白村《苦闷的象征》、俄国果戈理《死魂灵》，与周作人合译《域外小说集》等。

的叫唤和呻吟，就使他们眉头百结，扬起了带着白手套的纤手，挥斥道：这些下流都从"艺术之宫"里滚出去！

而且中国原来还有着一标布满全国的，旧式的军马，这就是以小说为"闲书"的人们。小说，是供"看官"们茶余酒后的消遣之用的，所以要优雅，超逸，万不可使阅者不欢，打断他消闲的雅兴。此说虽古，但却与英美时行的小说论合流，于是这三标新旧的大军，就不约而同的来痛剿了"为人生的文学"——俄国文学。

然而还是有着不少共鸣的人们，所以它在中国仍然是宛转曲折的生长着。

但它在本土，却突然凋零下去了，在这以前，原有许多作者企望着转变的，而十月革命的到来，却给了他们一个意外的莫大的打击。于是有梅垒什珂夫斯基夫妇，库普林，蒲宁，安特来夫之流的逃亡，阿尔志跋绥夫和梭罗古勃之流的沉默，旧作家的还在活动者，只剩了勃留梭夫，惠垒赛耶夫，戈理基，玛亚珂夫斯基这几个人，到后来，还回来了一个亚历舍·托尔斯泰。此外也没有什么显著的新起的人物，在国内战争和列强封锁中的文苑，是只见萎谢和荒凉了。

至一九二〇年顷，新经济政策实行了，造纸，印刷，出版等项事业的勃兴，也帮助了文艺的复活，这时的最重要的枢纽，是一个文学团体"绥拉比翁的兄弟们"。

这一派的出现，表面上是始于二一年二月一日在列宁格勒"艺术府"里的第一回集会的，加盟者大抵是年青的文人，那立场是在一切立场的否定。淑雪兼珂说："从党人的观点看起来，我是没有宗旨的人物。这不很好么？自己说起自己来，则我既不是共产主义者，也不是社会革命党员，也不是帝制主义者。我只是一个俄国人，而且对于政治，是没有操持的。大概和我最相近的，是布尔塞维克，和他们一同布尔塞维克化，我是赞成的。……但我爱农民的俄国。"这就很明白的说出了他们的立场。

　　但在那时，这一个文学团体的出现，确是一种惊异，不久就几乎席卷了全国的文坛。在苏联中，这样的非苏维埃的文学的勃兴，是很足以令人奇怪的。然而理由很简单：当时的革命者，忙于实行，惟有这些青年文人发表了较为优秀的作品者其一；他们虽非革命者，而身历了铁和火的试练，所以凡所描写的恐怖和战慄，兴奋和感激，易得读者的共鸣者其二；其三，则当时指挥文学界的瓦浪斯基，是很给他们支持的。托罗茨基也是其一，称之为"同路人"。"同路人"者，谓因革命中所含有的英雄主义而接受革命，一同前行，但并无彻底为革命而斗争，虽死不惜的信念，仅是一时同道的伴侣罢了。这名称，由那时一直使用到现在。

　　然而，单说是"爱文学"而没有明确的观念形态的徽帜的"绥拉比翁的兄弟们"，也终于逐渐失掉了作为团体的存在的意义，始于涣散，继以消亡，后来就和别的"同路人"们一样，各各由他个人的才力，受着文学上的评价了。

　　在四五年以前，中国又曾盛大的绍介了苏联文学，然而就是这"同路人"的作品居多。这也是无足异的。一者，此种文学的兴起较为在先，颇为西欧及日本所赏赞和介绍，给中国也得了不少转译的机缘；二者，恐怕也还是这种没有立场的立场，反而易得介绍者的赏识之故了，虽然他自以为是"革命文学者"。

　　我向来是想介绍东欧文学的一个人，也曾译过几篇"同路人"作品，现在这部集子的前面十二篇，便都是同路人的作品，其中有三篇，是别人的翻译，我相信为很可靠的。可惜的是限于篇幅，不能将有名的作家全都收罗在内，使这本书较为完善，但我相信曹靖华君的《烟袋》和《四十一》，是可以补这缺陷的。

　　苏联的无产作家，是十月革命以后，即努力于创作的，一九一八年，无产者教化团就印行了无产者小说家和诗人的丛书。二十年夏，又开了作家的大会。而最初的文学者的大结合，则是名为"锻冶厂"的集团。

但这一集团的作者，是往往负着深的传统的应响的，因此就少有独创性，到新经济政策施行后，误以为革命近于失败，折了幻想的翅子，几乎不能歌唱了。首先对他们宣战的，是"那巴斯图"（意云：在前哨）派的批评家，英古罗夫说："对于我们的今日，他们在怠工，理由是因为我们的今日，没有十月那时的灿烂。他们……不愿意走下英雄底阿灵比亚来。这太平常了。这不是他们的事。"

一九二二年十二月，无产者作家的一团的"青年卫军"的编辑室里集合，决议另组一个"十月团"，"锻冶厂"和"青年卫军"的团员，离开旧社，加入者不少，这是"锻冶厂"分裂的开端。"十月团"的主张，如烈烈威支说，是"内乱已经结束，'暴风雨和袭击'的时代过去了。而灰色的暴风雨的时代又已到来，在无聊的幔下，暗暗地准备着新的'暴风雨'和新的'袭击'。"所以抒情诗须用叙事诗和小说来替代；抒情诗也"应该是血，是肉，给我们看活人的心绪和感情，不要表示柏拉图一流的欢喜了。"

但"青年卫军"的主张，却原与"十月团"有些相近的。

革命之后的无产者文学，诚然也以诗歌为最多，内容和技术，杰出的都很少。有才能的革命者，还在血战的漩涡中，文坛几乎全被较为闲散的"同路人"所独占。然而还是步步和社会的实现一同进行，渐从抽象的，主观的而到了具体的，实在的描写，纪念碑的长篇大作，陆续发表出来，如里培进斯基的《一周间》，绥拉菲摩维支的《铁流》，革拉特珂夫的《士敏土》，就都是一九二三至二四年中的大收获，且已移植到中国，为我们所熟识的。

站在新的立场上的智识者的作家既经辈出，一面有些"同路人"也和现实接近起来，如伊凡诺夫的《哈蒲》，斐定的《都市与年》，也被称为苏联文坛上的重要的收获。先前的势如水火的作家，现在似乎渐渐有些融洽了。然而这文学上的接近，渊源其实是很不相同的。珂刚教授在所著的《伟大的十年的文学》中说：

> 无产者文学虽然经过了几多的变迁，各团体间有过争斗，但总是以一个观念为标帜，发展下去的。这观念，就是将文学看作阶级底表现，无产阶级的世界感的艺术底形式化，组织意识，使意志向着一定的行动的因子，最后，则是战斗时候的观念形态底武器。纵使各团体间，颇有不相一致的地方，但我们从不见有谁想要复兴一种超阶级的，自足的，价值内在的，和生活毫无关系的文学。无产者文学是从生活出发，不是从文学性出发。虽然因为作家们的眼界的扩张，以及从直接斗争的主题，移向心理问题，伦理问题，感情，情热，人心的细微的经验，那些称为永久底全人类的主题的一切问题去，而'文学性'也愈加占得光荣的地位；所谓艺术底手法，表现法，技巧之类，又会有重要的意义；学习艺术，研究艺术，研究艺术的技法等事，成了急务，公认为切要的口号；有时还好像文学绕了一个大圈子，又回到原先的处所了。
>
> 所谓"同路人"的文学，是开拓了别一条路的。他们从文学走到生活去。他们从价值内在底的技巧出发。他们先将革命看作艺术底作品的题材，自说是对于一切倾向性的敌人，梦想着无关于倾向的作家的自由的共和国。然而这些'纯粹的'文学主义者们——而且他们大抵是青年——终于也不能不被拉进全线沸腾着的战争里去了。他们参加了战争。于是从革命底实生活到达了文学的无产阶级作家们，和从文学到达了革命底实生活的'同路人们'，就在最初的十年之终会面了。最初的十年的终末，组织了苏联作家的联盟。将在这联盟之下，互相提携、前进了。最初的十年的终末，由这样伟大的试练来作纪念，毫不足怪的。

由此可见在一九二七年顷，苏联的"同路人"已因受了现实的薰陶，了解革命，而革命者则由努力和教养，获得了文学。但仅仅这几年的洗练，其实是还不能消泯痕迹的。我们看起作品来，总觉得前者虽写革命或建设，时时总显出旁观的神情，而后者一落笔，就无一不自己就在里边，都是自己们的事。

可惜我所见的无产者作家的短篇小说很有限，这部集子的后面八篇，便是无产者作家的作品，其中有两篇，也是由商借而来的别人所译，然而是极可信赖的译本，而伟大的作者，遗漏的还很多，好在大抵别有长篇，可供阅读，所以现在也不再等待，收罗了。

至于二十位作者的小传及译本所据的本子，都写在《后记》里。

临末，我并且在此声谢那帮助我搜集传记材料的朋友。

　　　　　　　　　　一九三二年九月十八夜，鲁迅记。

　　　　　　　　　——录自良友图书印刷公司 1936 年初版

《苏联作家二十人集》后记（一）

（鲁迅）

札弥亚丁（Evgenii Zamiatin）生于一八八四年，是造船专家，俄国的最大的碎冰船"列宁"，就是他的劳作。在文学上，革命前就已有名，进了大家之列，当革命的内战时期，他还藉"艺术府""文人府"的演坛为发表机关，朗读自己的作品，并且是"绥拉比翁的兄弟们"的组织者和指导者，于文学是颇为尽力的。革命前原是布尔塞维克，后遂脱离，而一切作品，也终于不脱旧智识阶级所特有的怀疑和冷笑底态度，现在已经被看作反动的作家，很少有发表作品的机会了。

《洞窟》是从米川正夫的《劳农露西亚小说集》译出的，并参用尾濑敬止的《艺术战线》里所载的译本。说的是饥饿的彼得堡一隅的居民，苦于饥寒，几乎失了思想的能力，一面变成无能的微弱的生物，一面显出原始的野蛮时代的状态来。为病妇而偷柴的男人，终于只得将毒药让给她，听她服毒，这是革命中的无能者的一点小悲剧。写法虽然好像很晦涩，但仔细一看，是极其明白的。关于十月革命开初的饥饿的作品，中国已经译过好几篇了，而这是关于"冻"的一篇好作品。

淑雪兼珂（Mihail Zoshchenko）也是最初的"绥拉比翁的兄弟们"之一员，他有一篇很短的自传，说：

> 我于一八九五年生在波尔泰瓦。父亲是美术家，出身贵族。一九一三年毕业古典中学，入彼得堡大学的法科，未毕业。一九一五年当了义勇军向战线去了，受了伤，还被毒瓦斯所害，心有点异样，做了参谋大尉。一九一八年，当了义勇兵，加入赤军，一九一九年以第一名成绩回籍。一九二一年从事文学了。我的处女作，于一九二一年登在《彼得堡年报》上。

但他的作品总是滑稽的居多，往往使人觉得太过于轻巧。在欧美，也有一部分爱好的人，所以译出的颇不少。这一篇《老耗子》是柔石从《俄国短篇小说杰作集》（*Great Russian Short Stories*）里译过来的，柴林（Leonide Zarine）原译，因为那时是在豫备《朝华旬刊》的材料，所以选着短篇中的短篇。但这也就是淑雪兼珂作品的标本，见一斑可推全豹的。

伦支（Lev Lunz）的《在沙漠上》，也出于米川正夫的《劳农露西亚小说集》，原译者还在卷末写有一段说明，如下：

在青年的"绥拉比翁的兄弟们"之中，最年少的可爱的作家莱夫·伦支，为病魔所苦者将近一年，但至一九二四年五月，终于在汉堡的病院里长逝了。享年仅二十二。当刚才跨出人生的第一步，创作方面也将自此从事于真切的工作之际，虽有丰饶的天禀，竟不遑很得秋实而去世，在俄国文学，是可以说，殊非微细的损失的。伦支是充满着光明和欢喜和活泼的力的少年，常常驱除朋友们的沉滞和忧郁和疲劳，当绝望的瞬息中，灌进力量和希望去，而振起新的勇气来的"杠杆"。别的"绥拉比翁的兄弟们"一接他的讣报，便悲泣如失同胞，是不为无故的。

性情如此的他，在文学上也力斥那旧时代俄国文学特色的沉重的忧郁的静底的倾向，而于适合现代生活基调的动底的突进态度，加以张扬。因此他埋头于研究仲马和司谛芬生，竭力要领悟那传奇底，冒险底的作风的真髓，而发现和新的时代精神的合致点。此外，则西班牙的骑士故事，法兰西的乐剧，也是他的热心研究的对象。"动"的主张者伦支，较之小说，倒在戏剧方面觉得更所加意。因为小说的本来的性质就属于"静"，而戏剧是和这相反的……

《在沙漠上》是伦支十九岁时之作，是从《旧约》的《出埃及记》里，提出和初革命后的俄国相共通的意义来，将圣书中的话和现代的话，巧施调和，用了有弹力的暗示底的文体，加以表现的。凡这些处所，我相信，都足以窥见他的不平常的才气。

然而这些话似乎不免有些偏爱，据珂刚教授说，则伦支是"在一九二一年二月的最伟大的法规制定期，登记期，兵营整理期中，逃进'绥拉比翁的兄弟们'的自由的怀抱里去的。"那么，假使尚在，现在也决不能再是那时的伦支了。至于本篇的取材，则上半虽在《出埃及记》，而后来所用的却是《民数记》，见第二十五章，杀掉的女人就是米甸族首领苏甸的女儿哥斯比。篇末所写的神，大概便是作者所看见的俄国初革命后的精神，但我们也不要忘却这观察者是'绥拉比翁的兄弟们'中的青年，时候是革命后不多久。现今的无产作家的作品，已只是一意赞美工作，属望将来，和那色黑而多须的真的神，面目全不相像了。

《果树园》是一九一九至二十年之间所作，出处与前篇同，这里并仍录原译者的话：

斐定（Konstantin Fedin）也是"绥拉比翁的兄弟们"中之一人，是自从将短篇寄给一九二二年所举行的"文人府"的悬赏竞技，获得首选的荣冠以来，骤然出名的体面的作者。他的经历也和几乎一切的劳动作家一样，是颇富于变化的。故乡和雅各武莱夫同是萨拉妥夫（Saratov）的伏尔迦（Volga）河畔，家庭是不富裕的商家。生长于古老的果园，渔夫的小屋，纤夫的歌曲那样的诗底的环境的他，一早就表示了艺术底倾向，但那倾向，是先出现于音乐方面的。他善奏环亚林，巧于歌唱，常常出演于各处的音乐会。他既有这样的艺术的天禀，则不适应商家的空气，正是当然的事。十四岁时（1904 年），曾经典质了爱用的乐器，离了家，往彼得堡去，后来得到父亲的许可，可以上京苦学了。世界大战前，为研究语学起见，便往德国，幸有天生的音乐的才能，所以一面做着舞蹈会的环亚林弹奏人之类，继续着他的修学。

世界大战起，斐定也受了侦探的嫌疑，被监视了。当这时候，为消遣无聊计，便学学画，或则到村市的剧场去，作为歌剧的合唱队的一员。他的生活，虽然物质底地穷蹙，但大体是藏在艺术这"象牙之塔"里，守御着实际生活的粗糙的刺戟的，但到革命后，回到俄国，却不能不立刻受火和血的洗礼了。他便成为共产党员，从事于煽动的演说，或做日报的编辑，或做执委的秘书，或自率赤军，往来于硝烟里。这对于他之为人的完成，自然有着伟大的贡献，连他自己，也称这时期为生涯中的 Pathos（感奋）的。

斐定是有着纤细优美的作风的作者，在劳农俄国的作者们里，是最像艺术家的艺术家（但在这文字的最普通的意义上）。只要看他作品中最有名的《果树园》，也可以一眼便看见这特色。这篇是在"文人府"的悬赏时，列为一等的他的出山之作，描写那古老的美的传统渐就灭亡，代以粗野的新事物这一种人生永远的悲剧的。题目虽然是绝望底，而充满着像看水彩画一般的美丽明朗的色彩和绰约的抒情味（Lyricism）。加以并不令人感到矛盾缺陷，却酿出特种的调和，有力量将读者拉进那世界里面去，只这一点，就证明着作者的才能的非凡。

此外，他的作品中，有名的还有中篇 *Anna Timouna*。

后二年，他又作了《都市与年》的长篇，遂被称为第一流的大匠，但至一九二八年，第二种长篇《兄弟》出版，却因为颇多对于艺术至上主义与个人主义的赞颂，又很受批评家的责难了。这一短篇，倘使作于现在，是决不至于脍炙人口的；中国亦已有靖华的译本，收在《烟袋》中，本可无需再录，但一者因为可以见苏联文学那时的情形，二则我的译本，成后又用《新兴文学全集》卷二十三中的横泽芳人译本细加参校，于字句似略有所长，便又不忍舍弃，仍旧收在这里了。

雅各武莱夫（Aleksandr Iakovlev）以一八八六年生于做漆匠的父亲的家里，本家全都是农夫，能够执笔写字的，全族中他是第一个。在宗教的氛围气中长大；而终于独立生活，旅行，入狱，进了大学。十月革命后，经过了多时的苦闷，在文学上见了救星，为"绥拉比翁的兄弟们"之一个，自传云："俄罗斯和人类和人性，已成为我的新的宗教了。"

从他毕业于彼得堡大学这端说，是智识分子，但他的本质，却纯是农民底，宗教底的。他的艺术的基调，是博爱和良心，而认农民为人类正义和良心的保持者，且以为惟有农民，是真将全世界联结于友爱的精神的。这篇《穷苦的人们》，从《近代短篇小说集》中八住利雄的译本重译，所发挥的自然也是人们互相救助爱抚的精神，就是作者所信仰的"人性"，然而还是幻想的产物。别有一种中篇《十月》，是被称为显示着较前进的观念形态的作品的，虽然所描写的大抵是游移和后悔，没有一个铁似的革命者在内，但恐怕是因为不远于事实的缘故罢，至今还有阅读的人们。我也曾于前年译给一家书店，但至今没有印。

理定（Vladimir Lidin）是一八九四年二月三日，生于墨斯科的。七岁，入拉赛列夫斯基东方语学院；十四岁丧父，就营独立生活，到一九　一年毕业，夏秋两季，在森林中过活了几年，欧洲大战时候，由墨斯科大学毕业，赴西部战线；十月革命时是在赤军中及西伯利亚和墨斯科；后来常旅行于外国。

他的作品正式的出版，在一九一五年，因为是大学毕业的，所以是智识阶级作家，也是"同路人"，但读者颇多，算是一个较为出色的作者。这原是短篇小说集《往日的故事》中的一篇，从村田春海译本重译的。时候是十月革命后到次年三月，约半年；事情是一个犹太人因为不堪在故乡的迫害和虐杀，到墨斯科去寻正义，然而止有饥饿，待回来时，故家已经充公，自己也下了狱了。就以这人为中心，用简洁的蕴藉的文章，画出着革命俄国的最初时候的周围的生活。

原译本印在《新兴文学全集》第二十四卷里，有几个脱印的字，现在看上下文义补上了，自己不知道有无错误。另有两个 ×，却原来如此，大约是"示威"，"杀戮"这些字样罢，没有补。又因为希图易懂，另外加添了几个字，为原译本所无，则都用括弧作记。至于黑鸡来啄等等，乃是生了伤寒，发热时所见的幻象，不是"智识阶级"作家，作品里大概不至于有这样的玩意儿的——理定在自传中说，他年青时，曾很受契诃夫的影响。

左祝黎（Efim Sosulia）生于一八九一年，是墨斯科一个小商人的儿子。他的少年时代大抵过在工业都市罗持（Lodz）里。一九〇五年，因为和几个大暴动的指导者的个人的交情，被捕系狱者很长久。释放之后，想到美洲去，便学"国际的手艺"，就是学成了招牌画工和漆匠。十九岁时，他发表了最初的杰出的小说。此后便先在阿兑塞，后在列宁格勒做文艺栏的记者，通信员和编辑人。他的擅长之处，是简短的，奇特的（Groteske）散文作品。

《亚克与人性》从《新俄新小说家三十人集》（*Dreissig meue Erzahler des neuen Russland*）译出，原译者是荷涅克（Erwin Honig）。从表面上看起来，也是一篇"奇特的"作品，但其中充满着怀疑和失望，虽然穿上许多讽刺的衣裳，也还是一点都遮掩不过去，和确信农民的雅各武莱夫所见的"人性"，完全两样了。

听说这篇在中国已经有几种译本，是出于英文和法文的，可见西欧诸国，皆以此为作者的代表的作品。我只见过译载在《青年界》上的一篇，则与德译本很有些不同，所以我仍不将这一篇废弃。

拉甫列涅夫（Boris Lavrenev）于一八九二年生在南俄的一个小

城里，家是一个半破落的家庭，虽然拮据，却还能竭力给他受很好的教育。从墨斯科大学毕业后，欧战已经开头，他便再入圣彼得堡的炮兵学校，受训练六月，上战线去了。革命后，他为铁甲车指挥官和乌克兰炮兵司令部参谋长，一九二四年退伍，住在列宁格勒，一直到现在。

他的文学活动，是一九一二年就开始的，中间为战争所阻止，直到二三年，才又盛行创作。小说制成影片，戏剧为剧场所开演，作品之被翻译者，几及十种国文；在中国有靖华译的《四十一》附《平常东西的故事》一本，在"未名丛刊"里。

这一个中篇《星花》，也是靖华所译，直接出于原文的。书叙一久被禁锢的妇女，爱一红军士兵，而终被其夫所杀害。所写的居民的风习和性质，土地的景色，士兵的朴诚，均极动人，令人非一气读完，不肯掩卷。然而和无产作者的作品，还是截然不同，看去就觉得教民和红军士兵，都一样是作品中的资材，写得一样地出色，并无偏倚。盖"同路人"者，乃是"决然的同情革命，描写革命，描写它的震撼世界的时代，描写它的社会主义建设的日子"（《四十一》卷首《作者传》中语）的，而自己究不是战斗到底的一员，所以见于笔墨，便只能偏以洗练的技术制胜了。将这样的"同路人"的最优秀之作，和无产作家的作品对比起来，仔细一看，足令读者得益不少。

英培尔（Vera Inber）以一八九三年生于阿兑塞。九岁已经做诗；在高等女学校的时候，曾想去做女伶。卒业后，研究哲学，历史，艺术史者两年，又旅行了好几次。她最初的著作是诗集，一九一二年出版于巴黎，至二五年才始来做散文，"受了狄更斯（Dickens），吉柏龄（Kipling），缪塞（Musset），托尔斯泰，斯丹达尔（Stendhal），法兰斯，哈德（Bret Harte）等人的影响"。许多诗集之外，她还有几种小说集，少年小说，并一种自叙传的长篇小说，曰《太阳之下》，在德国已经有译本。

《拉拉的利益》也出于《新俄新小说家三十人集》中，原译者弗兰克（Elena Frank）。虽然只是一种小品，又有些失之夸张，但使新旧两代——母女与父子——相对照之处，是颇为巧妙的。

凯泰耶夫（Valentin Kataev）生于一八九七年，是一个阿兑塞的教员的儿子。一九一五年为师范学生时，已经发表了诗篇。欧洲大战起，以义勇兵赴西部战线，受伤了两回。俄国内战时，他在乌克兰，被红军及白军所拘禁者许多次。一九二二年以后，就住在墨斯科，出版了很多的小说，两部长篇，还有一种滑稽剧。

《物事》也是柔石的遗稿，出处和原译者，都与《老耗子》同。

这回所收集的资料中，"同路人"本来还有毕力涅克和绥甫林娜的作品，但因为纸数关系，都移到下一本去了。此外，有着世界的声名，而这里没有收录的，是伊凡诺夫（Vsevolod Ivanov），爱伦堡（Ilia Ehrenburg），巴培尔（Isack Babel），还有老作家如惠垒赛耶夫（V. Veresaev），普理希文（M. Prishvin），托尔斯泰（Aleksei Tolstoi）这些人。

——录自良友图书印刷公司 1936 年初版

《苏联作家二十人集》后记（二）
（鲁迅）

毕力涅克（Boris Pilniak）的真姓氏是鄂皋（Wogau），以一八九四年生于伏尔迦沿岸的一个混有日耳曼，犹太，俄罗斯，鞑靼的血液的家庭里。九岁时他就试作文章，印行散文是十四岁。"绥拉比翁的兄弟们"成立后，他为其中的一员，一九二二年发表小说《精光的年头》，遂得了甚大的文誉。这是他将内战时代所身历的酸辛，残酷，丑恶，无聊的事件和场面，用了随笔或杂感的形式，描写出来的。其中并无主角，倘要寻求主角，那就是"革命"。而毕力涅克所写的革命，其实不过是暴动，是叛乱，是原始的自然力的跳梁，革命后的农村，也只有嫌恶和绝望。他于是渐渐成为反动作家的渠魁，为苏联批评界所攻击了，最甚的时候是一九二五年，几乎从文坛上没落。但至一九三〇年，以五年计划为题材，描写反革命的阴谋及其失败的长篇小说《伏尔迦流到里海》发表后，才又稍稍恢复了一些声望，仍旧算是一个"同路人"。

《苦蓬》从《海外文学新选》第三十六编平冈雅英所译的《他们的生活之一年》中译出，还是一九一九年作，以时候而论，是很旧的，但这时苏联正在困苦中，作者的态度，也比成名后较为真挚。然而也还是近于随笔模样，将传说，迷信，恋爱，战争等零星小材料，组成一片，有嵌镶细工之观，可是也觉得颇为悦目。珂刚教授以为毕力涅克的小说，其实都是小说的材料（见《伟大的十年的文学》中），用于这一篇，也是评得很惬当的。

绥甫林娜（Lidia Seifullina）生于一八八九年；父亲是信耶教的鞑靼人，母亲是农家女。高等中学第七学级完毕后，她便做了小学的教员，有时也到各地方去演剧。一九一七年加入社会革命党，但至一九年这党反对革命的战争的时候，她就出党了。一九二一年，始给西伯利亚的日报做了一篇短短的小说，竟大受读者的欢迎，于是就陆续的创作，最有名的是《维里尼亚》（中国有穆木天译本）和《犯人》（中国有曹靖华译本，在《烟袋》中）。

《肥料》从《新兴文学全集》第二十三卷中富士辰马的译本译出，疑是一九二三年之作，所写的是十月革命时一个乡村中的贫农和富农的斗争，而前者终于失败。这样的事件，革命时代是常有的，盖不独苏联为然。但作者却写得很生动，地主的阴险，乡下革命家的粗鲁和认真，老农的坚决，都历历如在目前，而且绝不见有一般"同路人"的对于革命的冷淡模样，她的作品至今还为读书界所爱重，实在是无足怪的。

然而译她的作品却是一件难事业，原译者在本篇之末，就有一段《附记》说：

> 真是用了农民的土话所写的绥甫林娜的作品，委实很难懂，听说虽在俄国，倘不是精通乡村的风俗和土音的人，也还是不能看的。竟至于因此有了为看绥甫林娜的作品而设的特别的字典。我的手头没有这样的字典。先前曾将这篇译载别的刊物上，这回是从新改译的。倘有总难了然之处，则求教于一个熟知农民事情的鞑靼的妇人。绥甫林娜也正是鞑靼系。但求教之后，却愈加知道这篇的难懂了。这回的译文，自然不能说是足够传出了作者的心情，但比起旧译来，却自以为好了不少。须到坦波夫或者那里的乡下去，在农民里面过活三四年，那也许能够得到完全的翻译罢。

但译者却将求教之后，这才了然的土话，改成我所不懂的日本乡下的土话了，于是只得也求教于生长在日本乡下的 M 君，勉强译出，而于农民言语，则不再用某一处的土话，仍以平常的所谓"白话文"了事，因为我是深知道决不会有人来给我的译文做字典的。但于原作的精彩，恐怕又损失不少了。

略悉珂（Nikolei Liashko）是在一八八四年生于哈里珂夫的一个小市上的，父母是兵卒和农女。他先做咖啡店的侍者，后来当了皮革制造厂，机器制造厂，造船厂的工人，一面听着工人夜学校的讲义。一九〇一年加入工人的秘密团体，因此转辗于捕缚，牢狱，监视，追放的生活中者近十年，但也就在这生活中开始了著作。十月革命后，为无产者文学团体"锻冶厂"之一员，著名的著作是《熔炉》，写内乱时代所破坏，死灭的工厂，由工人们自己的团结协力而复兴，格局与革拉特珂夫的《士敏土》颇相似。

《铁的静寂》还是一九一九年作，现在是从《劳农露西亚短篇集》内，外村史郎的译本重译出来的。看那作成的年代，就知道所写的是革命直后的情形，工人的对于复兴的热心，小市民和农民的在革命时候的自利，都在这短篇中出现。但作者是和传统颇有些联系的人，所以虽是无产者作家，而观念形态却与"同路人"较相近，然而究竟是无产者作家，所以那同情在工人一方面，是大略一看，就明明白白的。对于农民的憎恶，也常见于初期的无产者作品中，现在的作家们，已多在竭力的矫正了，例如法捷耶夫的《毁灭》，即为此费去不少的篇幅。

聂维洛夫（Aleksandr Neverov）真姓斯珂培莱夫（Skobelev），以一八八六年生为萨玛拉（Samara）州的一个农夫的儿子。一九〇五年师范学校第二级卒业后，做了村学的教师。内战时候，则为萨玛拉的革命底军事委员会的机关报《赤卫军》的编辑者。一九二〇至二一年大饥荒之际，他和饥民一同从伏尔迦逃往搭［塔］什干，二二年到墨斯科，加入"锻冶厂"，二二年冬，就以心脏麻痹死去了，年三十七。他的最初的小说，在一九〇五年发表，此后所作，为数甚多，最著名的是《丰饶的城塔什干》，中国有穆木天译本。

《我要活》是从爱因斯坦因（Maria Einstein）所译，名为《人生的面目》（*Das Antlitz des Lebens*）的小说集里重译出来的。为死去的受苦的母亲，为未来的将要一样受苦的孩子，更由此推及一切受苦的人们而战斗，观念形态殊不似革命的劳动者。然而作者还是无产者文学初期的人，所以这也并不足令人诧异。珂刚教授在《伟大的十年的文学》里说：

　　　　出于"锻冶厂"一派的最是天才底的小说家，不消说，是将崩坏时代的农村生活，加以杰出的描写者之一的那亚历山大·聂维洛夫了。他全身浴着革命的吹嘘，但同时也爱生活。……他之于时事问题，是远的，也是近的。说是远者，因为他贪婪的爱着人生。说是近者，因为他看见站在进向人生的幸福和充实的路上的力量，觉到解放的力量。……

　　　　聂维洛夫的小说之一《我要活》，是描写自愿从军的红军士兵的，但这人也如聂维洛夫所写许多主角一样，高兴地爽快地爱着生活。他遇见春天的广大，曙光，夕照，高飞的鹤，流过洼地的小溪，就开心起来。他家里有一个妻子和两个小孩，他却去打仗了。他去赴死了。这是因为要活的缘故；因为有意义的人生观为了有意义的生活，要求着死的缘故；因为单是活着，并非就是生活的缘故；因为他记得洗衣服的他那母亲那里，每夜来些兵丁，脚夫，货车夫，流氓，好像打一匹乏力的马一般地殴打她，灌得醉到失了知觉，呆头呆脑的无聊的将她推倒在眠床上的缘故。

　　玛拉式庚（Sergei Malashkin）是土拉省人，他父亲是个贫农。他自己说，他的第一个先生就是他的父亲。但是，他父亲很守旧的，只准他读《圣经》和《使徒行传》等类的书：他偷读一些"世俗的书"，父亲就要打他的。不过他八岁时，就见到了果戈理，普式庚，莱尔孟多夫的作品。"果戈理的作品给了我很大的印象，甚至于使我常常做梦看见魔鬼和各种各式的妖怪。"他十一二岁的时候非常之淘气，到处捣乱。十三岁就到一个富农的家里去做工，放马，耕田，割草……在这富农家里，做了四个月。后来就到坦波夫省的一个店铺子里当学徒，虽然工作很多，可是他总是偷着功夫看书，而且更喜欢"捣乱和顽皮"。

一九〇四年，他一个人逃到了墨斯科，在一个牛奶坊里找着了工作。不久他就碰见了一些革命党人，加入了他们的小组。一九〇五年革命的时候，他参加了墨斯科十二月暴动，攻打过一个饭店，叫做"波浪"的，那饭店里有四十个宪兵驻扎着：很打了一阵，所以他就受了伤。一九〇六年他加入了布尔塞维克党，一直到现在。从一九〇九年之后，他就在俄国到处流荡，当苦力，当店员，当木料厂里的工头。欧战的时候，他当过兵，在"德国战线"上经过了不少次的残酷的战斗。他一直喜欢读书，自己很勤恳的学习，收集了许多的书籍（五千本）。

他到三十二岁，才"偶然的写些作品"。

> 在五年的不断的文学工作之中，我写了一些创作（其中一小部分已经出版了）。所有这些作品，都使我非常之不满意，尤其因为我看见那许多伟大的散文创作：普式庚，莱尔孟多夫，果戈理，陀思妥夫斯基和蒲宁。研究着他们的创作，我时常觉着一种苦痛，想起我自己所写的东西——简直一无价值……就不知道怎么才好。
>
> 而在我的前面正在咆哮着，转动着伟大的时代，我的同阶级的人，在过去的几百年里是沉默着的，是受尽了一切痛苦的，现在却已经在建设着新的生活，用自己的言语，大声的表演自己的阶级，干脆的说：我们是主人。
>
> 艺术家之中，谁能够广泛的深刻的能干的在自己的作品里反映这个主人——他才是幸福的。

　　　　我暂时没有这种幸福，所以痛苦，所以难受。（玛拉式庚
　　自传）

　　他在文学团体里，先是属于"锻冶厂"的，后即脱离，加入了
"十月"。一九二七年，出版了描写一个革命少女的道德底破灭的经过
的小说，曰《月亮从右边出来》一名《异乎寻常的恋爱》，就卷起了
一个大风暴，惹出种种的批评。有的说，他所描写的是真实，足见现
代青年的堕落；有的说，革命青年中并无这样的现象，所以作者是对
于青年的中伤；还有折中论者，以为这些现象是实在的，然而不过是
青年中的一部分。高等学校还因此施行了心理测验，那结果，是明白
了男女学生的绝对多数，都是愿意继续的共同生活，"永续的恋爱关
系"的。珂刚教授在《伟大的十年的文学》中，对于这一类的文学，
很说了许多不满的话。
　　但这本书，日本却早有太田信夫的译本，名为《右侧之月》，末
后附着短篇四五篇。这里的《工人》，就从日本译本中译出，并非关
于性的作品，也不是什么杰作，不过描写列宁的几处，是仿佛妙手的
速写画一样，颇有神采的。还有一个不大会说俄国话的男人，大约就
是史太林了，因为他原是生于乔具亚（Georgia）——也即《铁流》里
所说起的克鲁怎的。

　　绥拉菲摩维支（A. Serafimovich）的真姓是波波夫（Aleksandr
Serafimovich Popov），是十月革命前原已成名的作家，但自《铁流》
发表后，作品既是划一时代的纪念碑底的作品，作者也更被确定为伟
大的无产文学的作者了。靖华所译的《铁流》，卷首就有作者的自传，
为省纸墨计，这里不多说罢。
　　《一天的工作》和《岔道夫》，都是文尹从《绥拉菲摩维支全集》
第一卷直接译出来的，都还是十月革命以前的作品。译本的前一篇的

前面，原有一篇序，说得很分明，现在就完全抄录在下面：

　　绥拉菲摩维支是《铁流》的作家，这是用不着介绍的了。可是，《铁流》出版的时候已经在十月之后；《铁流》的题材也已经是十月之后的题材了。中国的读者，尤其是中国的作家，也许很愿意知道：人家在十月之前是怎么样写的。是的！他们应当知道，他们必须知道。至于那些以为不必知道这个问题的中国作家，那我们本来没有这种闲功夫来替他们打算——他们自己会找着李完用文集或者吉百林小说集……去学习，学习那种特别的巧妙的修辞和布局。骗人，尤其是骗群众，的确要有点儿本事！至于绥拉菲摩维支，他是不要骗人的，他要替群众说话，他并且能够说出群众所要说的话。可是，他在当时——十月之前，应当有骗狗的本事。当时的文字狱是多么残酷，当时的书报检查是多么严厉，而他还能够写，自然并不能够"畅所欲言"，然而写始终能够写的，而且能够写出暴露社会生活的强有力的作品，能够不断的揭穿一切种种的假面具。

　　这篇小说:《一天的工作》，就是这种作品之中的一篇。出版的时候是一八九七年十月十二日——登载在《亚佐夫海边报》上。这个日报不过是顿河边的洛斯托夫地方的一个普通的自由主义的日报。读者如果仔细的读一读这篇小说，他所得的印象是什么呢？难道不是那种旧制度各方面的罪恶的一幅画像！这里没有"英雄"，没有标语，没有鼓动，没有"文明戏"里的演说草稿。但是……

　　这篇小说的题材是真实的事实，是诺沃赤尔卡斯克城里的药房学徒的生活。作者的兄弟，谢尔盖，在一千八百九十几年的时候，正在这地方当药房的学徒，他亲身受到一切种种的剥削。谢尔盖的生活是非常苦的。父亲死了之后，他就不能够再读书，中学都没有毕业，就到处找事做，换过好几种职业，当过水手；后来还是靠他哥哥（作者）的帮助，方才考进了药房，要想熬到制药师副手的资格。后来，绥拉菲摩维支帮助他在郭铁尔尼珂华站上自己开办了一个农村药房。绥拉菲摩维支时常到那地方去的；一九〇八年他就在这地方收集了材料，写了他那第一篇长篇小说：《旷野里的城市》。

　　　　　范易嘉志。一九三二，三，三〇。

　　孚尔玛诺夫（Dmitriy Furmanov）的自传里没有说明他是什么地方的人，也没有说起他的出身。他八岁就开始读小说，而且读得很多，都是司各德，莱德，倍恩，陀尔等类的翻译小说。他是在伊凡诺沃·沃兹纳新斯克地方受的初等教育，进过商业学校，又在吉纳史马毕业了实科学校。后来进了墨斯科大学，一九一五年在文科毕业，可是没有经过"国家考试"。就在那一年当了军医里的看护士被派到"土耳其战线"，到了高加索，波斯边境，又到过西伯利亚，到过"西部战线"和"西南战线"……

　　一九一六年回到伊凡诺沃，做工人学校的教员。一九一七年革命开始之后，他热烈的参加。他那时候是社会革命党的极左派，所谓"最大限度派"（"Maximalist"）。

　　　　只有火焰似的热情，而政治的经验很少，就使我先成了最大限度派，后来，又成了无政府派，当时觉得新的理想世界，可以用无治主义的炸弹去建设，大家都自由，什么都自由！

　　　　而实际生活使我在工人代表苏维埃里工作（副主席）；之后，于一九一八年六月加入布尔塞维克党。孚龙兹（Frunze，是托罗茨基免职之后第一任苏联军事人民委员长，现在已经死了。——译者）对于我的这个转变起了很大的作用，他和我的几次谈话把

我的最后的无政府主义的幻想都扑灭了。（自传）

　　不久，他就当了省党部的书记，做当地省政府的委员，这是在中央亚细亚，后来，同着孚龙兹的队伍参加国内战争，当了查葩耶夫第二十五师的党代表，土耳其斯坦战线的政治部主任，古班军的政治部主任。他秘密到古班的白军区域里去做工作，当了"赤色陆战队"的党代表，那所谓"陆战队"的司令就是《铁流》里的郭如鹤（郭甫久鹤）。在这里，他脚上中了枪弹。他因为革命战争里的功劳，得了红旗勋章。

　　一九一七——一八年他就开始写文章，登载在外省的以及中央的报章杂志上。一九二一年国内战争结束之后，他到了墨斯科，就开始写小说。出版了《赤色陆战队》，《查葩耶夫》，《一九一八年》。一九二五年，他著的《叛乱》出版（中文译本改做《克服》），这是讲一九二〇年夏天谢米列赤伊地方的国内战争的。谢米列赤伊地方在伊犁以西三四百里光景，中国旧书里，有译做"七河地"的，这是七条河的流域的总名称。

　　从一九二一年之后，孚尔玛诺夫才完全做文学的工作。不幸，他在一八〔九〕二六年的三月十五日就病死了。他墓碑上刻着一把剑和一本书；铭很简单，是：特密忒黎·孚尔玛诺夫，共产主义者，战士，义人。

　　孚尔玛诺夫的著作，有：

　　《查葩耶夫》——一九二三年。

　　《叛乱》——一九二五年。

　　《一九一八年》——一九二三年。

　　《史德拉克》——短篇小说，一九二五年。

　　《七天》（《查葩耶夫》的缩本）——一九二六年。

　　《斗争的道路》——小说集。

《海岸》（关于高加索的"报告"）——一九二六年。

《最后几天》——一九二六年。

《忘不了的几天》——"报告"和小说集，一九二六年。

《盲诗人》——小说集，一九二七年。

《孚尔玛诺夫文集》四卷。

《市侩杂记》——一九二七年。

《飞行家萨诺夫》——小说集，一九二七年。

这里的一篇《英雄们》是从斐檀斯的译本（D. Fourmanow：*Die roten Helden*，deutsch Von A. Videns，Verlag der Jugendinternationale，Berlin 1928）重译的，也许就是《赤色陆战队》。所记的是用一支奇兵，将白军的大队打退，其中似乎还有些传奇色彩，但很多的是身历和心得之谈，即如由出发以至登陆这一段，就是给高谈专门家和唠叨主义者的一个大教训。

将"Helden"译作"英雄们"，是有点流弊的，因为容易和中国旧来的所谓"显英雄"的"英雄"相混，这里其实不过是"男子汉，大丈夫"的意思。译作"别动队"的，原文是"Dessert"，源出法文，意云"追加"，也可以引申为饭后的点心，书籍的附录，本不是军用语。这里称郭甫久鹤的一队为"rote Dessert"恐怕是一个诨号，应该译作"红点心"的，是并非正式军队，它的前去攻打敌人，不过给吃一点点心，不算正餐的意思。但因为单是猜想，不能确定，所以这里就姑且译作中国人所较为听惯的，也非正装军队的"别动队"了。

唆罗诃夫（Michail Sholochov）以一九〇五年生于顿州。父亲是杂货，家畜和木材商人，后来还做了机器磨坊的经理。母亲是一个土耳其女子的曾孙女，那时她带了她的六岁的小儿子——就是唆罗诃夫的祖父——作为俘虏，从哥萨克移到顿来的。唆罗诃夫在墨斯科时，进了小学，在伏罗内希时，进了中学，但没有毕业，因为他们为了侵进来的德国军队，避到顿方面去了。在这地方，这孩子就目睹了市民战，一九二二年，他曾参加了对于那时还使顿州不安的马贼的战斗。到十六岁，他便做了统计家，后来是扶养委员。他的作品于一九二三年这才付印，使他有名的是那大部的以市民战为材料的小说《静静的顿河》，到现在一共出了四卷，第一卷在中国有贺非译本。

《父亲》从《新俄新作家三十人集》中翻来，原译者是斯忒拉绥尔（Nadja Strasser）；所描写的也是内战时代，一个哥萨克老人的处境非常之难，为了小儿女而杀较长的两男，但又为小儿女所憎恨的悲剧。和果戈理，托尔斯泰所描写的哥萨克，已经很不同，倒令人仿佛看见了在戈理基初期作品中有时出现的人物。契诃夫写到农民的短篇，也有近于这一类的东西。

班菲洛夫（Fedor Panferov）生于一八九六年，是一个贫农的儿子，九岁时就给人去牧羊，后来做了店铺的伙计。他是共产党员，十月革命后，大为党和政府而从事于活动，一面创作着出色的小说。最优秀的作品，是描写贫农们为建设农村的社会主义的斗争的《勃鲁斯基》，以一九二六年出版，现在欧美诸国几乎都有译本了。

关于伊连珂夫（V. Ilienkov）的事情，我知道得很少。只看见德文本《世界革命的文学》（*Literatur der Weltrevolution*）的去年的第三本里，说他是全俄无产作家同盟（拉普）中的一人，也是一个写新俄的人们的生活，尤其是农民生活的好手。

当苏俄施行五年计画的时候，革命的劳动者都为此努力的建设，组突击队，作社会主义竞赛，到两年半，西欧及美洲“文明国”所视为幻想，妄谈，昏话的事业，至少竟有十个工厂已经完成了。那时的作家们，也应了社会的要求，应了和大艺术作品一同，一面更加提高艺术作品的实质，一面也用了报告文学，短篇小说，诗，素描的目前小品，来表示正在获胜的集团，工厂，以及共同经营农场的好汉，突击队员的要求，走向库兹巴斯，巴库，斯太林格拉特，和别的大建设的地方去，以最短的期限，做出这样的艺术作品来。日本的苏维埃事情研究会所编译的《苏联社会主义建设丛书》第一辑《冲击队》（一九三一年版）中，就有七篇这一种"报告文学"在里面。

《枯煤，人们和耐火砖》就从那里重译出来的，所说的是伏在地面之下的泥沼的成因，建设者们的克服自然的毅力，枯煤和文化的关系，炼造枯煤和建筑枯煤炉的方法，耐火砖的种类，竞赛的情形，监督和指导的要诀。种种事情，都包含在短短的一篇里，这实在不只是"报告文学"的好标本，而是实际的知识和工作的简要的教科书了。

但这也许不适宜于中国的若干的读者，因为倘不知道一点地质，炼煤，开矿的大略，读起来是很无兴味的。但在苏联却又作别论，因为在社会主义的建设中，智识劳动和筋肉劳动的界限也跟着消除，所以这样的作品也正是一般的读物。由此更可见社会一异，所谓"智识者"即截然不同，苏联的新的智识者，实在已不知道为什么有人会对秋月伤心，落花坠泪，正如我们的不明白为什么熔铁的炉，倒是没有炉底一样了。

《文学月报》的第二本上，有一篇周起应君所译的同一的文章，但比这里的要多三分之一，大抵是关于稷林的故事。我想，这大约是原本本有两种，并非原译者有所增减，而他的译本，是出于英文的。我原想借了他的译本来，但想了一下，就又另译了《冲击队》里的一本。因为详的一本，虽然兴味较多，而因此又掩盖了紧要的处所，简的一本则脉络分明，但读起来终不免有枯燥之感——然而又各有相宜的读者层的。有心的读者或作者倘加以比较，研究，一定很有所省悟，我想，给中国有两种不同的译本，决不会是一种多事的徒劳的。

但原译本似乎也各有错误之处。例如这里的"他讲话，总仿佛手上有着细索子，将这连结着的一样。"周译本作"他老是这样地说话，好像他衔了甚么东西在他的牙齿间，而且在紧紧地把它咬着一样。"
这里的"他早晨往往被人叫醒，从桌子底下拉出来。"周译本作"他
常常惊醒来了，或者更正确地说，从桌上抬起头来了。"想起情理来，
都应该是后一译不错的，但为了免得杂乱起见，我都不据以改正。

从描写内战时代的《父亲》，一跳就到了建设时代的《枯煤，人
们和耐火砖》，这之间的间隔实在太大了，但目下也没有别的好法子。
因为一者，我所收集的材料中，足以补这空虚的作品很有限；二者，
是虽然还有几篇，却又是不能绍介，或不宜绍介的。幸而中国已经有
了几种长篇或中篇的大作，可以稍稍弥缝这缺陷了。

一九三二年九月十九日，编者。

——录自良友图书印刷公司 1936 年初版

《托尔斯泰短篇杰作全集》[①]

《托尔斯泰短篇杰作全集》小言——这本书的用处
谢颂羔[②]

本书虽然是一本小说集，却有许多地方教训我们学习行善，跟耶
稣的脚步做人。我的朋友李观森先生鼓励我们要把本书出版，他自己
在讲道时也常引用本书中的故事，劝告人们勿贪土地。

[①] 《托尔斯泰短篇杰作全集》，俄国托尔斯泰（Alexei Tolstoy，1828—1920）
著，谢颂羔、陈德明编译，上海广学会 1936 年 7 月初版。

[②] 谢颂羔（1896—1972），浙江杭州人。毕业于东吴大学，后留学美国，1921
年获奥朋大学（Auburn University）神学院神学学士学位，1922 年获波士
顿大学硕士学位。曾任教于南京神学院、上海沪江大学，出任广学会编辑
等职。另编译有《世界著名小说选》《苏联名小说选》，与米星如译有法国罗
曼·罗兰《甘地奋斗史》、美国贝克（E. D. Baker）《儿童教育学》等。

托氏自己虽然是一位文学家，却也是一位宗教的实行家，为了他处在豪富的家庭里，所以不安于心，常想做一个真正的平民。最后，他决意与他的妻子不告而别，不过那时他年纪太老，不能够吃苦了，不多几日便死在途中。

托氏写了这些短篇故事，并不是给人类一种消闲品，他乃是借着那些故事来警告世人，唤起世人会从名利的梦中醒转来。我们如今也本着这个宗旨编译这部书。

我们希望做父母的能把这些故事讲给孩子们听，青年人自己会看了这些故事提高他们的人生观。大家能做一位不爱钱、不贪土地的平民。

这本书的编译者陈德明先生是我的好友，他也是服膺托氏的一位，所以我请他担任这本书编译的工作，他是十二分的情愿，这本书如今告成，我不得不写数语，以表我的谢悃。又得杜少衡、沈雏鹤二先生校对之力，本书更为完善，连带在此道谢。

——录自上海广学会 1936 年初版

《托尔斯泰短篇杰作全集》序
（谢颂羔　陈德明①）

在介绍托尔斯泰的著作之前，我们不得不略述他的生平，因为他的著作和他的生平事迹是有着密切的关系的，简直可以说，他的著作就是他的人格和思想的反映。

托尔斯泰（Leo Tolstoy）以一八二八年九月九日，生于俄国耶斯

---

① 陈德明，生平不详。译有厄特华《名言集》，另与谢颂羔合译英国约翰·班扬（John Bunyan）《蒙恩回忆录》、威尔斯（H. G. Wells）《世界史要》等。

那亚波里亚那（Yasnaya Polyana）地方。其家为当地大地主，而且世为公卿。托氏幼年即丧父母，由两个姑母抚育成人。

氏生有夙慧，五岁即知人生的痛苦。而且他从小就富于感情，见人受苦，就泫然下泪。他十六岁就开始著作，发表他的感想。

氏十五岁时，从乡间到都市里面去求学。在都市里面，他沾染了一般不良青年的恶习，过着放纵的生活，把学业置诸脑后。可是他天资过人，不久就憬然悔悟，不待学业告终，就离开都市，遄回乡间。他在乡间看到农民们的牛马生活，激发了他的人道主义的思想，而以解放农民一事引为己任。同时，他放弃了贵族的生活，亲自到田间去从事操作。

氏廿二岁时，从家中出去，到高加索山上去投军。高加索山那里风景壮美，青年的托氏陶醉在大自然之中，污秽的思念洗涤殆尽，同时他对于造物主上帝起着敬爱之心。

在他入伍以后的第二年，俄土开战，氏随军出发至前线作战。他最初为爱国心所驱使，拥护战争，可是后来他在战场上目击战争的种种惨象，便对战争发生了反感。

托氏离开战场以后，到法、德、瑞士等国去游历，顺便考察那里的社会和教育制度。回国以后，从事教育事业，创办农民学校，成绩很好。

一八六二年，氏与苏非女士结婚，当时氏已三十四岁，而夫人才十八岁，夫妇之间，爱情颇笃。此后，氏专心从事著述，其长篇杰作《战争与和平》费时六年而告成，继之以《安娜卡丽妮娜》（Anna Karenina）与《复活》两部长篇小说。此外，又写了一些短篇小说和关于宗教、社会和政治问题的文字。

我们知道托氏出身贵族而酷爱平民化的生活，但是因为家庭的牵制，以致未能实行他的理想，因此他时常想脱离家庭，去过他的理想中的简单生活。他几次预备出亡，都因故中止。至一九一〇年十一月九日夜间，始下最后的决心，遗书出亡，不幸中途患病，追家人赶往寻获，氏已奄奄一息，不久即溘然长逝。

托氏的著作范围很广，包括小说、戏剧、论文、随笔等等，其中尤以小说为其生平最重要的著作。他的小说都是他的实际生活的纪录和他的人格和思想的反映。他的长篇小说每部里面都有一个中心思想，如《战争与和平》提倡非战主义，《安娜卡丽妮娜》里面描写一个人由怀疑主义而转向宗教信仰，实在就是托氏自己的写照。他的短篇小说也和他的长篇小说一样，每篇有一个中心思想；至本集各篇所含的思想已由英译者在其序言中揭出，可加参阅。盖不赘述。

托氏的短篇小说，经国人译出者，虽已不少，但都散见各处，即有专集，也不完备，常为爱读托氏小说者所憾。现在根据英国毛特（Alymer Maude）的 *Twenty-three Tales by Leo Tolstoy*，编译此集；毛氏为翻译托氏著作的专家，而此集搜罗最为丰富，所以可说托氏一生的短篇杰作都已收集在内了。

本集原来的计划是预备将毛特的英译本所收各篇从新译出，不过后来因为其中多数已由国人译出，同时本集的主要目的是在使读者们看到托氏短篇杰作的全豹，而不在于欣赏译者的文字，因此决定采集外间原有译作十五篇，加以悉心矫正，置入本集，其余八篇未见外间译文，由编译者自行译出，汇编成书。书中各篇，除自译者外，均于篇末将原译的大名注出，并在此谨向各原译者申谢。

编译者谨识，二四，十二，十。

——录自上海广学会 1936 年初版

《资产家》[①]

《资产家》序

张梦麟 [②]

在中国以戏剧家闻名的高尔斯华绥，在英国文学里他所站的位置，无宁是一个写实主义的小说家。那使他在戏坛上成名的第一篇剧《银盒》，是在一九〇六年出版，同时，他赢得小说家地位的第一部大作《资产家》也是在这个时候与世人见面。此时作者刚好四十岁，从作家的年龄说来，正是青年时代。在此以前，高尔斯华绥在三十岁左右的时候，也曾发表了一些小说，可是和他以后成熟的作品相比较起来，只不过是些习作而已。《资产家》才是他成熟作品的第一部，在这个意味上，这部小说是小说家高尔斯华绥最重要的一部杰作。这部长篇的故事，本来是当作一个独立的小说而写的，可是过了十二年之后，作者在一九一八年忽又发表了短短的一段插话似的中篇小说，起名叫《某一福赛的晚春》(*Indian Summer of a Forsyte*)，其中，在《资产家》里出现过的两个主要人物在此又复重现。过后，作者好像醉心于福赛一门的命运似的，接着在一九二〇年发表了《诉讼》(*In Chancery*) 和《觉醒》(*Awakening*)，翌年又发表了《出租》

---

① 《资产家》(*The Man of Property*)，长篇小说，英国高尔斯华绥 (John Galsworthy，1867—1933) 著，王实味译，张梦麟校阅，"世界文学全集"丛书之一，上海中华书局 1936 年 7 月初版。

② 张梦麟 (1901—1985)，贵州贵阳人。曾留学日本，毕业于京都大学文学系，获学士学位。回国后任上海中华书局编译所编辑。1930 年 12 月主编《学艺杂志》刊物。抗战时期，任复旦、大夏联合大学英文教授，贵州大学总务长。另译有美国霍爽（今译霍桑）小说《红字》、爱尔兰萧伯纳喜剧《人与超人》、美国贾克伦敦小说《老拳师》等。

(*To Let*)。这三部大作和两段中篇的插话便在一九二二年，用《福赛家故事》(*The Forsyte Saga*) 的名字，作为一册而出版了。过后，在一九二四年发表了《白猿》(*The White Monkey*)，一九二六年发表了《银匙》(*The Silver Spoon*)，一九二八年发表了《白鹄之歌》(*The Swan Song*)。这三部大作，又加一九二七年发表的两段插话，一个叫《沉默之求爱》(*A Silent Wooing*)，一个叫《路旁之人》(*Passers By*)，又作为一册，在《现代喜剧》(*Modern Comedy*) 的名字之下，于一九二九年出版。这一部《现代喜剧》和前述的《福赛家故事》一共六大册巨著，总称为《福赛家年代记》(*The Forsyte Chronicles*)。一般以为高尔斯华绥叙述福赛家的事，似乎在此已完成了。不料在一九三〇年又出现《福赛家插话集》(*On Forsyte Change*)，一九三一年又出现了《侍女》(*Maid in Waiting*)，一九三二年出版了《开花的旷野》(*Flowering Wildness*)，一九三三年出版《河的那一面》(*Over the River*)。这三部作品又复总称叫做《故事的结末》(*End of the Chapter*)，继续在前两部大作之后，完成了作者所计画的福赛家史。《河的那一面》据说是在作者去世的前一日才写完的。那么，假如作者不死，也许福赛家史还要继续下去也不可知。可是，只就他已完成的这三部曲来看，已足叫我们吃一大惊。一方面觉得高尔斯华绥氏精力的过人，因为除开这几部大作而外，他还留得有许多短篇小说、论文、小品以及戏曲等。又一方面，又使我们感到作者对于他写小说的工作，看得如此真挚神圣。因此，更使我们觉得作者写的不只是一篇小说。正如作者自己所计画，也如一般批评家所相许的，这十几部大书所构成的三部曲，乃是英国中流以上的绅士阶级的历史，这三部巨著中经过的年代，足足有五十余年，这五十余年中英国绅士阶级的隆盛、变迁、衰亡，他们的传统、他们的思想、他们的道德、他们的感情，都呈现在这里面。作者所描写的，乃是这一个阶级的道德的组织、社会的组织，同时又暴露出这组织的弱点。可以说一部英国中流社会的兴亡史，都呈现在这里面了。而《资产家》刚好是这一部英国社会史的起首，从这个意味说来，这部作品，不惟在他的作品中是重要之作，就在我们拿来当成一部英国的社会史读，也是极重要的作品。在这里面，高尔斯华绥尔后所想描写的，都已略具了一个雏形。

在这部作品里，我们看出了福赛一家所代表的英国人。他们正如书中一位福赛的叛离者小岳里昂所说：

> 福赛（所代表的）是经纪人，是商业家，是社会的柱石，是风俗习惯的基础，是一切煊赫堂皇的东西。……至低限度的估计，在我们皇家学院底学者之中，要占四分之三是福赛，在我们小说家中要占八分之七，在新闻界要占一大部分。在科学方面我不知道。在宗教方面，他们更是煊赫的代表者，在下院中也许比任何地方都多，贵族方面更不用说了。

这样大多数的代表者的福赛们，有着怎样的特色呢？在《资产家》里，我们看见他们全体共有的特质，也看见他们各个特有的素性。看见他们对于生死、幸福、名誉等的观念，看出他们对于行为、宗教、恋爱及艺术等的解释。我们又看见他们的家宴，他们的晚餐，他们的结婚，他们的葬式。在这种种具体的动作里，一贯地所表现出来的他们的特质，便是所谓自己保存的利己主义，由此而生出所谓的"财产意识"。他们的房子，他们的钱财，他们的妻子，他们的儿女，他们的幸福，健康，无一样在他们不是当成财产来看。这意识是他们至死不放手的，而他们的悲剧，痛苦，也便在因欲把持着这个意识而生的争斗上。金钱便是这种意识的具体表现，所以他们凡是不能用金钱来衡量的东西，便不能了解，因此，艺术的价值，在他们看来，只是它的卖价能值多少而已。土地在他们也只是在它能值多少价钱，所以当书中的玖恩问她的叔祖詹姆士怎么不在乡间去建房子时，詹姆士就脸一红说：

"为什么？买地皮——你以为我买地皮有什么好处，盖房子么？——那我底钱连四分利息也拿不到。"

"那有什么要紧呢？你可以得到新鲜的空气。"玖恩说。

"新鲜的空气，我要新鲜的空气来干吗呀？"

因于这种财产意识的福赛们，便因此而处处都喜欢照着老规矩做。他们决不客观地来观察自己，因为"决不站在第三者的位置来看你自己，这乃是最妙的自己保存"。他们也不讨论思想，因为他们每个的心，就如书中另一人物斯维沁一样，"自朝至暮，脑里很有活动"。他们正如书中的主人公布新莱所说的一样，"要有整齐规则，然后才得了自尊，这在生活里和在建筑里都是一样"。所以他们拼命地要求规则和整齐，因而成了因袭道德的支柱，成了风俗习惯的基础，痛恨一切新的，他们所没有见闻过的东西。因为这些东西，便是意味着在威胁他们的安全。福赛家人这种守旧因袭的心理，便由作者在另一部书中很明白地表示出来：

> 我相信我的父亲，相信我父亲的父亲，相信我父亲的父亲的父亲，他们即是替我造财产，替我保管财产的人。我相信这国家是我们一手造成的，而我们便要保持着国家这种现状。……

这即是福赛们的信条。他们互相之间，虽是那么猜忌，一个深怕别一个比他找的钱多，而妇女们更巴不得那一族中发生点什么丑闻，以便相互谈论，以消磨那没有法子可以消磨的岁月。可是一旦遇着有什么新的人物或者新的行动要来破坏他们的安全时，便立又合为一体，互相团结起去抵御。在他们这种财产意识所生的道德组织之下，便藏得有这种安全意识来维系着。

福赛们自然不是奴隶，他们虽只有在因袭道德，社会传统允许之下，尽可自由行动的。惜乎他们这种规则与整齐，大半已成了形式的东西，已经没有支持在真正的团结统一的力量上，因此，一代一代地传下去，这家族也就逐渐地瓦解。这在《资产家》里，还只是一个萌芽，它的衰亡之迹，便可在其余的福赛史里看得出来了。

这种以财产意识为基础的福赛们，对于在社会有如何的贡献呢？这里我们又举小岳里昂的话，来作一个抽象的说明：

> 他们确是，占有英国人之半数，还是较好的半数，安全的半数，是那三分利息的半数，是那重要的半数。使一切能够实现的便是他们的财产与安全。使你的艺术成为可能，使文艺科学甚至宗教成为可能，都是他们。要没有并不相信这一切而只把它们拿来利用的福赛们时，我们将变成怎样的状况去了呢？……大半的建筑师、画家和著作家们都没有信仰，福赛们也是一样。艺术、文艺、宗教之得以延续存在，是由于很少几个真正信仰这些东西的疯子们，和利用它们作为交易而赚钱的福赛们……

因为这个原故，无怪福赛们要自以为是社会的柱石，国家的栋梁。相信他的道德观念，传统思想即是最合理的，最实践的，行之全世皆可通，行之万世而不变的，于是处处都不拿别人看他的眼光来看自己，而是拿自己的主观，偏见，利己主义以及财产意识等来衡量一切事物了。可是天下事竟有以福赛这样的力量也不能支配的，在此，我们触到了《资产家》的内容来。

《资产家》的主人公是一个叫索米斯福赛的人，他正是福赛精神最完美的一个代表者。他处身立世，处处都在他所代表的社会因袭传统，道德规律之内，是一个决不会跌倒的人。"像他那样精神怯惧着可以跌倒的环境的人，怎样会跌呢？一个人站在地板上，决不会跌的。"因此，他以为理性和谨慎便可防止一切危险，可是偏巧是他的夫人会和一个非福赛的青年艺术家发生起恋爱来。作者高尔斯华绥，便是藉这种个人不可抗的情欲，写出它和福赛们所确立保障的道德制度的冲突。一面是福赛们激烈的愿望，想用传统、因袭、偏见等以绳制别人的生活，一面是不知有法律规则的个人的热烈的欲念，作者在这书中曾说道：

> 爱情并不是一种温室中的家花，而是一种野生的杂草。是一夜风雨，或一阵阳光即可发生出来的东西。是野生的种子，被一阵狂风沿路吹来而发芽的。这荒野的植物，当偶然开在我们的园中时，我们就叫它做鲜花，而当它偶然长在我们园子的藩篱外时，我们就轻视之为杂草。可是鲜花也好，杂草也好，它的颜色，香味，终归是野性的。……这种野性植物发生的地方，男子和女人，只不过是围绕着这苍白色的，火焰似的花儿的飞蛾吧了。

爱以因袭道德限制人的福赛们，便以受了教堂许可结婚的恋爱，即是长在园子里的植物，便谓之鲜花，而将一切不正当的恋爱都轻视为杂草。可是荒狂的爱情，是不受这种东西范围的，作者这段比喻，说得很清楚了。可是，书中那一对飞蛾似的情人是如何终结呢？结果是男子死于车下，女人复又回家，索米斯终于得胜，这部作品也就于此终场了。

一般评论家们，都以为高尔斯华绥处理这一对情人，令人不很满意。作者极力在说爱欲的荒狂野性，可是作品中所表现出的两人的爱情，却是一点也不荒狂，一点也不野性。主人公并没有那种不顾一切，与世界挑衅的悲壮，仅仅只是俯首帖耳于社会因袭之下的哀愁。亚里斯多德曾说悲剧给与人的感情，是哀怜和恐怖。那么，在《资产家》里我们所得的只有哀怜，一点也不感恐怖。像托尔斯泰写 Anna

Karenina 那种令人不敢卒读的感情，在高尔斯华绥的作品却找不出来。有人甚至说作者不能描写极深刻的感情，因此反而是他作品销行的原因，因为深刻悲壮的感情是一般人所不敢去感觉的。在我个人的意见，我觉得这是写实主义者高尔斯华绥，和作福赛家史的高尔斯华绥所不得不然的，高氏在这部作品里，为我们表现了福赛们的两种最基础的特质。一种是"财产意识"，上文已说过了。还有一种，是他们决不把他们整个的心身，寄在一件事物上。用小岳里昂的话来说，便是："要让任何东西使你忘了神也是很危险的——一所房子、一张图画或是一个女人……"这个是因为自利主义的福赛们决不会为自己以外的事物而忘记自己——这是太不安全了。在这样实际的世界里，在这样平凡的人物中，而描写荒狂野性，不顾一切的深厚感情，不是与背景有一点不调和么？我们不要忘记高尔斯华绥是在写的福赛一家。

又从写实主义者的高尔斯华绥来说，他对于艺术描写的主张，便是公平地从各方面去描写他所看出来的事迹，既不参加他自己的意见，也不迎合公众的趣味，只是照事实写事实而让读者于其中去找到他所能得到的教训。他处理一个社会问题的方法，便只是从各方面把这问题所应说的都说出来，此外就在他的范围以外了。在这部作品里，作者是存心在描写一个以压制感情为金科玉律的阶级，它的精神和它的心埋，因而他不描写个人感情的奔放，只停笔于这阶级最典型，最代表的性格，这也是无可奈何的事。譬如书中主人公的索米斯，便不是一个个性，而是福赛家的一个典型。作者在别的地方曾提到福赛们既不善也不恶，只是有时可悲，有时可笑。所以他描写索米斯也不是当成一个恶人来写，他只是一个不自知地做了传说因袭的奴隶而就自以为是自由的人。他自己信奉这种因袭道德，同时也拿这种因袭道德去要求人家信奉，一旦遇有和这道德反抗的人物事件，而又和他利害相冲突时，他便觉得受了无限的苦，可是还不知道这是为的什么来。作者写他时，用的是十分的同情，一点也没有加以恶意。对于他拿一定要保持婚姻的神圣，不许他的妻子离婚去自由嫁心爱的人，作者在妻子的立场上，已把这问题写得很清楚。同时，作者并没有忘记了做丈夫的索米斯的这一面。这方面便由小岳里昂的几句话语，总括起来：

> "这一切的核心"他想，"乃是财产"，但有许多人不愿这样说。对于他们，这乃是"婚约的神圣"。但婚约的神圣依赖于家族的神圣。家族的神圣则依赖于财产的神圣。而我还以为这一切人们，都是那一点财产也没有的上帝的信徒呢，这真怪！
>
> （可是）在我回家的路上，我是不是要请我遇见的任何穷人去分吃我的餐食呢？要是那样做，饭于我就太不够吃，尤其是我的妻就太不够吃，而她又是我底健康和幸福所必需的。也许，索米斯使用他的权利，并用他实际的力量去赞助那神圣的财产原理到底是对的。这原理对于我们一切人都有益，只除掉那些——因这办法而受苦的人。

一部《资产家》便是这么地使我们看见许多可悲，可笑的事，使我们看见在某种生活原理支配之下的复杂的人生，看见时时都有的，因这种原理而生出苦乐冲突的社会。作者不在描写个人，而在叙述社会，反而因此，这部作品以及后来的几部大作，在小说史上占着了很重要的位置了。

读完了《资产家》时，很令人想起中国的《红楼梦》来。同是一样地一边是想藉以调整生活的坚牢的礼教，一边是个人无可奈何的情欲，同一样暴露出礼教在这种情热下面，并无一点能力，可是也同一样地现示出在受情欲的支配，又受礼教的束缚的人们，比那礼教更为无力。同样地两部书中的主人公都是死的死了，降服的也降服了。作者所给与我们的只是弱者的可怜，并不是情热的奔放。同样地两者都没有那种叫人恐怖的深刻感情。可是这在《资产家》方面，便为他客观地描写的社会背景而为人所注目。而在《红楼梦》方面，几百年读者都要浸润在主观的共鸣里，认为这即是深刻的感情，这即是书中的一切，由此看来，东西对于文学的看法，决不是给人一个明白的对照么？

民国廿五年三月　张梦麟

——录自中华书局 1936 年初版

《渔光女》[①]

《渔光女》序

郑延谷[②]

巴若来先生，是法国今日鼎鼎大名的戏剧家。他的主要作品，在社会上最负盛名的，有下列三种：一《马赛情人》(*Marius*)，二《渔光女》(*Fanny*)，三《小学教员》(*Topaze*)。

在法国地方，也可以说，在整个的欧洲地方，无论小孩，大人，老人，凡在书店里，看见有巴氏的著作，就欢欢喜喜地买回来读；在戏院门口，或电影场外，看见是巴先生编的剧本，就喜喜欢欢地跑进

---

① 《渔光女》(*Fanny*)，三幕剧，法国巴若来 (Marcel Pagnol，今译帕尼奥尔，1895—1974) 著，郑延谷译，"现代文学丛刊"之一，上海中华书局 1936 年 8 月初版。

② 郑延谷，生卒年不详，湖南人。1919 年赴法勤工俭学，加入湖南新民学会留法同仁发起的"工学世界社"。后又赴比利时勤工俭学。另译有法国巴若来 (Marcel Pagnol) 戏剧《小学教员》，曾获上海中法联谊会 1936 年度文学竞赛奖金。

去看。所以他在法国的声望和地位，正是同卓别麟在美国一样，不过前者是一个编剧的文学家，后者是一个表演的艺术家，这是他们不同的地方。

巴氏的思想，不偏于右，也不偏于左，他是只写纯粹的社会真相。

《渔光女》，全本分成三剧，作四次布景。巴氏完成这书后，在一千九百三十一年，十二月五日，在巴黎国立戏院公演，当时受了社会上极好的批评。不久之后，就摄成影片，是法国银幕里面最新奇，最时髦的片子。这个美丽的剧本，我把它译成中文，想"借花献佛"，献给中国的同胞去赏玩。我还想在最近的将来，把《马赛情人》和《小学教员》，也译出来，大约在一年以内，这两朵鲜花，就可以贡在读者们的手里。

诸位读者，在《渔光女》里面，请看那可恨可恶的金钱，多么万能！多么凶残！它把人家如胶似漆的情人分离，它把人家如花似玉的美人夺走，它把人家如心如肝的爱子占去……

社会之能安宁，全在人民的粮食充足；但是粮食要分为两种：一种是有形的，如"稻粱粟，麦黍稷，马牛羊，鸡犬豕"，以及那些山珍海味……一种是无形的，如文艺，美术，音乐……所以种田的，打猎的，捕鱼的……是为社会造有形食品的人。文学家，音乐家，图画家，雕刻家……是为社会造无形食品的人。故此文学家写一本书出来，就是社会上人的一碗菜，我们希望人家吃下去，多少总要有点益处，至少也要是养生的食物，而不是害生的毒品，这才是文学家的天职。现在我把法国刚刚出锅的菜，搬点到中国来，请大家吃吃西餐，但是合不合各位的口味？我就不知道。

一九三五年十月十二日，译者郑延谷序。

——录自中华书局 1936 年初版

《一个日本人的中国观》 ①

《一个日本人的中国观》鲁迅序
鲁迅

这也并非自己的发现，是在内山书店里听着漫谈的时候拾来的，据说：像日本人那样的喜欢"结论"的民族，就是无论是听议论，是读书，如果得不到结论，心里总不舒服的民族，在现在的世上，好像是颇为少有的，云。

接收了这一个结论之后，就时时令人觉得很不错。例如关于中国人，也就是这样的。明治时代的支那研究的结论，似乎大抵受着英国的什么人做的"支那人气质"的影响，但到近来，却也有了面目一新的结论了。一个旅行者走进了下野的有钱的大官的书斋，看见有许多很贵的砚石，便说中国是"文雅的国度"；一个观察者到上海来一下，买几种猥亵的书和图画，再去寻寻奇怪的观览物事，便说中国是"色情的国度"。连江苏、浙江一带，大吃竹笋的事，也算作色情心理的表现的一个证据。然而广东和北京等处，因为竹少，所以并不怎么吃竹笋。倘到穷文人的家里或者寓里去，不但无所谓书斋，连砚石也不过用着两角钱一块的家伙。一看见这样的事，先前的结论就通不过去了，所以观察者也就有些窘，不得不另外摘出什么适当的结论来。于是这一回，是说支那很难懂得，支那是"谜的国度"了。

据我自己想：只要是地位，尤其是利害一不相同，则两国之间不消说，就是同国的人们之间，也不容易互相了解的。

例如罢，中国向西洋派遣过许多留学生，其中有一位先生，好像

---

① 《一个日本人的中国观》，杂文集，日本内山完造（1885—1959）著，尤炳圻译，上海开明书店 1936 年 8 月初版。本篇收入《鲁迅全集》人民文学出版社 2005 年版时题为《内山完造作〈活中国的姿态〉序》。

也并不怎样喜欢研究西洋，于是提出了关于中国文学的什么论文，使那边的学者大吃一惊，得了博士的学位，回来了。然而因为在外国研究得太长久，忘记了中国的事情，回国之后，就只好来教授西洋文学，他一看见本国乞丐之多，非常诧异，慨叹道他们为什么不去研究学问，却自甘堕落的呢：所以下等人实在是无可救药的。

不过这是极端的例子。倘使长久的生活于一地方，接触着这地方的人民，尤其是接触，感得了那精神，认真的想一想，那么，对于那国度，恐怕也未必不能了解罢。

著者是二十年以上，生活于中国，到各处去旅行，接触了各阶级的人们的，所以来写这样的漫文，我以为实在是适当的人物。事实胜于雄辩，这些漫文，不是的确放着一种异彩吗？自己也常常去听漫谈，其实是负有捧场的权利和义务的，但因为已是很久的"老朋友"了，所以也想添几句坏话在这里。其一，是有多说中国的优点的倾向，这是和我的意见相反的。不过著者那一面，也自有他的意见，所以没有法子想。还有一点，是并非坏话也说不定的，就是读起那漫文来，往往颇有令人觉得"原来如此"的处所，而这令人觉得"原来如此"的处所，归根结蒂，也还是结论。幸而卷末没有明记着"第几章：结论"，所以仍不失为漫谈，总算还好的。

然而即使说是漫谈，著者的用心，还是在将中国的一部分的真相，绍介给日本读者的。但是，在现在，总依然是因了各种的读者，那结果也不一样罢。这是没有法子的事。据我看来，日本和中国的人们之间，是一定会有互相了解的时候的，新近的报章上，虽然又在竭力的说着"亲善"呀，"提携"呀，到得明年，也不知道又将说些什么话，但总而言之，现在却不是这时候。

倒不如看看漫文，还要有意思一点罢。

一九三五年三月五日
鲁迅记于上海。
——录自开明书店 1938 年三版

《魔鬼的门徒》 [①]

《魔鬼的门徒》译序
姚克 [②]

（一）萧伯讷

  萧伯讷是不用我介绍的。中国虽然落伍，但提起萧的大名，大家就会联想起他的幽默和圣诞老人式的胡须；有些人甚至于还知道他是个英国的大戏剧家，社会主义的信徒，而且常年吃素。虽然如此，我觉得至少还要把他简单地介绍一下，以便一般读者对于《魔鬼的门徒》可以有比较深刻一些的认识。不过这不是一篇萧的列传，而且篇幅也不宜过于冗长，所以我只拣和本剧有关系的事约略写一些，其他关于他的轶事读者尽可自己找一本萧的评传来参考，恕不多写了。

  萧幼年时代的历史是不很重要的，但他家庭的环境却和《魔鬼的门徒》极有关系。他在一八五六年七月二六日生在爱尔兰的都城，都柏林。他的父亲是个酒鬼，既没有钱又不善于居积，潦倒半生，他的妻早死了，但他直到四十岁才续弦。萧的母亲就是这个后妻。她生长在富家，曾经受过高深的音乐训练而且嗓子很好，所以后来她到伦敦去就靠着教音乐过活。萧有一个不信宗教的叔父，本剧中的彼得叔大概就是他的影子。其实德敬家的人物几乎都能在萧的家族中找到类型，例如德敬夫人也许就是萧的外祖母，威廉叔一定是萧的一个戒烟

---

① 《魔鬼的门徒》(*The Devil's Disciple*)，三幕剧，英国萧伯讷（George Bernard Shaw，今译萧伯纳，1856—1950）著，姚克译，黄源主编"译文丛书"之一，上海文化生活出版社 1936 年 8 月初版。
② 姚克（1905—1991），生于福建厦门。毕业于东吴大学，后留学美国耶鲁大学，攻戏剧。著有剧本《清宫怨》《楚霸王》等。

酒的叔父了。至于力佳得是否就是萧自己的写照，这个却很难说，因为我们对于萧的青年时代只有片断的记载。在大体上说，至少有一部分是的，最明显的是关于宗教的观点。

萧在年纪很小时候对于教会已有很敌对的态度。一八七五年，那时他只十九岁，有二个美国传教师到都柏林来主持"兴奋会"劝人进教，萧听他们讲道之后就写了一封通信寄到《公论报》（*Publc Opinion*）去，这是他的第一次见于印刷的文字。他在这信中说：假使这种东西就是宗教，那么在大体上说，他就是个无神论的信徒。

他曾在都柏林的韦司莱学院上过几年学，但在十五岁时就因为家境不好而供职于一家地产公司。二十岁时（一八七六年）他就独自到伦敦去依他的母亲，剩下他的父亲一个人在都柏林。

他到伦敦后找不到什么工作。一直到一八八五年，这九年中他的境况穷困得真苦怜，有时也谋到一些事做，但薪水既薄而命运不济，饭碗刚到手就打碎。据他自己说，这九年中他所得到的稿费总共只有五镑九先令六辨［便］士！在一八七九——一八八三之间他陆续写了五本小说；但伦敦的书局却没有一家要他的稿子，直到后来他成了名才陆续把它们出版。

他的成名是在担任《世界周刊》（*The World*）的音乐批评栏之后。他对于音乐和书都有很深的修养，虽然他乐音也玩不精，画也画不成。他有敏锐的鉴别力，尖利的批判天才，再加上他笔调的直捷，俏皮，流利，所以他不久就以 G.B.S 三字——就是他名字的缩写——引起文艺界的注意而成一个著名的批评家。后来他又为《星期六评论报》（*Saturday Review*）写剧评，那是他终于踏进戏剧界的阶梯。

在叙述他转变成戏剧家之前，我觉得应该提起他曾经努力于社会主义运动。他在一八八四年加入法宾社（Fabian Society）而成其中的中坚分子，但他受社会主义的洗礼则在四五年之前。在参加社会主义运动之后的十二年中，他常常在讲台，市场街角，公园，造船厂门口，窄小的地室，宽大的礼堂，到处演讲，宣传，或辩论。关于社会主义方面他曾写过一本《聪明妇女的社会主义和资本主义的指导》(*Intelligent Woman's Guide to Socialism and Capitalism*)，此外还有些收在《法宾社论文集》(*Fabian Essays*) 的文章，和演说稿等。据哈理士 (Frank Harris) 的批评，萧的思想的成分很杂糅，其主要的来源是叔本华 (Schopenhauer)，史德林泼 (Strindberg)，伯忒勒 (Butler)，伯格森 (Bergson)，摩理司 (Morris)，尼采 (Nietzsche)，马克斯 (Marx)，托尔斯太 (Tolstoy)，易卜生 (Ibsen)，和华格纳 (Wagner)。

他思想上所受到的影响在他的作品中随处都有相当的反映。但萧却并不是个伟大的创造者。他在哲学，社会科学，艺术和美学，甚至于文学和戏剧方面，并没有什么新的发明，只不过把现成的东西加一番调合的功夫，配上自己的材料，再用俏皮的手腕把它表演出来罢了。

他的第一个剧本《鳏夫们的屋子》(*Widower's Houses*) 是在一八九二年写的。这个剧本在伦敦公演之后曾经掀起一时的议论，但在实际上却不能算是个真的成功。后来他又继续写了几个剧本，都没有什么显著的成功，直到一八九八年名伶曼司斐 (Richard Mansfield) 在纽约公演他的《魔鬼的门徒》之后，他才正式成一个成功的剧作家。他结婚也在那年，而且从那时起他从多年的困顿转入富裕而舒适的环境，并且变成了当代文艺界上最有名的人物。

《魔鬼的门徒》其实不能算萧的最上乘的作品，但却是他第一本成功作品。剧中并没有很高深的哲理；第二幕中安德生和裴蒂施关于"爱"和"恨"的对话多少带些哲学的意味，但实际上也可以说是一种"诡话"(Paradox)。剧中主角的个性是萧的典型的创造物——力佳得的狂放，傲兀，反抗旧礼教；裴蒂施的为情所役，追求男性等等。关于萧常把他的女主角描写成追求男性的类型，吉士德顿 (G. K. Chesterton) 曾幽默地说："捕鼠机固然可以捉住耗子；至于说捕鼠机追着耗子，那就很难想象了。"萧对于十九世纪的道德观念抨击得很利［厉］害，他尤其反对那时舞台上的"恋爱主义"（Amorism）。这一点他自己在《论魔鬼主义的伦理》中说得很明白；这篇文章的译文就在本文后面，这儿不必复引了。

《魔鬼的门徒》虽是萧的第一本成功的戏剧，但它的成功却是在美国，不是在伦敦。命运是奇怪的，有许多天才都是被外国人发现，先在异域得到了荣誉，然后国内才开始认识他和惊叹他的伟大。萧就是其中的一个。他先在美国得到欢迎，然后他的戏剧渐渐地出演于瑙威，瑞典，德国的剧坛而露出锋芒。等到英国发觉他是当代的莎士比亚，那时距他初次在伦敦公演《鳏夫们的屋子》的年代已有十五年之久了！

他在一九〇四——一九一四之间和格朗未·巴格（Granville-Barker）合作，在柯忒剧院（Court Theater）独霸伦敦的剧坛。从此他在英国确立了他的地位，他的声誉也就传遍了世界。他在一九二五年得到诺贝尔文学奖金；一九二九年杰克逊爵士（Sir Barry Jackson）和林伯大佐（Captain Roy Limbert）在马尔文（Malvern）为萧举行一个盛大的戏剧节。那时可以说是他的黄金时代，但假使他在三十岁之前就夭折了的话，至今恐怕不会有人知道萧伯讷三个字吧。

关于萧的事迹可以参考哈理士（Frank Harris），吉士忒顿（G. K. Chesterton），亨德生（Archibald Henderson），杰克逊（Holbrook Jackson）诸人关于萧的传记。他在一九三三年曾到中国来过，当时的报纸杂志都有详细的记载；鲁迅先生还写过一篇《看萧和"看萧的人们"记》，收在《南腔北调集》中，可以参考。

萧的剧本共有三十种左右。《魔鬼的门徒》，《华伦夫人的职业》（Mrs. Warren's Profession），《康蒂大》（Candida），《运会的骄儿》（Man of Destiny），《英雄与美人》（Arms and the Man），《你永远难说》（You Never Can Tell）——这些都是他早期成功的作品。属于后期的杰作则有《英伦的另一个岛》（John Bull's Other Island），《医生的两难》（The Doctor's Dilemma），《心碎之屋》（Heartbreak House），《回

溯到美苏锡拉》(*Back to Methuselah*)，《圣琼安》(*Saint Joan*)，《苹果车》(*The Apple Cart*) 等。此外他还有几种小说，其中五本是早期的作品，都不足以列入杰作之林。一本《黑女寻神记》(*Adventures of the Black Girl in Her Search for God*) 是他最近的创作，有中文译本可以参看。关于他哲学批判的作品则有《易卜生主义的精华》(*Quintessence of Ibsenism*)，《尽善尽美的华格纳派》(*The Perfect Wagnerite*)，《戏剧的见解和论文集》(*Dramatic Opinions and Essays*) 等。关于政治经济方面，他曾著《聪明妇女的社会主义和资本主义的指导》和收在《法宾社论文集》中的杂文等。

萧的戏剧究竟怎样地伟大？或者，像哈理士说的，怎样毂［够］不上伟大？我们不必讨论。让时代来做它的试金石吧。在事上实说，他的戏剧在当代的作品中占有绝对的优势和广大的读者和观众，那是毫无疑问的。但文艺的真价值不能以当代的推崇为标准，我与其在这儿妄下断语，还不如让读者自己去体会。萧在哈理士写的《萧伯讷评传》的后记中曾说过一句话：

> 我的著作可以把一切告诉读者，假使他放着我的著作不看，偏向别人关于我的书中找寻间接的解释，他定是一个呆子。

（二）翻译《魔鬼的门徒》的经过

我最初读萧伯讷的《魔鬼的门徒》是在十多年前，还在大学念书的时候。那时我也不过草草地看了一遍——如其说是为研究文艺，不如说是震于萧的盛名。

但虽是草草地看了一遍，留在脑子里的印象却很深刻；非但很深刻，而且终于要想把它译成中文了。那是一九三一年的冬天，我把原剧反复地看了几遍，就动手翻译。我以前虽也译过一些英文作品，但这次的困难却远在我想象之上，所以译了不少时候只译完了第一幕。随后淞沪抗日战争爆发，剧本的原文就在那时遗失，而翻译的工作也就此中止。

去年冬天我从北平回到上海，把旧译的第一幕检出来读了一遍，自己觉得太拗口，因为原先是死板板地直译，对于语气方面不曾顾到，所以就把它改译了一遍，而同时又下了决心要把其余的两幕一口气译完；但虽有此志而原文剧本却一时借不到，因此又耽搁了两月功夫，直到今年三月里借到了书才开始工作的。

这一次翻译比以前顺利得多，到四月初就全部脱稿了。起初我是想自己出版的，所以就把全稿交给一个朋友去付印，不料这位朋友拿了稿子去隔了好久连回音都没有，于是我就恍然于托人之麻烦，索性把稿子要了回来，也不再想自己出版了。

幸而不曾出版。因为我收回了稿译之后，又把它和原文校对了两三遍，发现了许多遗漏和错误的地方，同时又把字句改得顺口一些——尤其是剧中人的对话。这是我应该对于那位朋友表示感谢的。

我所根据的原文是伦敦 Constable 书局在一九二五年出版的 *Three Plays for Puritans*（第十三版）；《魔鬼的门徒》就是这《三本给清教徒的戏剧》中的第一出。萧伯讷在这书的第二篇序《论魔鬼主义的伦理》（*On Diabolonian Ethics*）中对于这本戏剧曾有以下的解释：

　　……迪克·德敬，这魔鬼的门徒，是个清教徒中的清教徒。他是在一个清教的家庭中长大的，但他家的清教在精神上是已经死了；而且在清教腐化的过程中他母亲就借他来发泄她憎恨的"中心情感"及其种种刻薄和嫉忌。……在这样一个家庭中这个年青的清教徒因为缺少宗教而觉得饥饿——因为宗教是他天性中强烈的需要。因为他母亲的不可向迩的自满，但也因为他自己的中心情感是怜悯而不是憎恨，他就怜悯魔鬼，袒护它，并且像一个真正的"盟约徒"一般，拥护它而与全世界相抗。因此，——
和一切真正笃奉宗教的人们一样——他就变成了一个被社会所认
为邪僻而唾弃的人。一明白这个，这出戏剧就变为直捷地简单了。

一个笃奉宗教的清教徒因为感觉得"宗教的饥饿"而叛教，投到
魔鬼的旗下；后来在危急关头做了一番"杀身成仁"的义举，因此就
转变成了一个长老会的牧师。这在一般人看来是在情理之外的。据萧
伯讷自己在序上说：

> ……一八九九年十月茂雷·卡生先生（Murray Carson）在
> （伦敦）市外肯宁登（Kennington）戏院把这本戏公演数星期的时
> 候，我的老朋友和同事——伦敦的批评家——大半对于"清教主
> 义"或"魔鬼主义"都没有表示什么精辟的批判力。他们接受了
> 德敬夫人自己的品评，把她当作一个笃信宗教的妇人，因为她是
> 可恶而讨厌的。而且他们根据着她的意见把迪克当作一个流氓，
> 因为他既不可恶而又不讨厌。但他们立刻就觉得处于两难之间
> 了。为什么一个流氓要舍了自己的性命去就另一个人的性命呢？
> 而这个人又并不是他的好朋友呀？这些批评家就说了：明明地因
> 为他是被"爱"所挽救了，在舞台上，一切恶的主角都是这样
> 的；这就是"浪漫的哲理"。……

从这一段话推想起来，《魔鬼的门徒》中的意识便在英国也被许
多人所误解；在人情风俗不同而宗教和历史的背景又相隔膜的中国，
更不必说了。所以我在这篇序中先把这一点说一个明白；一方面是尊
重剧作者的原意，一方面是使读者容易了解这本戏的内容。

就我个人而言，我对于这本戏发生兴趣而且有深刻的印象，是因
为它的背景是美国革命，而且它的主角，力佳德·德敬，的一言一动

多少带一些反抗的，有主义的，和愿为贯彻主义而死的精神。

这种精神是美国独立成功的灵魂，虽然力佳德·德敬只是萧伯纳笔尖上创造出来的人物而并非美国的什么"国父"。但这种精神在"礼义之邦"的中国却似乎不可多得，虽然"杀身成仁"这句话倒似乎是中国人首先发明的。

基督教传入罗马的时候，不知有多少基督徒情愿为了他们的信仰（faith）而被尼罗（Nero）大帝活活地烧死。欧洲宗教革命的时候，又不知有多少人情愿为了他们的信仰而受惨酷的死刑（例如法国史上圣巴多罗妙日 St. Bartholomew's Day 的大血案）。为了空空洞洞的"信仰"而受惨死的痛苦，这在中国人看来简直是傻得发疯了。假使这种血案发生在中国，至多不过博得同胞们摇头晃脑地哼一声"傻瓜活该！"罢了。所以这种惨案在中国就压根儿"未之有也"，而中国人也就没有至死不变的信仰。中国历史上果然也颇有几个殉难的忠臣，不过他们在慷慨就义时的宣言总逃不了"有何面目见先帝于地下"这一类的意识。虽然死得也很慷慨，但决不是为了"信仰"，倒是为了"面目"。换句话说，他们的死只是因为身为大吏面子上说不过去罢了。至于一般的中国人那就连先帝爷都不顾，一朝身处危境就来一个"摇身一变"，这叫作"识时务者为俊杰"，或者笑嘻嘻地在人家裤裆下边钻一通，这叫作"英雄不吃眼前亏"——中国只有"俊杰"和"英雄"！

也许因为自己是个傻瓜，我倒是最爱力佳德·德敬那一股傻劲儿的，并且发了一股傻劲儿把这本戏剧译成了中文。萧伯纳的文章本来就俏皮得难译，何况他的剧本又格外的俏皮；看过原文的人也许要觉得我的译笔有许多地方失掉了原文的好处，但我总算已经尽我之力的了。

（三）顺便谈谈翻译的问题

关于翻译的原理，中国文坛上原有种种不同的主张。清末的严复有"信","达","雅"三字的信条；当代的作家有主张顺译①的，有主张顺译的，而且曾经因此论战过一番。我个人的私见以为翻译的最要紧的任务不外乎（一）对于原文忠实，（二）译文明达，使读者都能看懂。要达到这两个目标，我想直译和顺译是应该兼采并用的。这就是我翻译《魔鬼的门徒》的方法。

直译的好处是"忠实"和"原文语辞的保留"。例如《魔鬼的门徒》原书七十三面英军中的班长吩咐手下的兵士赶开闲人时，他说："No use talkin German to them；talk to their toes with the butt ends of your muskets；they'll understand that."我把这句话直译作"和他们说德国话不中用；拿你们的火铳托子向他们的脚趾头说话；他们会懂得这个"；而并不把它意译作"别和他们说话，用枪托子锤他们的脚，他们就会退了"。

但直译在有些地方是不行的——甚至于是可笑的，那么只能在忠实的限度中把原文顺译。例如本剧原文七十六面"She throws herself on his breast"这句话若把它直译作"她……把自己掷在他的胸上，……"忠实是很忠实了，看也并不是看不懂，但到底是太拗口，太别扭；所以我就把它顺译作"她……和身扑在他怀里。……"

在直译和顺译的问题之外，翻译剧本还有寻常翻译所没有的一重困难，那就是剧中人的对话了。剧本非但要顾到文字的顺达，同时还要受"演出"的试验；换句话说，剧本非但要读者眼中看起来顺，也要演者口中说起来顺。这一层在白话文和大众语尚未完全一致的中国，就成了翻译剧本的难题了。

对于这个问题我曾经下过一番考虑。起先我想用纯粹的北平方言来翻译剧中的对话，因为这可以使对话活泼生动，并且对于原文中俏皮的地方可以胜任愉快。但纯粹的北平话有一部分是别地方的人所不懂的，而且还有一部分不知道是应该怎么写法的。例如到邻舍人家走

---

① 根据文意，此处应该是"直译"。

动，俗称"串门儿"，坚持固执俗称"Ssu-chi-pai-lieh"之类。所以，用纯粹的北平话来译对话也有不合适之处。

　　不过戏剧中的对话究以活泼生动为要；因此，在可能范围之中，一种固定的方言是必须要采用的。根据这个理由，我就决计把北平话作为翻译剧中对话的主体，在不得已时才用普通话——甚至于白话文——来补充。这是无可奈何的权宜办法；在白语文和大众语尚未完全一致的今日，这也许是唯一的办法吧！这样的办法当然免不了"驳杂不纯"只〔之〕讥，但译者也顾不了那么些个了。

　　这篇序已经写得太长，不再多占篇幅了，末了，我希望读者指正我翻译上的错误和疏忽。

姚克
一九三五，十一，一，于上海。
——录自文化生活出版社 1936 年初版

《恋爱与牺牲》[①]

《恋爱与牺牲》滕固先生对于本书之介绍
滕固[②]

　　作者在这本书中描写四桩故事：（1）少年哥德，（2）一同学的故

---

①　《恋爱与牺牲》，法国莫罗阿（André Maurois，今译莫洛亚，1885—1967）著，傅雷译述，"世界文学名著"丛书之一，上海商务印书馆 1936 年 8 月初版。

②　滕固（1901—1941），生于江苏宝山（今属上海市）。1918 年毕业于上海图画美术学校技术师范科，1920 年留学日本，1924 年获东京私立东洋大学文化学科学士。民众戏剧社、狮吼社发起人之一。后赴德国留学，专攻美术史，1932 年获柏林大学博士学位回国。曾任教于上海美专、南京金陵大学、国立中央大学，1938 年出任国立杭州艺专与国立北平艺专合并的国立艺专校长。著有《唐宋绘画史》《唯美派的文学》，小说集《壁画》《迷宫》等，另译有瑞典蒙德留斯（Oscar Montelius）《先史考古学方法论》等。

事,(3)女优西邓斯的一家,(4)李顿夫妇。这些人中已把他们的生活醇化而为艺术,作者又把他们的艺术和生活捏捏成一起,绞沥出最精致的部分,而成为充满诗意的,适合时代的故事。……在这些故事里,可使吾人体会到:伟大的艺术,如何孕育如何产生?崇高的人生,在其背面隐藏些什么?各主人所公享受的,是怎样的时代?译者傅雷先生用劲传出原作的韵致,尤为特色。

——录自商务印书馆 1936 年初版

《恋爱与牺牲》译者序
傅雷 [1]

幻想是逃避现实,是反抗现实,亦是创造现实。无论是逃避或反抗或创造,总得付代价。

幻想须从现实出发,现实要受幻想影响,两者不能独立。

因为总得付代价,故必需要牺牲;不是为了幻想牺牲现实,便是为了现实牺牲幻想。

因为两者不能独立,故或者是幻想把现实升华了变做新的现实,或者是现实把幻想抑灭了始终是平凡庸俗的人生。

彻底牺牲现实的结果是艺术,把幻想和现实融和得恰到好处亦是艺术;唯有彻底牺牲幻想的结果是一片空虚。

---

[1]　傅雷(1908—1966),江苏南汇(今上海南汇)人。曾就学于上海持志大学,1928 年留学法国巴黎大学,攻读美术理论和艺术批评,1931 年回国后任教于上海美术专科学校,与刘海粟等合编《文艺旬刊》,1934 年创办《时事汇报》并任总编辑,另译有罗曼·罗兰《托尔斯泰传》《弥盖朗琪罗传》《贝多芬传》、小说《约翰·克利斯朵夫》及巴尔扎克小说《欧也妮·葛朗台》等多种经典名著。

艺术是幻想的现实，是永恒不朽的现实，是千万人歌哭与共的现实。

恋爱足以孕育创造力，足以产生伟大的悲剧，足以吐出千古不散的芬芳；然而但丁，歌德之辈寥寥无几。

恋爱足以养成平凡性，足以造成苦恼的纠纷：这样的人有如恒河沙数。

本书里四幅历史上的人物画，其中是否含有上述的教训，高明的读者自己会领悟。

二十四年岁杪译者

本书第一篇叙述歌德写《少年维特之烦恼》的本事，第二篇叙作者一个同学的故事，第三篇叙英国名女优西邓斯夫人（Mrs. Siddons 1755—1831）故事，第四篇叙英国名小说家爱德华·皮尔卫——李顿爵士（Sir Edward-Bulwer Lytton 1805—1873）故事，皆系真实史迹。所纪年月亦与事实相符，证以歌德之事可知。

本书初版时附有木版插画数十幅，书名《曼伊帕或解脱》，后于 Grassat 书店版本中改名《幻想世界》，译者使中国读者易于了解计擅改今名。

本书包含中篇小说四篇，但作者于原著中题为"论文集"，可见其用意所在。

——译者附注
——录自商务印书馆 1936 年初版

《路》[①]

《路》后记
周扬 [②]

这里收集的都是现代苏联作家的作品，它们的主题的内容是复杂多歧的，作者们的描写的手法也是各式各样，但是全体地说来它们都是立在相当高的艺术水准上的东西。

莱奥诺夫（L. Leonov）的《不幸的伊凡》，虽是一篇旧作，但作者的爱写"小人物"的从前一贯的作风在这里却表现得非常鲜明和出色。由《外套》和《穷人》的系统而来的，对于微卑弱小的人物的兴味，被历史车轮所压碎了的"小人物"的悲剧，这原是莱奥诺夫的许多作品的重要的基调。他总是带着怜悯的同情眺望着这些"小人物"的悲惨的经历；而他对于这些人物的描写又具有特异的才能，经他的彩笔一描摹，他们就一个个浮雕一般地活生生地跳跃在读者的眼前。《科维埃金的手记》和《平凡人之死》都是最充分地发挥了这种特色的作品。但是从长篇《穴熊贼》到《索特河》，莱奥诺夫的思想意识有了飞跃的进展，他已不再满足于窥视被压碎了的"小人物"的狭小的内在的世界，而将他的视线转向于宏大的社会主义的建设了。他的

[①] 《路》，短篇小说集，苏联巴别尔（I. Babel，1894—1940）等著，周扬辑译，"小型文库" 8，上海义学社 1936 年 8 月初版，生活书店总经售。香港生活书店 1948 年 4 月胜利后第一版。

[②] 周扬（1908—1989），湖南益阳人。毕业于上海大夏大学，曾留学日本，1930 年回上海后，任左联党团书记，并负责主编左联机关刊物《文学月报》。1937 年到延安，曾任陕甘宁边区教育厅厅长、鲁迅艺术学院院长等职。另译有苏联柯仑泰小说《伟大的恋爱》、高尔基小说《奥罗夫夫人》、车尔尼雪夫斯基文艺理论《生活与美学》、托尔斯泰小说《安娜·卡列宁娜》等。

艺术的言语更是达到了"交响乐的和谐"的境地，使他可以和旧俄文学中的最伟大的人物并肩了。

巴别尔（I. Babel）也是一个卓越的文章家，他的名作《骑兵队》是一幅可与戈里［果］理的《泰纳斯巴尔巴》媲美的国内战争的浪漫的怪诞的图画。他的作品的主题不断地反复着柔弱的戴眼镜的知识分子，和野蛮粗暴的兵士之间的冲突。色彩丰富的抒情味和事件的无慈悲的残忍性，美丽的自然和杀戮与暴力的阴暗的场面两两对照着。他的产量非常之少，但是他所产的东西却是珠玉一般的艺术。他曾沉默过很长一个时期，那正是在他的国家走入社会主义建设的时代。而当他再执创作之笔时，他却还是选取革命年代的旧的主题，只是写得比以前更简练更谨严，文章的风格更见精彩了。这里这篇《路》就是一篇技巧十分优秀的内战时代的故事。

塞尔吉夫·普斯基（S. Sergeiv-Tsensky）在苏联是最老的作家之一，他开始写作是在一九〇四年。在十年的文学活动之后，他又沉默了将近十年。他的长篇《变形》第一卷于一九二三年出版，被高尔基称为二十世纪俄国的一部最重要的著作。他初期的作品的文体极铺张扬厉的能事，而作品中人物的对话的生动是无有其匹的。在主题上，塞尔吉夫·普斯基颇和安特列夫，阿兹巴绥夫相近似，他的基本的主题就是死，命运的残暴，和个人的不可解的寂寞，病的心理状态和犯罪的诱惑。他对于革命保持了很疏远的关系，他的自然主义的手法和革命的意义的描写不相称合。就以这篇《爱情》来说，它虽有一个革命的结尾，但却是显得突兀的，不自然的，这篇作品的优点毋宁是在很巧妙地描写了主人公的寂寞的心理这一点上。

奥列沙（Y. Olesha）对于中国读者还是一个比较生疏的作家，但是他的艺术的才能和别致的风格在《樱核》里也可以看出来。这位作者提出了下面这样的问题：在严峻的唯理主义的时代玫瑰和梦想是不是应当被许可？在清醒的事业的时代，个人的想象的权利是不是合法的？在他的有名的小说《妒忌》里，奥列沙就曾借他的一个主人公的嘴发了一大篇拥护感情，拥护浪漫主义，拥护诗的创造的议论，虽然作者自己对于这个问题并没有给与肯定的解答。《樱核》的主人公也是彻头彻尾地沉溺在乌烟瘴气的感情和幻想里的，只是在结尾处作者借五年计划指示了他一条出路。

在我们所熟知的苏联作家中，皮涅克（B. Pilnyak）是最有天分最有特色的一个。虽然他在《赤裸裸的年头》和旁的作品里面对于革命作了歪曲的反映，而且当他的有反动意识的《红树》发表的时候几乎被逐出文坛，但是他的思想和艺术在《渥克》（O. K.）里面却显示了新的转机和展望。这是一篇如实地描写了资本主义国家，特别是美国的状态的作品，在这里对于资本主义国家的锐利的观察用作者素常的艺术的手腕被传达了出来。现在皮涅克正站在苏联作家的前线，《结晶》就是一篇以集体农场突击队为题材的优秀的速写。

潘菲洛夫（F. Panferov）是有名的长篇《布鲁斯基》的作者。在苏联从小农落后国移入大农业经济国家的时代，在贫农中农最后地转向社会主义的时代，最先把农村中的这个宏大的发展过程从正确的立场很出色地描绘了出来的，就是这本《布鲁斯基》。潘菲洛夫不但写了农村集体化的小说，还发表了不少描写工业化的各个战线的短篇。他和伊连珂夫（V. Ilienkov）合作的这篇《焦炭，人们和火砖》就是写突击队为建筑焦炭炉而斗争的。这篇有鲁迅先生的译文，收在《一日的工作里》，他是从日译翻出来的，和我所根据的英译有很大的出入。关于两者的不同，鲁迅先生曾作了很精辟的比较，毋需我的蛇足的说明了。

卡维林（V. Kaverin）在中国读书界是一个陌生的名字，但他却并不是新作家，他在十五年前就开始了创作，是属于"赛拉比昂兄弟"一派的。他初期的作品是奇幻的故事，到后来才选取比较现实的主题。他的作风和阿列沙颇有相像之处，他的小说《无名的艺术家》是以拥护浪漫主义和艺术家的独立而招惹了批评界的责难的。《启尔

基兹人的归来》这一篇却是出于他的五年计划短篇集《序曲》，写的
是落后民族在社会主义建设中的发展。

　　选中国做题材的苏联作家，除了以《怒吼吧，中国！》和《邓熙
华》而为我们所熟知的屈莱迪珂夫（Tretiakov）之外，最有名的就要
算是《中国故事》的作者埃尔特堡（O. Erdberg）了。《中国的故事》
写出了具有一切社会矛盾的现代中国的真相，曾博得了罗曼罗兰的深
深的赞许。《我们在铸着刀子》就是这书中的一篇，作者的艺术的才
能由这短短的一篇里也可以看出来。

——录自上海文学社 1936 年初版

《蒙派乃思的葡萄》 [①]

《蒙派乃思的葡萄》记斐烈普

（逸夫〔楼适夷〕 [②] ）

　　二十世纪初头，一个法兰西的薄命的天才者，查禄·路易·斐烈
普（Charles Louis Phillips）的名字，似乎有人曾经介绍过的。不过那
大概是好久以前的事了，我们不妨在这儿再来简单的叙说一下。

　　"我的祖母是乞食的，我的父亲是一个木靴匠，他是一个生性高
傲的少年，但在儿童时代，为着获得日常的面包，也曾作过乞丐。"

---

① 《蒙派乃思的葡萄》，长篇小说，法国斐烈普（Charles Louis Philippe，今译非利
　　普，1874—1909）著，逸夫译，上海生活书店 1936 年 8 月初版。

② 逸夫，楼适夷（1905—2001），曾用笔名楼建南等，浙江余姚人。1928 年入上
　　海艺术大学，次年留学日本修俄罗斯文学。1931 年回国，加入左联，从事地下
　　工作和文学活动。1933—1937 年被捕入狱。出狱后，编辑过《新华日报》《抗
　　战文艺》《文艺阵地》《时代日报》《中国作家》等，另译有高尔基《人间》《老
　　板》、A·托尔斯泰《彼得大帝》、赫尔詹（今译赫尔岑）《谁之罪》等多种。

一八七四年，在法国中部的一个小市镇，他出生于这样的境遇之中。

安特莱·纪德说："他是瘦小而孱弱的，万事都不如意。他在肉体上也无一长处，足以代替物质力而到达成功之路。他生来就温和慈悲，几乎可以说，他是为着受苦而出生到这世界上来的。"他又度过了这样的儿童时期和青年时期。

他考高等工艺学校失败，进了高等土木学校。后来，于一八九六年他二十二岁的时候上了巴黎，在市政府中服役。从办公室回到自己朴陋的寓所里，在"自己所思所行中燃烧着热情之火"的小小的忧郁的他的心中，继续地抽出素朴而动人的文学的萌芽。

这样地，产生了《四个悲哀的恋爱故事》《母与子》，及我们在这儿所介绍的《蒙派乃思的葡萄》。他所受得的教养，是从书本上接触到的 Leconte de Lisle，Mallarmè，Thomas Hardy，Dostoyevsky，Nietzsche；所接近的友人，是 Andre Gide 和贫穷生活中的友伴 Lucien Jean 等。对于 Paul Claudel 尤抱有一种类乎信心的特别的敬意。

从这种生活中所写成的作品，除上述以外，还有：《好心的特莱安和可怜的马丽》《倍尔特里公公》《马丽特娜季》《克罗基纽尔》《小街》《青年时代的书信》和短篇集《野鸭杂记》《给母亲的信》等等。

但是这天才的萌芽，终于薄命而终。在一九〇九年十二月廿一日，他以一位三十四岁的盛年，如 Claudel 所说地："贫苦的，瘦小的，独身的斐烈普死了。"

他是一个从不忘怀乡土的作家，木靴匠的儿子，无论在哪里都拖着木靴徘徊。泥土的气息，从没离开他的身子；这正是在巴黎，在乡村中，在世界的无论何处都可以遇到的小城市居民的气息；思想和希望。他的作品，从技巧上说自有不周的地方，从思想上看来，是不能说不浅淡的；但是他却从街头的杂沓之中，从卖淫妇的床笫中，或马路工人的结婚中，把真实的人生，毫无虚饰地展开在我们的面前。

没有学问，也没有传统的斐烈普，为什么能够在法国文学史上吐放了独创的艺术之花呢？——这不消说正如安特莱·纪德所说的因为他是一个丰裕的天姿者，同时也不能忘记，一种推动着他的巨大的力量。

因为他的低微的出身，使他能够最深切地接近他周围的民众；他认识人类的问题，重要的乃是每天的面包，而不是从陈古的尸骸中，去找求形而上的幽灵。

他不说一句激昂的话，他也不大声呼号，他只是以平凡的口调，讲述些平凡的事件；可是我们听着他的谈吐，不知不觉地跟着他走，终于我们走到了一个怎样的世界呢？在这儿，正喘吁着这样的人物，为着二个三个法郎劳苦终日，不惜舍弃其青春的女工之群；害了梅毒，身无分文而卧倒医院中的妓女；六十二岁的女乞妇；为自杀所迫的老木靴匠。

以后我们的方向，乃是"从玩乐主义的时代向热情时代的文学"，斐烈普这样热烈地叫喊。

《蒙派乃思的葡萄》是斐烈普的成名作。蒙派乃思是巴黎的一个繁盛区，主要的是娱乐地的集中处。书中的内容写大都市街头的流氓，一个卖淫妇和一个孤独的青年事务员的悲剧，处处充满着博大的爱与怜悯，对人生之勇敢而坚苦的信心。实为得一般法国文学的深刻暴露的长处及俄罗斯文学中的一种悲天悯人的精神。当一九〇一年，此书发行的次日，他得到了一封信："你的书使我哭了……"，这是从流氓葡萄的手中逃跑了住在马赛的女子写来的。据斐烈普自己所说，全书几乎完全根据事实。

一八九八年七月十四国庆日的次晚，他在街头认识了一个少女，这便是小说的主人公佩德梅黛尼。"这样一个娇嫩柔顺的少女，世界中竟还有欺凌她的人"；他曾在后来感叹地述怀。当时他衷心地爱了她，但是他对她的一切爱，结果都成了徒劳。而且当他以愤怒的眼，瞪视着那个蹂躏少女的她底姘夫时，他从那儿所见到的，已不是一个流氓葡萄，而是蕴蓄着剧烈的矛盾的社会组织了。

——录自生活书店 1936 年初版

《人和山》[①]

《人和山》记伊林

董纯才 [②]

　　本书作者伊林是苏联的一个青年工程师，著有《钟的故事》《书的故事》《十万个为什么》等书，早已流行许多国家，极受读者欢迎。

　　伊林生于圣彼得堡。关于他的幼年时代，他说："我在这里进体育学校，穿着灰色军装，戴着有徽章的帽子。我在这里回到那城边的家里。我们不是'上流'人，我们不能住在市中心，只有在近城市的磨坊隔壁一家小屋子里。"

　　伊林在学校毕业，就近炼油厂做工。后来，一九二〇年，他进了高级技术学校。一九二五年在该校毕业之后，他就当工程师。

　　伊林是一九二四年开始写作的。当时他的文章是登在一个儿童杂志《新鲁滨孙》上。他的文学教师是他的哥哥 S·马沙克。马沙克是一个诗人。他写的故事，非常出名。他们兄弟两同是一个学社的社员。这个学社的社员们研究科学、历史和苏维埃的生活；他们不但是为苏联的儿童写书，并且为工厂的工人和农场的农人写书。有几个社员是艺术家，有一位社员曾经当过红军的厨司，有两个社员原是无家

[①] 《人和山》(*Men and Mountains*)，书名页题为《人和山——人类的征服自然》，科学小品文，苏联伊林（M. Ilin，1896—1953）著，董纯才译，"开明青年丛书"之一，上海开明书店 1936 年 8 月初版。

[②] 董纯才（1905—1991），湖北大冶县人。曾就读于上海光华大学教育学专业。1931 在南京中央大学生物系旁听，课余时翻译科普读物。1938 年赴延安，主要从事教育工作。另译有法国法布尔科普作品《坏蛋》《法布尔科学故事》，苏联科普作家伊林作品《几点钟》《十万个为什么》《五年计划故事》《黑白：书的故事》《不夜天：灯的故事》等多种。

可归的孤儿。他们正在共同努力，要用简单的故事，描写现今世界的真相。

纯才
——录自开明书店 1947 年四版

《韦尔斯自传》^①

《韦尔斯自传》校后记
方土人 ^②

　　社会生活终于作为一个巨大的政治教育问题对我呈现出来了。它原来就是一个活跃的头脑的大海呀。我个人的生活乃是这许多头脑生活，人类生活中的一个参加的单位。（见九九八页）

生活在"一个活跃的头脑的大海"中的韦尔斯老人，一面对我们发掘着他所参加的那个"活跃的头脑的大海"，一面更对我们提出热烈的要求：

---

① 《韦尔斯自传》（*H. G. Wells：Experiment in Autobiography，Discoveries and Conclusions of A Very Ordinary Brain Since 1866*）上下册，传记，英国韦尔斯（H. G. Wells，今译威尔斯，1866—1946）著，方土人、林淡秋合译，"国际名人传记丛书"之一，上海光明书局 1936 年 8 月初版。

② 方土人（1906—2000），江苏江都人，早年毕业于江苏省立扬州第五师范学校，曾先后在上海、福建南安等地中学任教。1928 年 5 月因创办《大火》文艺半月刊在杭州被捕，出狱后，在上海从事翻译工作。1933 年参加中国左翼作家联盟，后加入中国文艺家协会。抗战时，在重庆为全民通讯社译英文电讯稿，后到苏联塔斯社驻华分社任翻译。另译有美国杰克·伦敦剧本《红云》，与人合译英国卡多（Cato）报告文学《罪人》等。

读者的任务，出版的希望，主要地是要由抱着批判态度的观察者之透彻的判断力，来支持而且统制这些发掘的工作。(见五四一页)

好，让我们"抱着批判态度"，追随着第一声就高呼"我需要精神的自由"(见本书第一句)的这位老人，一同来开始从事这种"大海"的发掘工作罢。在发掘的过程中，老人不断地在呐喊着：

关于我们向着积极的世界革命迈进的真实性，我毫无疑义。(见九九五页)社会主义的世界国，现在已经变成了像今天一样真实的一个明天了，我们就向着那边走过去。(见九九七页)

在五光十色的"头脑的大海"中间这样走过去的老人，并不是所走的路都是正路。老人自己也不断在对我们很坦白地认"错"。例如——

在先前发表的这些预测中，我最大的失败，是我从来不曾猜测到一个现代化的有计划的制度在———一切国度之中的——俄罗斯有发生的可能性。我看出了爱尔兰行将退化，但是我说俄罗斯将是唯一的另一个比较广大的爱尔兰。关于俄罗斯，我完全猜错了。(见八五四页)

像这样完全猜错了的地方，是很多很多的。有许多地方，老人已经很忠实地这样发掘出来了；有许多地方，还有待于"抱着批判态度"的读者们来替他发掘呢。实在的，在五光十色的"头脑的大海"中间做着发掘工作的老人，受着世界观和方法论的种种条件的限制，常常把明珠误认为黑炭，把泥土误认为金沙。所以，在倾听着这位老人报告他的身世谈的时候，我想，不得不常常地"摇摇他的头，深思熟虑地说'Nyet'（不然）"（见一〇七七页）的人，决不只史太林一个罢。把听了，看了以后，不得不"摇摇他的头"的地方，以及所以不得不"摇摇他的头"的道理，一一地指出来，给本书一个批判，这便是读者的任务了。

从本书的创作方法起，一直到本书发展的最高点，"一个计划世界的理想"，本身也正是一片"活跃的头脑的大海"；让我们把其中的明珠和黑炭，泥土和金沙分别清楚呀。这样一来，读者读这本书，便不能算是浪费了。

至于译者译这本书，能不能算是浪费呢？自己觉得也不能算是浪费罢。

回想起来，从一九三五年四月一日，我和淡秋兄一同接受了光明主人的嘱托以后，到了今天，已整整十四个足月了。在这十四个足月的中间，全世界已发生了多少变革！出现在本书九二九页上的阿比西尼亚，就是在这期间，对那甚至禁止本书作者的《世界史纲》发售——因为它毁伤了墨索里尼的罗马之无上的尊严——的意大利法西斯（见九五二页），发动过神圣的光荣的民族战争；本书作者认为有联合起来作为准备组织一个有机的世界国的，第三个大系统的可能的合作的因素的，操西班牙语的民众（见一〇六八页），也就是在这期间，取得了人民阵线的胜利的；全中国，对于本书作者所谓"与其说是对人类的一个威胁，倒不如说是一种有用的警钟，唤醒我们放弃表面上的异见，而在全世界展开一种为和平努力的明白的意志"（见一〇六九页）的日本帝国主义的侵略，到处呐喊着救亡的呼声的，也就是在这期间；本书作者先后去访问过两次的，苏联最伟大的生物学家，本书作者说"他的名誉对于苏维埃的声势，乃是一种无限的财产"的巴夫罗夫（见一〇八九页），也就是在这期间去世的；呵，还有，我的爱儿开林，也是在这期间走进了这世界，又是在这期间离开了这世界的。他和七十年前的本书作者同样，"对着大宇宙半翕着眼睑，呱呱地叫，而且伸出它那柔弱的小小的手来开始把握"（见一一〇五页），可是他只将这世界把握了三个多月，就又将这世界放松了！本书翻译过程的长度，竟相当于我的爱儿开林全生命线之长的四倍。

在山雨欲来风满楼的时代里，费了这么长的时间，埋着头翻译这么一部厚厚的书，所以说也不能算是浪费的道理，正因为这么一部厚厚的书，对于目前山雨欲来风满楼的时代，依然是极其有力的一个"分遣队"（见一一〇一页）。也正是因为这个缘故，这段翻译的路程尽管十分辽远而且难走，译者终于将它一步一步地走完了。

起初，我是有淡秋兄做伙伴儿一同手携着手地向前走的。淡秋兄将本书从第一页起，到第三二〇页第六行为止的译稿，起草了以后，却因为别种工作要占据他的全部时间，使他不得不和我分手了。我就一个人埋着头在这漫漫的长夜里走。

译文虽然也推敲过好几回，但是，一来就因为这一片"活跃的头脑的大海"中的宝藏太丰富了，实在不是译者一两个人能够将它们都一一推敲得周到的，二来时间也决不允许我再推敲一下了。其中译错了的地方，当我现在最后一次校对的时候，依然还不曾校对出来的，一定很多罢；还有许多地方，我自己也明明知道译得不妥，但是一时也没有方法将它们译得尽善尽美。这些，也都只得期待"抱着批判态度"的读者们来指教我们，让我们在再版时，一一加以改正。

站在这一片汪洋的"活跃的头脑的大海"的岸边，诸位读者该有"望洋兴叹"之感罢。谢谢小景妹，整整费了五天功夫，替读者编了一个检阅起来很方便很有用的索引。根据这个索引，各位读者可以自由地寻找各人自己所急于要"先睹为快"的海底的珊瑚了。

方土人一九三六年五卅

——录自光明书局 1936 年初版

《查泰莱夫人的情人》[①]

《查泰莱夫人的情人》译者序

饶述一[②]

在一九二八——二九两年间，欧美文坛上最令人震惊，最引起争执的书，大概莫过于劳伦斯（D. H. Lawrence）的这本《查泰莱夫人的情人》（*Lady Chatterley's Lover*）了。跟着一九三〇年劳伦斯逝世，盖棺论定，世界文坛又为这本书热闹了一番。在现世纪的小说家中，决没有一个像劳伦斯一样，受过世人这样残酷地辱骂的；而同时，在英国近代作家中，要找到一个像劳伦斯一样，受着精英的青年智识阶级所极端崇拜的人，却也是罕见的。劳伦斯的这本书，把虚伪的卫道者们弄癫了，他把腐败的近代文明的狰狞面目，太不容情地暴露了。但是，劳伦斯却在这些"狗入穷巷"的卫道者们的癫狂反攻之下，在这种近代文明的凶险的排击之下，成为无辜的牺牲者；他的天才的寿命，给排山倒海的嘲讽和毁谤所结束了。现在，正如劳伦斯夫人说的，《查泰莱夫人的情人》的作者，是像一只小鸟似的，被埋葬在地中海的灿烂的阳光之下的一个寂寞的坟墓里了。但是，这本文艺杰构，却在敌人的仇恨的，但是无可奈何的沉默态度之下，继续吐露光

---

① 《查泰莱夫人的情人》（*Lady Chatterley's Lover*），英国劳伦斯（D. H. Lawrence，1885—1930）著，饶述一译，译者自刊，1936年8月初版。

② 饶述一，生平不详。王蔚曾于2014年5月25日《东方早报》上发表《朱光潜与劳伦斯——神秘的饶述一（之三）》一文，根据朱光潜的生平，并将其高度评价劳伦斯的文章与《查泰莱夫人的情人》译者序相对比，推测饶述一很可能是朱光潜。田申刻则于2017年8月30日《今晚报》上发表《饶述一译"禁书"》一文，根据饶孟侃曾使用"饶了一"笔名，推测饶述一可能是"清华四子"之一的饶孟侃。

芒；它不但在近代文艺界放了一线炫人的光彩，而且在近代人的黑暗生活上，燃起了一盏光亮的明灯。

关于这本书的文艺评价，现在一般有力的批评家们都认为是一代的杰作了。但是，我们不但是爱劳伦斯的一枝笔下的灿烂的艺术，我们尤其爱他的为畸形的人类生活而发的爽快而沉痛的呼吁，和他的诚恳无畏的新生命的理想。当然，人生问题是复杂的。而性爱问题到现在止，也仍然是一种神话时代般的神秘。劳伦斯自己说过："过去三千年，只是一个错觉，只是一场在理想境域中的，在肉体的得救或沉沦的境域中的，悲剧的远足旅行。"这种悲剧的旅行到什么时候止？诚难说。过去既是这样的渺茫，将来也不见得蓦然地便有确着的把握。我们的前面，正等待着不知多少的悲剧；不知要经过了多少苦痛的经历，才能得到一个小小的证实。但是，在这种苦闷中，劳伦斯却给我们指示了一条不含糊，不夸张的路线。

劳伦斯眼见他周围的人类社会的虚伪，愚昧，腐化，他不禁狂呼道："我们正向着死灭的途上走去了！"他这本书便是在他的这种心境中写出来的。他以为一个人，不必定要求幸福，不必定要求伟大，但求知道"生活"，而做真正的人。要做真正的人，要过真正的生活，便要使生命澎湃着新的激动。这种激动是从接触（contact）中，从合一（togetherness）中产生出来的。现代的人太愚昧了，他们对于生命中最深的需要都忽略了。他们过着一种新野蛮时代的生活，机械的生活，他们不知道真正的人的生活是怎么回事。道德，习惯，社会制度，……束缚着人性的自然发展。我们要脱离所有过去的种种愚民的禁忌（taboes），从我们人身所最需要，最深切地需要的起点，用伟大的温情的接触，去产生新道德，新社会，新人，新生命。劳伦斯的这种理想，在这《查泰莱夫人的情人》一书中，是发挥无遗的。

教化与文明的进化，本来是要使人类更适合于生存的。但是我们的教化，我们的文明，却使我们陷在一种机械化的黑暗中。生命的本身，引不起我们的兴趣；我们的领导者，政客，教授，实业家们，……在机械的空洞的轧轹声中，"一二三"，"一二三"，地教我们走死路。我们也跟着这"一二三"，"一二三"，昏愦下去，日见习惯于做金钱的奴隶，做生活的奴隶。我们像死了似的毫无所知，毫无醒觉；或像癫狂了似的毫无忌惮，乱作胡为。我们现在所急需的，是要使我们的身体与精神互相正视，互相安宁。我们现在所急需的是生活，生活，生活！我们在黑暗中过够了。唯有真正的，温情的，合一的，接触的，勇敢的生活，能引导我们到一个光明的将来。至少在这一点上，这本书之介绍到我们的蒙昧的中国社会上来，介绍到我们未有生活，而正在寻求生活的中国人群里来，是很有意义的。不过，假如我们不能了解劳伦斯的中心思想，那么这本书至多也不过是在许多文艺杰构之中，多添一本文艺杰构而已。

这本书里面的诚实而率直的性爱的描写，自然不会讨好世俗的恶劣成见的。但是假如我们用一种纯洁的心去读这本书的时候，我们便要发觉在那些骚动不安的场面的背后，这本书是蕴蓄着无限的贞洁的理想的。这本书的贞洁的灵魂，是要用贞洁的心去发现的。满腹淫污思想的卫道家们，和放荡纵欲的摩登男女们，至好不要光顾这本书。因为他们这般人的心是腐败得难以言语形容的：他们是专门断章取义地寻觅一些足以满足他们的幻想的秽欲的东西，在满足得到了之后，便摆起一副臭脸孔来肆意抨击，或加以嘲笑的！

　　　　×　　　　　×　　　　　×　　　　　×

这本书的翻译，是前年在归国途上开始的。后来继续翻译了大部分，便因私事，和某种理由搁置了。最近偶阅上海出版的某半月刊，连续登载某君的本书译文，赶快从该刊第一期起，购来阅读。不读犹可，读了不觉令人气短！原来该刊所登的译文，竟没有一页没有错的，（有好多页竟差不多没有一段没有错的！）而且错的令人啼笑皆非。不待言许多难译的地方，该译者连下笔都不敢，便只好漏译了。把一本名著这样胡乱翻译，不单对不住读者，也太对不住作者了。因此使我生了把旧稿整理出来出版的念头。在人事倥偬中，花了数月的功夫，终将旧稿整理就绪，把未完的部分译完了。这是本书出版的一个直接的动机。

印完重读一遍，觉得自己的译文并无可吹的地方；不过在力求忠实原文的一点上，倒觉尽了力量。但是在校对方面，有几处的标点排错了，有好几个字印错了，都未能及时改正，这是心里大觉不快的事。

本书系根据未经删节过的法国印行的大众版本翻译的（国内现有影印本流行），兼以 Roger Cornaz 氏的法文译本做参考。Cornaz 氏是劳伦斯指定的法文翻译者，他的译文是可靠而且非常美丽的。有许多原文晦涩的地方，都是靠这本法译本的帮助解决的。

劳伦斯为了给这书以一种特殊的地方风采，所以里面有不少的谈话，是用 Derbyshire 的土话写的。中译无法用任何一省一地的方言去代替，所以只好一体译成国语。在这一点上，原文的生动处是未免受了点影响的了，这是无可如何的。

一九三六年七月。饶述一序于北平。

——录自译者自刊 1936 年初版

《虞赛的情诗》[①]

《虞赛的情诗》《导言》小引 [②]

徐仲年 [③]

　　三个朋友：王平陵、侯佩尹和我，偶尔高兴，把虞赛的杰作四首《夜》译了大部分，在各刊物上发表。刊登之后，重读一番，觉得弃之可惜！于是我们约定把四首《夜》全译出来，收为一集；由我加一篇序，说明虞赛在何种环境里写出这些哀艳动人的诗来。可是虞赛的情诗，四首《夜》之外，还有不少佳作；依法国大批评家爱弥儿·法盖（Émile Faguet：一八四七——一九一六）的主张，至少还有《歌》《寄希望于上帝》《悲哀》《回忆》这几篇。《回忆》是一篇与四首《夜》并驾齐驱的杰作，《寄希望于上帝》及《悲哀》也是为了同一的失恋而写的：所以它们的加入四首《夜》是极自然，极合论理的，我一口气把它们译了。《歌》这一篇，作于一八三一，彼时虞赛尚未与兆如·桑特夫人相逢，自然与四个《夜》诸诗无关，然而把它译了出来，收在此地，有一个好处：就是表示一八三一以前的虞赛是主张多

恋的：

　　　"这是不够的，专爱一己的情妇"

而且常常更换爱人，

　　　"能使我们变为温柔，过去的欢乐分外甜蜜"；

等到后来兆如·桑特夫人以其人之道还诸其人之身，他便感得常常更换情人是极痛苦的，至少为被抛弃者着想；此时的虞赛不再轻描淡写地说：

　　　"专爱一己的情妇"

是不够的，却痛哭流涕了！所以《歌》这一首诗，也应当译出，以备读者们与下面数诗对看。

　　至于写一篇序，原是很有趣的工作。不过今年的暑假，有些特别：我完成了法文的《唐人小说》(Contes et isis des Tang)，覆校了《初级法文文法》，匆匆草了《俞峨论》，新近答应了某书局写一些关于法德邦交的文字，北平《政闻报》(La Politique de Pékin) 又来催取张道藩兄《自误》的译文，"暑"而不"假"，直是"牛马走"！再来一篇《〈虞赛的情诗〉导言》，天乎！天乎！幸而想到耐儿孙公司 (Nelson) 出版的《虞赛诗集》(Poésies)，法盖写了一篇很有精彩的《序》；阿尔非特·巴莉纳夫人 (Mme Arvède Barine) 在巴黎阿显脱书局 (Librairie Hachette) 所出的"法国伟大作家"(Les grands é crivains français) 丛书中写了一本《虞赛》(A. de Musset)，对于虞赛与兆如·桑特夫人的爱情，有详细的记载：于是我自己写了两段作为

第一、第三节，译了巴莉纳夫人的文章作为第二节，法盖的概论作为结论，就此缴卷。

另有旧译 F. Gregh 先生的演讲《浪漫派诗人的爱情色彩》，甚有味，可以互相发明，即附录集后。

上海；二十，八，一九三五。

——录自商务印书馆 1936 年初版

《虞赛的情诗》导言
徐仲年

（一）

法国的文学萌芽于中古时代（八四二——一五一五）；复兴于十六世纪；十七世纪古典派或正宗派（classicisme）文学大盛；十八世纪是"理性"压制"情感"的时期，情感的解放形成了十九世纪的浪漫派（romantisme）文学。大概法国的文学，单就性质论，可分为两大类：理性文学（即古典主义）与情感文学（即浪漫主义）；其余的派别不入于此定入于彼，犹之两大母河有无数的支流。古典文学并非无情感的，——如果有这样想，这样说的人，那么此人根本就没有了解古典文学！——然而这个"情感"是经"理性之网"筛过的；换句说：情感应受理性的节制：这是第一点。第二点，在古典派文学中，情感要"普遍化"。譬如我们要描写失恋的痛苦，要描写得任何人失恋了都如此，却不可这段描写只合用于某人某人。法国哲学家勃莱斯·巴斯佳儿（Blaise Pascal：一六二三——一六六二）道："自我是可恢恶的"；他并不要说"自我"本身是可恢恶的；却指开口："我！我！我！"闭口："我！我！我！"那班人。这句格言恰是古典派情感

的写真。浪漫主义与古典主义正是一个相反：浪漫主义既然揭起了解
放情感的旗帜，自然不甘受理性的指挥。情感的解放与培植，乃是日
趋"个人化"的径途。另有人说："古典派文学是健全的，浪漫派文
学是颓废的。"这句话说对了一半。随便举一个例：法国古典派大师
然·哈辛纳（Joan Racine：一六三九——一六九九）写了一部杰作《斐
特尔》(Phèdre)：斐特尔，雅典王戴瑞（Thésée）之妻，爱上了戴瑞
的儿子意卜莉脱（Hippolyte），因恋爱未成，间接置意卜莉脱于死
地，后悔而自杀。如果"健全"两字以道德为立场，那么这本悲剧难
道可以"讽世"么？反之，浪漫主义并非"胡闹主义"，更非"淫荡
主义"；——以耳代目的中国人往往如此想！不过情感一经解放，情
感强者难免放纵，情感弱者学时髦而无病呻吟；空虚与夸张有时有之
（也只限于第三第四流作家），若说人人颓废则无此理！我们认识了浪
漫主义真面目，才能研究浪漫派文学。

　　法国的浪漫派文学只占领五十年风光，自一八〇〇至一八五〇，
严格地说，正式起始于一八二〇，便是拉马尔丁纳（Alphonse de
Lamartine：一七九〇——一八六九）发表《沉思集》(Méditations
Poétiques) 那一年，一八五〇以后已是写实派时代了。法国浪漫派的
先驱是《德国论》(De l'Allemagne) 作者斯太儿夫人（Mme de Staël：
一七六六——一八一七）和大小说家沙都勃利昂（François-René de
Chateaubriand：一七六八——一八四八）。[1]斯太儿夫人的功绩在乎打破
法国文学界闭关自大的恶习，解放思想，介绍德国整个文化（虽则她
对于此文化的批评不是常常中肯的）；而沙都勃利昂对于浪漫派的影
响更为伟大，浪漫派作家奉之如泰山北斗；——俞峨（Victor Hugo：
一八〇二——一八八五）年轻时，曾立下这个誓愿："我要做沙都勃利

---

　　[1]　沙都勃利昂（一七六八——一八四八），大小说家；其一部分杰作已由曾觉之
　　　兄译成中文，观：《爱情转变记》(中华书局)。——原注

昂，或者什么造就都没有！"法国的浪漫派文学，经过了斯太儿夫人与沙都勃利昂的扶育，从幼年走入壮年。

　　法国的浪漫主义，四及于文学、艺术、哲学、批评、……各方面；作者很多很多。现在我们只就诗歌、戏剧、小说三方面来提要讲一讲。浪漫派诗坛盟主自然推维克托尔·俞峨（Victor Hugo；有人译作：嚣俄、雨果、禹古、许峨，皆一音之转）：不论在量的方面，质的方面，他是无敌的。他是继沙都勃利昂而代之的文学界首脑。今年（一九三五）是他死忌五十周年，法国政府有隆重的纪念仪式；中国南京《文艺月刊》（七卷五期）辟有纪念特辑，可以参阅。然而，犹之中国有了李白，还有杜甫、白居易、韩愈；法国浪漫派诗人有了俞峨，还有阿尔丰斯·杜·拉马尔丁纳（Alphonse de Lamartine），阿尔弗莱特·杜·维宜（Alfred de Vigny：一七九七——一八六三），与我们所要详细讲的阿儿弗莱特·杜·虞赛（Alfred de Musset）。李白与杜甫是并肩的，俞峨与拉马尔丁纳也不当分有上下；至于维宜及虞赛，略次于前面两人，仿佛白居易和韩愈究非李白杜甫之比，不过俞峨的天才是多方面的：这一点，他胜过了拉马尔丁纳。在本集后半部《浪漫派诗人的爱情色彩》里，我们可以读到这四位大诗人的情诗。

　　浪漫派戏剧的特点有三：（一）打破三一律，——所谓"三一律"即每一剧本，始终动作如一，时间如一，地点如一；（二）废除悲剧喜剧的界限；（三）保存本地风光，不避俗语：这是俞峨在他的《克郎姆惠儿序》（Préface de Cromwell，一八二七）中所揭示的学理，也就是浪漫派戏剧作家所奉的信条，此外浪漫派戏剧运动大将有阿莱克藏特尔·居马（Alexandre Dumas，即林琴南所译的大仲马：一八○三——一八七○），他也是一位有名的小说家。他的儿子，也叫做阿莱克藏特尔·居马（即林氏所称的小仲马：一八二四——一八九五），写了不少讽世劝人的剧本。维宜与虞赛都写有剧本：维宜的杰作《却戴尔东》(*Chatterton*，一八三五) 富有古典派气息；虞赛的剧本，虽甚好，却非为扮演而写的。另外有一位红极一时的浪漫派诗人，贾齐糜尔·杜拉维业 (Casimir Delavigne：一七九三——一八四三)，所写诗歌与剧本，介乎古典派和浪漫派之间。

法国浪漫派小说，导源于沙都勃利昂的《阿达拉》(*Atala*，一八〇一)，《含耐》(*René*，一八〇二)；在《含耐》里，主人翁含耐患了"世纪病"(le mal du siècle)，就是说：为无名的烦恼所包围。斯太儿夫人写了《苔儿斐纳》(*Delphine*，一八〇二)，无非描写"一个男子不妨触犯舆论，而一个女子应当服从舆论"；她的第二部小说《郭令纳》(*Corinne*，一八〇六)，却描写女超人郭令纳不能见容于社会。接着恭斯当 (Benjamin Constant：一七六七——一八三〇) 写了自传体的《阿独儿夫》(*Adolphe*，一八一六)，分析爱情，浪漫派而近乎写实派。此后便是维宜、俞峨、大居马的"历史小说"。我们不要见了"历史"两字便以为这些小说的情节是寸步不离史实的；他们不过取题于历史而很自由地布置事迹：与唐人的传奇，施耐庵的《水浒》，罗贯中 (?) 的《三国演义》相仿佛。维宜的《襄-马尔》(*Cinq-Mars*，一八二七) ——亨理·杜·襄-马尔 (*Henri de Cinq-Mars*：一六二〇——一六四二)，是路易第十三的幸臣，后上断头台而死；俞峨的《巴黎圣母教堂》(*Notre-Dame de Paris*，一八三一)，《可怜的人们》(*Lea Misérables*，一八六二)；大居 [仲] 马的《三个火枪手》(*Les Trois Mousquetaires*，一八四四) 等是此派的代表作。一八四〇左近，诞生了日报上的连载小说 (Le roman-feuilleton)；这类小说，趣味稍低，已非浪漫派小说的正系了。虞赛于失恋之后，痛恨自己，写了《此世纪一个儿童的忏悔》(*Confession d'un enfant du siècle*，一八三六)；兆如·桑特夫人写了《她与他》(*Elle et Lui*，一八五九) 为自己洗白：这是后话，我们先得知道虞赛的生平。

虞赛的一生，依照阿勃莉 (Abry) 和乌蒂克 (Audic) 两先生的主张，① 可以分为四期：（一）浪漫主义者（一八一〇——一八三〇）；（二）自由人（一八三〇——一八三三）；（三）烈情与失恋（一八三三——一八四一）；（四）暮年（一八四一——一八五七）。

　　阿儿弗莱特·杜·虞赛：姓虞赛，名阿儿弗莱特，杜表明是贵族。一八一〇年十二月十一日生于巴黎。虞赛一家是很老的，而且是书香之家。阿儿弗莱特的父亲杜·虞赛–巴戴（M. de Musset-Pathay）把一生的光阴耗费于文学，战事，当公务人员之中。阿儿弗莱特的外祖，纪约—苔瑞尔皮爱（Guyot-Desherbiers），是一位诗人。阿儿弗莱特的母亲是一位极温柔，富于情感的女人。如果人亦有种的话，阿儿弗莱特的种源，文学的种源，是最好没有的了！他有一个哥哥，名保尔（Paul），和一个妹妹。

　　他最初有一位启蒙教教师，很有趣，老师与学生们常常爬到树上去玩的。后来进著名的亨理第四中学（Lycee Henri IV），成绩斐然。一八二七大会考，他得哲学第二奖，受"得业士"(la bachelier) 学位。即在这个一八二七年，浪漫主义深入于青年脑中。沙士比雅与拜伦（Byron），② 哥德（Goethe）③ 与席勒（Schiller）④：都是这班少年所爱慕的作家。他们熟读拉马尔丁纳的《沉思集》，俞峨的《短歌及长短句持集》(Odes et ballades，一八二二)。虞赛于这时进沙儿·诺蒂爱（Charle Nodier：一七八三——一八四四）所主持的文社（Premier Cénacle）；他不过十八岁。俞峨和维宜有时也来赴会。一八二九左

---

① 参见 E. Abry，C. Audic，P. Crouzet：*Histoire illustrée de la littérature française*，*520*。——原注
② 拜伦（一七八八——一八二四），英国大诗人。对于拜伦与法国浪漫主义的关系，至少须读：Ed. Estève：*Byron et le romantisme français*。——原注
③ 哥德（一七四九——一八三二），德国大诗人；可读宗白华兄主辑的《哥德之认识》(钟山书局)；徐仲年：《哥德小传》(女子书店)。哥德的杰作有：《浮士德》(*Faust*)，《维特》(*Werther*) 等。——原注
④ 席勒（一七五九——一八〇五），德国著作家。——原注

右，俞峨的羽翼已成，另立一文社（Second Cénacle），自为主持人；虞赛进了新文社。一八三〇，虞赛发表了一部诗集，《西班牙及意大利故事》（Contes d'Espagne et d'Italie），有名篇：《月歌》（Ballade a la lune），《马尔独虚》（Mardoche）等，立刻被人注意，重视及……谩骂。

　　然而虞赛之为浪漫派诗人是"偶然"的，正如斐龙先生（Augnstin Filon）所说，虞赛是天生古典派的浪漫派诗人；换句说：他性近古典派，而他之所以成为浪漫派作家，乃是时势使然。《西班牙及意大利故事》于一八三〇年一月一日出版；到了同年九月十九日，在一封信中，他的父亲已经说他："那位浪漫主义者完全摆脱俞峨的束服"（Le romantique se déhugotise tout a fait）。同年七月，虞赛在《巴黎杂志》（Revue de Paris）内后表了《哈法爱儿的秘密思想》（Les Secrètes Peusées de Rafael），有云：

　　　　在我的桌上哈辛纳逢着沙士比雅
　　　　而于蒲怀鲁身旁入睡了……

哈辛纳，古典派大诗人，与沙士比雅混为一谈！尤其这位宜古拉·蒲怀鲁（Nicolas Boilean：一六三六——一七一一），崇古派的首领，在他的《诗之艺术》（Art poétique）中，高唱要尊敬"理性"，摹仿古人！虞赛见了浪漫派作家议论纷纷，很不以为然；一八三一年八月四日，他写信给他的哥哥道：

　　　　我们讨论得很久很多；而且我觉得这样地推理，这样地指摘，枉费了太多的时间。……我们因此得到好处么？人家可能因此写出一句好诗，绘出一笔好画么？我们每人腹中有一种声音，这种声音可以叫它发出如梵华铃，或如笛。世上一切的大道理不

　　能使一只乌鹊唱出掠鸟的歌来……

　　他哪里知道"但闻人语响"的空头学者正多哩！他本此精神，自由人
的精神，发表了《在一张靠背椅中的景色》（*Un spectacle dans fauteuil*，
一八三二），把报界记者挖苦了一场，报界的报复是很厉害的：给此
书以不睬；——只有大批评家圣脱-伯甫（Charles-Augustin de Sainte-
Beuve：一八〇四——一八六九）；在一八三三年一月十五日的《两世界
杂志》（*Revue des Deus Mondes*）里，称虞赛维当代"最有力的艺术家"
之一。然而这个自由人时代是不长的，因为虞赛逢到了这位魔君，兆
如·桑特夫人（Mme George Sand，一八〇四——一八七六）！她在母家
姓居浜（Dupin），名吕西尔·乌和尔（Lueile Aurore）；她于一八二二
结婚，丈夫居杜房（Dudevant）是一位少年子爵，与她失和分居而住，
那时已生了两个小孩；兆如·桑特是她的笔名。她是一位著名的小说
家；杰作有《殷蒂雅娜》（*Indiana*，一八三一），《安日浦地方的磨粉
商》（*Le meunier d'Angibault*，一八四五），《魔沼》（*La Mare au Diable*，
一八四六），《杜·维儿梅侯爵》（*Marquis de Villemer*，一八六〇），等。①

（二）

　　（第二部分为徐仲年所译巴莉纳夫人（A. Barine）《虞赛》传记内
容，从略。）

（三）

　　阿尔非特·巴莉纳夫人（Mme Arvède Barine）在上一节里详细

---

　　①　参观徐仲年：《法国文学 ABC》（世界书局），下册，页二五一二八。——原注

记述虞赛与兆如·桑特的情史；可歌可泣的情史；由此生出杰作四首《夜》与《回忆》。我们现在要谈谈这个集子内的八首诗；先确定了它们的日期：《歌》(*Chanson*) 成于一八三一年，《五月之夜》(*La nuit de mai*) 成于一八三五年五月，《十二月之夜》(*La nuit de décembre*) 成于一八三五年十二月，《八月之夜》(*La nuit d'août*) 成于一八三六年八月十五日，《十月之夜》(*La nuit d'octobre*) 成于一八三七年十月十五日，《寄希望于上帝》(*L espoir en Dieu*) 成于一八三八年二月十五日，《悲哀》(*Tristesse*) 成于一八四〇年，《回忆》(*Souvenir*) 成于一八四一年二月十五日。

《歌》与《悲哀》都是很短的，然而里面所含的情感成分轻重不同：固然，《歌》这首诗不能说它是快乐的，但它所有的不过是些"轻愁"(La mélanvolie)，而《悲哀》中所有的，岂但悲哀而已！简直是"失望"(Le désespoir)；——如果我们在"轻愁"与"失望"之下加了几个法国字，因为它们最能表示情感的轻重，悲伤的深浅。而且，《歌》中还含有少许苦中的乐趣：

> ……而且你曾否觉得，不断地更换（指更换情人）
> 能使我们变为温柔，过去的欢乐分外甜蜜？

> ……而且你曾否觉得，不断地更换
> 能使我们变为温柔，过去的忧愁分外可爱？

在《悲哀》可不同了：不但持诗人失去了体力，生命，快乐与自信心，而且恹恶真理，只得垂头丧气地：

> 上帝在那儿讲，人们只得回答他。
> 尘世剩余给我唯一的好处，

便是有时得以痛哭一番。

　　爱弥儿·法盖（Emile Faquet）将这首《歌》列入虞赛的抒情诗中，当然有理；不过，以情调论，《歌》是秋晚银灰色的轻雾，《悲哀》是冬季的乌云，似乎这首主张多恋的《歌》可以列为虞赛 dandy 时代（其说见本序第四节）的作品。

＊　　　　＊　　　　＊　　　　＊

　　自一八三三年八月十五日起，——即是发表《和雅》(Rolla) 的那天，《和雅》长诗，有好有坏，然而少年人都爱读它，——虞赛几乎没有写什么；换句说，自他与兆如·桑特相爱时起，他再无闲暇作诗；如作诗，必须先有了悲哀，然后有诗意，有 inspiration。这个悲哀，不到两年，就来了：于他游意大利归来，首次吵翻之后，他于两夜一日中写成《五月之夜》。这次的悲哀是新鲜的，所谓"新鲜"，暂不简单地作"第一次"讲，因为在兆如·桑特之前，虞赛爱过数人，有过数次悲哀。《歌》以及其它数诗可以证明。然而在这次之前，他没有热烈地爱过，由爱生出来的反响——悲伤——也不深刻。深刻的反响却自此次失和始，所谓"新鲜"者即指此。正因是新鲜，苦中含有乐趣，失望中含有希盟。如果我们以《五月之夜》与《八月之夜》一比，显然不同：悲伤，固然两诗都是，然而一则悲而激，一则悲而静。如果我们以《五月之夜》与《十月之夜》一比，又有不同之处：《十月之夜》却哀而怨了。《五月之夜》也与同年写的《十二月之夜》相异：《十二月之夜》中的灰心与疲劳的意趣是《五月之夜》中所没有的。

　　《五月之夜》的大旨是如此：诗人应当为他人的快乐而牺牲自己；即使处于及悲哀之境，也不该停止他的歌唱——即作诗。而且，诗人的悲哀越是深刻，他的作品越有价值：这一点倒与中国人"穷而后工"相同。处于穷境而仍作诗，显然还没有走到万念俱灰的地步；不绝对失望即尚有希望；虞赛写此以自慰吧?

　　《五月之夜》可分为两大部分：第一部共七节，自"诗人，弹起你的琴，同我亲一吻"句起，到"唱一段你的泪曲啊！上帝听着我；这是时候了"句止；第二部共两节，自"我的亲爱的妹妹啊，倘若真个对于你"句起，至诗完止。诗为对话体，对话者为女神与诗人。在第一部里女神赞美春之临至，而且：

> 今晚一切都像花儿一般，准备着灼灼开放：
> 大自然里，充满私语，充满情爱，充满了芳香，
> 浑似一张少年夫妇的合欢床。

去激发颓丧的诗人，甚至说：

> 唉！我将为爱情而死，还正在年青。
> 今晚，你要安慰我一下，我为了希望，奄奄垂尽；
> 我须得要哀哀祈祷，稍延一息，活到天明。

这是虞赛假借着女神的口的"夫子自道"。至此，诗人方才心动了：

> 哦！我的娇花，我那不死的仙娥！
> 又贞洁又诚挚的人物一个，
> 我的情爱还在那儿生存着！

于是女神再进一步，略略把旨意点一点：

> 来啊，我们歌唱当着上帝，歌唱在你的思潮里，
> 我们歌唱在你过去的苦情，在你失掉的乐意；

马上窜出去：

> 我们去吧，在一吻间，到一个不知名的尘世。

连"大宇宙全属"他们的了：爱高斯、意大利、希腊、亚勾斯、泼对雷昂、梅萨、北里勇山、蒂达莱斯河、乌娄松、甘靡。接着一大批简捷的描写：母鹿的被杀，处女的春思，古代英雄的出现，流浪诗人的歌唱，拿破仑的自述：从这一人说到那一人，从这一物说到那一物，文笔跳荡汹涌，活似八月中钱塘江的叠潮！我们再不妨说：女神所用层层剥进的游说方法宛似枚乘的《七发》，文气有似庄子的《逍遥游》！诗人苍鹰盘击地说了一大篇，又点一点题，以作第一部的结束：

> 唱一段你的泪曲啊！上帝听着我；这是时候了。

第二部的篇幅，没有第一部那样长，但比第一部重要：在第一部里，女神只劝诗人重新歌唱；在第二部里，她却说出不当不唱的理来了。犹之乎一条见尾不见首的神龙，在天上蜿蜒盘旋了半天，突然于乌云丛中探出头来。诗人虽则还拒绝：

> 我于今再不歌唱那希望重重，
> 也不歌唱幸福，也不歌唱光荣，
> 唉！即使是那苦痛来我仍然不动于中。
> 口儿紧守着沉默，不露一丝风。

却：

为的要静听这心儿的低语喁喁。

哈！哈！只须你"要静听这心儿的低语喁喁"，女神又得乘机进谏了：

你青春所忍受的忧思是怎的，

随它长大吧，那神圣的受伤痕迹，

这是黑色天使所造成，在你的心儿底；

没有别的更能使我们伟大，只有最大的愁苦。

但是为了要达到这境地，

诗人啊！莫以为你声音在人间应当缄默不语。

那些最绝望的就是那些最美丽的歌唱欢愉，

我从此知那些永不朽的还是属于哭声酸楚。

句旁的圈是我加的，因为不但是主旨所在，而且诗句绝顶地好，引译文不足，再引原文：

Rien ne nous rend si grands qu'une grande douleur.

Les plus désespérés sont les chants les plus beaux,

Et j'en sais d'immortels qui sont de purs sanglots.

这是人家最爱引用的名句。

接着女神讲了一件象征式的故事：一头鹈鹕（即塘鹅）出外为小鹈鹕觅食，无奈"大洋里空空无物，沙滩上也没有东西见"，为了要不使小鹈鹕饥饿：

它只得把它的心取了出来，当作食物肉馅。

　　　　它是悲愁静默，把这颗心横放在危石上面，

　　　　　分与它的众儿，将父亲的脏腑裂成片片，

　　　　在无上的爱情里，它把痛苦稳住，反觉安然；

　　　　　在它死的盛筵上，它倒下地浑身震颤，

　　　　恐怖的沉醉，热情的酩酊，柔意的醺然。

于是郑重地这样总结：

　　　　诗人。啊！这真是与那些伟大诗人所做的有同然。

　　　　　那诗人们常使得一般活着的人欢乐欣忻；

　　　　　　但是他们献与世上佳节的人间盛筵，

　　　　　　恰同那老鹈鹕的死筵相差不远。

这个故事的全部也是很好的诗，法国中学生读的任何《文选》
(*Morceaux choisis*) 中都有此诗。有人批评这个故事太人格化，不近
鸟情，不合科学：这未免太求全责备了吧！知虞赛原是一位诗人，不
是科学家，他并没有要写一部《鹈鹕生活》的野心啊！

　　　　　*　　　　　*　　　　　*　　　　　*

　　从五月至十二月，其间相隔七个月，两位情侣冲突不止一次：虞
赛的衰弱的神经，每经一次挫折，分外觉得锐敏，分外觉得疲劳。到
后来简直心灰意懒，几几无意于人世！不过"兴奋"与"疲劳"是互
为因果的：过于兴奋则易于疲劳，过于疲劳亦易于兴奋。《十二月之
夜》中情感就是这样波浪形一起一伏的；——虞赛与兆如·桑特
的爱情何尝不如此？此诗最前的十一节——从"当我还是小学生时
代"句起，到"无论何往我老是逢着这个朋友似的影子"句止——包
含着够镇静的情感。此后的七节——从"到后来，我受苦得够了"句
起，到"坐在我道路中和我照面"句止——情感逐渐激发，声调逐渐

提高，接着一段———共两节——可以独立，也可以归入上面的段落里，是一条"桥"，从幻像转至事实的桥。"今晚，你再显现于我面前"起，至"倘使你走呢，你为何爱我？"止，事实重于幻像，是情感最高点。以后两节又是从事实转至幻像。"幻像"的答言，共三节，着重在最后一句"因为我就是孤独"。我们可以拿表格来指示诗中情感的起伏：

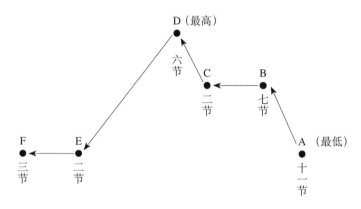

全诗以一个"面貌与我相像得如兄弟"的幻像为线索，而这个幻像即是"孤独"，即是虞赛的化身。第一段，共十一节（表格中 A），可细分为六小段，最先每小段含诗两节，第六小段只有一节，第一小段，诗人做小学时代所见的幻像，"伴我直至天明，沉思地含着微笑"。第二小段，诗人将近十五岁时所见的幻像："他一手握着一面琴，一手拿着一束野蔷薇花"；怀琴将奏，正如将赋诗的虞赛；野蔷薇花象征少女，该花在手，乃怀春之象。第三小段，诗人到了信任爱情的时期，即初恋时期，他所见的幻像便"一手指着天，一手执着一柄利剑"；无非说：天命要使言爱的人吃苦。第四小段，初恋失败之后，诗人获到了经验，胆子大了，于是"放荡不羁"了，正当：

　　　　　　　我曾经向我的心，向我懦弱的心说：
　　　　　　"这不是够了罢，专爱你的情妇？……"

　　　　　　　它回答我道："这是不够的，
　　　　　　这是不够的，专爱一己的情妇；……"

的时期，于是他的幻像：

　　　　　　　　于外套下他动摇着
　　　　　　　一方绯红色的破布，
　　　　　　　于他的头上颤动着
　　　　　　一枝不结果的糜尔脱花。

绯红或深红是帝皇或教主的代表色；穿红衣即有荣誉的象征。虞赛原穿红衣的，可怜这件衣服破了！糜尔脱花是女爱神的象征花，花而不结果即是无结果的爱情。第五小段，诗人的父亲死了，诗人不但不悲哀死者，而且孤独的他从此要吃苦了，所以他的幻像：

　　　　　　　　宛如痛苦的天神，
　　　　　　　他戴着荆棘之冠；……
　　　　　　　他的利剑插在自己胸中。

耶稣受难时罚戴荆棘之冠：虞赛将受难如耶稣。利剑插胸象征着深刻的痛苦。从第一小段至五小段，诗人的痛苦逐渐增加：只须一比旁有小圈的句子便可知道了。第六小段总结全段。

　　以下一段，共七节（表格中 B），记述诗人到了忍无可忍地步，便便欲逃避它方。可是他走遍意大利、德意志、法兰西、瑞士诸名胜，

> 不论何处，那个跛足的烦恼，
> 　背后拖着我的倦劳，
> 　放我在铁网上拉着我走。

而另一方面：

> 　不论何处不断地渴慕
> 　　一个未识的世界，
> 　我追踪我的梦影；……

但他所获的结果：

> 我在那儿所见一切与以前所见无异
> 　人类的面孔及其虚伪；……

> 总有一个穿黑的不幸者，
> 　面貌与我相像得如兄弟，
> 　坐在我道路中和我照面。

　　诗人见了这个二十年来老跟着他的幻像不得不问一个究竟：他是谁？说他是恶劣的命运罢，却有温柔的微笑，富于怜悯心的眼泪；说他是善良的天使罢，却从未预告他祸之将至！这两节是转到事实的一条桥（表格中 C）。

　　诗人从幻想中转视实物（表格中 D）。起初他"注视着那个尚留热吻余馨的可爱的位置"；继而他"收集起不久以前的情书，爱人的头发（'我自思世间所能久存的东西乃是鬓发一束'），一切恋爱的残物"；却因：

整个过去在我耳中

高呼着某日交换的永久的誓言，

联想起今日女友的不忠：两相比较之下，不得不发怒了：

哦！懦弱的妇人，无理性的骄傲，

无论你如何，你总得想起的罢！

伟大的上帝！为何自己欺骗自己？

为何这些眼泪，这个跳跃不平的胸部，

这些哭泣：倘使你不曾爱我？

诗人越想越气：

走！走！不朽的大自然

不愿十分造就你。

啊！可怜有小孩，你愿做美人

却不知道宽恕人家！

去！去！跟着命运走罢；

失掉你的人不是一切都失掉的啊。

你尽可把我们已熄的爱情迎风播扬；——

永存的上帝！我这样地爱你，

倘使你走呢，你为何爱我？

第一节，以及上面两节，是好诗中的好诗，精华中的精华。此后诗人
又质问幻像（表格中 E）；而幻像的回答，可以下面三句总括之（表

格中 F)：

　　　　我将追随着你：

　　　　但我不能握你的手，

　　　　因为我就是孤独。

　　　　　　　　*　　　　*

　　《八月之夜》比《五月之夜》后了一年零三个月，比《十二月之夜》后了八个月，即使为了失恋而生出痛苦，生出怨愤，这个痛苦，这个怨愤，经过了长时间的休养，自然会降低下去，镇静下去。另一方面，如果时间能使人遗忘，使一切消灭，却于未遗忘之前，未消灭之前，它将回忆镀银，使当时极平庸的事变为极美，极可留恋。《八月之夜》中第一特点便是镇静的，感动的回忆。暴风雨之后，每每天朗气清；倦劳休息之后，自然神清气爽。至少在写《八月之夜》时，虞赛早达 Tourment 之末，离 Sturm und Drang 已相当的远：所以，《八月之夜》中第二特点是自慰。当然，这种好天气不会久长的，因为在这诗写成后十日，虞赛独自去巴特，沿途他的烈情又将爆发；不过此时只觉得清风徐来，松波微吟而已。

　　《八月之夜》亦为对话体：女神与诗人。此处的女神显然影射了兆如·桑特，因为：

　　　　向我的母亲，我的乳母行礼！

　　　　行礼，行礼，向安慰我的人！

虽则女子往往母性地爱男子，——即使世人所谓"纯粹"的爱情，我也疑心有母性爱混在里面——如果她是年轻的话，她不愿人家称她为"母亲"，"乳母"的吧！只有比虞赛大了六岁的兆如·桑特不但接

受这种称呼，而且喜欢这种称呼。而虞赛是否有些嫌她老（那时她正
三十三岁）？所以借女神之口来说：

> 哦！当年正值我妙龄，山林溪涧的女仙
> 揭开了一半的枫树皮来偷偷窥我，……

反过来讲：我现今是既老且丑了！

虞赛离开了兆如·桑特，却不住地思念她：他希望她来安慰他。
她不肯来，他只得造出一个女神来自慰自！非但如此，他还把两人的
错处都负在他一个人的背上：

> 为何渴慕的心，倦于希望的心，
> 你常常逃遁，而归来时又这样晚？
>
> 情郎啊，你如何处置了你的青春？
>
> 犹之你失去了美貌，你将失去你的德行。
>
> 倘使发怒的天神向我收回了你的天才，
> 倘使我自被天贬，你将何以报我？

于是诗人没得说，只可立誓了（此段是绝好的诗）：

> 哦，女神！死或生于我何足重轻？
> 我爱，而我自愿面色苍白；我爱，而我自愿受苦；
> 我爱，而我自愿将我的天才换一热吻；
> 我爱，而我自愿在我瘦削的颊上感得

　　　　　一个不会涸的泉水在流。

　　　　我爱，而我要歌颂快乐与懒惰，
　　　　我的发狂似的经验，一日间忧虑，
　　　　　我还要讲还要不断地复述：
　　　　过了一段无爱人的单独生活之后，
　　　　我立誓要为爱情而生，为爱情而死。

　　　　于众人面前剥脱吞噬你的骄傲罢，
　　　　哦，充满悲哀，自以为能关闭的心。
　　　　爱吧，你将复活；你以将开的苞自视罢；
　　　　　尝尽辛酸之后你还得受苦；
　　　　你应该不断地爱，虽则你已爱过了人。

　　　　　　　　*　　　　　*

　　《十月之夜》成于一八三七年十月十五日，是四首《夜》中最后最美的一首；——四首《夜》内以《五月之夜》及《十月之夜》为最佳。兆如·桑特于一八三五年三月十四日逃避虞赛，去《十月之夜》成诗之日凡两年又七个月。他们最后的会晤在一八四八年，又后于《十月之夜》十一年。此时的情状，虞赛当然未达"遗忘"之境，却亦已脱离痛哭流涕而退入长太息的范围。我在上面说过：《十月之夜》是哀而"怨"的；"怨"字下边常常带个"恨"字：《十月之夜》的上半段是相当镇静的，下半段却因回想到女了的不忠而怨愤了。

　　诗人自以为已忘掉了过去的爱情，而且自己极有把握地不再为这段哀史所骚扰了：

　　　　先前的苦楚已像梦一般地消逝了。

> 我已这样十分解脱了这种苦念，
> 连我忆起它时不免怀疑惶恐；
> 我想到生命所经过的危险，
> 如同在我的立场上发现一个陌生的面孔。

解脱？谈何容易！那位聪明的女神早已料到诗人在那儿咬紧牙齿，硬充好汉，便委婉地引诱他自诉：

> 友！愿这神秘的苦闷，
> 立刻逃出你的心窠！
> 相信我，放心地对我说；
> 严酷的静默之上帝，
> 是死神的至友；
> 人们在自怜时往往能自慰，
> 并且有时一句话
> 可以解除我们的愧悔。

诗人心动了，"……很想把它的历史告诉"女神；女神呢：她"如同有一位审慎的母亲，在她爱儿摇篮的左近"，倾斜着她的身体听着。共含八节的第一段于此结束。

　　诗人于未述故事之前，先发了一阵牢骚。他回到"这间老而旧的书屋"里去，尝尝"加倍可爱的寂寞"。这种寂寞的爱好，这种苦闷，都是"一个女人"所造成的：

> 这是一个我曾被她束服了的女人，
> 如同一个仆役被他主人束服了一样。

> 可憎恨的束服，它使我的心
> 失去了力量和青春；——
> 但是，靠近我的女主人，
> 我曾经瞥见过幸运。

既然"曾经瞥见过幸运"，就有了安慰，就不当十分咒骂；女神毕竟聪明，称它为"温柔的回忆的幻影"，而且劝诗人：

> 假如你的命运真是残酷，
> 少年呵！至少你也该和它一样，
> 对着你最初的爱表示微笑。

诗人不肯接受"爱"字，只肯对着他的不幸来微笑。所谓不幸者是什么一回事呢？一个秋天晚上，他去赴情会，却白等待了一整夜！天色微明，她方才归来。于是他大发雷霆：

> 她进来了。——你从何处来？今夜你曾做了什么？
> 回答吧，你要我什么？谁使你连留到此刻？
> 这美丽的芳体，直到天明，在何处逍遥？
> 当我孤苦地在这阳台上守候和饮泣，
> 你究竟在那里，在谁的绣榻，对谁微笑？
> 无信的，胆大的，难道你还有可能
> 使你的樱唇再来，献给我亲吻？
> 你究竟需要什么；有什么可怕的饥渴
> 使你敢把我吸进你无力的怀抱？
> 走开，滚，我的虚伪的女主！
> 回到你的坟墓中去，假如你是刚从那里起来的；

> 让找永远的忘却了我的青春，
> 并且深信我想着你的时候全都是一场梦！

这段是最好的诗，一字一句都从心底出来。如果稍为有些"语无伦次"，这正是言为心声的表示；那时他的心思自然是万分缭乱的！女神极力劝他和缓一些，无奈他越想越气，气出一段绝好文章来："是你的耻辱"这一节，多么有力！多么有生气！若以中国人旧时论诗的目标去看这段诗句，并不"敦厚"，太嫌露骨，即不说它不是好诗，也非正格。然而以"诚实"，"动人"，"技巧"三点去评衡，真是好诗！此处地位有限，不能全引了。

兆如·桑特的不忠是无可讳避的了。然而……然而虞赛以何种资格去责她不忠呢？他不是她的丈夫，而且她在名义上还有一个丈夫！他自己先犯了诱奸罪！她使他"失去了力量和青春"，这是他自讨苦吃，自相情愿的。他骂她：

> 无信的，胆大的，难道你还有可能
> 使你的樱唇再来，献给我亲吻？
> ……

> 是你的耻辱，
> 你曾最先教我背信，
> 并且为了嫉忌，为了忿怒，
> 使我失去理性！

"背信"，"嫉妒"，"忿怒"，"失去理性"，虞赛向不后人，现今却推到兆如·桑特身上去！正是闭了一只眼睛看东西，所见的东西不会在正中的。大凡研究文学史的人不当忘去"文学"，也不该忘去"事实"：

先从纯文学立场，批评某文的优劣；然后以绝公正的态度去探讨事实。一味欣赏则忽视事实，一味"文以载道"则成了道学家言。所以我们对于虞赛的诗，双方都要顾到的。

那位女神却说了几句至理尽义的话：

> 诗人，够了。为着一个不贞的女人，
> 在这里你的错误仅经历了一天的时候，
> 当你谈到她不要亵渎了美好的良辰：
> 假使你要被爱，就应当尊敬你的爱情……
> 要是不能饶恕，便只好忘却。

尤其这两句诗，是人人爱引用的：

> 人是一个学徒，痛苦是他的主子，
> 谁都不能认识自己没有受过苦的时候。
> L'homme est un apprenti, la douleur est son maître,
> Et nul ne se counaît tant qu'il n'a pas souffert.

而且这位发牢骚的虞赛早已有了新的情人：

> 现在你没有一位美丽的女情人么？

虞赛被女神一语道着，只得平下气去，忘掉旧爱，享受新爱了！

   *   *   *   *

《寄希望于上帝》这个题目是欺人的。在表面上，字面上论，多少有些宗教意味；就诗的本体论，几乎可以说是反宗教的。首先我们应当明白"上帝"一称，最初宗教意味甚深；后来用它的时候和地方太广泛了，简直失去了宗教意味。逢着惊奇，喜悦，悲伤，失望……等时机，尽可喊："我的上帝！""伟大的上帝！""大公无私的上帝！"……；下流人还会说：Nom de Dieul! Sacré Dieu! Sacré nom de Dieu! 犹之中国人的："老天！""天晓得！""天有眼睛！"等等，没有宗教意味在内。

这首长诗，虽则不及四首《夜》及《回忆》，然而也是好诗。虞赛之所以要寄托希望于上帝，因为：

> ……"无穷尽"骚扰着我。
> 我想起它时不能无恐惧，不能无希望；
> 不论人家如何说，我的"理由"
> 见了它，不了解它，就得害怕

"性的烦闷"，"无穷尽的骚扰"构成了"世纪病"；——也可以题个新名字："浪漫派病"。那时的文学家想了解"无穷尽"；然而"无穷尽"者正是无穷尽，要了解它，何从着手？又何能完全了解它？有时在无穷尽中洞见了一角，于是妄生了瞭见全部的希望。所以面对了这个神秘的无穷尽，不得不一则以喜，一则以惧！此外虞赛还犯了一个大毛病，犯了一个"疑"字。一方面他要认识无穷尽，一方面却怀疑一切：于是乎他的思想如被风吹起的柳絮，在空中飘摇不定！

> 他为了要避去：
> 好似一群兽，低着头走，
> 而且否认一切：这便叫做安乐？
> 不，这样算不得做人，这样使灵魂堕落。

因而入了疑虑的地狱。他想在无宗教者的享乐人生观与教徒们的祈祷人生观之外，寻觅"一条更温柔的小径"。他尝试在阿斯达尔戴（此处象征爱情）身上，在爱比居尔、霍哈斯、吕克莱斯等的享受生命的学说上，在那班最伟大天真的恋人们唱《爱之颂赞》声中，在马耐斯的人性两元论以天主教中天主唯一的理论中，在柏拉图与阿莉斯多德的理想国里，在比泰谷尔的吃苦主义与莱依勃宜兹的乐天主义，在苔佳尔脱、蒙戴业、巴斯佳儿、皮宏、瑞农、伏儿戴尔、斯比哪萨、罗克、康德诸人的学说主张中，找寻这条小径。结果：

> 而且，五千年来人人怀疑，
> 饱尝种种倦劳，磨尽种种恒心，
> 结果只落得"虚无"两字！

如何不叫他埋怨上帝？

> 我落在比世上一切痛苦
> 更惨酷的上帝手中；……

> 我的审判官是一个欺骗被牺牲者的刽子手。

> 那七日的工作不过是些引诱。

说到这个程度难道还算信教么？可是，孙悟空的筋斗虽则利［厉］害，跳不出如来之掌：没法子，他只得垂头丧气可怜人也可怜自己：

> 哦！可怜的不自量力无脑子的人们：
> 他们用尽方式解释一切，
> 可是呀，要到天堂须有翅翼的呀；

欲望，你们有，只缺乏了信心。

哈！哈！虞赛自己才有信心咧！没奈何，他只得赞美上帝：

> 而，在这至上的赞美中，
> 你将见"疑虑"与"亵渎神圣言论"
> 闻得我们的歌声而逃遁，
> 即使死亡自身
> 也要灭影消声。

若问这首《寄希望于上帝》为何列入情诗，要知此诗为了恋爱失望而写的，里面有不少诗句可以证明，例如：

> 对于我，一切变为陷阱，一切更换名称；
> 爱情变为罪恶，罪恶也是幸运，……
>
> 　　＊　　　　　＊　　　　　＊　　　　　＊
>
> 是呀，还这样年轻，美丽，人家敢说比前更美，
> 我重见了她，她的双目如以前一样生光，
> 她的朱唇半开着，嘴角挂着一朵微笑，
> 　喉内发出一种妙音。

回忆，哦！甘密辛酸的回忆！幸福的坟墓，埋心的深渊！谁没有回忆？除了白痴的人谁又不为回忆而兴奋，而悲泣？回忆，银灰色的，轻纱似的，蚕丝般缠住我们，直至死，如果生命有来世的，直至来世的尽末！这是醇酒，这是鸩毒，只须能使我醉，管它哩，饮后的危险！

回忆，哦！甘蜜辛酸的回忆！你是病人的救星，失望者的天使。你用你如玉的手掌，如葱的手指，把不可救药的心的创伤，缓缓地，缓缓地，合拢来；用你如芝兰似的气息，吹在上面：于是这个原来不可救药的创伤逐渐地痊愈，逐渐地恢复。

回忆，哦！甘蜜辛酸的回忆！即使你十分快乐的，可是想到"逝者如斯"，难免有不少感慨！倘使你是完全悲哀的，时间自会为你蒙着一层蝉翼：丑恶的创痕已看不清楚，反而有橄榄的回味！你是深夜里的明灯，也是白昼里的浅影。

在数十年的人生道上，总有一次——至少一次罢——你真诚深刻地爱过人。不论对方如何报答你，对方的一举一动，一笑一怒，都不苟地，正确地雕在你思想中。五年，十年，数十年后，记忆翻开已往的日历，你会很惊奇自己能记得如此详尽，如此正确。

有时你偶然重逢你旧日的情侣，或许罢"还这样年轻，美丽，人家敢说比前更美"，或许罢

> 还饱含着她，我的心在她脸上视察，
> 已找不到从前的她，也找不到那时的声音，
> 那时的温柔言语，那时、与我的视瞩相混的
> 我所敬爱的视瞩。

今昔之感攫住了你。惊？喜？悲？乐？你自己都弄不清，大概每种情感都有一些而混在一处罢？

一八四〇年九月，虞赛到乌日尔维儿（Augerville）去访贝莉爱（Berryel），——恐怕是著名律师安东怀纳·贝莉爱（Antoine Berryer：一七九〇——一八六八）罢？——乘车穿过芳登白露树林。七年以前，虞赛与兆如·桑特游过此地。一草一木，无非是旧日幸福的证人；鸟鸣泉湍，何往而非当年欢乐的回声？多情的诗人见此安能不动

于中？回到巴黎，他又在街上逢着了兆如·桑特。他再按不住了，回家一口气写成万古不朽的《回忆》。

这首诗，委实太好了，须得从头至尾仔细味读；最妙与下面《浪漫诗人的爱情色彩》中，拉马尔丁纳的《湖》，俞峨的《乌兰碧伍的悲哀》，维宜的《牧羊人的屋》一同读。

       ＊　　　　　＊　　　　　＊　　　　　＊

虞赛的身体本来不是很强的，在一八三七年已极衰弱了。一八三九年几乎自杀。他常与巡警发生冲突，有时被捕入狱。一八四〇年起，他不断地生病：肺炎，肋膜炎，心病，神经病，寒热，……都患过。一八五七年五月一日，早上一时左近，他说道："睡觉！……我居然能睡觉了！"他真地深睡了，再不醒转。

虞赛的著名是很晚的，到了一八三五年还未亨〔享〕盛名。他从浪漫主义回向古典主义，便是使他离开群众的原因。然而自一八四三年起，群众已恢恶浪漫主义了，发现了这位浪漫主义其表古典主义其实的虞赛。三年之后虞赛渐渐有名；到了一八四九年，青年们竟把虞赛之名放在俞峨，拉马尔丁纳之前。然而此后又跌下去；虞赛死后，送葬的只有二十七人！终究公道自在人心，至今整个批评界认识虞赛为法国浪漫派四大诗人之一。

虞赛毕生的百余部著作，重要的有：诗歌：《初诗集》（*Premières poésies*，一八二九——一八三五），《西班牙及意大利故事》（一八三〇），《新诗集》（*Poésies nouvelles*，一八三六——一八五二），《和雅》（一八三五），以及上面我们所研究的几首诗；剧本：《爱情不是开顽笑的》（*On no Cadine pas avec l'amour*，一八三四），《罗郎萨西乌》（*Lorenzacio*，一八三四），《不可轻易发誓》（*Il ne faut jurer de rien*，一八三六）；小说：《此世纪一个儿童的忏悔》（一八三六），《中篇及短篇小说》（*Contes et nouvelles*，一八三八——一八五三），等等。

（四）

（第四部分为徐仲年所译法盖（E. Faguet）《虞赛诗集·序》，从略。）

——录自商务印书馆 1936 年初版

《在人间》 [①]

《在人间》后记

王季愚 [②]

好像小孩子燃放爆竹样的，又爱好又畏惧地终于把这本二十五万言的世界文学巨著译出来了。

校完全书之后，私心感着莫名的欣慰和不安。

按个人的能力与经验说，一动手就翻译巨人高尔基的巨著，而且是叙述他那无比的多彩的人间生活之最复杂烦琐部分的《在人间》，简直是"胆大妄为"。在原文许多地方的语句繁复到超乎文法，或者土话，俗语和不完整语句累积到难于捉摸的场合，以及应用笨拙的为数有限的方块字，不能出巧地适当的来译出这世界最丰富，表情达意最完美的俄语写成妙处时，始终企图而且居然能不苟且地译完它，这更其是"胆大妄为"了。这"胆大妄为"的结果在自己不无欣慰；可

[①] 《在人间》，自传体中篇小说，苏联高尔基（Maxim Gorky，1868—1936）著，王季愚译，上海读书生活出版社 1936 年 9 月初版，封面题读书出版社。

[②] 王季愚（1908—1981），四川安岳人。曾就读于四川省立第一女子师范学校中学部、北京大学法学院。曾任《上海妇女》半月刊编辑、延安鲁迅艺术学院编译等职。另译有苏联 M. 科尔曹夫《内战火焰中的西班牙妇女》(载《妇女生活》1936 年 11 月 16 日第 3 卷第 9 期）。

是不安也就随着这个而来了。自己最感不满的是因为一味想忠实原文多保有点原作精神，以致译文流于"不很通俗"。这只有待将来翻译经验多一些的时候来弥补了。

这本书是一九三三〔年〕春天动手译起的，中间为生活不安与许多意外的灾难所阻害，有时竟然三两个月以致半年地译不成一个字来的事也有过的。直到一九三四年的最末一天全部才译完。接着修改与抄写；以及为了找到地方出版竟被遗失一部分待补上等等耽误，竟然费了与翻译几乎相等的时间。

插图漫画十二幅是从葛鲁逝台夫着《高尔基的生活经验》中选出来的。关于作者 N. 忒尔索的身世，作风与别的作品，和从《真理报》上取来用作封面漫画的作者利莎一样，可惜我知道得太少，这儿没法介绍。画中所表现的神韵生动的妙处，读者在文字的对读中当更能感到深趣的。

本书的出版，得到徐懋庸先生不少的帮助。秦炳著先生于百忙中为本书设计封面与题字，均在这儿铭感着。

——季愚·一九三六年八月。

——录自上海读书生活出版社 1936 年初版

《服尔德传》①

《服尔德传》〔序〕

傅雷

服尔德（Voltaire）时人多译作福禄特尔，鄙意与原文读音未尽相

---

① 《服尔德传》(*Voltaire*)，法国莫罗阿（André Maurois，今译莫罗亚，1885—1967）著，傅雷译述，"汉译世界名著"丛书之一，上海商务印书馆 1936 年9 月初版。

符，因援用北平中法大学服尔德学院译名。窃意凡外国人名之已有实际应用者较有普遍性，似不必于文字上另用新译。

本书所引诗句，只译其大意，读者谅之。本书中注解皆为译者添加，以便读者。本书采用一九三五年巴黎 Gallimard 书店 nrf 版本。

译者附识　二十五年四月

——录自商务印书馆 1936 年初版

《华伦斯太》[①]

《华伦斯太》译完了华伦斯太之后
郭沫若 [②]

最初和席勒的《华伦斯太》接近，已经是二十年前的事了。那时候译者还是日本一处乡下的高才学校的学生。与译者同学的成仿吾，他是尤其欢喜席勒的人，每每拿着席勒的著作，和译者一同登高临水去吟咏，在译者心中是留下有隽永的记忆的。仿吾后年曾存心翻译这剧的第三部《华伦斯太之死》，在创造社的刊物上曾经登过预告，这也是十年前的事了。但仿吾不曾把这项工作做出，我相信他以后也怕

[①] 《华伦斯太》（*Wallenstein*），历史剧三部曲，德国席勒（J. C. F. von Schiller，1759—1805）著，郭沫若译，"世界文库"丛书之一，上海生活书店 1936 年 9 月初版。

[②] 郭沫若（1892—1978），四川乐山人。1914 年赴日本留学，先后就学于东京第一高等学校预科、岗山第六高等学校、九州大学医学部，后与成仿吾、郁达夫等组织"创造社"。编辑《创造季刊》《创造周报》《创造日》等，曾任广东大学文学院院长。北伐时期任革命军政治部秘书长。南昌起义失败后，受蒋介石通缉，1928 年流亡日本。抗战时期出任国民政府军委政治部第三厅厅长。另译有德国施笃谟（今译施托姆）小说《茵梦湖》，德国歌德小说《少年维特之烦恼》、诗剧《浮士德》，俄国托尔斯泰小说《战争与和平》等。

没有兴趣来做；因此我便分了些时间来替他把他的旧愿实现了出来。

　　本剧是以三十年战争为背境的历史剧，华仑斯太是实有其人。但作者对于史料的处理是很自由的，剧情的一半如麦克司·皮柯乐米尼与华仑斯太的女儿特克拉的恋爱插话，便完全是出于诗人的幻想。有些批评家以为这项插话是蛇足，不如直裁地用粗线把华仑斯太描画出来还会更有效果。但在我看来，觉得这个意见有点碍难同意。我觉得这个插话的插入正是诗人的苦心之所在，诗人是想用烘托法，陪衬法，把主人公的性格更立体地渲染出来，而使剧情不至陷于单调，陷于枯索。诗人的这项用意和手法，实在是相当地收到了效果的。

　　我对于诗人和本剧的不满意，或者可以说是求全的奢望，是在诗人的存心过于敦厚了一点。诗人对于艺术的主见，在本剧的"序曲"中是说得很明白的。他说：

　　　　…jedes Äusserste führt sie［die Kunst］, die alles

　　　　Begrenzt und bindet, zur Natur zurück,

　　　　Sie sieht den Menschen in des Lebens Drang Und

　　　　Wälzt die grössre Hälfte seiner Schuld Den

　　　　unglückseligen Gestirnen zu.

　　　　"艺术是裁成一切的，

　　　　　任何绝端她都返之自然，

　　　　　她是在世运之强迫中看人，

　　　　　她把他的罪恶之一大半

　　　　　归之于不幸的星躔。"

真真是"返之自然"（Zur Natur zurückführen），那自然是艺术的真谛。但是，"任何绝端"也还是自然，要把"任何绝端"再"返之自然"，那要算是不自然了。诗人的这种中庸的伦理见解，似乎反成为了他的艺术之累。本剧中登场的人物，几乎个个都是善人，没有一个是彻底顽恶的，诗人对于自己的见解是忠实了的，然而对于自然却不见得是忠实。因为有这一个矛盾，诗人的见解与自然的现实之间的一个矛盾，对于本剧的构成和性格描写上便不免有点破绽。

拿主人公华仑斯太来说吧。这人本是出身微贱的，是布尔敖领主的一位小臣，因为性格夸大，富有冒险性，乘着战争的风云便暴发了起来，由伯爵而侯爵而公爵，执掌着了奥国的兵柄。他到了这样位极人臣的地步，终于起出野心，觊觎天位，不惜和敌人勾通了起来，图谋不轨，然而失败了，遭了杀身之祸。这样的人物和这样的悲剧，就在我们中国的历史上，乃至在最近的事实上，都是屡见不鲜的。这种野心家的悲剧应该是属于性格悲剧的典型，然而诗人要"把他的罪恶之一大半归之于不幸的星躔"，把华仑斯太对于占候术的迷信作着同情的解释而抽入剧中，于是使本剧又不免堕入了运命悲剧的窠臼——至少可以说，他的主题的支点在性格悲剧与运命悲剧之间游移。

诗人似乎不很愿意世间上有真正的恶人，他对于剧中人物，连一兵一卒都尽其宽大的容忍，因此他所刻画的性格便不免有点模糊，而缺乏明确的个性。譬如拿华仑斯太对于麦克司的态度来说吧。华仑斯太极端地宠爱麦克司，在麦克司战死后，让华仑斯太惋惜他，从他的口中说出这样的话：

> 他立在我的身旁时
> 就如像我自己的青春，
> 他替我把现实化成了梦境，
> 在事物之寻常的平明上
> 织就朝霞的金色的氤氲——
> 在他的爱情的火焰中，
> 日常生活的平板姿态

都高华了起来，
连使我都不免吃惊。

这把华仑斯太写得来很像是一位能够爱惜英雄的英雄，然而在初他知
道了麦克司在爱自己的女儿特克拉的时候，他又藐视麦克司，说：

他是想赢到我符理都朗德的王姬？
哼！这想法倒很惬意！
这想法于他的名位倒不很低。

他是一名家臣，
我的女婿当在欧罗巴的王座上去寻。

我一辈子努力朝高处走，
蹂躏了一切凡人的头，
费了这么多的牺牲，
难道是为结一门平凡的亲事以了此一生？

我难道应该像世间上的软心肠的老头子，
发挥着和事佬的趣味，
把一对卿卿我我的人撮合成器？

她是我的待价而沽的宝贝，
我的宝藏中的最高最少的古钱，
就和王笏交换我也还不以为贱。

这样又是把华仑斯太作为普通的的嫌贫爱富的臭老头子而描画着了。

诗人的这种"裁成"，可叫作"等盘心还没有定"，一时是英雄，一时
是恶汉，而其中并没有明白的这心理转换的机关。

　　不仅华仑斯太的性格有点模棱，就是副主人公的奥克它佛·皮柯
乐米尼伯爵夫人迭尔次克诸人的性格都不免有点模棱。奥克它佛本着
自己的信念，深谋远虑地卖了华仑斯太，然而在华仑斯太因他的阴谋
而招致了暗杀之后，他又痛斥这暗杀行为之过分而表示着深甚的悲
哀。伯爵夫人的初出场是呈着虚荣妇人的面像，华仑斯太的决心叛变
都是出于她的激发诱劝，但她后来在华仑斯太死后，自行服了毒的行
径和对奥克它佛凛烈地说出的一番话，却又像是一位巾帼英雄。归
根，我终怕是诗人的存心不免过于敦厚了一点。绝端的恶，似乎是诗
人所不愿意见的。

　　以上是我略略说出的一些求全的奢望，然而仅只这一点不满是不足
以抹杀本剧的价值的。本剧全体的构成是苦心经营出来的结果，时代的
刻画和事件的推进，一经一纬地几乎没有一丝一毫的罅漏，编织出了一
幅锦绣图。而尤其对于时代的教训，在欧洲虽然是过去了，而在我们中
国却正好当时。因为本剧所表现的是欧洲封建时代的末叶，而我们中国
的社会还没有十分脱掉封建时代的皮。请读《序曲》中的左列几句吧：

　　　　全国都是悲笳刁斗的战场，
　　　　都市萧条，城堡化为灰烬，
　　　　职业和工艺区域扫地无存，
　　　　人民无事可为，万般只有武弁，
　　　　没忌惮的厚颜无耻嘲笑义廉，
　　　　无赖之徒屯集在驻兵之地
　　　　于长久的争战中已荒谬得滔天。

这个面像岂不是近在我们的眼前的吗？第一部的《华仑斯太之阵营》，

在文学的意义上讲来，是最初的群众剧，那儿没有主人翁，只是一些佣兵的群像；诗人借那些佣兵来把华仑斯太的时代背境形象化了。这种手法是为后来的作剧家，尤其德国的表现派所惯爱采用的，然而是为席勒所创始。那儿所刻画着的骄奢淫纵的佣兵们，他们的生活样式和思情感情，在我们中国不是依然还活着的吗？阴谋，暗杀，卖国，卖友，……这些高贵的品德，在我们似乎也并未失掉他的光辉。整个地说来，本剧是可以称为"汉奸文学"或"国防文学"，这儿正刻画着汉奸的生成，发展和失败，这对于我们也好像是大有效用的。

但我终觉得诗人是太敦厚了一点，汉奸的英雄的假面，诗人太客气了，没有无情地替他剥掉。

本剧原是诗剧，但几乎全部都是无脚韵的"白行诗"，这种形式在中国是没有的。我的译文是全部把它译成了韵文，然而我除"序曲"及剧中少数歌辞之外，都没有分行写。这意思自然是想节省纸面，并免掉许多排字上的麻烦，然而我也想讽喻一下近代的一些叙事诗人，诗不必一定要分行，分行的不必一定是诗也。

译完全剧费了将近两个月的工夫；译完后通读一遍，费了两天；今天费了半天工夫来写了这篇译后感。一九三六年的猛热的夏天，就在这译述中度过了。汗水虽然流了不少，但替我们中国文艺界介绍了一位西方式的"汉奸"，这是应该感谢我们的席勒先生的。

至于席勒先生，他的全名是 Johann Christoph Friedrich von Schiller，生于一七五九年，死于一八〇五年，活了四十六岁，比我现在的年龄大得一岁。他是诗人，是戏曲家，是历史研究家。他于以"三十年战争"为背境的本剧外，别有《三十年战争史》的著作，是学者而艺术家也。他是学过医学的人，为歌德的至友，与歌德齐名。更详细的事迹，只好请读者去读他的传记。

一九三六年八月十五日作。

——录自生活书店 1936 年初版

《统治者》 [1]

《统治者》引言
杜衡 [2]

一　哈代的生平

托马斯·哈代，英吉利小说家，诗人，在一八四〇年六月二日生于离多却斯特（Dorchester）三哩远的上波克汉麦登（Upper Bockhampton）地方。这是在英吉利东南面比较偏僻的威赛克斯（Wessex）区域里；在他的家宅后面，便是一带称为爱格登草原（Egdon Heath）的广阔的荒野。哈代的出生地，跟他将来的文学生活是相着密切的关系；他的大部分小说都以威赛克斯为背景，那本著名的《本地人的回来》（详下）也写着爱格登草原上的事迹；就是我们手头的这一部《统治者》，如果原著者并不生在这个地方，恐怕也是不会写出来的（参看著者的原序）。本书一翻开来的第一个场面，作者就把它放在威赛克斯堤岸上；不久之后，他就又写述着爱格登草原上的琐事了。

他是一家中的长子；父亲跟他同名，也叫托马斯·哈代（一八一一——一八九二），是一个石工。这位老哈代是个健康的人，

---

① 《统治者》(副标题：拿破仑战事史剧，*The Dynasts*，*a drama of the Napoleanic Wars*)，十五册，史诗剧，英国哈代（Thomas Hardy，1840—1928）著，杜衡译，"万有文库"第二集，书名页又题"世界文学名著"丛书，上海商务印书馆 1936 年 9 月初版。

② 杜衡（1907—1964），另一笔名苏汶，浙江杭州人。上海震旦大学肄业，曾参与创办《无轨列车》《新文艺月刊》等，后与施蛰存编辑《现代》月刊，另译有英国王尔德小说《道林格雷画像》、法国法郎士小说《黛丝》、美国约翰·李（今译利德，J. Reed）短篇小说选集《革命底女儿》等。

漂亮，文雅，会拉提琴，喜欢跳舞和旅行，惯于过户外的生活。母亲琴蜜马·斯威克曼·哈代（Jemima Swetman Hardy）（一八一四——一九〇四）是多却斯特的地主的女儿，聪明，能干，哈代在孩提时代，就受的这位母亲的教育，一直到一八四八年八岁的时候为止。这一年，他被送到了波克汉麦登的小学校去。

哈代是在智力上非常早熟的孩子，还不会说话，却已经能读书；在八岁时，母亲送他的礼物中已经有了德莱登（Dryden）的维吉尔（Virgil）翻译，约翰生（Johnson）的《雷西拉斯》（*Rasselas*）和圣·比野尔（Saint-Pierre）的《保罗与维琪》（*Paul and Virginia*，中译《离恨天》）这一类决不是孩子看的书了；同时，他又被乡村里的多情而不识字的姑娘们雇用着，代写情书。他在小学里擅场〔长〕的是算术和地理，习字却成绩极坏。一八四九到五〇这两年间，他是在一家非英国国教的日校里。一八五三到五六这四年，便是他的中学时代，这时候他攻读拉丁文和算术，又学着图画。同时，他又跟一位私人的女教师学了一年法文。到一八五六，哈代年十六，他的正式教育就永远告了结束，因为他的家庭状况已经不能供给他再读大学了。

父母当然想不到他们的孩子将来会成为一位作家的，这时候便不得不开始为失了学的哈代而烦恼。经过好久的考虑，他们决定把他送到多却斯特的一位教堂建筑师约翰·希克斯那里去当学徒。刚巧，这位希克斯倒也是一位小规模的学者，他倒能够允许哈代把应该做事务上的工作的时间省下来，让他去阅读希腊的古典文学。哈代在这位仁慈的师父下一直工作了六年，到一八六二年，年二十二，他便出发到伦敦去，在建筑师阿塞·威廉·勃朗菲尔德（Arthur William Blomfield）的办事处任事，以求建筑学上的深造。

在伦敦，哈代也像对建筑的事务并没有十分的兴味；平时，甚至在办公室里，稍稍有点空闲，他时常喜欢替同事们讲说着诗歌。他为人和蔼，稍稍带一点乡村式的迟钝，爱好音乐和演剧。当这时期，他还抽空在伦敦大学附设的夜校里又读了一两学期的法文。

可是我们不能误会，以为哈代对于建筑的业务是完全玩忽的；虽然没有多大兴味，但到底也有了相当的成就。在一八六三年，他曾经得过建筑学会的奖金，同年，又因一篇论文而得了不列颠皇家建筑学院的奖牌。这荣誉，曾有一时使哈代想做一个艺术批评家，但是不久，他就把这个希望放弃了。

在刚到伦敦的几年，虽然对文学已经有了长久的兴味，但哈代却仿佛还没有开始了写作的尝试。一直到一八六五年，他才有一篇最初的作品在《钦勃杂志》(*Chamber's Journal*) 上发表，这是一篇幽默文，题名叫做《我怎样替自己造一间屋子》(How I Built Myself a House)。在差不多同时候，他是比较严肃的开始写着诗，又把这些诗作向各杂志投寄；但是不幸，他的早期的诗作是完全被拒绝刊登，一直到三十多年以后，在一八九八，才得到一个印行的机会，而那时候，作为小说家的哈代，是早就有着极稳定的地位了。这一八九八年出版的集子，题名是称为《威赛克斯诗篇》(*Wessex Poems*)，实际上是哈代最早期的作品，而且里面也包含了晚年所不及的宝贵的东西。万一不幸，他在小说方面没有达到这样的成就，他的早期诗歌就此会永远埋没了，也是极为可能的事。

早期诗作的前途的黯淡使他把文学的尝试转向了小说的路上去。他的第一部小说成于一八六七年，题名叫《穷人与贵妇》(*The Poor Man and the Lady*)。他拿这原稿送到了 Chapman and Hall 的书店去；当时，那书店的阅稿人便是约翰·莫里 (John Morley) 和在小说方面已享盛名的乔治·梅雷迭斯 (George Meredith)。梅雷迭斯对这部作品的批评是说，设计太简单了。哈代终于把这原稿拿了回来，自己毁掉。他的第二部作品《绝望的补救》(*Desperate Remedies*)，因为受了梅雷迭斯的批评的影响，便有意把故事弄得错综，便因此又受到"设计太复杂了"的批评。可是，这第二部作品却得到机会在一八七一年出版，这算是哈代的第一部印行的书。

　　一八七〇年，哈代被公司派到康瓦尔去，担任在那里重建一座礼拜堂的职务。在这时期内，他认得了一位律师的女儿，爱马·拉维尼亚·吉福德女士（Emma Lavinia Gifford）；四年之后，他就和吉福德女士在伦敦结婚。这是哈代的第一个妻子，他的一部叫做《一双蓝眼睛》（*A Pair of Blue Eyes*）的小说，里面的女主人公，大都就是拿他的妻子为模型写的，不过里面的男主人公，却完全不是哈代自己那样的人格了。

　　在《绝望的补救》出版后一年，哈代就出版了第二部小说，叫做《绿荫树下》（*Under the Greenwood Tree*）；这部小说却引起了《康希尔杂志》（*Cornhill Magazine*）的编者弗烈得里克·格林乌德（Frederick Greenwood）的注意。这一件事情说来也是非常偶然的，格林乌德所以会注意这本书，最初却不过是为了这本书的题名中"Greenwood"一字却巧是他的姓氏。可是在看了这本书之后，他却发现了一位极有希望的青年作家，便约哈代替他的《康希尔杂志》撰稿。这特约，哈代自然很乐意的接受了。他的应征的稿子，便是那本有名的《远离了疯狂的人群》（详下）；这本书出版于一八七四年，才使哈代第一步踏上了成功之路，那时，作者的年龄是已经有三十四岁。

　　从这时候以后，一直到一八九五年，这二十年的岁月完全是哈代的小说创作的时期。他把建筑公司的职务也干脆辞掉了。在这二十年间，他出版的书计有长篇十一部，短篇三集，差不多全是精心的作品，因为哈代是从来没有粗制滥造的习惯的。

　　在一八九五年，他的最后一部长篇小说《无名的裘德》（详下）出版后，他的创作生活便遭到一个重要的转机。这其实是一部哈代一生最为代表的作品，但是因为内容过于灰色的缘故，却引起了不少批评家的苛刻的评语。哈代永远停止小说的创作，也许还有着旁的我们所不知道的原因，但是这部《裘德》的不幸的遭遇，却多少总是更促成了他的这个决意的。

这以后，哈代便又把创作的活动回到了诗歌的路上去。在这方面，自从早期的失败之后，差不多停顿了有三十年；而在他一生中最后的三十年中，他却又努力的写着，所以出版的诗集计有十本。哈代从来不写杂文，晚年作中除了抒情诗之外，就只有我们手头这一部诗剧《统治者》（第一部出版于一九〇四年，第二部一九〇六，第三部一九〇八）和另外一个短短的诗剧了。

一九一二年，哈代的前妻吉福德·哈代逝世，在两年之后，他就和他的书记弗罗仑斯·爱蜜丽·德格岱尔女士（Florence Emily Dugdale）结婚。女士曾经当过新闻记者，也曾经写过几本儿童读物；在哈代身后，她还写了两大册的她的丈夫的传记。

一九二八年一月十一日，哈代没于他自己设计的多却斯特的住宅里，年八十八。他病了只有一个月，一直到死时神志都很清楚，死前数小时，还叫他的夫人替他诵读莪马·哈亚麦（Omar Khayyam）的四行诗。死后葬于威斯敏斯特礼拜堂，但是他的心却葬在故乡的他的前妻的墓穴里，在丧仪中，执拂者有首相包尔温（Baldwin），工党首领麦唐纳（MacDonald），和名作家萧（Shaw），吉伯林（Kipling），高斯华绥（Galsworthy），戈斯（Gosse），巴里（Barrie）等人。

二　他的作品

哈代的《统治者》之外的其它作品，虽然仿佛在这里没有一述的必要，但是为更了解作者的思想的一贯的发展起见，在这里就几部代表的著作来作一个相当的介绍，大概也不是完全无益的事吧。

作者早期的小说，我们可以拿《远离了疯狂的人群》（*Far from the Madding Crowd*）和《本地人的回来》（*Return of the Native*）二书来做代表；前者出版于一八七四，后者出版于一八七八年。

《远离了疯狂的人群》是一部牧歌式的小说，以一个伶俐的乡村姑娘贝斯歇巴·爱佛定（Bathsheba Everdene）的恋爱故事为中心。她是个性情活泼的女孩子，对于呆板的乡村生活颇有些不耐烦。农夫奥克（Oak）爱上了她，答应了她种种未来生活的幸福，但是当他提出了他们结婚之后，他们俩要永远不离开一步的条件之后，她却害怕起来。这种婚后生活她是忍耐不住的。她把奥克放弃，另和一位军人结婚，这自然是一个错误，她的结婚是非常不幸的，到这时候她才想起了奥克的好处。不过这时候，她的境况却跟以前完全不用〔同〕；奥克始终忠心耿耿的替她管理着的财产，但是两人的经济地位的悬殊，却使一切未来的希望都成为不可能的了。全书故事比较简单，但是始终笼罩着一种灰色的宿命论的空气又到处都显示着风土描写的特色，却是可以代表哈代的作风的许多方面的。

《本地人的回来》也可以说是一部阴沉的作品，它的背景，即是在哈代的故乡爱格登草原上，这部书里的所谓本地人，本来乃是巴黎的一个珠宝商，名字叫克林·郁勃莱特（Clym Yeobright），但是后来因为想做一些更有益于人类的事业，便觉得这种职业是太自私，而且是太庸俗了。他回到故乡来，先创办了一个学校，以教育平民为责志，此外又计划着不少理想的事业。但是不幸，他爱上了一个美丽而热情，但是欲望极大的女子。他们的结婚，使他的事业一天天的失败，而离理想的人生也一天天的更远了。到结果，这女子还是因为不能满足欲望而沉河自杀，但是这对于郁勃莱特已经太迟，他再想从新开始人生理想的追求，却已经来不及。在这部书里，哈代是对照的表现了两种不同的人生观的冲突，而到底，这两种人生观是相互的牺牲了。

一八九一年出版的《杜伯维尔家的苔丝姑娘》（*Tess of the D'Urbervilles*）一书，也许是被认为哈代的在艺术最为完美的一部作品；它所写的就是这位美丽的乡村姑娘的一生事迹。她在青春时代不幸做一个无义的男子的牺牲；但是这肉体上的点［玷］污，却只有使她的灵魂更圣洁起来。她生了个孩子，这孩子不久就死了，仿佛给了她一个从新做人过的机会。她后来在异乡认识了一位绅士的儿了［子］，叫安基尔·克莱（Angel Clare），克莱也是把她当做了天神般圣洁的女性看待。他们终于因恋爱而结合。在新婚之夕，苔丝姑娘把她的过去生活坦白的告诉了那男子，哪知道竟得不到他的谅解；他对她幻觉完全破灭，残酷的离开了她。剩下来，苔丝姑娘便只能在绝望和穷苦中消度她残余的生命了。在这本书里，哈代是使它的人物遭逢到了比其它的书里所叙述的更冷酷的命运，苔丝可以说完全是这个无情而伟大的力量的牺牲者。

最后，我们自然还应该把那本引起了不少纠纷的《无名的裘德》（*Jude the Obscure*）说一说。《裘德》的故事是比较琐屑的，大致是说一个出身低微的青年，对人生怀着崇高的理想，想成为一个学者。可是，他的环境，他的遭遇，却把他阻拦。一个愚蠢而平庸的女子爱着他，但是他却爱着另一个漂亮而心理上有病态的女子。这两个女子使他受到了不少无谓的烦恼，以致使他的事业完全不能进行。裘德是做了荒淫的，贫困的生活的掠物，几次的挣扎都不能自拔于泥沼，而终于没没无名的死去。在这里，哈代所表现的裘德，决不是那种自甘堕落的典型，他在一切遭遇下都处于迫不得已，被动的地位而都不是普通的人力所能挽救的。

对哈代的早期和中期的作品有了相当的认识，我们可以进一步说到眼前这部《统治者》了。

三 《统治者》的思想和艺术

《统治者》（*The Dynasts*）虽然是以戏剧的形式写成，但是哈代却并不能因此而被称为戏剧家；在《统治者》之外的剧作是太少，只有一个短短的诗剧，而且就连这部《统治者》，也并不是能够上演的戏剧（这一点，哈代在本书自序里已经说得很详细，可以参看），只能视为一种外形类似戏剧的史诗。在这部书写作的时候，哈代早已停止了小说的创作，只写一些简短的诗章，一般人都以为这位作者的精力是衰退了，再不可能有伟大的作品产生。因此，《统治者》的企图和完成，是着实使人吃惊的事，质一方面且不说，量一方面就超出了他以前的一切著作，竟会使人不相信是一位六七十岁的老头子笔下的产物。

在《统治者》之中，极显然的，作者所表现的还是他的小说作品里所表现的一贯的思想。这思想，他是利用在全书中插入许多所谓"精灵"的议论的方法来发表着。他的中心思想，简单的说，便是宿命论。在这个历史的大悲剧之中，一切事变的原动力是拿破仑，而拿破仑便成为全书的当然的主人翁。推动拿破仑干这些事情的，是野心，而对于这所谓"野心"，我们的作者所给予的唯一的解释，便是——天意。这一点，就连拿破仑自己也感觉到，他时常会觉得自己的行动并不是出于自己的意志，而是冥冥之中另有一种力量在推动他，使他会不期而然的这样做。天意一下子宠幸着他，使他达到了人间的权力的最高峰，就连他自己都不相信怎么会有这种神异的力量；然后天意又把他打到了失败的深渊里去，以前所得到的完全给剥夺了，竟叫他用尽了气力都没有法子挽回。这个盛衰的波折，便构成了本书的骨干。

如果我们进一步问，天意又为什么要这样呢？那么，作者的回答也是非常简单的；天意是根本没有所以然可以说。他玩弄着人类。正像孩子们弄着蚂蚁一样，根本没有一点儿理性可言。

因为作者是从这一种绝对的宿命论为出发点，所以全书对于各种事变的社会学的因果关系，作者是根本没有给予了丝毫的注意：这一层，也成为当然的，不足为怪的事了。

　　大致哈代对于历史的观念，是和近世唯物主义的宿命论者刚巧相反，他是认为一切结果都是偶然的。滑铁卢之役的胜利之所以会属于惠灵登，而不属于拿破仑，照本书的表现，也实在不能用社会学的，或甚至军事学的理由来解释。但是这场战役，却不但决定了拿破仑的命运，同时也决定了欧罗巴的前途了。

　　除拿破仑之外，对书中许多次要的人物，作者也同样用力的写了他们各个的不幸的遭遇，使人感到无论胜利者或是失败者，都是逃不了天意的玩弄的。这些人物，如英王乔治，如英大臣庇特，如奈尔逊，如法海军将领维叶奈夫，如奥军事首领马克，如普鲁士王后路易莎，如拿破仑的两个妻子，约瑟芬和玛丽·路易丝，他们的生活都是被阴沉的空气所笼罩着。在全书中，大概只有惠灵登才是最被命运所宠幸的人物吧。

　　哈代对于人类的前途是悲观的，但是他的悲观却并不像其他作家似的以对人性的咒诅为归结。人性的善良的方面，他是愿意承认。在本书中，所有的政治家，军人，哈代差不多全是善意的描写着。他们都不是个人主义的自私者，他们都是不惜牺牲自己来服务于人。但是结果，他们的努力和牺牲究竟是不是能够造福于人类呢？那就不可问了。就连对于拿破仑这个野心家，哈代虽然没有同情，但也并不给予了苛刻的责难，因为他自己，也不过是个天意的工具，命运的牺牲品而已。

　　除了这个作为哈代的人生观的根基的宿命论之外，从本书里，我们还看得出作者的反对战争的态度。两个敌对的国家在交战的时候，两国的民众却一样的亲密；战死的将卒的阴魂的怨恨；拿破仑在失败以后受到民众的侮辱——这些场面，都很显然的说明了作者的对战争的观念。总之，民众不过是受了所谓"统治者们"的愚弄，而"统治者们"却又是在无意中受了命运的愚弄，这才造成了人类的永久的大悲剧。

哈代写《统治者》这部诗剧的方法，有几点已经在著者的原序上有了详细的说明，无需乎在这里重说。这里所能说的，只是它的剪裁和文体方面的特点。

因为一部艺术品的最大的目的是在表现作者自己的对人生的批评，所以这部历史的诗剧就没有必要把所有历史的事迹都正面的搬演出来，只需拣那些作者所认为必要的场面包含在内就够了。这样便必然会造成了许多故事上的空隙。但是，我们应当看出，这些空隙，作者常苦心的想出许多方法来补足。这些方法之一，便是叫"精灵"之属且来把这空隙中的事实交代明白；另一种方面便是利用一些与大局无关的人物的谈话来报告着事情的经过。譬如，欧洲大陆上的事实作者可以使读者从一个在伦敦的俱乐部里听到。这种办法，一方面固然可以补救了叙述上的呆板、另一方面又时常可以把时代的空气更浓密的烘托出来。

在作正面描写的场面，作者的表现常是非常用力，非常详尽；单单一个滑铁卢战役，就在书中要占据了五六十页的篇幅。如果要整个拿破仑战事都用这个比例来写出，那恐怕把全书的篇幅加长三倍，都还是没有法子容纳。但是，经过作者巧妙的剪裁，我们只觉得他反能在这较短的篇幅中布置得非常宽裕，而在全书中随时都插入许多"闲笔"，一点也没有显出忽忙局促的样子来。这是本书在布局方面成功之处。

全书的对话，大部以散文诗的形式写成。除这个形式之外，"精灵"的话有时候是用韵文，而一些普通的谈话，即所谓"Familiar talks"，却时常用着散文。在用散文诗的时候，因为是诗，当然没有像普通说话那样的自然，而是精练，典雅，颇有古典文学的作风。但是不幸，这种文体上的优美，经过翻译，却大部分都损失了。在用散文的地方，却也着实可以表现了作者的对白的才能；如果天假以年，再作纯粹的话剧的尝试，作者也是可以达到伟大的成就。在这些地方，文字常是比较轻松，比较有风趣，可以调和着贯穿着全书的严重的感觉。

不过整个的看，这还是一部比较太严重的书，也许对以消闲为目的的读并不能完全适合。看译文是要好一点，如果看原文，它那种句子的长，用字的僻，是有更多的机会使没有耐性的读者中途掩卷的。这一层，多半也是作者取了这诗剧的形式的必然的结果吧。

二十五年三月，译者记。

——录自商务印书馆 1936 年初版

《严寒·通红的鼻子》[①]

《严寒·通红的鼻子》后记
（孟十还[②]）

涅克拉绍夫（N. Nekrassov [Nekrasov]，1821—1877）是一个最被人认识的伟大的俄国诗人。他底诗大部分是用通俗的民歌体写成，容易了解，所以他底读者有受过高深教育的人，也有粗识一些字的贫穷农人。当他死时，杜思退也夫斯基在追悼会演说里把他同普式庚和列尔门托夫并列，群众里就有些青年喊道："不，比普式庚和列尔门托夫还高哩！"他是怎样受人们敬爱，由此可以想见了。

俄国人民，尤其是农人和他们底苦痛，就是涅克拉绍夫底诗歌底

[①] 《严寒·通红的鼻子》，长诗，俄国涅克拉绍夫（N. Nekrasov，今译涅克拉索夫，1821—1878）著，孟十还译，"文化生活丛刊"第15种，上海文化生活出版社1936年9月初版。

[②] 孟十还（1908—1981），辽宁人。曾留学苏联，就读于莫斯科中山大学，1936年任《作家》月刊编辑，1949年到台湾，任教于政治大学东方语文学系。另译有俄国果戈理小说集《密尔格拉得》、普希金小说《杜勃洛夫斯基》等。

主要题材。他对于下层人民的爱，好像一条绳子拴系住他底全部的作品；他一生对这种爱始终是忠实的。但我们在涅克拉绍夫笔下所看到的人物，并不是常流泪的，而是沉静，善良，有时候且是极愉快的工作者，他很少用自己底想象去渲染他们，他只依照原样，从生活本身里，取出他们来。这个诗人对于俄国人民和农人底魄力，是怀着坚固的深信。"再给一些儿呼吸的自由，"他说，"俄国将要显示出它是有'人'的，它有一个'未来'在前面等着呢！"

批评家闻开洛夫说："在涅克拉绍夫底任何作品里，都有一种内在的力，这是从别的诗人身上寻找不到的特征。并且这种力暗示给他许多的意向，这些意向无疑地成为了俄国诗歌中的珠宝。涅克拉绍夫把他底诗神叫做'复杂与悲哀的诗神'，这是真实的。他是一个厌世主义者，但他底厌世主义却具有独特的性质；虽然他底诗表现着俄国人民底许多忧郁和不幸底画图，可是遗留给读者的最后的印象，则是一种崇高的情感。这个伟大的诗人绝没有在悲哀之前低头，他是走上前去和它战斗了的，而且他还确信能够胜利。"

《严寒·通红的鼻子》在涅克拉绍夫所写的诗歌里，是最宽广地被读了的一篇，成于一八六三年，算是他底后期作品。在这篇诗里，同样也没有感伤的成分，读后留下的印象，仍然是一种崇高的情感。在描写人格化了的"严寒"接触到那个年青的农妇，她回忆着过去的幸福渐渐冻僵的场面，是被公认为一切诗歌中的最动人最美丽的句子。

翻译根据的是原文本子，自然，以我底这样的拙笔，来介绍这样的名作，是不够的，所以希望读者只把我底译文当做一次大胆的尝试吧。

（八月廿五日，一九三六年。）

——录自文化生活出版社 1936 年初版

《暴勇者》①

《暴勇者》译者小序

金溟茗（金溟若 ②）

选译了屠格涅夫的两篇短篇小说，集拢来便成了这样一本书。

关于屠格涅夫的人物和作风，我想没有说话的必要；至于这两篇东西如何，也已经由它本身在向读者说话，用不着译者多讲。不过，有两句话须要声明的：第二篇暴勇者原题本是 "Desperate Character"（"凶暴的性格"），日译本是采用作中的主人的名字作标题，便名为《米希雅》的。至于《暴勇者》三字，却是译者取作中的意味而任意改的。《蒲宁与白布林》（*Punin and Baburin*，1874）听说是作者以他少时给他诗作上，思想上有极大的影响的两位老侍仆为背景而执笔的作品，是一篇追忆，纪念的文字。

两篇都根据布施延雄的日译本。

芜杂的译笔是要向原作者和读者诸君深致歉意的！

一九二九年双十节黎明期　译者

——录自北新书局 1936 年初版

---

① 《暴勇者》，短篇小说集，俄国屠格涅夫（I. S. Turgenev，1818—1883）著，金溟茗译，上海北新书局 1936 年 9 月初版。

② 金溟若（1905—1970），温州瑞安林垟人，本名金志超。早年随父亲教育家金嵘轩生活在日本。其父出任温州省立十中校长后，也随其回国就读此中学，朱自清是其国文教师，并为其取笔名 "溟若"。又于张謇创办的私立南通医科专门学校学医。后到上海与董每戡合办时代书局。与鲁迅有过密切交往。抗战时期，在金华、丽水、温州等地教书，1945 年应许寿裳邀，到台湾编译馆做编审，后任教于台湾大学。另译有芥川龙之介《罗生门·河童》、川端康成《雪乡》、三岛由纪夫《爱的饥渴》等多种。去世后，夏志清写有《教育小说家金溟若》，专论其小说艺术。

《印度短篇小说集》[①]

《印度短篇小说集》译者序

伍蠡甫 [②]

印度文学的菁华表现在戏剧和诗里，但印度的寓言、故事以及小说也在帮着揭示这一大文化的精神，抑即深染宗教的、宿命的意识。不过，印度小说在现代方始发展，和印度现代文学的一般倾向相调整，渐次燃起民族独立的火焰。本书在叙事散文的园地中，选译寓言、故事和现代小说，以见印度人思想形态的递嬗，固不仅着意于探寻一个民族文学的精美形式。

远在纪元前一千三百年间，印度有梵文的《四部箴言》(*The Book of Good Counsels* 即 *Hitopadeśa*)，以"得友"、"失友"、"战争"、"和平"四大主题概括着几十篇非常聪明的寓言，它们都是俗谚与故事参合而成，其一贯精神乃在对于神明及君主之屈服。这箴言可以算是世界上寓言的鼻祖，纪元六世纪译成波斯文，九世纪译成亚剌伯文，近来又有 Edwin Arnold 及 Charles Wilkins 两人从梵文译成英文，前者收在《世界名著》(*The World's Great Classics*) 的东方文学一部中，谚俗都保持原来的韵文体式，后者收在《莫利的世界文库》

---

① 《印度短篇小说集》，印度太戈尔（R. Tagore，今译泰戈尔，1861—1941）等著，伍蠡甫选译，"万有文库"第二集，上海商务印书馆 1936 年 9 月初版。书名页又题 "世界文学名著" 丛书，上海商务印书馆 1937 年 1 月初版。

② 伍蠡甫（1900—1992），生于上海，毕业于复旦大学，后留学英国伦敦大学。曾任教于复旦大学、中国公学、暨南大学，又任黎明书局副总编等职。另译有印度泰戈尔小说《新夫妇的见面》、法国卢梭小说《新哀绿绮思》、德国歌德小说《威廉的修业时代》、《瑞典短篇小说集》等。

(*Morley's Universal Library*) 中，谚语则皆改成散文。本书从后一个英译本重译"失友"的十则寓言，读者自会觉察菁华全在谚语里，因为它们无不触着普遍的人性，比之纪元前六世纪希腊伊索的《寓言》和中世纪法兰西北部或日耳曼西部的叙事诗《列娜狐》(*The Epic of Reynard*) 实不相让。译者尤其觉得：像"君王所非常敬重的人是幸运的宠儿；无论他是儿子、大臣或异邦人。""妇女会轻易地遗弃了一个可敬、可爱、良善、殷勤、有钱、慷慨，具有各种美德的丈夫，而私奔到一个毫无才能德行的穷光蛋那里去！""我所亲爱的人即使在犯过失时也还是可以亲爱的。一所房子的材料烧毁了，那污辱落在谁的火上？"一类的谚语对于我们现代读者实多供献；而其价值不在它们所道出的真实，反在它们所表现的古代人对于这等事物的见地或理解上。

由此直到英国的统治，印度人可以说是一向生活在凝穆的深潭里，未曾经过怎样激烈的波浪。至于现代英国治下的印度知识阶级意识所集中于太戈儿的，乃是"森林哲学"那类宗教性之游离现实，此外他并未表出什么再高远些的，或更加属于整个民族出路的动向。但为了他在现代印度所占特别显然的地位，本书不得不选译他的代表名作三篇，原本都是用英文写的。我们不难看到《在加尔各答路上》只写着宗教冲突，《无上的一夜》也不过是个人主义心机的作用。临了，译者更选亲英色彩特别浓厚的《求妇》。原作也用英文所写，载在《亚细亚月刊》一九二九年十月号中，系 Shudha Mazumdar 女作家的素描。她信奉印度正教，是地主的女儿，她的丈夫任孟加拉国的代理长官。她从笔下传出了一位受过白人教育者的十足神情，也十足地代表了在英国治下印度知识界之又一面目，就好像在狂风暴雨来时，那托庇于岩穴的细草闲花，幽然自得，一些不解洞外的震撼。

然而，印度是已在觉醒的民族，只待一股激荡的精神，越过了太戈尔或甘地等人所铸的范畴，便可谈得到向上的发动。译者觉得很可惜，像奈都女作家那样的奋兴产品，一时还不能发现于印度小说中，然而，这也许是因为直接用英文发表的还没有见过吧！

一九三六年八月十九日，伍蠡甫识于上海。

——录自商务印书馆 1936 年初版

《苏鲁支语录》①

《苏鲁支语录》[序]

（郑振铎②）

尼采（Friedrich Nietzsche）的《苏鲁支语录》(*Also Sprach Zarathustra*)刊行于一八八四年。全书凡四卷，以富于诗趣的散文，写出他的"哲学"。这是一部语录，托为一位波斯的圣者苏鲁支，向他的门徒和人民们训说的；所谓"超人哲学"便是他所宣传的东西。尼采他自己对于《苏鲁支语录》有一段自白：

> 在我的著作中，《苏鲁支语录》占一个特殊的地位。我以这著作，给人类以空前伟大的赠礼。这本书，声音响彻了千古，不

---

① 《苏鲁支语录》(*Also Sprach Zarathustra*)，哲理性散文，德国尼采（F. Nietzsche, 1844—1900）著，梵澄（徐梵澄）译，郑振铎主编"世界文库"之一，上海生活书店 1936 年 9 月初版。

② 郑振铎（1898—1958），生于浙江温州。1917 年入北京铁路管理传习所（今北京交通大学）学习。文学研究会发起人之一，曾主编《小说月报》《世界文库》。1927 年旅居英、法，回国后历任北京燕京大学、清华大学、上海暨南大学教授。译有阿史特洛夫斯基（今译奥斯特洛夫斯基）喜剧《贫非罪》、俄国路卜洵小说《灰色马》、印度太戈尔诗集《新月集》《飞鸟集》等。

单是世界上最高迈的书，山岳空气的最真实的书——万象、人类遥远地在它之下——亦且是最深沉的书，从真理之最深底蕴蓄中产生；这是一种永不涸渴的泉水，没有汲桶放下去不能满汲着黄金和珠宝上来。

　　他所升降的云梯，没有边际；他比任何人已经看见更远，意愿更远，并去得更远（Ecce Homo，楚曾译文）

他自己又说过："人如不自愿闭其智慧，则对于发自苏鲁支之歌——鹰雕之歌——必须给与适当的注意。"

他所注意的是"将来"而不是"过去"。"哦，我的兄弟们，你们的高贵不当向后流盼。乃是向前凝视！你们当爱着你们的孩子们的国土：——在最遥远的海山没被探险过的国土！让这种爱是你们的新的高贵吧。我吩咐你们向着那里扬帆前进！"

这便是苏鲁支——尼采——所呼号着的话。

这部译文是梵澄先生从德文文本译出的；他的译笔，和尼采的作风是那样的相同，我们似不必再多加赞美。

在我们得到梵澄先生的译本之后，楚曾先生也以他的另一部全译本交给我们，很可惜是不能再在这里刊出了；对于楚先生，我们谨致敬意和歉忱！

——录自生活书店 1936 年初版

《爱的教育》[①]

《爱的教育》小引

施瑛 [②]

《爱的教育》作者亚米契斯（Edmondo de Amicis），作品介绍到我国来，虽然只有开明版《爱的教育》和龙虎版《爱的学校》二书，可是这一本不朽的小说，已足令无数的少年读者，神往于书中的环境。他在一八四六年，生于意大利的欧乃利亚（Oneglia）地方，青年时代，在陆军学校里读书，毕业后投笔从戎，曾经几度参加过战役，为祖国立下不少的功劳。意大利复国统一，他也是热心推动的一员，那时他投稿于杂志，文章颇博读者的欢迎。不久离开原来的职务，做了杂志的编辑，从此他决意将自己的一生，供献于文学的女神之前。他先后写过不少的散文，诗歌，和小说，在他的笔下，吸引了许多的读者。尤其是《爱的教育》一书，使意大利的孩子，唤起了高尚的情绪和爱国的精神，称誉至今未衰。在著作《爱的教育》时，他还是热烈的爱国主义者，晚年漫游新大陆，目击那里经济的情形，再加上他素来悲天悯人的思想，他变成了温和的社会主义者。因此最后的几本小说，渲染了几许社会主义的色彩。一九〇八年，亚氏病故于波地拉，可是他的名字，永远在"神曲诗人"的国家里辉耀着。

本书是日记体裁，以一个意大利小学生为主角。那个小学生，名

[①] 《爱的教育》(*Heart, A Schoolboy's Journal*)，日记体小说，意大利爱米契斯（Edmondo De Amicis，今译亚米契斯，1846—1908）著，施瑛译，"世界文学名著"丛书之一，上海启明书局 1936 年 5 月初版。

[②] 施瑛（1912—1986），浙江德清人。毕业并执教于嘉兴教会学校秀州中学。曾就读于沪江大学、金陵大学，任职于上海世界书局。另译有英国乔治哀利奥特（今译乔治·艾略特）小说《织工马南传》、俄国奥斯托洛斯基戏剧《雷雨》、德国施笃姆小说《茵梦湖》等。

字叫做恩利科，生在中等的家庭里。父亲是一个受过高等教育的工程师，母亲是一个典型的贤妻良母；还有姊姊茜维亚也是一个温静优美的姑娘。一家融融泄泄，浸在和爱的空气里。非常快乐。在学校里，恩利科的级友中，有见义勇为的加伦，品学兼优的代罗先，矫健勤劳的柯莱谛，铜臭善贾的卡洛飞，驼背可怜的奈立，还有热心教育的老师，爱学校如家庭，爱学生如子弟；非但教他们怎样读书，还教他们怎样做人。因此他受教育的地方，真不愧是理想的乐园！一切崇高伟大的思想，都在这个学校中，潜移默化。他们的老师，每一个月，总将一个有牺牲精神的故事，讲给他们听。这些故事，说的全是一班勇敢高尚的少年，怎样的爱家庭，爱国家，爱人类。如《少年誊写生》，写的为一家而笔耕的孩子，联华公司的电影《小天使》，就是取材于此。其他像《爸爸的看护者》，《罗马格那的血》，《长途寻母记》，读了这些，不仅要教少年朋友感动；就是略有心肠的成人，也要因之而流泪吧。恩利科在这学校里，游息藏修，读了一年书，饱聆高贵的教训。暑假近了，他的父亲，忽然因为工作的关系，要调到别处去。恩利科无法再留，只好对于母校，老师，和同学们，恋恋不舍地道过再会，作了暂时的小别。本书也在这余音袅袅里告终了。

本书的作者，以柔和的笔调，纯洁的思想，写出这伟大的作品。他所要叫彻人间的，是无所不爱的博爱。可是他并不是无聊的说教者，絮絮令人生厌，世界上不知道有若干少年和成人，给这本书陶融着。译者也是其中的一个。这次的重译，是从英文本转译的。我想，经过两国文字的转换，也许有损于原文的流利。读者若能于这粗糙的译文中，感到作者亲切的气息，那末这工作也不是徒劳了。至于本书的名字，意大利原文是（Coure），乃"心"的意思，又有一个小标题叫"一个意大利小学三年级生的日记"。这书名在翻译时，颇费周折。采用前者，意义太模糊而费解，不合少年读物的标准；采用后者，又嫌噜哧而不切实际了。文坛先进夏丐尊先生初译此书，载于《东方杂志》，用《爱的教育》一名，确乎是画龙点睛的笔法。而且这名字已为中国少年读者所熟知，本书也就借用夏先生的译名了。

施瑛

——录自启明书局 1936 年三版

《不是没有笑的》[①]

《不是没有笑的》关于休士

傅东华[②]

据他自己在《新群众》六卷二号上发表的自述，兰斯吞·休士是一九〇二年二月一日在美国密苏里省的乔普林地方生的，生后不久，他父亲就到墨西哥去。他在未进中学之前，曾住过许多地方——墨西哥，堪萨斯，科罗拉多，密苏里，俄亥俄及印第安纳。后来到克利夫兰进中学，工作了两个学期，随后就到海上，做会侍役和寻常海员的工作，到过非洲，荷兰和地中海里各处的港埠。回到美国之后，他在华盛顿的旅馆里和饭店里工作了一年多，才进入为黑人专办的林肯大学，一九二九年毕业，得 A.B. 学位。

关于他的文学生涯，一九三三年的《国际文学》第一号里有一篇

---

① 《不是没有笑的》(*Not Without Laugh*)，长篇小说，美国兰斯东·休士(Langston Hughes，今译休斯，1902—1967)著，夏征农、祝秀侠合译，上海良友图书印刷公司 1936 年 10 月初版。

② 傅东华(1893—1971)，浙江金华人。上海南洋公学中学部毕业，后入中华书局任编译员。1921 年加入文学研究会。1933 年起与郑振铎等主编《文学》月刊。曾任教于北京高等师范学校、上海复旦大学、暨南大学等。另译有古希腊荷马史诗《奥德赛》、英国弥尔顿史诗《失乐园》、美国霍桑小说《猩红文》(即《红字》)、西班牙塞万提斯小说《吉诃德先生传》、美国宓西尔(今译玛格丽特·米切尔)小说《飘》等。

评论说的很详。照着这篇评论，我们知道他是"黑人中脱离了小布尔乔亚和布尔乔亚文学涂辙的唯一确立了的作家"。所谓"确立了"，意思就是说他曾经历过好几个转变的阶段，方才达到现在这种不复动摇的态度。原来黑人中一般小布尔乔亚的知识阶级，都尝试在资本主义的构造里面解决"黑人问题"，结果是始终得不着一条真正解放的途径。但是这样的信仰和幻觉，是由许多世纪的压迫造成的。休士身负这种传统的重担，当然不是一时脱卸得下。我们在休士身上，见出了现代每个革命艺术家所必经历的发展阶段。

休士的文学生涯开始于一九二〇到一九二五年间所谓"新青年"（Younger Generation）的一个作家的集团里。这是一个布尔乔亚作家的集团，当时曾被称为美国黑人新时代的先锋，黑人文艺复兴的前驱者。他们的主张，以为靠着教育的手段，靠着黑人文学和艺术的创造，就可以推翻白种人先天"优越"的成见，因而造成社会的平等。

这个集团里的作家为要证明智识的平等，所以主张文学和艺术应该不为"狭窄的"种族问题所囿，应该不仅拿种族压迫作题材，而须采取含有世界意义的题目。于是他们就提倡所谓"纯艺术"，"为艺术而艺术"。

休士当时加入这个集团，也曾为布尔乔亚的唯美主义辩护过，以为艺术家有权利可以超然于社会的题目之上，可以漠视当前的种族问题和社会问题。因此他在一九二六年六月号《民族》上发表的《黑人的艺术》一文里曾说。

　　我们现在在创作的较青年的艺术家，是要没有恐惧没有羞耻地表现我们各个黑色皮肤的自我。如果白人欢喜，我们是高兴的。如果他们不欢喜，那也不要紧。我们知道我们是美的。也知道我们是丑的。镗镗的鼓会得笑，镗镗的鼓会得哭。如果有颜色的人们欢喜，我们是高兴的。如果他们不欢喜，那也没有什么要

紧。我们建筑我们的明日的庙宇，我们站在山头顶，自己心里是
自由的。

一九二六年，他的第一部诗集《疲乏的悲歌》出现，就使他差不
多跻上美国第一流诗人之列。这是主要地由抒情诗构成的，目的在把
黑人的美显示给世界，差不多把种族压迫的问题完全无视了。

> 夜是美的，
> 所以我们的人的脸是美的
> 风是美的
> 所以我们的人的眼是美的。

他相信白人会得认识黑人的这种美质，肯伸出亲善的手给他们，因
而一切种族不平等的问题都会消灭。他还不曾看见白人和黑人同样有个
阶级的差别，却以为这是种族对种族的问题，想从这条路上去求解决。

当然，现实和理想的不谐调是必然的结果，于是这位诗人在资本
主义文化的冷酷的牢狱里就感觉到寂寞了。在《害怕》一首诗里，死
和自杀和绝望的调子就很强烈：

> 我们在摩天高屋当中号哭。
> 像我们的祖宗，
> 在非洲的棕榈树当中号哭一般，
> 因为我们是孤独的，
> 现在是夜里，
> 我们害怕啊。

可是他要逃避现实，要把罗曼底克的错觉来涂饰现实。

这就是休士的创作在第一阶段时的状态。他的对于较好将来的梦是依稀恍惚的。他对于周围的现实的抗议是抽象的。

但到第二年——一九二七——出版的第三诗集《好衣服给犹太人》，便显出一种严重的质的的变化了——特别是题材范围的扩大。在这诗集里他才开始描写黑色人口中的主要层：旅馆仆役，电梯役，海员，工人等。这都是依据他个人经验来的，因为这一类人的生活况味他都曾亲身尝到过。

不过在这本新诗集里，他仍旧还不是一个革命的艺术家，只是包含着将来成为革命艺术家的希望罢了。他仍旧从种族的立场去研究黑色劳动者的问题，仍以为他们的一切苦痛都由于种族不平等。至于阶级差别的关系，他仍旧完全无视。但他已把劳动群众作为解决问题的中心，便要算是他的创作上的一大进步。

一九三〇年，他的第一部小说《不是没有笑的》出世，不但构成了现代美国文坛的一大事件，并且构成了他的创作发达及全部黑人文学发达上的一个重要阶段。他在这部小说里，已经脱尽了一切梦想的气分［氛］而成为一个完全写实的作家了。这书所描写的是一个黑人劳动阶级家庭的生活，所反映的是阶级分化的过程，奴隶心理的变化，以及新兴阶级心理的产生。在这部小说里，休士已经把握住黑人生活的实况，萌动了抗议和反叛的决心。

但是可惜！他仍旧相信社会平等的问题可由教育来解决，可由显示黑人创造能力的来解决。他还不晓得种族不平等的真正原因在于资本主义，不晓得唯有对于资本主义革命，黑人才可得着完全的解放，教化和才情是解决不了这个问题的。

所以休士的革命艺术家的身份，是到最近两年中才成熟的。他的第一篇有力的宣言，就是对于自己从前的创作态度的全盘否定：

　　你们一切的美的制造者，

将美暂时放弃罢。

你且看那羞辱，看那苦痛。

重新再看人生罢。

看饥饿的婴孩在哭泣，

听富有的人们在说谎，

看饿死的中国濒危了，

听东方的轰响罢！

　　他既看澈了解救的途径，他的自信力也就加强，乐观的气分也就加重。这在最近发表的《我们的春天》里活跃地表现出来：

将我们的手缚着，

我们的牙齿打掉，

我们的头颅破碎，拿走我们罢。

让我们叫着大声的诅咒，或是号哭着。

或是像明月一般的沉默着，拿走我们罢。

拿我们去坐电椅，

或是去枪毙，

或是去上断头台罢。

可是你不能把我们大家都杀尽，

你不能使我们大家都沉默。

你不能将我们大家都遏止——

这边杀了一个，

那边又有一个起来了。

我们像那些河流，

春天雪化涨了水，

就要向四面八方的地面泛滥了。

　　我们的春天已经来了。

　　一切残暴之年的积雪，

　　已在朝阳之下融化起来了。

　　世界的河流都将泛滥着实力，

　　你们将被冲扫了，

　　你们这些民众的谋杀者有——

　　杀人者，巡查们，军人们，

　　祭师们，王帝们，富豪们，

　　外交家们，说谎者们，

　　枪炮，毒气，断头台的制造者们，

　　你们都将被冲扫，

　　地面将又新鲜而清洁，

　　剥掉了已往的陈迹——

　　因为时间已终于给与我们

　　我们的春天了，

这就是所谓"确立了"的休士的表现，而我们那天在中社里遇见的，也就是这样一个"确立了"的休士。可是我们并不要去听受他的革命文学的讲义，不过以为他自己的经历和见闻或有些值得我们一听罢了。我们那天一共向他提出五个问题，他的回答有详有略，现在把大意记在这里，只〔至〕少是可当做确实的世界文坛消息看的。

　　我们的第一问：先生此番经过苏联，对于他们的文化事业必曾有过亲切的观感，现在他们的第二次五年计划对于文化有怎样的影响？

　　休士答：苏联第二次五年计划开始实行不久，说不上什么影响，但有一点可以说的，便是第一次五年计划注重重工业，目的在提高制造机械的力量，第二次五年计划注重轻工业，目的在增进一般民众的物质生活，因此苏联民众对于第二次计划的实行更加觉得兴奋。第一次五年计划时期，纸张的产量很小，出版物不免受着限制。第二次计划实行，因纸张产量增大而除去这重限制，对于文化自然不无影响。

第二问：苏联现在文艺上有所谓社会主义的写实主义和革命的浪漫主义，据说两者是并行不背的，究竟这两种主义的理论与实际如何，先生亦有所知否？

答：我因不懂俄文，对于苏联的文艺理论不甚了了，但就实际观察所得，就以电影一项而论，最近的编者似已感觉从前的作品过于严肃，所以有一种倾向，常于作品中增加感情的成分，借以引起观众的兴味，而题材则仍是革命的，这大概就是所谓革命的浪漫主义了。

第三问：提起苏联的电影，究竟现在的一般状况如何？

答：我单把本人参加苏联电影的一般事和诸君谈谈。诸君当知美国的黑人是生活在两重压迫之下的：资本主义的压迫和白种人的种色偏见的压迫。美国自己出产的电影当然不会把黑人的实际生活来做题材的。到现在为止，只有两张关于黑人下层生活的影片还比较看得，一片叫 *Heart of Dixie* 一片叫 *Hallelujah*。但是有些黑暗的生活，却永远不会有演出的机会，例如 Lynching（就是白人对黑人犯强奸或和奸罪所处的私刑，但也有因其他嫌隙而加以这种私刑的，实为白人对于黑人的一种极惨酷的待遇）。此次苏联邀我去，便是要我帮助摄制关于黑人实际生活的影片。预定的一片是关于南美种棉区的黑人生活的，现在正在修正中，须到明春方能摄竣。至于最近苏联最好的剧本，要算《中国怒吼罢》的作者的一个新作，名为《介绍》(*Introduction*)，由名导演梅霍尔特（Meirhold）导演，在舞台方面最是成功。内容是一德国工程师到中国来参观工厂，对于中国工人的待遇深感不满。但他回到德国之后，看看本国的工人生活其实也是如此的，才知道全世界的劳动者同样处于惨苦的境地，并不止中国为然。我昨天曾去参观上海的工厂，看见童工工作的状况，也正和南美的情形一样。

第四问：美国黑人文学的一般状况。

答：过去十年中，美国文学界有句流行的口号，便是"黑人醒来了"。当时黑人出版的书很多，销行也很广，但是成绩并不好，一则因为黑人的作品容易引起人的注意，所以出版界便不问好坏，以致不堪一读的作品充斥市场，一则因为有才能的作家忙于供应，便不免粗制滥造，将作品商品化了，这班黑人的作家只有一种成绩，就是使白人知道黑人也能产生优美细腻的作品罢了。但是这班作家之不能代表全部黑人，就犹之有个中国人在《纽约时报》上批评《大地》不能代表全部中国人一样。现在黑人所作描写黑人生活的小说中，有两本还值得一看：其一是玛开（Claude Mckay）的《回到哈楼》（*Home to Harlem*），又其一是华脱怀特（Walter White）的《燧石里的火》（*Fire in Flint*），就是站在新的立场上说，这两部描写黑人下层生活的小说也要算是最好的。但是不幸得很，这两位较有希望的作家的书成功了，钱也有了，他们也就抛开了下层民众去过他们自己的优闲生活了。

第五问：普洛文化在美国资本主义之下长生的情形。

答：在美国，政府对于普洛文学运动并不加严厉的压迫，可是好的作品却也并不多。现在能在国际占据地位的还只有哥尔特（M. Gold）和帕素士（J. Don Passos）二人。以美国之大，而纯粹普洛文学的杂志就只有《新群众》一种，而《新群众》又只有这么一点的篇幅，那末普洛文学在美国没有多大发展可知了。

以上就是我们遇到休士所得的。我们所看见的休士，只不过成色稍黑一点，下颚并不突出。嘴唇并不特别厚，也并不翻出唇里的猩红，面角也不像是七十度。举动谈吐和白色的绅士没有两样，并不如们人［人们］所想象的革命文学家那样凶恶怕人的。

——录自良友图书印刷公司 1936 年初版

《波斯人》[①]

《波斯人》译者序

罗念生 [②]

这书是依据西治威克（Arturus Sidgwick）的牛津版本和普利查德（A. O. Prichard）所编的《波斯人》（*The Persae of Aeschylus*，MacMillan，1928）里面的注解译成的。

本想译嗳斯苦罗斯（Aeschylus）的《阿加麦谟农》（*Agamemnon*）或《被缚的普洛麦秀斯》（*Prometheus Bound*），但有一种力量鼓励我试译这个"充满了战争色彩"的悲剧。当诗人制作本剧时，他心里怀着两种用意：第一种是净化人类的骄横暴戾的心理；第二种是激励爱国心，这两种用意很值得我们体会吧！

一九三四年五月德国人特别跑到雅典去表演《波斯人》，这样一个短短的剧足足演了三个钟头；这样一个简单的剧景，给他们弄得五光十色，很富于舞台趣味。

那位信使报告完毕后，不偷偷的退下，却大摇大摆的步上高台，

[①] 《波斯人》（*ΠΕΡΣΑΙ，The Persae*），希腊悲剧名著，嗳斯苦罗斯（Aeschylus，今译埃斯库罗斯，约公元前525—前456）著，普利卡德（A. O. Prickard）编，罗念生译述，中华教育文化基金董事会编译委员会编辑，上海商务印书馆1936年10月初版。

[②] 罗念生（1904—1990），四川威远人。1922年入北京清华学校，1929年留学美国，曾就读于俄亥俄大学、哥伦比亚大学、康奈尔大学，1933年赴希腊，入雅典美国古典学院研究古希腊文学。回国后曾与梁宗岱合编《大公报》副刊《诗刊》。另译有古希腊戏剧：埃斯库罗斯《普罗密修斯》（*Prometheus Bound*），索缚克勒斯《窝狄浦斯王》（*King Oedipus*），攸里辟得斯《特罗亚妇女》（*Troades*）、《美狄亚》（*Medea*）、《依斐格纳亚》（*Iphigenia in Tauris*）、《阿尔刻提斯》（*Alcestis*）等。

进入王宫。这古剧固有的宁静全被现代人的热情扰乱了。那次是在酒神剧场旁边的音乐场（Odeion）里面表演的，场中立着一个高台，歌队立在场中，王后自台上下来。因为没有舞台，一切的情形和古时的表演很有相似之处。那个露天场所已经残废不堪，后面的"换装处建筑"（Stage-building）已经倒了一大部分，但声音依然传达得那样清新，还胜过许多大戏院的传声，观众可以躺在野草上听信使报告萨拉密斯（Salamis）大战，那岛屿不就在眼前？

同时希腊国家戏院也出来表演这戏，他们依照他们的传统办法，把布景和动作弄得非常简单。他们把舞台分作上中下三排，上下两排让歌队轮流的转，演员出现在中排。观众所得的印象却很深刻，王后听取报告时的一片冷静沉默做得特别好。也不知什么时候我们才能够表演一个这样的戏剧？

译文内的专名词列有一个简明表，译者还可按照这译音表推测希腊原名。

我十分感激一位朋友帮了我很多忙。

罗念生二十五年三月一日，北平。

——录自商务印书馆 1936 年初版

《波斯人》嗳斯苦罗斯小传
（罗念生）

嗳斯苦罗斯（Λισχύλος）（Aeschylus）于纪元前五二五年生于雅典西部之挨琉西斯城（Eleusis），他的父亲攸福利翁（Euphorion）为阿提卡州（Attica）的贵族，曾掌管挨琉西斯的祭司职务。关于嗳斯苦罗斯所受的教育我们全然不知道；喜剧家亚里斯多分（Aristophanes）在《蛙》里叫嗳斯苦罗斯说他的心灵曾受挨琉西斯的宗教薰陶；挨琉西斯人是崇奉地母（Demeter）的。

　　他于纪元前四九九年，正当他二十五岁时，初次加入悲剧比赛，却被普拉提那斯（Pratinas）和刻利拉斯（Choerilus）两人赛败了。此后他的戏剧活动与诗人生活一定是被波斯大战扰乱了：因为他曾于纪元前四九零年与他的昆仲参加过马剌松（Marathon）之役，次年又参加过普拉泰阿（Plataea）之役。纪元前四八四年他首次取得了悲剧奖赏。纪元前四七二年他表演了那包含《波斯人》的三部曲，那也是胜利的作品。但在纪元前四六八年他却被他的晚辈索缚克勒斯（Sophoclos）赛败了。据说他为这事很生气，离开雅典，去到了西西里（Sicily），住在西拉叩斯（Syracuse）国王海挨罗（Hiero）的宫中。他在那儿重演过他的《波斯人》，但有人说那原是《波斯人》的首次表演，后来才在雅典登场的。据说他有一次在雅典比赛时，观众疑心他暴露了挨琉西斯的宗教礼仪，几乎害了他的性命，雅典人因控告他亵渎了天神，幸得宣告无罪。因此有人说他原是为这件事情才去到西西里的。

　　海挨罗王于纪元前四六七年死了。纪元前四五八年嗳斯苦罗斯又在雅典城表演他的《俄勒斯忒阿》（Orestoia）三部曲。表演后他又去到了西西里，于纪元前四五六年死在基拉（Gela），享年六十九岁。据说有一道神示注定了他会死在上天的打击中。果然有一只大鹰含着一个乌龟在空中飞过，它把诗人的秃头当作一块石头，因把乌龟向他头上坠去，好击破甲骨取肉吃。哪知那一道神示竟这样显验了。据说他的墓碑原是他自己写就的，这大概是可靠的，因为那碑铭上没提及他在悲剧里的成就，只夸耀他在马剌松所立下的战功。（碑铭见《编者的引言》里。）

　　他在悲剧里的贡献是很大的，雅典人把他奉作悲剧之父。在他以前的悲剧里只有一个演员，他首先介绍了那第二个演员，于是不须歌队首领的帮助，这两个演员便可自己交谈，戏剧里的对话便从此产生。且因此削减了歌队的重要成分。据说那四部曲的传统也是由他发起的，即是三个悲剧和一个笑剧（Satyric）同属于一个题材之下。此外他还介绍了假面具，高底鞋和轻飘鲜明的剧装。他的风格很崇高，只是比喻和人物的形容词用得过多。他的作品内含有很深的哲学思想与很浓的宗教意味。他一共得了十三次悲剧奖赏。据说他的剧本有七十个至九十个之多。却只传下了七个：即是《乞援人》（*Suppliants*），《被缚的普洛麦秀斯》（*Prometheus Bound*），《波斯人》《七将攻塞拜》（*Seven against Thebes*），和《俄勒斯忒阿》（*Oresteia*），三部曲：包含《阿加麦谟农》（*Agamemnon*），《奠酒人》（*Cheophoroe*）和《报仇神》（*Eumenides*）。

——录自商务印书馆 1936 年初版

《春琴抄》①

《春琴抄》后记②
〔陆少懿〔伍禅〕③〕

凡留心现代日本文学的人对于谷崎润一郎这名字想不至于十分生疏罢？无论喜欢或不喜欢他的作品的人，终不能不承认他在日本文坛所占有的地位的，我相信。

---

① 《春琴抄》，中篇小说，日本谷崎润一郎（1886—1965）著，陆少懿译，陆少懿、吴朗西主编"现代日本文学丛刊"之一，上海文化生活出版社 1936年 9 月初版。

② 该文目录题"春琴抄后语"。

③ 该文落款"编者"，因为译者陆少懿又与吴朗西主编"现代日本文学丛刊"，推测是作者。陆少懿（1904—1988），原名伍赞天，又名伍禅，广东海丰人。1926 年中学毕业后赴日本早稻田大学深造。九一八事变后回国。与巴金等创办《文学丛刊》。后任上海文化生活出版社编辑，并加入中国共产党。抗战全面爆发后，至马来西亚从事华侨文教事业。1952 年回国。1956 年加入中国致公党，后当选致公党第七、第八届中央副主席。

他在日本拥有无数的赞美者，然而他却是孤独的。他独自往来于他的艺术境。他写作的范围是狭小的，然而却不失其为人生的一部分。

他写作的技巧是由西洋的现代的渐变为东洋的古典的了，这就是说由华丽而趋于冲淡。《春琴抄》便是他的冲淡的作品的一例。

《春琴抄》是他一九三三年的作品。这篇东西发表时，曾给了日本读书界以极大的冲动。它被称为昭和时代中的一大杰作。

我们可以从他淡淡的叙述中看出春琴和佐助二人的关系之外，还可以略约窥见百年前，——也可以说是现在罢——日本商人阶级的一部分人的生活的态度。

附录《春琴抄后语》和《寄与佐藤春夫述过去半生的信》二篇，可以帮助了解他的写作和做人的态度。

编者

——录自文化生活出版社 1936 年初版

《罗宾汉故事》[①]

《罗宾汉故事》小引

李敬祥[②]

在我国儿童读物的荒芜园地里，《罗滨汉》确是一朵新生的鲜艳之花。

---

① 《罗宾汉故事》(*Life in the Greenwoods*，*Robin Hood Tales*)，童话小说，莱辛（M. F. Lansing，《小引》汉译为兰辛，1833—1966）著，李敬祥译述，"世界文学名著"丛书之一，上海启明书局 1936 年 10 月初版。

② 李敬祥，生平不详。另译有法国嚣俄（今译雨果）小说《悲惨世界》、美国赛珍珠短篇小说集《元配夫人》、美国刘委士（今译刘易斯，Sinclair Lewis）小说《大街》等。

《罗滨汉》的原著人兰辛（Lansing），生平著作甚富，尤多童话小说，本书即为其代表作之一。

书中描写的是绿林好汉，但都是正直有为勇敢仁义的青年，能激发读者的侠义心肠，迥非我国一般剑侠小说的荒诞不经可比。

译者不揣谫陋，将此书翻成中文；并以十二分的诚意，介绍于诸位小读者之前，想此书定能给予读者以新的趣味和高超的情趣。至于书中的故事如何，译者不愿在此多赘，还是让读者们去揣摩吧！

译者廿六，一，廿三

——录自启明书局 1936 年初版

《欧贞尼·葛郎代》^①

《欧贞尼·葛郎代》译者之言

（穆木天^②）

《欧贞尼·葛郎代》（*Eugénie Grandet*），是巴尔扎克（Honoré de Balzac）（1799—1850），在一八三三年，用中国的年岁计算法，就是在他的三十五岁的时节，所生产出来的一篇作品。那是他的伟大的《人间喜剧》（*La Comédie humaine*）中的一篇，而且，同《勾利尤老

---

① 《欧贞尼·葛郎代》（*Eugénie Grandet*，今译《欧也妮·葛朗台》），封面题"地方乡镇生活场景　欧贞尼·葛郎代"，长篇小说，法国巴尔扎克（Honoré de Balzac，1799—1850）著，穆木天译述，中法文化出版委员会编辑，"巴尔扎克集" 1，上海商务印书馆 1936 年 10 月初版。

② 穆木天（1900—1971），吉林伊通人。1920 年留学日本，1926 年毕业于东京帝国大学法国文学专业。回国后先后任教于中山大学、吉林大学、同济大学等校。1931 年加入左联，参与发起成立中国诗歌会。另译有《王尔德童话》、巴尔扎克《从妹贝德》《绝对之探求》、俄国高尔基小说《初恋》、法国纪得（今译纪德）小说《窄门》等。

头子》(Le Père Goriot)、《凯撒·比罗图》(César Birotteau)、《从妹贝德》(La Cousine Bette)、《从兄蓬斯》(Le Cousin Pons) 等等同样，是一篇极完成的杰作。如果说《人间喜剧》是十九世纪上半法兰西的整个的社会史的话，《欧贞尼·葛郎代》，就是那部庞大的社会史的一个分章；如果说《人间喜剧》是十九世纪上半法兰西全土的整个风景画的话，《欧贞尼·葛郎代》则是那一幅伟壮的画面的一个角落。《欧贞尼·葛郎代》自身是一个伟大的构造，但是，把它同整部的《人间喜剧》相关联到一起去看的话，我们越发地可以了解到它的伟大性了。

在十九世纪的法兰西的文学史上，《人间喜剧》和《鲁贡·玛卡尔家史》的确地是两个不朽的伟大的纪念碑，而在这两者之间，《人间喜剧》是更要特别伟大。在划时代的意义上，在影响的远大，作品的完成和现实的正确的把握的点上，巴尔扎克确是比一切的左拉要高出一头的。这样说法，并不是说左拉没有他的伟大性，而是说巴尔扎克有比他更大的伟大性。站在旁观者的立场上，对于社会发展的因果律不能加以阐明，令读者总多少感到有隔靴搔痒的情形，这是左拉的作品里的缺陷。可是，这一种缺陷，是在巴尔扎克的作品中不曾令人感到的。巴尔扎克，始终地是同他的作品中的人物毫不分离地共同存在着。他清清楚楚地认识到他的当代的社会的发展的动向，社会的发展的因果律，他对于在他的作品中所要反映出来的社会生活，同专门的历史学者，经济学者，统计学者一般正确地，去研究，认识，然后，正确地描写出来，正确地把因果理由阐明出来。他这种正确的意图，在他那篇极富有重要性的《人间喜剧总序》中，他是很强有力地主张出来，解释出来了的。这一种伟大的意图，是法兰西文学史上的空前的创举。在法兰西的现实主义文学之建立的点上，在给"小说"这一种以前被认为是不登大雅之堂的文学样式争取了市民权而使之成为十九世纪文学的支配的文学样式的点上，巴尔扎克的确是一个空前的巨人。巴尔扎克是了解了而且是实践了小说家的任务的第一个人。

在巴尔扎克以前，法兰西的文学史上，并不是没有良好的小说。《柯莱武王妃》(*La Princesse de Clèves*)、《及勒·卜拉》(*Gil Blas*)、《曼侬·赖实考》(*Manon Lescaut*) 等等，的确都是法兰西文学史上的不朽的著作。然而，那些小说作品，自身是并没有繁殖的孳生的力量的。它们止于是人生的某个小的角落上的偶遇的表现。但是，能够了解到小说的任务，小说的真正的文学的机能在于制作出来平凡的人间生活的缩图的第一个人，则是伟大的巴尔扎克了。巴尔扎克理解到小说家的任务是和历史家的任务相同。而他是在小说里要表露出和历史家同样的精确性真实性的。他了解了，而且是坚苦地实践了他的任务。他的坚苦的劳作，使他在种种失败之后，竟得以产生出来他的这一部由九十几篇长短篇小说所构成了的《人间喜剧》。《人间喜剧》，是十九世纪法兰西文学史上的一部伟大的划时代的别开生面的作品。

巴尔扎克的《人间喜剧的总序》，是总括了他的世界观和他的创作方法的一篇金科玉律的论文。那是他的全盘的艺术理论的提要。他采取了当时最进步的自然科学的方法而把它适用到文学的制作上面。从圣提赖尔（G. Saint-Hilaire）的生物的"组成的一元性"（Unité de composition）的理论出发，他科学地考案了他的创作的方法。站在那种自然科学的基础上，巴尔扎克提出来法兰西社会创造出它的小说而他自己不过是一个记录的书记而已的那种话语。他不只是要作一个客观的观察者，而且要解明历史上的诸原因，创造出布尔乔亚汜[范] 和旧贵族的典型化的个性和个性化的类型，正确地描写出典型的性格和典型的情势来，而使他的《人间喜剧》成为当代的社会的全史。极科学地制作出来的《人间喜剧》，因之，是一种极冷酷的批判。当时的资本主义的发展的内在的矛盾，巴尔扎克是赤裸裸地给暴露出来了。巴尔扎克是达到了他所期望了的使用文笔的拿破仑的理想，而达到法兰西的市民现实主义的最高峰了。当时社会的忠实的形相，如果把《人间喜剧》一篇一篇地读了下去，是会很生动活跃地再现到我们的目前的。

　　《人间喜剧》，是十九世纪上半，从大革命时代起，经过帝政时代、王政复古时代，直到七月王政时代的法兰西社会生活的全景，最生动活泼的图画，如巴尔扎克在他的《总序》里所说的那样，那里边是存在着种种极正确的诸细微部分的精确性的。在那部极雄壮庞大的布尔乔亚社会的英雄叙事诗里边，我们看得见那个五十余年的法兰西全国的形形色色。大革命后王党的叛乱，帝政时代的秘密警察的活跃，布尔明王朝的归还，王政复古时代的贵族社会，金钱的支配权的日趋增大，集纳主义的跋扈，以及酿成二月革命的种种情势，在《人间喜剧》中都被描写出来。贵族阶级的传统的没落，和勃兴期的布尔乔亚的蓬勃的发展，都如实地被反映出来。他描写了各种的社会环境（贵族的交际社会的生活，布尔乔亚氾〔范〕以及下层民众的风俗，农民的生活情形）和各种的不同职业的人物（军人，司法官，艺术家，文人，商人，外交家，政治家，医生，利息生活者，律师，新闻记者，教士，银行家，高利贷，大银行代理人，小官吏，优伶，娼妓，犯罪者，仆役，大臣，投机业者，议员……）。就地理上说，巴黎的大街小巷，布尔功涅的山间，卢瓦尔的河畔，总言之，就是法兰西的全国，都成为他的那二千多人物的活动舞台。我们可以看得见那些人物的家谱，生理和心理的情态，那些人物的嫉妒、贪欲、野心、虚荣，一言以蔽之，就是一切种类的人间的热情。在事物的描写上，地方、时间、财产目录、家具、衣服，以致于为期不过一年半载的一时的时兴，都具有着极惊人的精确。在那五十余年间的那几个时代的人物，他很精确地描写出他们的种种不同的典型的个性来，那简直是超过史家以上的真实。他的人物，由于在各篇小说里重出再现——《娼妇盛败记》（*Splendeurs et misères des courtisanes*）中，再现人物，竟有一百五十五人之多，——随着不同的环境表露出不同的面影，使我们看见《人间喜剧》中有无数的家族无数的人物作出无数的交涉，而感到整个的法兰西社会都在波动。这种复杂的人物的相互的交涉，这种历史的和地理的精确性，因为是在正确的历史发展过程中被表现出来，所以巴尔扎克才得以成为伟大的。仅仅细微点的描写的正确，是不够的，巴尔扎克所以成为登峰造极的布尔乔亚的现实主义者的原故，就是因为他在《人间喜剧》中反映出当时的社会动向。

巴尔扎克的主要的成功，是在于他认识了经济构造是社会的基础。他了解到经济条件和环境的重要性。对于现实有锐敏的感觉的巴尔扎克，发现了什么是社会的原动力，在他的《人间喜剧》中，他讴歌了在当时支配一切的"黄金"的威权。如果缪塞（A. de Musset）是恋爱的诗人似地，巴尔扎克是"金钱"的小说家。在巴尔扎克的作品中，"金钱"成为了一个伟大的无言的无性的主人公。他以强烈的色彩描写社会的经济状态。所以，十九世纪前半的法兰西社会的经济基础的变迁，从小规模生产到大规模生产，从商业资本到金融资本，从高利贷储蓄者到银行家的发展的路径，在《人间喜剧》中，呈示出来极鲜艳的画面。尤其是他注意到这新旧两种经济构造的冲突，而认定旧的经济构造之必然的崩溃和新的经济构造之必然的发展。旧的道德的崩溃，他认为是旧的经济的崩溃之结果，新的恶德的伸长，他认为那是新的经济的发展所生的必然的产物。因之，在《人间喜剧》中，他使我们看到贵族社会和布尔乔亚社会之交替，这两个时代两种社会的冲突，和在这个过程中的各种社会的道德生活。虽然他的自己的理想，是王政主义者，是加特利主义者，可是，他不由自己地违背了他自己的政治的信念，去颂扬着新兴的布尔乔亚汜［范］的英雄的史绩，而只能以挽歌的情绪，阴暗的彩色，讽刺的腔调，去描写那些贵族世界的遗物了。由于个人主义的胜利和家庭崩溃所生的新旧冲突和家庭的惨剧，因之，成为了他的小说的中心题目。但是，君临在一切之上的，就是"黄金"那位大无畏的万能的王者。

《欧贞尼·葛郎代》，就是在这种新旧时代交替中所产出来的一段地方乡镇的家庭悲剧。在巴尔扎克的作品史上，在法兰西文学史上，同样地，都是一篇划时期的杰作。那是使巴尔扎克的名声轰动全欧洲的最初的一篇小说。不论是巴尔扎克的拥护者，还是他的反对者，对于《欧贞尼·葛郎代》，都是无可非议的。在这一篇小说中，巴尔扎克，实地踏践地，描写出来一个地方乡镇的商业资本家，性情极为刚硬的，为金钱牺牲一切的，贪欲吝啬的老头子腓立格斯·葛郎代的生活，和他同由于跟都市的华奢相接触，从奴隶状态的生活不彻底地觉醒起来，最后竟同父亲成为对立的他的独生的女儿欧贞尼之间所起了的家庭的纠纷，以及环绕着那个唯一的女继承人所卷起来的克鲁休家和代·格拉山家的结婚陪嫁金的争夺战；然而，这一切，都是以金钱问题作为中心的动力的。题材，不但是非常地平凡，而且是非常地单纯，然而，由于巴尔扎克的现实主义的手法，那一切的平凡单纯的事实的重大的社会意义，当时的地方乡镇的社会动向，都被反映出来，使人感到只有平凡单纯中才含蓄着真正的人生的味道，而只有平凡的人生的缩图才是真正的小说。他不但真实地描写出来那些人物的生活，而且，把那些人物同他们所处的环境有机地连系在一起而描写出来。如同生物学者把生物置放在自然的环境中记录出来似地，巴尔扎克把他的那些人物放在社会的环境中记录出来。

在《欧贞尼·葛郎代》里边，同在巴尔扎克的别的作品里同样，很惹人注目的一件事，就是叙述上的三段构成的手法。这种三段构成法，是巴尔扎克所独创出来的一种手法。简言之，作者的叙述描写的程序，就是：（一）环境；（二）住在那种环境里边的各各登场人物的地位和经历，以至各各人物的容貌和精神状态；（三）各人物的活动。在《勾利尤老头子》里边，在《绝对的探求》里边，在《夏贝尔上校》里边，都是运用着这同样的手法。譬如，在《勾利尤老头子》里边，先叙述描写那个布尔乔亚公寓，说明那个公寓在巴黎的什么地方，那个公寓是一种什么样性质的东西；其次，就是交代出来那个公寓的女主人吴凯夫人（Madame Vauquer）是一个什么样的女人，公寓里的住客是一些什么样的人物，一一地精确地描写出来，而勾利尤老头子的地位、经历、容貌和精神状态，尤其是描写得显明精确；其后，才是故事的开始。而且，主要的关键，就是环境和人物之间有一种紧密的结合，有一种有机的依存关系。《欧贞尼·葛郎代》的构成，是同样的。在小说的开始，巴尔扎克用了很多的篇幅，描写苏缪尔地方的社会情形，写出来苏缪尔地方在法兰西地理和历史上所占有的位置，在那种地方生活的氛围气中指出来葛郎代家的地位。他特别地注意到当地的各种矛盾的表现。在宗教战争的时代，苏缪尔一带，是斗争最猛烈的一个场所，这一种宗教斗争的遗痕，是留存着的，那些残留下来的人类斗争的烙印，巴尔扎克是很鲜明地指示出来。由于两种经济构造的交流所产生出来的形形色色、新旧市街的对比，银行家代·格拉山家和公证人克鲁休家的生活方式的对比，他很显明地描写出来。他描写出来地方的市井舆论，利用民众的眼睛中的观查描写葛郎代老头子之为人，葛郎代老头子的富裕和他在社会中的地位。他指示出来那个小镇市的工商业的发展状态。他的地方环境的描写，可以说是从历史的地理的两方面着眼动手的。我们因之得以清清楚楚地看出来苏缪尔在法兰西地理上历史上是占了一个什么样的位置，苏缪尔的社会生活是怎样地在动展着的。写完了环境之后，他就使我们清楚地看见葛郎代老头子的容貌、性格、地位、经历和精神状态了。在描写葛郎代老头子的住居和家庭生活之后，他描写出来由那种环境所必然地培养出来的那生在奴隶状态的葛郎代太太和他们的女儿欧贞尼，以及像看家狗一般忠实地服侍着主人的典型的乡下傻大姐娜侬。写完葛郎代家的生活环境生活样式和各各人物的面影以及那些人物的相互关系之后，就是故事的开始了。在主要和次要的人物的描写上，巴尔扎克是很圆满地获得了他的成功的。葛郎代老头子的倔强刚硬，欧贞尼的钟情，其次，查礼的纨绔，克鲁休老师父的奸猾阴狠，尤其是娜侬的那种不知不识的忠实，如同浮雕一般地显露在我们眼前了。故事开始了，是一八一九年十一月十五日欧贞尼的二十三岁的生辰吉日。在那一天的晚上，同梅笛其家和巴纪家一般在互相对立着的地方银行家代·格拉山家和公证人克鲁休家，藉着庆祝小姐的生辰，在葛郎代家里作出来猛烈的暗斗明争。他们的斗争的主要的目标，就是要夺取欧贞尼小姐作为自己的猎获物，而以同欧贞尼联婚为手段藉以谋取到葛郎代老头子的那百万的家私。然而，在另一方，葛郎代老头子是想坐享渔人之利的。他要利用着他们的斗争与矛盾藉以扩张自己的资本的势力。于是，热闹的场面开始了。巴尔扎克的那一个场面的描写，真是令人五体投地的。而在这个场面的上边，高高地支配一切的，就是"金钱"那位近代社会的独裁的王者。"金钱"，是两家的明争暗斗的原动力。然而，在他们在钩心斗角地打虑头牌的时候，突然间，起了意外的事变，使两家均感受到打击，于是，一变对立的局势转而互相地联合起来了。从巴黎到来欧贞尼的堂兄弟查礼·葛郎代。查礼·葛郎代，是巴黎布尔乔亚社会所产生出来的一位摩登青年。他的父亲维廉·葛郎代，是葛郎代老头子的兄弟，是由于作私生意致富的，在巴黎的资本主义的社会里，他是一个很有声望的正直的资产家，因为受了他的公证人的危害，已经濒到破产的境地了。在他因于破产而去自杀的前一日，他打发他的儿子查礼到苏缪尔来，写信给他的兄长腓力各斯报告他的破产情形，目的是在于托孤；但是，这一切的事情，查礼是并不预知的。由于查礼的突然的到来，巴尔扎克很生跃地描写出来由于两种不同的社会环境所产生出来的那种不同的生活观道德观之对比。苏缪尔人的眼里所观察的查礼，和在那个巴黎青年的眼中所观察的苏缪尔人，构成了一种很强烈的对照。这两种不同的生活方式所起的矛盾，使我们很显明地看出来是由于两种不同的经济构造的矛盾的反映。伯父和侄儿的对立与纠纷，也是由于同样的理由。知道了兄弟的破产与自杀而对于查礼的生活方式非常看不惯的葛郎代老头子，是想着法子要一文不出地尽可能早早地把他开走，但是，由于查礼把自己的贵重的首饰之类送给他，他因给他作行装的准备。于是，他，伪善地，告起奋勇来，利用着克鲁休法院长作法律顾问，代·格拉山银行家作经理人，为的自己的利益，出手替他的兄弟作清算。然而，他的一切的行动，都是为的满足他的贪婪、他的黄金欲。他为的崇拜黄金，是不顾一切的。他牺牲了他的女儿妻子以及一切人的利益。除了他的喜剧的一面之外，他的一切的思想，一切的感情，都是为黄金欲所支配着。然而，在一方，伯父和侄儿起了尖锐的矛盾，而在另一方，堂兄妹之间，也形成了显明的对比了。在那位巴黎的青年和那位乡镇的少女之间，所呈出来的种种的接触和变化，构成了一些有很深意的场面。欧贞尼，由于接触了巴黎的生活方式，在生活上起了动摇，而查礼由于一时的慰安起了感激，于是，两个人之间就发生了爱情。但是，他们的爱情并不是在小说中占有很大的地位的。在巴尔扎克的小说中，爱情所占有的地位，是同它在社会实生活中所占的地位程度相同等。重要的点，就是由于同查礼接触在欧贞尼的意识上思想上所起的变化。以前是奴隶一般地服从着老父亲的欧贞尼，现在，同父亲，一天一天地矛盾起来了。她由于不满意而达到了批判父亲的地步上。故事的后半，就是父女冲突矛盾的喜剧。而，另一方面，查礼到了东印度，由于同殖民地世界的接触，改变了他的生活和信仰，成为了一个典型的浪人，用一些残无人道的手段，去掠取黄金，而终于携着百万法郎的巨资，重返了巴黎，要以一个正经人的身份，成家立业了。由于要实现自己的攀登的野心，他同一个没落贵族的女儿提出结婚的要求，以之，使自己得以承袭那个贵族的爵位，而，苦待了多年的欧贞尼，就被他用一封书信给拒绝了。但是，已经作了拥有二千万家私的富裕的女承继人的欧贞尼，在绝望之余，一方面，接受了克鲁休家的包围，答应同克鲁休法院长作形式上的结婚，而，另一面，为查礼偿还了父亲的余欠，以保住查礼的名誉，自己则继续着过苦难的生活。克鲁休夫人，在婚后三年，即三十三岁的时候，就作了寡妇。她虽有八十万法郎的年收，可是，她如当年的欧贞尼·葛郎代小姐一样，没有阳光，没有炉火，依然住在她那座苏缪尔的老宅子之中。她的巨额的财产，她只有用在慈善事业的上边了。《欧贞尼·葛郎代》就是这样的一部家庭悲剧，当时的社会的矛盾所必然地造成的一段家庭的崩溃史。在这里作支配的君主，作运命的主宰的，就是万能的黄金。在这一段悲剧中，我们看得出一切，是由环境社会造成的。这就是巴尔扎克的真实与伟大。

　　巴尔扎克是在动态中把他的故事描写出来的。他的描写，是根据着他的切实的研究和实地的践踏。他的小说中，包含着他的全生命的体验。他的多量的而且是长时间的地方乡镇的旅行，是对于他的地方乡镇的场景的描写，有大的帮助的。尤其是，《欧贞尼·葛郎代》中的那位贪欲吝啬的老头子，是依据着苏缪尔地方的一个实有的鼎鼎大名的贪欲者约翰·尼吴楼（Jéan Nivelleau）作模特儿的。在短篇《法其诺·卡芮》（*Facino Cane*）的开始，他告诉我们他是如何地注意观查巴黎的贫民区域的生活，《欧贞尼·葛郎代》也是依据着同样的观查态度。这种观查研究的结果，巴尔扎克用他的坚苦的劳作，把它制成作品。每日十二，十四，十六小时的劳作，那一种坚苦情形，真是值得惊人的。他不怕失败，不怕批评家的炮火，而是从失败中得到成功的。在他死前的数个月，他给他的一个朋友的信里说："每天写一场，一年就有三百六十五场，可以制成十篇脚本。假定其中有五篇失败，有三篇收到一半的成功，那结果还有两篇是成功的了。"这是一种何等的精神呢！所以，他的戏曲的制作，虽屡屡遭了失败，而到他的死前竟能获得了成功。巴尔扎克的创作态度，是惊人的，他的创作的精力，更是惊人的。他开始制作《欧贞尼·葛郎代》，是在一八三三年六七月，九月末，因有瑞士之行，就中断了，十月四号重回了巴黎，十一月底就将作品完成起来了，而最后的百页只写了十天的功夫。这是何等惊人的精力！坚苦的体验，坚苦的劳作，这是我们要从巴尔扎克去学习的。

巴尔扎克的作品上，并不是没有它的缺点。如同文章上的粗笨，杂乱，组织上的缺乏统一性，冗长的说教，不需要的插话，在作品的中间，是屡屡发现的。然而，这些缺点，究竟不过是白圭之瑕。但是，这种种缺点，在《欧贞尼·葛郎代》中，是很少发现的。

对于伟大作家的伟大的作品，好像一切的解说都是没有用的。只有细读起来，才能晓得它的真正的伟大。《欧贞尼·葛郎代》的伟大，让作品自己去说明罢。巴尔扎克的创作理论，让他的《人间喜剧的总序》自己去指示罢。《总序》和《欧贞尼·葛郎代》，是巴尔扎克的理论和实践，想从巴尔扎克去学习的话，直接去到这两篇东西中求生活罢。是一定会得到极满意的解答的。

——录自商务印书馆 1936 年初版

《威廉退尔》[1]

《威廉退尔》译者弁言

项子龢[2]

今年春，德国文化协会以其国哲学诗人席勒之《黎库克及梭伦之立法》一篇散文，托吾代译，文中述斯巴达残戮赫罗特降民事：其国军事训练，教彼青年，任捕无辜之赫罗特人手刃之，以为上阵实地演习。又尝在一庙中，同时诱杀此辈二千人，故当时为之谚云：作斯巴

---

[1]　《威廉退尔》(*Wilhelm Tell*)，五幕历史悲剧，德国席勒（J. C. F. von Schiller，1759—1805）著，项子龢译，上海开明书店 1936 年 10 月初版。

[2]　项子龢，生平不详。曾留学德国。

达市民于各国市民中为最自由，作斯巴达降民于各降民中为最不幸。其未杀尽者，乃迫令男女杂居，强饮之酒，至醉，歌淫歌，舞淫舞，媒秽谑浪，沉溺眈昏，专毁人本性，灭人种族。比屠杀残忍，酷惨百倍；此为人类史中最丑之一页。

今有一国焉，其人犷悍如斯巴达，专嗜恃强凌弱。杀人略地之后，以娼赌及麻醉毒品，或胁或诱，必使其所压迫之无辜良民，尽染毒病，亦如斯巴达之待赫罗特，使吾不寒而慄，热泪簌簌下。因此益涉猎席氏集，读至《威廉退尔》一剧，吾泪为之收，血为之沸，头为之昂，臂为之健，益助吾勇气，益增吾自由，爱不释手。悬想彼瑞士牧民，能群起抗奥。恢复自由，廿二联邦永世中立，安居乐业，与世无争，自有生以至终老，徜徉于世界公园，日对其雪山冰河，森林瀑布，明湖秀谷，晴野牧原，以欣赏自然之风景。其国乃真文明国，其人乃真自由人。吾黄帝神明胄裔便一蹶不振，将永为彼第二斯巴达之赫罗特？亟思译之，以饷国人。

太仓陆以洪一日来访，余具道之；以洪谓已有译本，翌日果持之来。其书为吾留德同学学长马君武先生之译本，予遂置之不复译。又一日晤德友，偶谈此剧，德友竟能滔滔成诵，高唱其中之阿尔卜山猎者歌。始知此为其国中小各学之课本，自幼精读至今不忘。因益详读之，偶以译本与原文参照，见其所译简略之处颇多，意或译自节本。以洪复郑重而言曰：德诗人施托木之《茵梦湖》，不过一短篇小说，至有四种译本。沙翁名著《哈姆雷特》，有邵译田译二种。席勒与歌德齐名，此等世界文字，精神文字，自由文字，爱国文字，不可无足本之华译，因从以洪之意卒译之。

方今国难未已，国人健忘，我国文学界尚无此类文字，应时而生，以唤起其记忆，鼓舞其勇气，安慰其灵魂，灌溉其心苗。今正可赖席氏此文以资借镜，使国人益知同胞可亲，祖国可爱，自由可贵，正义必可重伸，利权必可复得，精勤淬厉，笃志力行，忍耐含默，团结奋斗，长城以外必可重树汉帜，复见大汉威仪。国人果能常阅此类书，可使家无败子，国无奸人，夫作于外，妇勤于内，亲戚邻里相扶助，富贵贫贱相维持，民族精神日以旺，自由思想日以深，信仰益坚，希望益大，胜于十年教训。席氏此作，实为瑞士开国史，人类自由史，民族光复史，国民革命史，写得慷慨激昂，沉痛悲壮，句句具哲理，句句成格言，而以奉天守法为骨干。争天赋之自由，所以奉天；争法定之权利，所以守法，至于卒能除暴安良，拨乱而反之正，——皆本乎信仰上天，恪遵法律，中正和平，不为已甚，有似吾儒家言，盖为席氏最后之作品，正其功候最纯熟之时，此亦瑞士所以在世界上为真正文明国，其国民所以为真正自由人；国祚久长，将与其国之中立永绵亘而无穷；然初亦非无代价而获臻此。集生力，拼死命，奋斗挣扎，艰苦卓绝，始由外人高压之下，争得今日光明。夫人类之自由与权利，虽授自上天，然亦需人力接受。若泄泄沓沓，醉生梦死，欲于因循偷惰中坐而享之；此虽为人人分中物，亦不自来就汝，譬如人母至慈爱，婴儿至脆弱：婴儿食乳，尚须翘首延颈，以就慈母之怀，况遭逢危乱，国难家忧，斯乾坤何等时耶！徒心忧力勤，犹不足自卫以图存，而国民游惰怠荒，安若无事。若谓其民族思想薄弱，不爱祖国，自由精神缺乏，甘为奴隶，然以同化之满清对我族专制，尚不甘受而革命，何独受凌辱于外人？或谓今日外侮严重，百倍于满清，然当年满清之势力，又何止百倍于革命党！诚以国民于革命，方庆成功，精疲力尽，喘息未定，乘我之危，外患袭来，今日国民态度，正如本书中所云："在你心上的天良未尝丧尽，但磕〔瞌〕睡耳；我欲唤醒它"，故吾译《威廉退尔》。此为席氏取材于瑞士独立史中一段故事表演其国民反抗地方官吏假外人势力之压迫，卒恢复祖国自由之精神；文字，情节，结构，描摩，俱臻上乘。不独德国古典派无与为匹，求诸世界近代剧亦难其选，为一历史悲剧。实为一热烈的爱国剧；于祖国异族间分晰极其清楚，自由利权上说得极为透辟，秉大公，本正义，凭天理，据人情，以哲学诗人之笔写成之，而不落于爱国的偏狭性；故传至今日，犹脍炙人口，有时表演，全场感动，为世界不朽之作。剧中有数段，如：

"这天生成的关联你要紧紧地结合，你要附着在祖国上，在这宝贵的祖国上，用你整个的心坚贞地抱定它。这里乃是你力量坚固的蟠根；那里你是在异族世界，终成孤立，一根摇曳的芦茎，遇狂风便折断。"分别祖国与异族之利害，何等明了。

"倘他们见各地安定，最后他们自己亦便疲倦。"言内争万不可兴。

"我们欲要自由，一如我们的祖宗，宁死不生为奴隶。"视自由重于生命。

"虽至良善之国民，不顺恶邻之意，不得安生。"可见人不自由，非承他人意旨不可，"此譬能屈服坚厚之大地，能从其怀中生得果实，且能保护男儿之心胸。"我国为农国，此数语写农民力量何等伟大。国人但能领略此数段，则外侮不足惧，内乱必不兴，立国根本日以益巩固。

吾尚译就席氏名著，《奥利阳之贞女》乃氏借法国农村女子约翰娜达克（旧译按法文本音，译作贞德。）为祖国战死之故事，写出汹涌，沸腾，热烈，神奇之感情，可与译此参观。

民国廿三年十二月十二日　项子稣

——录自开明书店 1936 年初版

《小公子》①

《小公子》序

张由纪②

译书的时候，不知怎样，老是想要一口气把它译完，才算痛快。读者们，这本书给我的魔力，可谓非小！

孩童们都是天真烂漫的，那末，我敢说，世界上最天真的孩儿，要以小伯爵为甚了。他除了面目清秀，举止大方，谈吐生风，移风转俗外，他还是个小慈善家。他不过是一个六七岁大的小孩子，但是他多么会鉴貌辨色呢！他说的话，谁都[会]不爱听，他谈话的艺术真高明极了，四面玲珑，了无芒刺，外交家的风度，不见得会超过他呢！小伯爵真聪明，无论学什么玩意儿，总是学有心得，弄得好好的。

老伯爵是怎样的一个顽固刻薄的人，但是受了年纪暂七岁的小伯爵底陶，却也会老树开花，觉悟到人生的真味。小伯爵的话，他总肯颔首示诺的，他后来把小伯爵爱透了，除了他，老伯爵就感觉不到人生的乐趣！

读者不要误会小伯爵是一个专事献媚的小怪物，但是他的一切，都是出于赤诚，热烈……小伯爵生性淡泊，不慕名利，当小伯爵爵位动摇的时候，他对祖父老伯爵说：

---

① 《小公子》(*Little Lord Fauntleroy*，又译《小伯爵》)，长篇小说，英国勃耐脱（Mrs. F. H. Burnett，今译伯内特，又译白涅德夫人，1849—1924）著，张由纪译述，上海启明书局1936年10月初版。
② 张由纪，生平不详。另译有英国王尔德四幕喜剧《少奶奶的扇子》、狄更斯小说《双城记》、俄国托尔斯泰小说《复活》（上册）。

只要我仍旧可做你的孙子，那我就不去管伯爵的事，我不问我将来能不能做伯爵。我以为——你看我以为那个将来要想做伯爵的小孩子，要是做了你的孙子，那末，我便够不上做你孙子的资格，这样我的心才真觉得难过呢！

但是，幸福之神，不会薄待他的，小伯爵真是得天独厚，那一幕篡窃爵位的阴谋，毕竟败露了。他终于为一爵位之承继者，但是他并不想做一位仗势凌人，诛求无厌的伯爵。

本书作者是一位女作家白涅德夫人（一八四九——一九〇〇），生于英，幼即随父居美，她十七岁便喜弄文，这本《小伯爵》是她在三十七岁时的杰作，一时洛阳纸贵，求者万千！

译者序于南京川樾大使第五次拜谒张外长之日

——录自启明书局 1949 年三版

《文学家的故事》[①]

《文学家的故事》蹇序

蹇先艾[②]

虽然平常也写点小说之类发表，但是如果要谈到文学原理，自己

---

① 《文学家的故事》，传记故事集，方纪生译，上海北新书局 1936 年 10 月初版。

② 蹇先艾（1906—1994），贵州遵义人。毕业于北平大学法学院，曾与朱大柟、李健吾创办新文学团体"曦社"，文学研究会成员。曾在北京松坡图书馆工作六年。抗战时期返贵州编辑《每周文艺》，后主编《贵州日报》副刊《新垒》。曾担任遵义师范学校校长，任教于贵州大学、贵阳师范学院中文系等。另译有美国欧文等著《美国短篇小说集》（与陈家麟合译）。

实在浅陋得很。老实说，我压根儿就不受这种干燥无味的东西。（这也许是一种偏见，会不值读者一笑。）编制活泼新颖的文学史或者趣致横生的文人传说，我的书架上倒有好几本。我认为文章，第一步要有丰富的生活；换一句话说：就是应该多方面地深入地去经验人生。我们从事文学事业的人，究竟应当怎样生活，自然不会像"度量衡检定所"那样能构制造出一个一定的标准；但是过去或现在的文人的生活，我们似乎也不能不看着，起码它可以给我们一点暗示，事实上如像托尔斯泰、陀斯妥以夫斯基、福楼拜诸人的生平，我们真有师承的必要。一方面呢，为了了解一个作家的作品，先对于他的生活全部明了，然后进而读他的文章，无论如何总比未明了时要透彻些。

不过历来文学史或者文人传记的作者，他们著书的态度大半都十分严肃，缺少一点幽默和风趣，有时反而远不及那些笔记与杂志中文人的佳话趣闻来得更隽永，更动人。

就普通一般的情形看来，很多人都在渴望着知道一些作家的私生活。我去年在一个中学里教中国文学史，因为学生的要求，不得不偏重于讲述史料和掌故；结果全体都觉感着兴味，自然而然地愿意去读那些文人的著作，看他们到底怎么样把他们的生活在诗文中反映出来。这不过是一个例子。其次如国内前两年有好几家杂志和日报，也都是拿着所谓"文坛消息""文人画虎录"以及"访问记"一类的材料来吸引读者的。报纸期刊当时果然就有很大的销路。后来材料的来源枯窘，他们便不惜补［捕］风捉影，闭门造车；态度也越变越坏，终于引起作者和读者大大的反感。今年来整个地消沉下去了。

我觉得这类东西，并不是根本要不得；有时还特别需要，而且也有相当的价值；不过应当具备下列的三个条件：

（一）文章要写得很好，像一篇文艺作品；

（二）写法应当力求具体与系统化；

（三）文尚夸饰，固然可以；但不能离开事实。

友人方纪生君从英日文译出这部《文学家底故事》，里面包含英、俄、德、法、美、日、中国诸作家的许多生活片断；以及轶事、逸闻，颇能适合以上的条件。喜好文学之士，人手一编，比读那些展转抄袭的"文学概论"之类的书有益得多了。

纪生兄因为这些文章，译出后我每篇都仔细读过，因此要我写篇序言。为人作序，这还是第二次；生平不善此道，佛头放粪，徒然贻笑大方而已。

一九三五年五月十五日蹇先艾于北平市。

——录自北新书局 1936 年初版

《文学家的故事》后记
（方纪生 [①]）

本书所收集的小文，除三四篇外，其余都是最近数月来所译。因为内容所述多半是作家底私生活，所以命名为《文学家底故事》。

译者虽不懂得什么是文学，但还略知一点文学与人生的关系，每想尽可能地去接近它。这些小文的翻译，一方面固由于友人底鼓励，另一方面可以说是接近文学的表现。

法国现代作家罗柔氏（G. Rageot）说的好："生活就是一位丑姑娘，须得爱她，才能使她美丽。但是得有裁缝师，裁缝师就是文学家。"这个比喻可真美妙。我们底"人生的成衣匠"对我们既然有这样重大的影响，那末他们自己日常如何应付生活的态度与方法，当然比起她们在作品里所暗示的更为直接、真实。在这种意味上，倘

[①]　方纪生（1908—1983），广东普宁人。1931 年毕业于中国大学经济学部，后赴日留学，卒业于明治大学。译有俄国柯伦泰（A. Kollontay）论著《妇人与家族制度》、日本辻善之助论著《中日文化交流史话》等。

若确如约翰生博士（Dr. S. Johnson）所云，一切书籍底目的在于教
人以生活底艺术，则这本小书，由于原作者底功绩，总不至毫无意
义的。

末了，谨向蹇先艾、徐霞村二兄表示谢意。先艾兄曾鼓励我翻
译，同时又为我写了序文；霞村兄为我发表大部分于其所编的《每日
文艺》，并且答应把他所译的《屠格涅夫及其恋爱》一文收在一起。
还有，我底妹妹燕子也应该感谢的，她曾为我抄了不少原稿。　　民
国二十四年五月十八日于北平方壶斋。

——录自北新书局 1936 年初版

《奥赛罗》[①]

《奥赛罗》序

（梁实秋）

一　著作年代

《奥赛罗》是莎士比亚的四大悲剧之一，其著作的年代，最早不
过一六〇一年，最晚不过一六〇五年，换言之，正是在莎士比亚的思
想和艺术最成熟的时候。现在一般批评家所公认的，是一六〇四年。

就"外证"论，最有力的证据是一八四二年 Peter Cunningham
用莎士比亚学会的名义刊印的一部《宫廷娱乐簿记》("*The Revel's*

---

① 《奥赛罗》(*Othello*，*The Moor of Venice*)，五幕悲剧，英国莎士比亚（William
　　Shakespeare，1564—1616）著，梁实秋译述，中华教育文化基金董事会编译
　　委员会编辑，上海商务印书馆 1936 年 11 月初版。书前有《例言》，同《马
　　克白》，此处略去。

Accounts"），此种簿记原是宫廷演剧费用支出的账簿，前此已被利用过，据以论断莎士比亚的著作的年代，但是 Cunningham 所发表的这一部《簿记》却是前此未被发现的一部分，据说这是"第十二册"，内中记载断自一六〇五年十一月。在该《簿记》的第二〇三页上我们看见关于《奥赛罗》的一段惊人的记载，这段记载虽然冠以"一六〇五年"字样，但据其他记载之比较研究，则《奥赛罗》实于一六〇四年十一月一日演于内廷。马龙于一八二一年就发表过一段议论，悬拟《奥赛罗》的最初公演在一六〇四年，至是我们始得一确证。可惜的是，Cunningham 是一个非常狡狯的人，惯做伪据以愚人，他所据以刊印《宫廷娱乐簿记》的原本，现已不知下落，但据当时专家审阅的结论，以为《簿记》是真的，而关于莎士比亚的记载却是很可疑的。很多批评家断定这是伪据，可是最近的学者如 E. K. Chambers 等又有承认其为真实文件的趋向。

再有一点值得注意的，《奥赛罗》里有许多词藻句法很明显的是借自蒲林尼《自然史》之英译，而该英译是在一六〇一年刊行的，故《奥赛罗》之著作，当不能早于一六〇一年。

就"内证"论，我们看出第一版四开本的《奥赛罗》（刊于一六二二年）的内容和第一版对折本中的《奥赛罗》有一点颇有意义的出入，那便是四开本里有许多咒骂发誓的词句，而对折本则对于这些地方大事改削，可见得这是一六〇五年政府禁止戏剧界渎亵神明的禁令的效果。四开本是根据最初演剧时使用的稿本印的，所以内容仍保持本来面目，而对折本必是根据一六〇五年以后曾经改削过的版本。故《奥赛罗》之作不能迟于一六〇五年，殆无可疑。

二　版本历史

《奥赛罗》作于一六〇四年，以后曾屡次公演。是年十一月一日演于内廷白宫之宴会厅；一六一〇年四月三十日演于圜球剧院，观剧者有德国威登堡之弗得利克亲王；一六一三年二月间，于伊利沙白公主婚典时亦曾出演。此剧虽然是受欢迎，然于莎士比亚生时却从未付印，这也是一件怪事。

此剧之最初印行是一六二二年，是为第一版四开本，其标题页如下：

The Tragedy of Othello. The Moore of Venice. As it hath been diverse times acted at the Globe，and at the Black-Friers，by his Majesties Servants. Written by William Shakespeare. London…

发行人的名字叫 Thomas Walkley，他在卷首写了一短篇《致读者书》，声明"著者已死"，发行由彼自己负责云云。

翌年第一版对折本出。

一六三〇年，第二版四开本出，内容系根据第一版四开本而又参酌对折本修改而成，其修改处有合理者，亦有滑稽不通者。

一六五五年，第三版四开本出，系第二版之重印，殊无价值。所以，只有第一版四开本与对折本有研究之价值，因为这是两个不同的版本。

第一版四开本与第一版对折本优劣殊不易言。其差异处大约有两项：（一）四开本之文字较近当时之方言，例如对折本中之 have been 二字在四开本即拼做 ha bin，此外如 em 代替 them，handkercher 代替 handkerchief，不胜枚举。（二）对折本大约有一百六十行为四开本所无，而四开本亦有十余行为对折本所无。此外文字中之差异，则互有优劣，未可强分轩轾。四开本大概是根据排演脚本而印，印时复有遗漏，故行数较少。

三　故事来源

意大利的短篇小说（novella）在伊利沙白时代的英国是很流行

的，尤其是班戴娄（Bandello 1480—1561）和钦蒂欧（Cinthio 1504—73）的作品。这一派作品，继承 Boccaccio 的风格，以描写中产阶级人物之形形色色为务，故常为写实的，故到了莎士比亚手中往往就成了喜剧的好材料。而《奥赛罗》是例外，《奥赛罗》是根据这样一篇小说编成的，但成了是伟大的悲剧之一。

钦蒂欧作《故事百篇》（Hecatommithi），述一五二七年罗马被掠后十个男女航海逃至马赛时所讲的故事，刊于一五六五年。这部集子，同《十日谈》一般，是按照性质分组的，第三组的总标题是"夫与妻之不忠实"，《奥赛罗》的故事正是这第三组的第七篇。这故事对于莎士比亚是熟习的，因为当时虽然没有英文译本出现，法文译本在一五八四年是就刊行了的。

莎士比亚编过的剧情和意大利原文的情节微有出入。（一）动作在原文里是较为迟缓，摩尔与德斯底蒙娜在威尼斯已安居多日，然后才有阴谋。（二）在原文里，旗手私恋德斯底蒙娜而不得逞，遂以为系卡希欧（营长）从中作梗，并以为德斯底蒙娜亦爱卡希欧，故阴谋陷害以为泄忿之计。（三）旗手之妻实参预其谋。（四）原文中营长家里有一妇人描绘手绢之绣花样，而莎士比亚剧中描绘花样之事则系交托娼妇毕安卡充任，且伊又拒绝描绘。（五）关于德斯底蒙娜之死及其后事，原文与莎氏剧亦迥异。（六）政治的及军事的背影，原文中几全未备。莎士比亚利用一五七〇年之土耳其人攻略塞普勒斯之举为全剧动作之背景。（攻塞普勒斯之役在钦蒂欧作品发表之后。）

四　《奥赛罗》的特点

此剧之特点，据布拉德莱（Bradley）教授看，可分做六点来说。第一，在结构方面此剧为莎士比亚作品中之最完整者，且其方法亦甚奇特。"冲突"发生得很迟，剧情进展甚速，逐步推演以迄于最后悲惨之结局；冲突开始之后，毫无"滑稽的弛缓"之可言；一般读者的感想总觉得《奥赛罗》里没有真正的丑角。第二，性欲方面的嫉妒是极强烈的一种情感，奥赛罗因误会而妒火狂炽，以至于犯罪，这题材是极动人的。"嫉妒"不比"野心"，"嫉妒"本身是可羞耻的，嫉妒可使人变兽。一个伟人，因妒而杀，杀死的又是最温柔的女子，这是比别种谋杀都要悲惨的。第三，德斯底蒙娜的消极忍受也是一个特别苦痛的因素。她的无辜的受害，并且无告的受苦。第四，剧情的进展完全是依赖亚高的阴谋诡计，以阴谋诡计为剧情之中心者，《奥赛罗》殆为唯一之例。读此剧者无不静心屏息以观其最后之结局，布局若是之引人入胜，《奥赛罗》在莎士比亚剧中绝无伦比。第五，莎氏其他重要悲剧类皆描写较悠远之事迹，惟《奥赛罗》则写当时之近事，实为近代生活之描写。土耳其攻塞普勒斯乃一五七〇年间事。并且剧情为家庭惨变，较以国家大事为题材者更易引人之领略伤感。第六，剧情范围甚为狭隘，而黑暗的命运的势力则逼人而来，令人无从脱逃。亚高之计固毒，然非机缘巧合则其计亦不得售，好像命运也在帮助着恶人。这是莎氏别的悲剧所不能给的一种印象。(《莎士比亚的悲剧》第一七七至一八三面。)

布拉德莱的批评的确是很精当的。在艺术方面讲，《奥赛罗》是莎氏悲剧中最完美的一篇，最富戏剧性，编制得最紧凑，但不一定是最伟大的一篇。《奥赛罗》和《李尔王》正相反，《李尔王》是极伟大的，但在艺术上不是最完美的。《奥赛罗》是以紧张的形式讲述了一段离奇的故事；《李尔王》是以松懈的形式讲述了一段动人的故事。《奥赛罗》使我们惨痛；《李尔王》使我们哀伤。

——录自商务印书馆 1936 年初版

《朝鲜现代童话集》①

《朝鲜现代童话集》汤序
汤冶我 ②

　　"童话"一词，在英文里叫 Fairy tale，出现在中文中，怕是由日本移入来的。从它的性质上，大概可分为纯粹的和艺术的二类，前者是代表初民的思想和习俗，由传说或神话递演而来的；后者是由童话作者取材神话传说而自己加以布置雕琢而成的作品。

　　童话在教育上的地位，是近年来的新发现。从它有趣的故事中，引起了我们对于文学的欣赏和想象的发展。

　　同学邵霖生君，在留沪韩侨仁成学校执教有年，凭其数年来的研究与收集，辑成《朝鲜现代童话集》。虽然在质量上还未必能使我们满意，但在这二十多个短短的故事中，至少能介绍给我们些异国的风趣和情调，而且这还是国内关于朝鲜儿童文学的第一种集子呢！

　　邵君多次来信，要我为他作序。现在，书要付印了，我不能再迟，姑且很草率的写下这几句话，把本书介绍给国内的小朋友！

　　　　　　　　　　　　二四，四，一四，汤冶我序，沪东沪大。

　　　　　　　　　　　　　　　　　　——录自中华书局 1936 年初版

---

① 《朝鲜现代童话集》，邵霖生编译，"世界童话丛书"之一，上海中华书局
　1936 年 11 月初版。
② 汤冶我，生卒年不详，与邵霖生同学，曾为江苏省镇江四益农场种植部技
　术员。与邵霖生编著《实验杂粮栽培法》《实际家庭园艺》，与蔡燕恼编《宗
　教名言集》。

《朝鲜现代童话集》自序

邵霖生 [1]

也许为了朝鲜是一个弱小民族的缘故吧，他们的文学，我们大家都没有注意到过，虽然我国和他们在地理历史上的关系是很深的。其实，因为朝鲜是一个被压迫的弱小民族的缘故，在他们的作品里，很有许多值得我们一读的。

在下在流沪韩侨仁成学校教书，已是二年多了，除曾在国内的几种文学杂志上介绍过几篇他们的短篇小说外，现在再介绍这里辑着的几篇童话给我的儿童们看。这些都是朝鲜国内当代儿童文学作家的创作，是经过一番的选择而编译成功的，每篇中至少都是有一点儿小意义在内的。

本集的三分之一，是由同事某君译了初稿而由我整理的，其余的三分之二则完全由我自己译成。这里因为有别种缘故，用我一人的名义付印，真是掠美得很，特在此声明。

承同学汤冶我君惠赐序文，使本集光荣不少；编译时又承韩镇教君诚意相助，而底于成；这些都是我十分感谢的，不忘的。

二四，六，二，邵霖生，于上海。

——录自中华书局 1936 年初版

---

[1] 邵霖生（1913—2005），江苏宜兴人。早年在上海致用大学农学院和南通学院农科学习三年，后在留沪韩侨仁成学校执教，在此期间把韩国儿童作品译成中文作为学生的课外读物，后结集出版。1944 年福建协和大学农学院农业经济系毕业。1947 年与同学创办新农出版社，并主编《新农》双月刊。另编译有《朝鲜现代儿童故事集》。

《中国的再生》①

《中国的再生》（初版）序引

羊驹②

　　奥斯卡·爱德堡（Oskar Erdberg）并不是什么一流的文豪，他的作品刊布的也不多，《中国的再生》这译稿是根据他一九三二年出版的 *Tales of Modern China* 移译的。这并不是翻译的中国小说或评话之类的东西，却是从一个客卿的眼中所看出来的在那个大动乱的北伐时期的"新中国"。

　　爱德堡并不像一般的"客卿"，把中国只当作半殖民地，为了自己祖国的利益打算，不惜出卖被压迫民族的经济利益，来求其他帝国主义者的"合作"与"谅解"。他在民国十四五年间从北方封建势力的军阀统治下悄然跑到广东——那时中国革命的摇篮，在国民革命军中担任宣传工作，随着北伐军出发，足迹踏遍大江南北。并且，在戎马倥偬之际，还带了一双锐利的眼睛，深入中国内地，从繁华都市跨进穷乡僻壤，混入革命势力的下层，明澈地观察了各种革命人物的面型。

　　爱德堡也许没有自矜过具有丰富的中国学，识不像北京六国饭店里那些自命为"中国通"的人们的狂言乱语。他用了革命的热情，将北伐前后的中国，融成十九个短篇故事。整个的是一部中篇小说，但

---

① 《中国的再生》（*Tales of Modern China*，书名页题"原名现代中国外纪　中国的再生　一个客卿的北伐随军杂记"），报告文学，苏俄奥斯卡·爱德堡（Oskar Erdberg，1901—1938）著，柏雨、舒涅合译，上海金汤书店 1936 年 11 月初版。

② 羊驹，生平不详。另编有《抗战小曲》《新生活》。

更切当的讲，不如唤它作一部生动的杂记。合起来是一幅笔走龙蛇的
素描：这里面有民族的血泪，有悲壮的群众运动，有人类斗争的呐
喊，有中国农工求生的奋斗，有军阀黑暗的暴敛，有假革命者的丑
态，有没落分子的腐败，有新兴势力的抬头……总之，作者是根据实
生活的体验，把一九二六到一九二八这一个血染的大时代，一切五色
缤纷光怪陆离的综错现象，都在他的妙笔下反映出了。我们看到他用
了多大的热诚来描写那个民族解放的革命。同时，他又是多么冷酷无
情的讽骂了没落的一群，这被讽刺了的都是当时的革命的对象，然而
到今天我们谈来或感觉那些人还并不很生疏，这原因是反革命的势力
不免仍存在于现在的社会组织里。我们应该如何努力，燃烧起将要熄
灭了的革命的火把呢？

关于北伐，过去人们曾把它当作一种神秘而奇怪的事。因为那是
中国数千年来划时代的一种"伟迹"，人们之把它当作"神秘"，"奇
怪"，原是不足怪的。爱德堡以一个客卿之身，很客观的透视了当前
的一切所谓"革命之悲喜剧"中底一切，正确，同情，辣泼，露骨的
暴露了。虽然北伐时代的一切"奇迹"也许为人遗忘了，虽然书中描
写的骚动和高玄的企图已成了历史的陈迹，虽然当时的人物此刻也还
健在；然而我们在读了他的每个短峭辣泼而生动的文字后，宛如我们
是参与每个栩栩的活动，好像我们要在敌人铁蹄践踏的土地上重新燃
起奴隶解放的火炬。

北伐之在当时原不曾如何强烈的震撼着敌人——军阀，土
劣，……——的心，因为敌我实力的比较，北伐的器械和兵员之数
目，只不过如儿戏似的，颇不值曹吴等军阀之一笑。然而北伐之师终
于出动了，敌我之情悬殊的北伐军终于不揣冒昧的企图完成国民革命
的伟大工作。所倚仗的是磅礴的新兴革命势力，所恃为后盾的是全民
众的动员以协助革命。不到数年，革命之火花终于烧灭了巩固的旧壁
垒，在敌人眼中视作儿戏的器械和兵员，终于完成了北伐的使命。

　　爱德堡所写的只是打到武汉前后的一部。因为那时正是所谓划时代革命的某一个阶段的"转换"和"分野"：一切都在骚动，一切都在转变；或者可以说一切都在"崩溃"和"抬头"，一切都在"开展"和"突击"。以他那实际的参加工作者来用新闻记者的手笔描写出社会当时的各种动态和"革命的脉搏"，不仅是亲切逼真，而且是替伟大的革命创作出了一部史诗。自然，我不敢妄诩他为甚么天才，也不敢贸然地称赞这部书是怎样伟大的作品，然而他在患着贫血症的中国文坛上，给我们贡上一树鲜红的花朵，使我们悲喜交集，不知感谢好呢还是惭恧好呢。

　　或者有人会说："这样悲壮的民族革命的史诗，竟让外国人代我们写了。而那些自命为革命的民族文艺家却抓不住这样伟大的题材，真是令人惋惜的事。"我们很同意此语。最近，看到郭沫若先生的《北伐途次》，和这本书却正有异曲同工之妙，不过他写的只是武昌一部分，还不曾像本书似的，描写出了当时各个阶层的动态。本来以郭先生的文坛地位来写北伐，是很可吸引人们的注意的，又何况他也曾"躬与其胜"呢！不过，为了生活的不安，为了文笔太轻松，再为了缺乏深入的实际之体验，所以宣称了若干年的北伐之作，也只能零碎的写些途次杂记。姑无论是否站在革命或文学的立场上，都觉得是一件很可惜的事。

　　然而郭先生也曾在东京出版的中文文学刊物《质文》上写道："那是在一九二九年，高尔基有意把一九二七年前后的中国革命写成一部小说，希望有中国同志和他协力，朋友们便推荐我去，然而我终因种种的羁绊，没有达到这个目的。高尔基那个意趣，似乎一直没有表达出来。而中国在那段历史以及在那段历史之后继续起来的洪波大澜，一直也不曾有人把它们用语言文学来凝集着的。高尔基对苏俄的作家，希望他们描写中国的前卫军，这些责任不是更直捷地应落在我们的肩上吗？"

话虽如此说，以他的生活和精力，乃至于中国目前的作家，这责任不知要哪时才可以有人负起？（友人中有人具此志愿，然而至少也非二三年不可呢。）高尔基死后，除了爱德堡的这册短短的书外，即使说他们的作家能注意中国题材之描写，北伐的光荣之过去，也许没有人会注意他了。（关于北伐，在艺术方面有梁鼎铭君的革命战画，而在文字方面，却找不出甚么成绩了。）

爱德堡所描写的，或许也像其他客卿中所反映似的，同是为中国社会的实况。因为中国正在转换期中，尤其是在北伐当时，更显出了不少的"奇迹"和"神秘"。不过，爱德堡毕竟是中国的"友人"，他不像在中国失势的德国人，期待着重来一个瓦特西统帅，以便恢复失去的胶州湾；也不像傲视阔步的英国人，想把全中国变作殖民地；也不像滑头的美国人，只想在中国寻找市场，以门户开放为号召而图分肉脔；他只是以同情来代替帝国主义者底"侵略"与"仇视"，企图看见中国的"再生"。——像凤凰一样，从死灭中，从帝国主义者的铁链下"再生"。

这里面没有什么好玩的故事，曲折的情节，或漂亮的革命口号，根本就连作者的名字在国内也是生疏的：有的，只是素朴的悲壮的革命史实，是一滴滴的烈士们的血所写下的纪载。当它作中国革命过程中某一个时代的里程碑，或许可以这样说；也许这本书的缺陷是作者没有在革命中留下个人绯红色的罗曼斯，在写这书的时候出卖一下自己的情史，让读者在读完许多枯燥文章之后，也能够润一润嘴唇！而且在喜读罗曼斯的欧美人，至少是极度的欢迎。可惜，他所描写的全是使欧美人看了扫兴而战慄的东西，不仅是他们看了扫兴，也许要骂他是丢脸的叛徒。——丢尽欧洲白色人种的脸！

至于本书译者移译的目的，起初原无特殊的意义，只不过觉得是一部描写北伐比较值得一读的东西。在对自国文艺作品中寻觅失望之后，深觉"外来和尚会撞钟"，便聊藉以解渴；同时想到国内读者也不乏同病者，因而便断续的翻译起来。只是本书描写的一些人物，常不免有涉及"时贤"之处，心中颇觉歉然。幸好描写的是"过去"的史实，尤其是从事政治生活的人，对于以往的"陈迹"，无论为功为罪，都会了然于"过去"终成了"过去"的一句话，因此也不免淡然处之而无所"介意"。——社会是前进的，以往的错误，我们希望有强烈的克服；正确的意德沃罗基，更望有新的开展。

因此，对于这册小书，我认为在这外患严重民族解放运动底意识日渐消沉的今日，它还不失为一剂有益的强烈兴奋剂；我是不敢盲目的附和于一般"不可救药的乐观学者们"的所谓"低调"，我们是要强调着我们的民族解放运动。——革命并不需要过分的乐观或悲观，只有沉着和热情才是一个真正的革命家所应具的态度。在这全民众应联合抗战的今日，译者介绍本书的微旨，我是不望惹起恶意的"歪曲"。

译文在译者方面，据我个人知道的总是力求忠实流利，而且还请了志伟君照俄文重校了一遍，然而为了时间的匆忙和不得已的删节，还不能如理想所期。如果嘉其美意而予以善意的指正，倒一定是译者所企盼的吧。

一九三六年十一月十日夜。

——录自上海金汤书店 1936 年初版

《中国的再生》译后记

（舒湮〔冒舒湮〕① 柏雨②）

在青天白日之下，我们中华民族，被强邻日本帝国主义者压迫得喘透不过气的垂亡的时候，世界给弄得昏暗了。我们年青人眼见着就要做人家的奴隶，不，任人宰割的鸡犬！我们当真伸出颈子等人家斫杀吗？敢说一句：我们整个中华民族不是那般愚蠢而奴性天成的家伙；至少绝大多数的同胞不是的。

于是我们的民族解放运动起来了，而我们年青人就是急先锋！呼号的呼号，实干的实干，总之，各人做了应做和能做的工作。这时我们俩终日在一块，又苦又急，咬紧牙关做我们的应负担的一份工作。但我们俩这时又只能动笔做一点小小的贡献——而且不能做大文章；但极力想做些关于民族解放或国防的文学的工作。这本书的英译本我们久已看过了，以前总以为"北伐"过去了，可算"明日黄花"，因而就没有想动手介绍回来；可是到了今日，民族危机却日甚一日，我们因而想到伟大的北伐时代，而决定移译这本关于北伐的横断面的杂纪——这无非是"前事不忘，后事之师"的一个念头。也许有人说这工作没有多大用处，我们自当承认，不过目下我们也只能做这点点介绍工作，其他再等异日吧。

自起手至完毕，共化了两个月的工夫，我们俩是逐字逐句的互相

---

① 舒湮，冒舒湮（1914—1999），蒙古族，江苏如皋人，生于温州，冒辟疆后裔。原名冒效庸，笔名江上青。曾就读于上海圣约翰大学、东吴大学。毕业于上海暨南大学政治系。先后创办东吴剧社、暨南剧社。曾任上海《晨报·每日电影》编辑。抗战时期赴延安采访报道，出版《战斗中的陕北》《万里烽烟》等。曾任教于中法剧艺学校。著有五幕剧《精忠报国》、四幕大悲剧《董小宛》，编有《世界名剧精选（第一集）》。
② 柏雨，生平不详。

商议，推敲，改正，有时为了一个字或一句话，便停笔查书，或请教外国朋友。人说，"不当家不知柴米贵"，套上一句：不翻译不知翻译难。翻译老前辈严几道先生说，"一字之定，数日踟蹰"，这滋味我们俩是尝过的。

原书中有许多对于中国的事情不十分明了的地方，因而不无有写错的字句，我们俩总是尽力查考出来给改正了，但并未加注，特别这里声明一句。

一九三六，十一，十一，湮·雨，记于南京。

——录自上海金汤书店 1936 年初版

《青春不再》①

《青春不再》序

（宋春舫②）

一九一三年六月二十一日《巴黎时报》有以下一段的记载：

今年意大利的剧本，无论是本国的或外来的，能受观众剧烈的欢迎，可说是凤毛麟角，但也有几本，写得很潇洒，无丝毫暮

---

① 《青春不在》(*Addio Giovinezza!*)，三幕喜剧，意大利贾默西屋（S. Camasio, 1886—1913），渥聚勒（N. Oxilia, 1889—1917）著，宋春舫译，"世界文学名著"丛书之一，上海商务印书馆 1936 年 11 月初版。

② 宋春舫（1892—1938），浙江吴兴人，生于上海，早年就学于上海圣约翰大学，后赴瑞士日内瓦大学研究社会政治学，获硕士学位，尔后又游学法、德、意、美等国。回国后任教于上海圣约翰大学、北京大学、清华大学、东吴大学等，后出任青岛大学图书馆馆长，创建私人藏书馆"褐木庐"书屋。著有《宋春舫论剧》三集、《宋春舫戏曲集》，另译有俄国契诃夫等著短篇小说集《一个喷嚏》。

气，而作者差不多还未成名，其中以我看来，要推喜剧《青春不再》为第一了。作者是两位年青的作家，贾默西屋及渥聚勒他们的目标，是描写意大利学生的生活——批哀蒙德一带的大学生，——在未得学位以前，度着他们"薄海命"式的生活，等到最后大考及格以后，不得不将以前一切结束起来，到了那时，眼泪和梦想却分不清楚了……剧本由著名梯纳及法尔公宜班底排演，故成绩极佳，罗马托林及蜜来诸城中开演的时候，几乎是万人空巷，可是——这剧本第一次和罗马观众相见的晚上，忽然得到消息，两位作家中之一，贾默西屋年才二十有五岁，忽暴病死了，贾氏之妹痛不欲生，其兄下葬的时候，也服了毒，自杀在他墓上。这消息传开以后，意大利全国大为震动，悲伤不已，因贾氏为极有希望的青年作家，而现在留下的，只不过一个包满象征意义的标题《青春不再》而已。

约翰卡兰

真的，这是一九一三年那一年欧洲文坛上最大的一件事，贾氏本是一位新闻记者，在未写《青春不再》以前，也和渥氏在一起，写过 *La Zingara* 一剧，这一次，是他第二次的尝试，那时电影事业，尚在萌芽时代，他为经济所迫使，又在一家电影公司中任经理，他的希望是无穷的，可是青春不再，死神已来，他患的是脑膜炎，不到几天，便双目失明，群医束手了；最可惨的，是他的妹子，听见了医生诊断，便先去服毒，经人解救以后，第二次复吞了重量的毒质，死在他的墓上，正所谓祸不单行呀！

吾们在欧洲读过书的人，觉得欧洲大学生的生活，真是神仙生活，欧洲人大学的观念和美国大不相同，大学是叫人家学做人，并不是一定要读书，学问的基础在中学已经打好，高深的研究还有研究院，实际上大学不过是一种过渡机关，其时间的短长，也尽有伸缩的余地。所以欧洲的大学，并无年限，考试毕业，亦随学生自便，譬如法科文科，照例读了三年便成，但你如果要读三十年，也没有人起来反对……大学的学生，当然可以分为有钱的和无钱的两种，有钱的学生不必说，他们大概都以大学为幌子，过了几年，文凭到手以后，纷纷投身政商实业各界，习自由职业的人，便去当律师做医生，好得他们在社会上的地位，早有人替他们布置好了，他们平日的生活，也比较的和大学不十分接近……那班穷苦学生，才有意思，大学里面，不用说，当然是占大多数，他们过的是薄海命的生活，可是在社会整个潮流之中，他们也得决斗、跳舞、谈艺术、讲爱情、上咖啡馆、看展览会。他们的爱人，便如那 Daudet 一班人所描写的 Medinettés；那些悲欢离合，令人听了，如醉如痴，可歌可泣。吾们中国，十年前老舍不是也写过一本《赵子曰》描写吾们中国大学生的情形么？虽则吾们中国人对于大学的观念不同，然而大学生始终是大学生，他们的心理，以及他们和社会初次接触的情形，时有天真流露出来，至于《青春不再》剧本中那位乡下老，节衣缩食，无论如何，希望他的儿子得到一个博士学位，也和中国情形有些仿佛，听说十年前北大学生毕业的时候，家中便有人送报条道喜，与科举时代之中了举人，丝毫无二，原来这一类的心理中外也很普遍的呀！

　　自从一九一四年起，我便想翻译这剧本。理由是很简单，我生平所读过的欧美剧本，何止数千种，读了以后，而令吾感觉到啼笑皆非者只有易卜生的《娜拉》和这剧本而已。

——录自商务印书馆 1936 年初版

《奇异的插曲》①

《奇异的插曲》张序

张梦麟

一

这篇《奇异的插曲》，是奥尼尔在一九二八年公表的，据作者给李却德施更纳（R. D. Skinner，奥尼尔的研究者，去年出有《奥尼尔研究》一书）的信里所说，本剧是在一九二六年的春天到一九二七年的夏天，花了一年多的功夫写成的。作者奥尼尔氏自从成名以来，每出一篇作品，世人都睁目以视，差不多在每一个作品里，都使人感到他真是二十世纪的一位天才作家。尤其是这篇《奇异的插曲》，更是在几多方面上，都成为现代戏剧中得未曾有的惊异。第一，这篇戏剧之长，乃是向来一般剧作所没有的。它一共有两部九幕。在舞台上表演时，从午后五时起到十一时止，要花五个钟头，向来的戏剧顶多演两个钟头就完了，而他的这篇剧，观者得先看了一半，回家去吃了饭来再看一半。可是这剧并不因这种不便而遭受失败，人们都情愿坐这么多的钟头，忍受回去吃饭的麻烦来看这一出戏，一九二八年的正月在纽约最先开演，一直就演了半年，过后在别处上演，都博得成功。甚至还有电影公司排除万难把它搬上了银幕（即中译之《红粉飘零》），从这个事实，也就可知这篇剧本的惊人了。第二，是这本剧表现方法的奇特。在这里面，我们不惟可以听见各个人物互相在表面上

---

① 《奇异的插曲》(*Strange Interlude*)，九幕剧，美国奥尼尔（Eugene G. O'Neill，1888—1953）著，王实味译，"世界文学全集"丛书之一，上海中华书局 1936 年 11 月初版。

的对话，——向来的戏剧，便唯一利用这个方法，而将剧中人物的个性，气质，心情，藉他们互相间的谈话表白出来。——而且还可以看到人物心坎中秘不告人的思想。作者用一种独特的方式，把人物在心中所想，而不肯在嘴上告诉人的种种心理，都揭露了出来。读者或观众一面听着他们表面上讲的话，一面又听着他们心中所要想讲而不敢讲的话。人们表面上所说的话，每每和他在那时心里所思想的不同；他们心里想的是一样，嘴上所讲的又是一样。而听的人呢，想听对手说的是什么话，更想听他心里所想的又是什么，这个目的在这篇剧里，由于作者大胆而独特的方法，可算是达到了。我们听着人们这么表里不同的说白，看着人们心情这么的矛盾时，便觉到作者的一种讽刺，同时感到这剧更迫近现实。可是，又反转过来说，那戏台上的人就是我们自己，他们在那里把表里的心情都显露了出来，无异就等于我们自身的秘密，给人窥看着一般。于是，看这剧时，也许就会感到如临深渊似的恐惧。这便是这戏引人的地方，一方面叫你好奇地要看，一方面又叫你惴惴着怕看，使人欲罢不能，也许就单是这一点，便可以看出本剧成功的原因了。

可是，本剧最大的惊人处，还是在它的内容上。先从剧中事件所经过的年代来说，从第一幕的一九一九年起到第九幕的一九四四年止，足足的经过了二十五年。剧中是以一个女性——宁娜——为中心，把她的少女时代，妻子时代，母亲时代——作者所谓的"奇异的插曲"，也即是我们所谓的人生，一一给展开出来。在这里，重要的一共九个人物，围绕着一个女子，在现代社会组织之下，而把她最好的二十五年生涯，织出一个怕人的，奇异的恶梦。

二

人本来是一个盲目地只要求生求活的动物。一切人类的设施，都只是他求生存的手段，而且只要可以生活，人类更可以不择手段。在这一点上，人和其他的雀鸟昆虫，并没有什么分别。一般的雀鸟昆虫为求生起见，便常常尽力地摹仿它的周围，把它们藏在各种保护色之下以图生存。同样，人们如要和其他的人类一块儿生活起去，也得尽力地把自己的本色藏匿起来，以免遭危害。凡是我们所具的弱点，我们都得设法子遮盖着。最好的办法，便是从反面做去，将无作有。于是，我们本来没有的许多德性，我们也得装着有，如果我们生来懦弱，我们便装出十分的勇敢，如果我们生来是个说假话的，我们便得装出如何地爱说真话，爱听真话。如果我们生来羞怯，我们便得装出满不在乎似的大方。一言以蔽之，我们得装出做一个正常的人。因为这世界是正常人的世界。我们欲要求活，便得跟着这一群正常的人，来扮演这一大出正常的戏。因此，我们日常的谈话，行为，动作，尽都是这戏中的应有文章，在这个假面之下，另外还有一个真我——可是这真我永远出不了面。

像这么地，大家照着所扮演的角色，跟着别人跳着舞着，说着言不由衷的话，做着不自然的举止，一点也不自知，一点也不觉到矛盾。浑浑噩噩地胡乱了了一生。假如这样的情形，如果有个明白的旁观者的话，他很可照着华尔波尔（H. Walpol）的所说，如用理知去知，则这一出人生大戏便是一出喜剧；如用感情去感，则这出戏便又可以看成是个悲剧。

可是，旁观者的观察，终久没有实际过着这种生活的人知道得更为滑稽，也没有实际经验着这种生活的人所经验过的那么悲惨。因为人们究竟与禽兽不同。他们一面和动物一样的本能地求生，但偏不和禽兽一样，他们还要求更丰富更幸福的生，一面虽做着虫鱼鸟兽所作的行动，但一面又能意识到自己的行动，人们在藏匿着自己的真我时，他知道他在藏匿，人们在扮演各种角色的时候，他也知道他是在扮演。人们自己就能自己意识到自己的行为，更用不着旁观者来替他意识。于是，有些人们虽意识到这种生活的矛盾，可是他还是要得生活起去，因此便只好设出种种理由，来忘记这种矛盾，来忘记他们是在扮演，拼命地弄假成真，自欺欺人。这比那不自知的，还要滑稽百倍。所以这种人在萧伯纳手里，便成了许多深刻的喜剧人物呈现了出来。

但是，也还有另一些人，他们一面意识到这种生活的矛盾，一面却不想糊涂扮饰。他们反而很想打破这个矛盾以求更丰富的生活。可是他欲想彻底地调和这种生活，又苦于没有那种超人的能力。他们所受的教育、道德的束缚，社会的监视，都使他们只能在表面上挣扎着，不能再深深去奋斗。这种奋斗的结果，每每是悲剧的，原因是他们所处的社会，就是一个悲剧的社会。这种人在努力求更好的生这一点上，使我们感到同情和怜悯，在意识这些人就是我们自己，他们所处的社会就是我们所处的社会这一点上，又使我们恐惧。这篇《奇异的插曲》中，作者奥尼尔所呈示于我们的，即是这一种人物。

三

在这篇剧的一起头，我们就看见女主人公宁娜——一个极正常的，受了高等教育的聪明理智的少女，满充着对于生活的无限的希望。可是命运最初给她的便是一个打击，一个使她对于生活的恐惧。原来本定和她结婚的一个飞行家哥登，偏巧在停战前两天从飞机上落下来烧死了。在此，作者替我们介绍了几个人物。一个便是宁娜的父亲李资教授。李资教授是一个束缚在社会、礼教之下，不敢直面现实，只安全求生的人。因此，他的道德感、正义感等，都只是一种用来掩盖他为自己安全生活打算的手段。宁娜本来要和哥登在他出发到前线之先结婚的，可是都经李资教授用种种大道理打消了。过后，宁娜知道哥登已死，要离开他到别处去时，他也用种种大道理来阻止。

表面上说的完全为自己的女儿着想，其实是为他自己打算。本来他已
是五十五岁的人，妻子已经死去，在人生说来，已是暮年晚景。他惟
一的慰安便是这唯一的女儿时时在他的身旁，因此不惜用种种手段来
达到他这目的。作者一开始，便描画出一个人这种表里的对照，却并
不是意在讽刺，只是在普遍地写出一个人心。所以李资教授在最后，
搪塞不过女儿的质问时，终于叫了出来：

> 那么，就让我们说是我使我自己相信是为了你。这样说该是
> 实在的。你现在还年青，你以为一个人可以和真实一块儿过活。
> 很好。那么，这也是真的，我嫉妒哥登。我当时是一个孤人，我
> 要继续保有你。我恨他就像一个人恨一个他既不能责骂又不能惩
> 治的贼一样。我尽力阻止你们结婚。他死我很高兴。看！这就是
> 你想要我说的话吧！

这样从心底发出来的叫声，使我们感觉到一个普遍的人。作者这
样的描写，实较一般的讽刺深刻得多了。

其次，还有一个飞行家哥登，此人虽没有出场，但他那末居然相
信了李资教授的大道理，不和宁娜在出征前结婚，作者已暗暗地示出
他也是一个受社会礼教束缚的人了。

此外，还有一个小说家马尔斯登。他非常爱着宁娜，可是又不敢
表示出来，是一个非实际的梦想者。在宁娜方面，一直把他当成叔父
辈看待，是她的"亲爱的叔叔查理"，而在她父亲死后，简直变成了
是她的"父亲查理"了。在这剧的最终幕，即是宁娜过了二十五年的
恶梦之后，终于嫁给了他。假如这个结合提早在哥登一死便实现，那
么这二十五年间的悲惨的奇异插曲也就没有了。可是在当时宁娜却并
没有想到要与他结合而与人生妥协，因为她虽受了一次生的打击，可
是她却以为是她自己不彻底，没有勇气之过。所以在第一幕里，我们

看出宁娜的伤心，并不是因为哥登的死，无宁是因为她没有大胆地不顾一切而在哥登出征以前和他结合。因了这个打击的反动，所以她便要想去"施舍自己。把自己毫不踌躇，毫不恐惧，把自己作成一个男子快乐的礼物。"要这样做她才能发现真实的自我，才能"知道怎样来过自己的生活"。宁娜便在这样决意之下，离开家庭而去看护伤兵去了。

四

但是，这样的去看护伤兵，施舍自己的身体，依然医不了她那破碎的心情，而且弄得更为病态。在这个时候，她认识了两个人。一个是她的医生达莱耳，一个是极端爱她的青年沙姆伊万斯。达莱耳认为宁娜的病态，只有结婚才可以治得好。便极力主张她嫁给伊万斯。宁娜在这个时候，似乎已失去以前那种彻底探讨，直面现实的勇气，她虽然并不什么喜欢沙姆，终于也就答应了。宁娜这个时候的心情，可在她这个想法里看出：

> 沙姆是一个好孩子。是的，使他成就一番事业，变将成为我的事业了。我将很忙……表面的生活……再没有深处的探求了，谢谢上帝！

结了婚后的宁娜，因为并不是恋爱的结婚，所以她对于生的希望，并不在她的丈夫上，而是在她藉此可以获得一个孩子上。人妻时代的宁娜对于生的欣喜，又因已怀有孕而强烈起来。可是命运终归不让她安静。在此，又给她以第二次打击，第二次再使她对于生发生恐惧，原来沙姆家中，世代都是疯子，沙姆自然也有这个遗传，因此，宁娜绝对不能有孩子。这话便由沙姆的母亲告诉了她，处在这样场合，宁娜唯一的办法，便只有不要这孩子，一方面和沙姆离婚。可是这样一来，便要使沙姆的母亲伤心，而陷热爱着她的沙姆于死地，在这个时候，已经不是道德礼教的束缚而是人情上的不忍，使她不能直面现实，而走应走之路了。可是如要不离婚，则为她自己非有孩子不可，为沙姆的身心也非有一个孩子不可。

于是，她终于想到的办法，便是一方面打了胎，一方面秘密地和达莱耳生一个男孩。接着必然而生的，便是宁娜与达莱耳间爱欲的苦恼。最初，一个只是为母性的要求，一个是从科学的见地发生了这样的肉体关系，谁也没有想到从此两人会生出恋爱来。然而爱情毕竟是生了。先是宁娜要宣布她们的关系而与沙姆离婚，后又是达莱耳来逼她结合。可是两次两人都因怕见沙姆的失恋，不忍使他发疯，因而牺牲互相的爱。

在这几幕里，作者所写的沙姆，是一个善良而成功的俗人，一个平凡人的典型。他的精神方面，无论较剧中人物的哪一个，如他的母亲，马尔斯登，达莱耳等都差得很远，宁娜更不必说。可是他们受尽痛苦，牺牲了一生所作成的就是这么一个凡人俗子，作者在此实在写的顶现实，同时也写得讽刺。

可是，我们并不能因此而责备他们没有超人的力量，没有斩钉截铁的决心。看着作者所描写这些人们的那么自私，那么怯懦，那么嫉妒，那末犹预，那末惶惑，并不因此而对于这些人物有所嫌恶，作者只在深刻地描写普遍一般的人物。我们所感到的只是动人的现实，和人生的可怕。

还有，到了最后一幕，沙姆已经死去，宁娜的儿子也长大有了爱人，她自己只剩下一个孤另另 [零零] 的人的时候，作者如果对现实妥协一点，像在作一篇电影剧或者兴味剧（melodrama）的话，尽可以把达莱耳和她结在一起，以完此一重公案。但是奥尼尔却不这样。那样热恋着宁娜的达莱耳到了她肉体的诱惑已经消失之后，便也提不起兴味，终于这么对宁娜说：

> 我把你留给查理！你最好嫁她［他］。宁娜——如果你想得
> 到安息的话……

在这样残酷的现实描写之下，人生真是太可哀了。

五

　　宁娜在妻子时代，虽是受尽了爱欲的苦恼，可是她终于不敢揭穿假面，不敢更往深处去追求，只是在表面上挣扎着。因此，在那么苦恨之中，她有时也并不是没有快乐。在小哥登出世以后，她也曾经想过以马尔斯登为父，以沙姆伊万斯为夫，以达莱耳为爱人，再加上以小哥登为子，似乎她的生活也就好过了。但是随着时间的进展，她对于生的希望，渐渐完全移在她的儿子一人的身上来了。本剧七八两幕便是描写宁娜的母性时代。我们在此看见她是如何地在小哥登的身上，寻出她以前爱人哥登的面影。如何因小哥登之故而拒绝了达莱耳的爱，她虽感到达莱耳和小哥登的关系如果不说明出，是如何地对不住达莱耳，对不住沙姆，也对不住小哥登。可是她只满足于将来有机会再向他们说明，在当时却不愿说了出来，一切都指示出因了小哥登，她的生活又复光明起来了。

　　然而命运似乎到了最后还不放手。她在人生已到了最后的母亲时代，还要给她一次打击，给她最末一次对于生的畏惧。在她一步不肯放松她的儿子的时候，小哥登偏又一成人便有了爱人。就和她当年要离开她的父亲李资教授一样，现在小哥登也要离开她了。

　　在此，作者秉着一点不留情的笔，赤裸裸地把她的心理揭露了出来。在最后一幕，她为要保留她的儿子，不惜设法破坏他们间的爱

情。她想把当日沙姆母亲对她说的那番话拿来告诉小哥登的爱人马得兰。即是说出沙姆一家都是疯子，小哥登既是沙姆的儿子，自然也有这个遗传。结果终于没有成功，儿子终于离她与爱人携手而去。而她呢，最后孤另另〔零零〕地剩下一个人，对于生再也没有挣扎的能力。曾是她感怀最多的故地，到此也不能再使她感到昔日那样的魅力，曾是和她有密切关系，有极大影响的人，到此也不能使她再感动一点。过去二十五年间的生涯，在她真是一个梦，一个噩梦，一个奇异的插曲，可是，最可笑的，还是这一个奇异的插曲，似乎在人生的还缺少不得。用她自己的话来说，便是："这《奇异的插曲》乃是我们的证人，有它自能够证明我们是在活着！"

最后一幕宁娜对于她儿子的心理，使我们重忆到她的父亲李资教授，至于小哥登的命运在本剧虽不可知，可是照斯更纳的意见，在奥尼尔下一篇剧 *Dynamo* 中的 Renden Light 就是他的化身，而 Light 同样从空中落下来烧死了。从此看来，似乎小哥登走的路，又即是当日哥登走的路。于此，在这长长的二十五年中，我们看见人们的死去，人们的长成。由人而成的社会并没有灭亡，而社会单位，却是一个一个地推移起去，照样地演作这些永远不变的奇异的插曲，其中各人的经历，也许并不完全都是这一套，可是人们心情的交错，变化，酸辛，却普遍地都是如此。

读了这篇剧之后，使人对人生起了无限的哀感，这种使人悲怆的动因，与其说是人生本来如此，倒不如说产生这种人生的社会，原是如此，更为适当些。这个说明，可由辛克莱在 *Money Writes*！里所说的几句话看出：

> Capitalist art, when produced by artists of sincerity and intelligence is pessimistic, because capitalism is dying, …
>
> 资本主义的艺术，出自于真挚而理解的作家之手时，是悲观

的，因为资本主义已渐渐地在衰亡了。……

奥尼尔的作品，向来都描写的是人性、爱欲等永远的问题，很少触及当面的社会问题。但若照辛克莱的话看来，我们未始不可从他描写的人生中，去看到他所表现的社会。从这个意味说，奥尼尔的剧作是更深刻地触到了他所处的时代和社会了。

一九三六年　　张梦麟

——录自中华书局 1936 年初版

《罗家父女》①

《罗家父女》序

唐人曾②

各民族在其历史上都有过失地的痛苦。其不同者或为时之久暂，或为部分之大小而已。法国于 1871 年将其东北二省割归德国，其国人均认为奇耻大辱，立志要定期收复。该二省之居民则在强权压制之下，力向德国要求独立。同时亦有少数无耻之徒笑颜事敌，甘心出卖其同类，一味效尤战胜者之横暴，而图一己之利益。本剧主人公罗帛来父女，即此败类之尤者，汉奸之模范也。然而汉奸终无好下场，罗氏父女所遇之不幸可为一般汉奸作一当头棒喝！

至于人类文化应有之伟大力量与夫失地青年志士全家求国之苦

---

① 《罗家父女》(*Les Oberle*)，剧本。法国 Haraucourt（1856—1941）著，唐人曾编译，新声戏剧编译社 1936 年 11 月初版。

② 唐人曾，生平不详。另译有法国白士丹（Henry Bernstein，今译亨利·伯恩斯坦）剧作《希望》(*Espoir*)。

衷，亦可于此剧中窥见其一二。公意不能侮，舆论不可欺，剧中于而立巴师典二人乃极好代表。家庭间各种爱情亦包含此一剧中。

我国失地百倍于欧战前之法国；汉奸之伎俩更登峰造极。然我青年志士与法国当时之青年相较则更能符吾热望也！故余特为之译此书。

一九三六，双十节　译者
——录自新声戏剧编译社 1936 年初版

《苏联作家七人集》①

《苏联作家七人集》鲁迅序
鲁迅

曾经有过这样的一个时候，喧传有好几位名人都要译《资本论》，自然依据着原文，但有一位还要参照英、法、日、俄国的译本。到现在，至少已经满六年，还不见有一章发表，这种事业之难可想了。对于苏联的文学作品，那时也一样的热心，英译的短篇小说集一到上海，恰如一胖羊肉坠入狼群中，立刻撕得一片片，或则化为"飞脚阿息普"，或则化为"飞毛腿奥雪伯"；然而到得第二本英译《蔚蓝的城》输入的时候，志士们却已经没有这么起劲，有的还早觉得"伊凡""彼得"，远不如"一洞""八索"之有趣了。

然而也有并不一哄而起的人，当时好像落后，但因为也不一哄而散，后来却成为中坚。靖华就是一声不响，不断的翻译着的一个。他

---

① 《苏联作家七人集》，短篇小说集，拉甫列涅夫（Boris Lavrenev，1891—1959）等著，曹靖华译，上海良友图书印刷公司 1936 年 11 月初版。另有上海生活书店 1939 年 8 月初版，书前增加译者《改版前记》。

二十年来，精研俄文，默默的出了《三姊妹》，出了《白茶》，出了
《烟袋》和《四十一》，出了《铁流》以及其他单行小册很不少，然而
不尚广告，至今无煊赫之名，且受挤排，两处受封锁之害。但他依
然不断的在改定他先前的译作，而他的译作，也依然活在读者们的心
中。这固然也因为一时自称"革命作家"的过于吊儿郎当，终使坚实
者成为硕果，但其实却大半为了中国的读书界究竟有进步，读者自有
确当的批判，不再受空心大老的欺骗了。

　　靖华是未名社中之一员；未名社一向设在北京，也是一个实地劳
作，不尚叫嚣的小团体。但还是遭些无妄之灾，而且遭得颇可笑。它
被封闭过一次，是由于山东督军张宗昌的电报，听说发动的倒是同行
的文人；后来没有事，启封了。出盘之后，靖华译的两种小说都积在
台静农家，又和"新式炸弹"一同被收没，后来虽然证明了这"新
式炸弹"其实只是制造化装品的机器，书籍却仍然不发还，于是这
两种新书，遂成为天地之间的珍本。为了我的《呐喊》在天津图书
馆被焚毁，梁实秋教授掌青岛大学图书馆时，将我的译作驱除。以
及本名社的横祸，我那时颇觉得北方官长，办事较南方为森严，元
朝分奴隶为四等，置北人于南人之上，实在并非无故。后来知道梁
教授虽居北地，实是南人，以及靖华的小说想在南边出版，也曾被
锢多日，就又明白我的决论其实是不确的了。这也是所谓"学问无止
境"罢。

　　但现在居然已经得到出版的机会，闲话休题，是当然的。言归正
传：则这是合两种译本短篇小说集而成的书，删去两篇，加入三篇，
以篇数论，有增无减。所取题材，虽多在二十年前，因此其中不见水
闸建筑，不见集体农场，但在苏联，都是保有生命的作品，从我们中
国人看来，也全是亲切有味的文章。至于译者对于原语的学力的充足
和译文之可靠，是读书界中早有定论，不待我多说的了。

　　靖华不厌弃我，希望在出版之际，写几句序言，而我久生大病，

体力衰弱，不能为文，以上云云，几同塞责。然而靖华的译文，岂真有待于序，此后亦如先前，将默默的有益于中国的读者，是无疑的。倒是我得以乘机打草，是一幸事，亦一快事也。

一九三六年十月十六日，鲁迅记于上海且介亭之东南角。

——录自良友图书印刷公司 1936 年初版

《苏联作家七人集》序
曹靖华 ①

《七人集》要出版了，在百忙中要写几句话，作为小引。

但一提起笔来，一想到《七人集》，无限的悲哀好像黑流似的，又在残酷的袭击着不曾平复，而且永远也难平复的创痛的心。

《七人集》要出版了，但与它的出版息息相关的鲁迅先生已经离开我们一个月零十天了，倘若先生在世，看到它的出版，一定愉快的同自己的书出版一样的。我们知道他诚恳的为朋友帮忙，为青年介绍精神的食粮，是他一生最快意的事。在《七人集》的出版上，他曾用了极大的关怀。但不幸得很，现在《七人集》却做了先生灵前的祭礼！

*　　　*　　　*　　　*

《七人集》是从前未名社出版的《烟袋》与《第四十一》的合集。关于内容方面，读者自己去看，此处不必介绍了。现在只就他的出版

___

① 曹靖华（1897—1987），河南卢氏人。1920 年就读于上海外国语学社学习俄文，后被派往莫斯科东方大学学习。未名社成员。1927 年重赴苏联，任教于莫斯科东方大学、列宁格勒东方语言学院，抗战时期在重庆主编《苏联文学丛书》。另译有 A. 绥拉菲摩维支《铁流》、A. 托尔斯泰《保卫察里津》、瓦希列夫斯卡（今译瓦希列夫斯卡娅）《虹》、斐定（今译费定）《城与年》等多种苏联文学名著。

的经过，约略的写一点。

大概是一九三三年的冬天了，Y君以为《烟袋》与《第四十一》很有推广到大众中间的必要，于是同我商量，愿介绍给现代书局出版。条件讲好之后，我就费了几天的功夫，将这两本集子的错字仔细校了一下，再把后边的附录——关于作者的介绍，根据新的材料，重行增删了一回。稿子寄去之后，下文就是：不出版，不退回，写信不答复，托人就近询问也不理。好像绑票似的，这两本集子就这样的被绑了两年多。直到现代关门之后，还不肯把票子放回来。到今年三月的时候，鲁迅先生才设法托人把它要回来。在四月一日周先生的信上说：

> 兄给现代书局的两种稿子，前几天拿回来了，我想找一找出版的机会。假如有书店出版，则除掉换一篇（这是兄先前函知我的）外，再换一个书名，例如我〔有〕一本便改易先后，称为"不平常的故事"。否则，就自己设法来印，合成一本。到那时当再函商。……

这是在现代关门后，托周先生就近将稿子讨回，并请：如无可能出版时，可暂存先生处；如有机会出版时，为"出版方便"起见，不妨将原书的次序掉换，另换书名。这是先生将稿子讨回后忆及前信的事。

《第四十一》原有一种插画的单本，图为列宁格勒著名木刻家亚历克舍夫（A. Slekseev [N. V. Alekseev]，亚氏曾在先生编印之《引玉集》中介绍过，此外亚氏曾刻有费定之名著《城与年》，为艺术界所推崇，先生据木刻家手拓本，印造单本，并附拙述之万五千字之《城与年》故事，未出版而先生已去世矣！〔先生之死，在中国木刻界上也给了一个严重的打击！〕）所绘。一看到四月一日先生来信，就想到这《第四十一》的插画本，如果中文纯印插图本，不但助中国读者的兴趣与理解，而且给中国前进的艺术界一点小小的参考。即将原插画本检出寄去。在四月二十三日的信上说：

> 插画本《四一》，早已收到。书出版时，当插入。……

如果无书店承印时，为着要把这些书广播到读者中间起见，只有自己印。关于印费方面想自己担负。但在五月三日的回信说：

> 《四一》印起来，款子有办法，不必寄。……

在八月二十七日信上说：

> 良友公司愿如《二十人集》例，合印兄译之两本小说，但欲立一新名，并删去《烟袋》。我想，与其收着，不如流传，所以已擅自答应他们，开始排字。此事意在牺牲一篇，而使别的多数能通行，损小而益多，想兄当不责其专断。书名我拟为《七人集》，他们不愿，故尚未定。……

在这样的环境里，在这"性典"之类的东西充斥了中国书市的今日，多年来遭遇了无限灾难的《第四十一》与《烟袋》，居然能重行出世，这正是求之不得的事。在欢快之余，当即检出四篇短稿，寄去加入，同时也想将在沪平已经翻成几种拉丁化本子，而汉文本却很难得到的《不走正路的安得伦》也加入，并请在出版时写点小引。在九月七日的回信说：

> 八月三十一日信收到，小说四篇，次日也到了，当即写信去

问书局，商量加入，尚无回信，不知来得及否，至于《安得伦》，则我以为即使来得及，也不如暂单行，以便读者购买。而且大书局是怕这本书的，最初印出时，书店的玻璃窗内就不肯给我们陈列，他们怕的是插画和"不走正路"四个字。……

在十月号的《良友》上，看到周先生九月五日给《良友》编辑关于《七人集》的信。

顷接靖华信，已同意于我与先生所定之印他译作办法。并补寄译稿四篇（共不到一万字），希望加入。系涅维洛夫的三篇左琴科的一篇，《烟袋》内原有他们之作，只要挨次加入便好。但不知已否付排，尚得及否？希即见示，以便办理。

他函中要我做一点小引，如出版者不反对，我是只得做一点的，此一层亦希示及；但倘做起来，也当在全书排成之后了。

在先生病倒的前日——十月十七日的信上说：

兄之小说集，已在排印，二十以前可校了，但书名尚未得佳者。……

谁知先生已于十九日晨骤然长逝了！这信是在先生逝世后第二天才收到的。此情此景，真不忍回想！先生真挚的火热的心，刻刻的在顾念着友人，刻刻的在顾念着中国新文化的生长，刻刻的在给中国青年大众推荐最滋养的精神上的生命素，刻刻的在创作，翻译，校印"不欺骗人的书"给中国的读者大众；去滋养他们，栽培他们，使这些书在他们的心灵里"开出灿烂而铁一般的血花来！"

《七人集》合集的编定与校样都是先生亲自作的，这可以说是先生最后编校的一部书，我只是供给了两本稿件的材料而已。

　　《七人集》要出版了，但是与它的出版息息相关的鲁迅先生已经离开我们一个月零十天了！现在我只有怀着无限的悲痛，敬谨的，将这部书献到先生的灵前，倘若它能在读者中间有点影响的时候，这都是先生之赐！

　　先生去世后，为着纪念先生起见，书名决用先生亲定的《七人集》。关于未完的校样，为着方便起见，是拜托黄源先生就近代劳的。特志于此，以表谢意。

鲁迅先生去世后一月零十日记于北平。　　靖华

——录自良友图书印刷公司 1936 年初版

《苏联作家七人集》著者略历

（曹靖华）

拉甫列涅夫

　　在德尼浦下游，在河之出口处，舒适的懒洋洋的躺着一个小小的城市——郝尔桑，这是普式庚的祖先甘尼伯修的。夏季的时候，金〔全〕城都沉没在槐树的绿荫里，当槐花盛开时，那芬芳的花香把人的心脾都薰醉了。

　　一八九二年七月四日拉甫列涅夫（Boris Lavrenev）就生在南俄的这一个小城里。

　　那时拉氏的家庭是一个半破落的贵族的家庭。十九世纪六十年代前开始发生的贵族经济的危机，到了农奴解放后就大大的崩溃起来，好多贵族从此就破产了，在这颓废的贵族的园庭里发生了商业资本和

少壮的俄国的资产阶级。

作者的外祖母在德尼浦上是拥有巨产的贵族，后来因为家道的零落和丈夫的饮酒打牌的无行，不得已离开了家庭，去到一位还没有轮到破产的地主的家里当女管家人。

她的丈夫当家产倾荡了之后也走开了，给她留下了一个唯一的女儿，这就是作者的未来的母亲。在极艰难的境遇中赚着工资，她时时的顾虑怎样才能使自己的女儿好好的长大，怎样才能使她受点好的教育将来好改善她的生活。

作者的母亲因为她母亲的这样的顾虑，所以在波尔达瓦一个贵族女子中学毕了业，取得做教员的资格，到伯利斯拉夫城里当一个小学的女教员。

那时俄国自由主义者的青年以为教员的职位是很尊荣的，因为他担负着开启人民知识的任务，而且时时与人民接近，知道他们的疾苦与悲哀，在可能的范围内能去帮助他们的。这是在历史上著名的"到民间去"的时代，俄国的自由主义者与革命者都极力的与农民接近，去激起他们的意志为着最后的解放而奋斗。

作者的母亲在当教员的时候认识了一位男教员。于是就做了他的妻子了。拉氏就是这婚姻结合的第一而且是唯一的儿子。

未来的作者生长在家庭的爱的空气中，这不太宽裕的家庭尽力之所能及的来培养他。

作者因为双亲的教育的经验，所以在幼时受到了很好的家庭教育，到九岁就入了郝尔桑中学。

帝制时代的俄国学校办得是不大高明的。一切的教授都是官样文章，教员大半也都是无聊的官僚，不能引起学生求知的兴趣。学校里时时发生告密，惩罚，检查一切的自由的思想。

这些足以使活泼愉快的中学生——拉氏，在中学时代引起无限反感的。

因为他反对那官僚式的教育，领导学生起风潮，曾被学校当局开除过两次，到毕业时他的品行分数是很低的。

直到现在作者还带着恐怖的心情回想着当年的时光。

无论如何，总算在中学毕业了，毕业后就入到莫斯科大学法科里。一九一五年春毕业时考得很高，毕业后留校预备做国际法教授。

但是这时世界大战已经沸腾了，他同辈在前线上都阵亡了，他也不能留在后方了。

他入到那时候圣彼得堡的炮兵学校，受了六个月的军事训练之后就往战场上去了。他在那里直到了战事完结的时候：在战场上受了伤，中了毒气，受尽了当时俄国军队所受的一切的痛苦。

因为同士兵的接近，才使他认识了从前所不曾十分了解的旧时教育的黑暗。

因此，在革命时，他在莫斯科军医院养伤时，热烈的参与颠覆沙皇尼古拉的义举。

一九一七年秋他出发到罗门尼亚的前线上，同他的军队受尽了可怕的败溃与逃亡，但因为他同士兵有很好的关系，所以在军官们逃亡了之后，就都举他为长官，他把炮兵营完全整顿了起来，保存着一切的大炮，开到基辅，由那里回到莫斯科，这里十月革命已经告成了。

他离开了军队，在给养局做了一年工作，该局的任务是救济俄国饥荒的。

但是到一九一八年末，白党将军和阴谋的帝国主义者向革命进攻了，他又去到前线上。从一九一九到一九二一年他在红军中做铁甲车指挥和乌克兰炮兵司令部参谋长。

一九一九年在畿辅附近与乌克兰匪首宰林道作战时，拉氏足受重伤。送往莫斯科医治。由莫斯科又把他派往土耳其斯坦打土匪，但是沉重的病不得不使他离开冲锋陷阵的部队而作军事教育的工作。

直到一九二三年，这两年来他任土耳其斯坦《红军报》的代理编辑，一九二四年决然退伍，来到苏联北部的京城——列宁格勒，照常的住到现在。

文学的活动，作者开始已久了。还在中学的时代他就开始作诗和论文。

一九一二年他的诗刊在莫斯科的杂志《收获》上。此后过了一年，他加入莫斯科未来派的团体里，为旧文学方法的革新而斗争。后来他的文学的活动被战争阻止了，因为在战线上一个战斗的官长除却日记以外，没有闲情去郑重的作文学工作的。从一九一五到一九一七年他差不多什么也没有写。

不过有一点例外；在这时他写了一篇关于战争的小说《加拉—彼得》，这篇小说当时被军事检查官禁止，没得发表，并且他还受了一次的处罚。

实际上作者文学的活动是始于一九二三年。虽然在短期间战争使他抛开了文学的生涯，可是同时战争给了他无限的观察的预备和英勇的经验。当投笔从戎的时候仿佛是一个充满着幻影的孩子，归来的时候就是一个清醒的，了解人生的成年人了。

在英勇的战争和伟大的革命的时代，他耳闻目见的，一切都反映在他的作品里。

在近五年来他作了六部书和几个戏曲，其中一个关于十月革命时俄国军舰的戏曲《炸毁》，得到很大的成功，苏联的各戏园已经演了两年了。

文学作品除了本书所译的两篇外，最风行的有：《风》，《第七个旅伴》和讽刺小说《伊特尔共和国的崩坏》。

拉氏的作品因为内容的有趣的开展和异常的动力，所以好多都制成了电影。

其作品被制成影片的有：《第四十一》，《平常东西的故事》，《风》，《第七个旅伴》，《炸毁》和《敌人》。

　　拉氏在苏联文坛上是属于所谓俄国革命的"同路人"一派的。

　　出身贵族和资产阶级，同现在执掌政权的俄国的无产阶级和农人阶级没有血统上连紧的作家们——"同路人"，他们决然的同情革命，描写革命，描写它的震撼世界的时代，描写它的社会主义建设的日子。

　　他们是革命后直到现在在俄国文坛上是极丰饶而有力的一翼，他们的作品不但风行到自己的国度里，并且越出国界风行到世界上。

　　拉氏的作品到现在被译成的有：法文，德文，意大利文，捷克斯拉夫文，格鲁怎文，阿尔缅和鞑靼文。

　　被译成中文，这本书要算是第一次了。

左祝梨

　　左祝梨一八九一年生于莫斯科。生下来不久就被父母带到洛得芝（在波兰）去，在那儿住到十岁。一九〇一年父亲——他父亲是小商店的店员——死后，家庭就离散了。

　　幼时迁到娥得沙——在南俄——在那儿求学。十四岁又回到洛得芝。继续求学，预备在中学毕业，后来被革命事业耽误了。他因为与在党人的交识，并参与政府所禁止的会议等事，遂被捕下狱。在塞拉芝坐了三个月的狱。后来又在洛得芝坐了两次两个月的狱。在狱内又结交了许多党人——无政府党，社会民主党，犹太国民党，波兰社会党等。但是无论那一党他都未曾加入。

　　他自己作了些关于艺术的论文。他很爱研究史比诺左的哲学。后来对于无政府主义发生了很大的兴趣，时常爱读克鲁泡特金的著作。

　　十八岁开始作小说，他幼时也曾作过小说，但他那时的观念以为这不算什么重要的一回事，所以到十四岁就撇开了。

　　他的第一篇小说是在洛得芝邮寄到《基辅新闻》副刊上发表的。

一九一一年来到娥得沙，在《青年思想》和《娥得沙新闻》等报上发表他青年时代的作品，那时他也常寄些小说到《圣彼得堡日报》上发表。

一九一四年结婚，迁到圣彼堡得。

一九一八年在《新讽刺》，《俄罗斯之日》及其它日报杂志上作文章，又兼《自由杂志》的编辑。

一九一九年春迁到基辅，在那儿继续在定期刊物《霞光》上发表了《亚加与人类的故事》。

一九一九年八月白党将军德尼肯之变，迁到莫斯科，直住到现在。

其著作之印成单行本的有：《大城市的灾祸》，《时代的留声机》及《小说集》第一卷。

《哑爱》译自李锦编的《文学的俄罗斯》第一卷。此书于一九二四年在莫斯科出版。

作者的主要工作是《小火》（Ogonek）出版部和《探灯》杂志社的编辑。

作者大部分的作品都是描写十月以后各方面生活的短篇。在他大部分的作品里揭开了资产阶级的卑鄙对于人格的蹂躏。不过他的这种描写常是用一种共通的方式表现出来，不把阶级剥削的主因指出来，常是从资本主义的都会的机械化的生活里取感触着的例子。

他的主要的作品是写内战的一篇《小事》。

最后的一篇《时代》，是革命时代一部有艺术价值的年代纪，描写着苏联和国外的生活。

左琴科

左琴科于一八九五年生于南俄之波尔达瓦省。父亲是美术家，出身贵族。

一九一三年在中学毕业，入圣彼得堡大学法科。

因一九一五年入义勇舰队，在前线上受了伤，中了毒气，得了心病，所以没有毕业。他所得的官级是上尉。

一九一八年离开义勇舰队，投入红军。

一九一九年退伍。

文学的工作开始于一九二一年。其第一篇小说在一九二一年《圣彼得堡年鉴》上发表。

左琴科是苏联很有名的幽默小说家。甚至平时对于现代文学完全不关心的人都读他的作品。这是因为他有那幽默的天才和善于选择对于一般人，甚至对于程度很低的读者选择题材的缘故。

作者的主人公是革命后的城市的一般庸俗的居民，尤其是小职员，而很少工人和农人。他的小说的主要背景是城市的庸人的生活和它的各种各样的色彩；如恋爱的失败，居住的不方便，一切物质上的困难，在街上，在电车上，在啤酒店里，在庸俗人的居室里的一切的冲突和吵架。作者拿这些材料来写小说，揭开它的滑稽的方面而且使之尖锐化。

作者创作的主旨是在于暴露现代的庸俗主义。在他的好多作品里很深刻的把在苏维埃的现实生活里的小市民的典型的心理揭示出来。因此作者的创作获得很大的社会的价值。

赛甫琳娜

赛甫琳娜是苏联文坛上极有声誉的女作家。于一八八九年三月二十二日生于南俄鄂林布尔格省托洛次基县的瓦尔拉莫沃乡村里。父亲是奉耶稣教的鞑靼人，幼时被养在洛穆金斯基牧师的家里，因此，后来在加染省的师范学校求学。母亲是一个农女。赛氏幼时毕业于鄂林布尔格的小学里，后来又在鄂木斯克省的中学毕业。毕业后就在城里当女教师，后又到乡村小学当教师。

自一九○七——○九年在威尔诺，塔什干，乌拉岌高加索及鄂林布尔格等地方的剧场里当女伶，后又在克里木教了些时书，在鄂林布尔格管理图书馆。

一九一七年被选举为县议员。斯年八月入社会革命党。一九一九年与铁路工人一齐脱离党籍。后任西比利亚契利滨城的图书馆长。

一九二○年到莫斯科入高等师范。一九二一年被教育部派到西比利亚教育部国立出版部门内当秘书。西比利亚国立出版部为救济孤儿募捐运动事，请她给苏联的西比利亚报上作论文；她没有作论文，作了一篇小说：《巴乌露式金的经历》，料不到这篇小说就很受欢迎。同时又在《西比利亚之火》杂志上发表了长篇小说《四章》，又极受读者的欢迎。到后来《犯人》出版后，这位苏联的新出的女作家的荣名扬遍京师了！

一九二三年又到莫斯科去。

一九二五年到列宁格勒去直到现在。

赛氏属于左翼同路人作家。她的主要的题材是新的农村，在这农村里起着有力的，罕见的一切生活组织的崩坏［坏］。这样的原始性的崩坏［坏］和觉醒的西比利亚的农村为着新生活的残酷的斗争，贫农不相信智识分子，同富农的斗争，——这些都表现在《肥料》里。这篇作品已由鲁迅先生译出，刊于《北斗》上，现收入在《良友》出版的文学丛书《一天的工作》里。作品里充满着对于革命的创造力，对于革命的无疑的最后胜利的信仰。

更其有力的作品是《维丽尼亚》。作者自这篇作品出版后，她的创作可以说达到了极高峰。在这里写一个斩断一切传统观念的农女的典型。她带着一片卓绝的反抗精神。最初她反抗周围特别压迫她的，——反对陈旧的家庭形式，反对两性的关系，尤其是反对与旧生活形式的生存有关系的虚伪。她逐渐的由反抗旧形式的两性间的虚伪而进于反抗一切旧生活制度，反抗产生这制度的原因。

在作者的作品里把农村与城市写得含着敌意的对立起来，这里很受批评家的批评。

从二十六年以后直至现在作者发生着创作的恐慌。

伊凡诺夫

伊凡诺夫生于塞米帕拉丁州的列白日小村里，在克尔格支旷野的边境，在西比利亚之伊尔德什河畔。母亲姓沙苇次基，名叫夷丽娜，原是波兰革命党政治犯的后裔，后来又混合着克尔格支种族的血统。因此她含着异族的血液，不但他，并且在西比利亚的苛萨克人好多都混合着蒙古的血质。他父亲仲亚且史拉夫是一个私生子，是土耳其斯坦一位将军兼省长的儿子，——大概姓加夫曼——父亲被养在孤儿院，从那儿出来就在金矿场作工，后来自己读点书，就在乡村小学当教员——他父亲懂东方七种语言，但是运气不好，料不到在很年轻的时候就被伊凡诺夫的哥哥杀害了。现在他的亲兄弟姊妹一个也没有了。

他的生年不是一八九五年就是一八九六年；准确的生年他自己也说不清了。

他在乡村小学校读书，从那里出去到马戏团子里。初进去练习耍铁棍，后来做滑稽的演员。戏园子供给他很不好，而且他也厌倦了。后来他就恳求他的叔父彼得洛夫洛（是一个包工头）让他入农业学校。他很喜那很好看的带铜扣的学生制服，学生们爱淘气，到了城市里都给他们叫羊。过了一年的工夫，学校他也不干了。那时他叔父叫他到铺子里当伙计，他们带些布疋到克尔格支地方去换黄油。后来入到印刷局里当排字工人，在这儿他比较是很爱了，除暑假外，从一九一二年直干到一九一八年。

夏天他同马戏园子一块去旅行，他当一个魔术师，用假名叫班亚利伯，或者当一个说书的，或当一个演滑稽戏的人；在茶馆或小戏班子里演习，或者就随便的各处流浪着，他并不是有什么好奇心，不过是无聊的消遣吧了。

读的书不少：斯宾塞尔，托尔斯泰等的著作都浏览过；书籍向来对他不发生什么影响，他看书也不过是一种无聊的消遣，因为他不喝酒，不爱女人。

他的第一篇小说作于一九一六年秋天，在《伊尔德什河畔报》上发表。他当时决然的说：“如果我这篇稿子在报上发表了，那么他将来还要在厚的杂志上发表呢。”第二篇小说他就寄给高尔基刊到《年代记》上。他把那稿子寄出之后，就天天等着那荣誉的降临。他一生最幸福的日子，就是那时稿子发出后过了两个礼拜的一天；那时他在那污秽的，很长的，黑暗的印刷局的地窖里，进来一个邮差，给他一封信。那时全印刷局的人都集来看高尔基的信来了。从此以后，全印刷局的人和经理都认他为很大的人物了，经理给他们十元钱，去办一桌酒席致贺他。他的朋友们都喝得醺醺大醉了，可是他在席上虽然是一个禁酒的人，但他自己觉得他比他的朋友们更醉了。

那时他在两礼拜内作了二十篇小说，有几篇他寄给高尔基，高尔塞〔基〕就回他信说这几篇小说不大好，并且还得再去求学。他于是就又求学，两年不作东西。在这两年之内，他读了不少的书；但是对于社会问题的书一点也没有看，那时一九一七年的革命暴发了，他不明白社会革命党与社会民主党有什么分别，于是就一齐加入这两个党籍了。

他进步的很快，革命后他就做了社会保安委员会的秘书，他的政治的生活于是就开始了。

文学的生涯也就此放弃了；他常常演说，作论文。后开他加入工人组织的赤卫军，防守鄂木斯克，防御白党的进攻。他那时觉得人们的幸福要被白党破坏〔坏〕了，可是他很惭愧，惭愧他临阵而逃——

逃到克尔格支的旷野里。

他逃出来很久了。他觉得苏俄真是世界人类的乐园，但是他不从西比利亚去的原因并不是他胆子小，是因为他向来没有越过沙麻拉一步；因为他觉得孤零零的一个人到了那人地生疏，举目无亲的地方太艰难了。

一九二〇年之末，高尔基帮助他，他才到了圣彼得堡，加入"舍拉皮翁兄弟"文学团体里。那时高尔基住在莫斯科，他依然到的是人地生疏，举目无亲的地方；他初到时几乎要饿死了，后来高尔基供给他，住在学者寄宿舍里。他那时很害羞，高尔基带着很粗的声音对他说："你不要客气，你当保养好一点；吃吧！"他不信世上的好人，因为他们对人的轻蔑都潜隐在虚伪里；可是他遇着了高尔基，就改变他不少的这样的思想。

他著了不少的书，但他觉得著作家实在没什么快活。普通人的生活是比较优越，愉快，丰富得多了。但是当他想着"这能怨谁，而且又有什么可怨呢？"的时候，他觉得就此也就很满足了。他想着："别的还有什么可说呢！"

伊氏无疑的是现代一个巨大的作家。他的创作的路径是很迂曲不直的。他的初期的作风完全在"舍拉皮翁兄弟"影响之下的。但是到了《一四六九号铁甲火车》和《游击队》出世后都异口同声的共认伊氏是时代的最有声色的作家之一。在这些游击战争的小说里作者用艺术的手腕把革命的农村的赤色游击队的那种原始性淋漓尽致的表现出来。虽然在这些作品里部分的呈露着作者后来作品的意旨——关于生活的无味和冷酷，关于盲目的原始的势力，但是这些作品一般的基调是勇壮的，它的革命的热情是很有感染力的。在下一期的作品里——《外来的故事》和《逃亡的岛》里，艺术的手腕更其进步了，题旨和文字方面都经过详慎的思考，但是革命的热情似乎消沉了，现代性的斗争局势都弛缓了，作者把一般人类的主旨和与革命无关的一般人生的问题作为首要的问题。

在最近的作者的创作里——《为秘密的秘密》，《米哈尔——银门》和《独居人》等作品里，作者变了自己的最初的态度，暴露出不相信人类创造演进的极端的悲观主义。人生是无意味的，是愚蠢的，是冷酷的，是被一切盲目的偶然势力所支配的。作者对我们这样的说着。在这些作品里心理主义和生物学的自然主义在支配着。这些引起了好多的批评，批评作者离开了革命的主要的路线，批评他的作品失了社会的价值。

《一四六九号铁甲车》经作改为剧本，在莫斯科艺术戏园里直演到现在。

亚洛赛夫

亚洛赛夫于一八九零年三月二十五日生于加染省一个资产阶级的家里。毕业于实业学校。后学于梨也日，继转学于圣彼得堡之神经专科学校。为逮捕，放流及逃亡所耽误而终未毕业。

一九〇五年加入社会革命党，参加加染暴动。一九〇七年加入俄国社会民主工党，加入布尔雪维克派。一九〇九年被捕放流到涡洛郭德省。是年由那里逃到比台，后来又逃到外国去。求学于梨也日，后到巴黎当瓦匠，为瓦匠工会会员。一九一一年带些革命的书籍回到莫斯科来，又尝起那监狱和放流的风味了。

一九一二年被放流到美臻县。是年五月由那儿逃到毕聂格去。他是照着指南针步行着去的。由毕聂格乔装为木匠，坐轮船到涡洛郭德，由那儿又乔装为鞑靼人，乘火车到圣彼得堡，由圣彼得堡到尼日尼。在那儿就开始在工厂里组织俄国社会民主工党。托轮船上的水手与加染，沙麻拉，沙拉多夫等处相联络。秋天的时候又回到圣彼得堡来。在奥郝金船场当组织员，又在神经专科学校，机械学校及真理报担任工作。但是这些工作继续的不很长久。

一九一三年在国会选举以前他参加俄国社会民主工党组织中央发起团（布尔雪维克），被捕又充军到莫尔茶村里去，一直至一九一六发传单宣言才把他释放了。时年回到圣彼得堡为《现代世界》的秘书，神经专科学校的学生及圣彼得堡组织部的部员。一九一六年秋天，动员令下的时候，他还是一个学生。是年他就入到莫斯科的一个士官学校，从事研究军事。一九一七年二月二十日，被派往下诺夫格洛得去，在这时他请了十天假，回加染去，到有亚拉得尔车站铁路就坏了，同时车站上就得了一个电报，说革命发生了。于是他即刻又回到圣彼得堡，转回莫斯科来。那时他就升为准尉。后到特尉里被选为执行委员会委员，继又任工兵农代表苏维埃主席，七月事变之后，他到彼得利，出席军事组织会议，被选为全俄军事局委员。在此会议之后，到特尉里就被捕，送往莫斯科拘留所里去，拘留了一个半月。后莫斯科的布尔雪维克联合报界，致哀的美敦书于最高法院，要求解放亚洛赛夫，于是他才恢复了自由。

十月革命时，亚洛赛夫为莫斯科革命军事委员会委员及莫斯科军事委员会之指挥。苏维埃政府正式宣告成立后，亚氏为莫斯科军区副党代表，铁甲军总部及航空军总部党代表。后任乌克兰最高法院主席，国家出版部总理及第一集团军党代表。

一九二二年秋，亚氏被委任为苏联驻利加领事馆之顾问，在那儿得心脏病，送往德国医治。由德国回来后在列宁学院工作。

一九二二年他的小说《近日》及短篇小说《白梯》出版。他的第一篇的文学作品《木工》，一六［九］一六年发表于沙麻拉报纸上。

此后还有一九二二年在柏林出版的《台林纪的忘了的日记》，一九二三年出版的《两篇小说》，一九二四年出版的《尼基达邵聂夫》，《在十字街头》及《沿着列宁的发迹》等。

作者的题材是国内战争，革命，党的生活。不很复杂的内容，有时很近于纪事，严格的写实主义的立场——这是作者的特点。

作者的作品是用普通的明了的对于中等读者都能了解的话写的。

——录自良友图书印刷公司 1936 年初版

《苏联作家七人集》（生活书店版）改版前记

曹靖华

《七人集》经良友公司在数月内出了两版，在沪战爆发后，随良友公司的倒闭，在各地书市上也绝了迹，不少的读者还是在需求它。中华全国文艺界抗敌协会出版的《抗战文艺》上，也曾有人提议大批的翻印《第四十一》等，以供前方和后方读者的需要。

因此决定将本书重新校正出版。但是良友所出版之版本却不易找到，以致稽延。两月前在汉口书市上，曾寻找一番，结果一无所获。到了罗山；在存书中亦未找到。这时希望着故乡的唯一的一本——寄给我父亲的一本，不料到了卢氏山中，才知在今春被万余人之股匪洗劫时，这一本书也随着方圆将近百里大的一切人民的牛羊鸡犬，犁耙绳索，斧子镰刀，一同不知去向了。归途过西安及汉中时，在书市上也遍找未得。到城固后，又曾函托西安生活书店分店张锡荣先生代找，但回信亦云"恐无把握，如不得已时，只有写信到上海找了。"在广州，武汉相继沦陷后，与上海函件往返，真不知要多长时间！

最后，在汉中李致中君处借到一本，就根据这一本重行校正付印。这点小事，真想不到竟遇到了这么多的麻烦。

鲁迅先生给《七人集》写的序文，在初版出版后才发现，所以初版先发售的三百部，均未及印入，剩余的是补印之后，夹到书前的。所以初版有序的《七人集》，书前都有被拆散的痕迹。

良友版的《七人集》用新五号字印，排的很密，看起来很费目力。这些缺憾在此次改版中都弥补了。

十一，十一，一九三八，靖华记于城固

——录自生活书店 1939 年初版

《分裂了的家庭》[①]

《分裂了的家庭》译者的话

常吟秋 [②]

在这里，我得把书中人物的三代履历背一背，先来作一个简单的介绍。

《大地》："王龙，有一块薄田，三间土屋，遵父命娶了城里黄公馆的灶下婢阿兰。夫妻俩侍奉老父，勤苦操作，床后墙洞里积下来的枭卖粮食的银子渐渐多了。不久便收买了没落的黄公馆一部分的肥沃地，收获愈丰，俨然被捧做一村之长，而阿兰也生了子女。后来旱灾严重，荒民抢了他的存粮，饥饿逼迫他卖了家具，驮着老父，阿兰拖儿带女，展转逃荒。结伴坐火车到了南边一个大城，搭起芦棚，王龙拉车，妻子行乞，受尽了艰难苦楚。当时大城里的青年鼓吹革命，继而军事爆发，治安紊乱，王龙混在暴动群众中唬住了 个阔人，得了不少的金银珠宝，重返故乡，规复旧业。夫妻俩更加勤苦，事业日隆，广置田地。阿兰先后生下了三个儿子，一个傻女儿，力竭色衰，被王龙厌弃了。他在茶馆里看中了一个卖唱的荷花，异味初尝，笑话

---

① 《分裂了的家庭》(*A House Divided*)，长篇小说，美国 Pearl S. Buck（今译赛珍珠，1892—1973）著，常吟秋译述，"世界文学名著"丛书之一，上海商务印书馆 1936 年 11 月初版。

② 常吟秋，生平不详。另译有美国赛珍珠长篇小说《结发妻》与短篇小说集《旧与新》，W. 卡脱等著短篇小说集《保罗的罪状》等。

百出，不久便把荷花讨进了屋。大儿子长大成人，不高兴念书，居然宿起暗娼来，而且和姨娘调情，被王龙揍了一顿，送往南方去进学校。二儿子学生意，一钱如命。三儿子种田。阿兰不久溘然长逝了。水灾连年，饥民觊觎，便连王龙的族叔也当了匪首，坐着要王龙供养。情形一天天恶劣，不得已忍痛别了他的田舍，把全家搬进了城。大媳妇，二媳妇先后娶进了门，渐渐地孙儿绕膝。儿子们只等他一死好分家；大的只知道摆阔，二的只知道悭吝贪婪，第三个一劲儿投军打仗去了。荷花倚着随身小婢杜鹃狼狈为奸，对王龙渐渐讨厌。安慰他的晚景的只有一个被他爱上了的小婢梨花。"（译者按：本书已有胡仲持先生和张万里先生的两种译本，又有伍蠡甫先生的节译本。）

《儿子们》："在王大和王二密商析产中，老病的王龙奄奄死去，送终的只有不离病榻的梨花。王三从南方军次赶回，带了四条枪把灵柩送上了山，回头分了家。荷花捞了一笔钱住开去享福，梨花带着王龙的傻女儿和王大的一个跌折了腰骨的儿子隐居在分给王三的田上的土屋里。不久，王大买了一个乡下大姑娘做小，气得大夫人闭门念经。泼辣的王二太太又老和她闹别扭，逼得他们哥儿俩分居了。王三投在一个老将军帐下，那儿的南方人叫他做'虎'，他便虎一般地去实现他的梦。先后把他分得的田地向王二换成了银子，结集了一百名心腹兵，脱离老将军而另谋出路。辅佐他的一个是忠心的缺嘴，另一个是狡黠的麻子——他的侄儿。他们一伙拖着枪回到北方家乡的邻省的一个地方，夹持县长，火并了盘据那儿一个叫做豹子的匪首。又夺了他的压寨夫人，和虎成了亲。可是这秀外慧中的女匪乘虎订购枪支的时候，勾结了旧部想来毁灭他，结果被虎发觉了，一刀送了她的命。他从此锐意经营，最初招了四千名半兵半匪的基本队伍，后来扩充到万把条枪，俨然称霸一方的小军阀了。

"夫人既死，两位哥哥便争着替他续娶，各执己见，相持不下，于是各自替他娶了一个亲。王大找的是一个读书人家没裹脚的新女子，她的父亲是医生；王二找的是一个有田有地人家的乡下大姑娘，一口黑牙齿。虎一并接受了，女人不过是用来生儿子，他以为两个全无分别的。婚后又扫荡了另一城的盘据者刘门神，扩充了他的地盘，声势更加浩大。迨他奏凯回家，两位夫人各生了一个小的；识字的一个生的是女儿，不识字的生了个儿子。他高兴极了。从此，他确定了努力的对象：那便是打下江山，传给儿子。至于女儿呢，他打算将来嫁给一个阔军人。这时候荷花暴卒，梨花照顾的傻女儿也死了，梨花便入庵为尼，折了腰骨的驼子则做了和尚。王大的大少爷长而有父风，在家里奸淫奴婢。在外面恋上一位警监的小姐，私议偕逃，被警监押起来，后来藉了王虎的势力恢复了自由，达到了结婚的目的。王虎把儿子从小便独自带在军营里，可是儿子老要哭，相［想］念他的小妹妹。他又把儿子带去观操，可是儿子偏要看牛背上的牧童。后来虎又替他从南方延来了一位新教师，教他的新战术，同时训练部队，预备将来好受儿子的新统治。又替儿子办了一匹蒙古马，可是这孩子竟连马鞍也不摸。

　　"水灾突降，虎的军食困苦不堪，六名士兵代表晋谒主帅，要求多发点粮，使他震怒。为维持儿子将来的基业计，他下令枪毙了这六个人，然而儿子愤怒地哭了。后来乡间匪炽，虎亲自出马去捉了一百七十三个农民，要把他们当匪治，可是想起了儿子前次的神色，竟没有杀掉这班人，只把每人的耳朵割下来，释放了。儿子到了十五岁，教师怂恿他去进南方的陆军学校。王虎不放心南方的危险性；儿子则一心爱慕祖上的那土屋，要有树林和水牛，如果定须进学堂，也希望进一个教人种地的新学校，这是虎所深恨的。结果，双方让步，折衷地勉依了教师的话。然而这学校教的是'革命'，儿子为老了的原故，几年后私自逃回。一进门，老子看到他一身革命军人的军服便火了，把他当敌人，儿子却不像以前那么退缩了，老实告诉他：

　　　"'我们彼此全不相同了！你可知道我们叫你们做甚么？叛逆、

盗魁、反革命……不过你的名字还不够使我们的同志注意罢了。'"

（译者按：本书已有伍蠡甫先生的译本。）

《分裂了的家庭》便完成了这一个三部曲的整体。

我们仿佛知道，王龙和阿兰似乎是前一时代的人物了；他们的儿子们象征了军阀，地主，豪劣们交织着的中国社会的轮郭［廓］，反映了已经或是正在过去（?）的时代；而本书的时代背景无疑地是临到我们自己的头上了。这是格外值得我们注意的。

不用说，元和盛和龟以及他们的大哥是各自代表了一部分目前中国社会的新青年——干脆就是我们自己罢。而梅林和爱兰以及她们的大嫂也分别反映了少年中国的新女性。至于被代表者的谁多谁少，那我们不难从阅历上去推算的。要从这里来分析组成新中国的各个原子，自然有不少的先生们会给你个批评——"管中窥豹"。不错，我们承认，但我们究已窥见一斑了。

赛女士是一位以中国为精神上的父国的人，她的作品既全是写的中国故事，又深受世界文坛推许，所以都很快地被介绍给我们。就过去的情形说来，我们的智识阶级对她的作品似乎有两种不同的看法。一种怀着被侮辱的不愉快，啐口唾沫走了，这固然是不对的，我们应当平心静气，应当虚怀若谷，应当仔细去观察人家写照的真实性；另一种则是借题发挥，旁征博引，过分地打了自己的嘴巴，这也似乎不必。译者只觉得这样的作品值得我们密切地注意，此外就没有提示个人意见而加以引申的资格了。即使在译文的字句上，译者也极力避免沾染了主观的成分。

现在且把德国 Monotype Corporation 所出的 Tauchnitz Edition 选辑本书的介言移译如次："本书结束王氏家庭的三代史，王家昔年在田地上的挣扎描绘在《大地》书中，跻于富裕之时则载在《儿子们》里。王虎，前集中火一般的青年，至是已成为复古的父亲，他专制的父权令儿子王元寻求逃避。代表老大的中国与新兴的中国之间的桥的王元，为父亲的关系而放弃了急进运动，在美国完成了他的学业，从这里，我们在一个现代中国人对于美国的风尚宗教和道德的观念上得到一个极有兴趣的侧视，及其回国，终于在他自己人民的革命运动中获得成就。他是布克夫人的最有兴味的人物之一，为新时代的激荡所冲动，可是永不能完全摆脱他对于灵魂或祖先传统思想的忠诚。"

再把纽约《太晤士报》对本书的批评节录如下：

《分裂的家》为三部曲的小说末部，第一部《大地》，第二部《儿子》，第三部即本书是。在此末部中，白克夫人所述者乃最近之中国。合前二部观之，诚为伟大之成功，富有人性而兼含有启示解释东方与泰西认识的能力。由于《大地》一书而使活跃地感觉到中国人之生活者颇不乏人，而所觉到者乃中国人亦人也。就其故事之骨干言之，王龙之故事乃人胜环境之故事——以俗语言之，乃叙述成功之故事，然而著者深知人情而又善辨价值，故写来足称为文学作品。

……本书虽不单调，然主要乃以王虎惟一之亲生子王元乃一中国青年在天翻地覆之世界中求得一立稳之地，然而白克夫人经精深仔细之研究，故写来足为一般在各种思想中求一定向的中国青年之象征，或许此为白克夫人所创造诸人物中之最成功者，其心思情绪为吾人所认识得最清楚者。

……在小说中而对某国学生在异国截然不同文化中所处之情境作有所启示之叙述，或以《分裂的家》为嚆矢。读是书，吾人可觉到彼等受不平等待遇之人所有之反应。于王元与其兄盛之经验，吾人可看到居住外国于彼等所有之不同的结果。盛为诗人，住纽约，极爱此种生活，颇不愿回国，及回祖国，则觉漂漂然若有所失。王元研究农学于某大学，半途与美国女子发生爱情，终因体质上之不同而退缩，重新鼓起爱戴祖国之心，回国竭力求以其所学为国家服务。……彼自选择一学医之女子娶之为妻，夫妇二人随则为新中国努力。（译者按：本文系节录林幽先生原译，载《人间世》第二十四期书评栏。）

本书借一个在模子当中压过一会而挣扎出来的意志不大坚定的青年徘徊在两歧之间的矛盾思想以及在各种新的接触中的复杂情绪来象征剧变时代的一般情形，心理描写之错综、细腻、与微妙，殆为赛女士作品中的最著者。译者以业余的有限时间，化八十个夜工草草脱稿，除力求符合通俗和忠实的两个主要原则外对于原作的风趣未能曲尽表达能事的地方在所不免，就此向作者和读者们深深道歉。

吟秋　二五·二·二五，于珞珈山下。

——录自商务印书馆 1936 年初版

《被开垦的处女地》①

《被开垦的处女地》译后附记

（周立波②）

对于这部增高了苏联文学不少的声望，预示了社会主义现实主义的威力的作品，颂赞已经太多，而批判和分析，又不是匆匆之际所能做好的；不久，也许可以在别的地方译载一两篇它的同国人所做的研究它的

---

① 《被开垦的处女地》，长篇小说，苏联梭罗诃夫（M. Sholokhov，今译肖洛霍夫，1905—1984）著，立波（周立波）译，郑振铎主编"世界文库"之一，上海生活书店 1936 年 11 月初版。

② 周立波（1908—1979），湖南益阳人。曾就读于上海劳动大学，1934 年加入左联，1939 年至延安鲁迅艺术文学院工作，后主编《解放日报》文艺副刊。另译有俄国普式庚（今译普希金）小说《杜布罗夫斯基》（即《复仇艳遇》），捷克斯洛伐克作家基希（E. E. Kisch）报告文学《秘密的中国》等。

论文，以供读者参考，但在这里，我只简单的说一说这书的翻译的事。去年，许多青年朋友提议翻译这本书，那正是比现在还要沉闷的时候，出版不容易，他们怂恿我译它，准备大家出钱自己印；我却辜负了他们，只译得三万字，就为了生活及其他，没有继续。但是，也幸亏这样。我不懂原文，我只能靠英译重译，找日文参照，那时我所找到的英译是莫斯科"苏联外国工人合作出版社"出版的译本，日译是上田进本，这两种译本是两种文字中的劣译。今年我又找到了加里（Stephen Carry）的新的英译本，和米川正夫的新的日译本，都是比较完善的译文，又得到"世界文库"的物质便利，于是我重新翻译了。我主要的根据加里的英译，参照米川正夫的日译，有时也得到莫斯科版的英译的一些帮助，上田进的译本，差不多不大参看。加里的英译，每章有小标题，因为都不能包括每章的内容，而且其他三种译本都没有，我也略去了。两种英译都略去了第三十四章的一首民谣，我依据了日文补上，此外英译还有许多故意省略和无心漏译的地方，我都参照其他译本译出了。

译时和译后，得到周扬、杨骚、林淙诸先生的许多帮助，他们或为我校阅，或为我赶译。使这书能够很快完成，在这里向他们表示谢意。

自七月起，修改旧译三万字、并译完全书，费了三个月工夫，十月份自己又校一遍。前后共费了有时只睡三四个钟头的差不多四个月的时日。使我在热烈的国防文学论战中有几个月未能参与的，大部分是为了这本书的缘故。

读这本书的时候，翻译它的时候，都时常感到它有一种温味的和谐的微笑。显然，俄国文学的传统的"含泪的微笑"，传到这本书，已经变了质，微笑是一种尽心尽力的生活的欢愉，不再是无可奈何的强笑了，而眼泪只是属于过去。俄罗斯人民的过去是悲惨的，这本书里每一个的重要人物，差不多都有一段悲惨的过去的插话。但是现在，他们都开始欢喜他们的生活了，而且还在尽力的开拓着人类的将来，他们能够笑，能够像达维多夫一样，胜利的、很有自信的说着：

"一切都属于我们，一切都在我们的掌握。"但是我们不能够，我们还生活在他们的"含泪"的"过去"。

到什么时候，我们才能够像他们一样的欢愉的笑？

——录自生活书店 1936 年初版

《夏伯阳》①

《夏伯阳》译后记

郭定一（傅东华 ②）

当《夏伯阳》的影片在上海苏州等处映演的时候，确实曾经"轰动"过一下，后来各杂志也就竞相介绍起原书和它的作者来了。认为那样的"轰动"和"轰传"便是读众对于这书的要求的一个确实的保证，又经朋友们竭力的怂恿，所以用不着别的理由和动机，就化了三十六个大热天，将它译了出来。

就书论书，《夏伯阳》在苏俄新近的文学出产中并不占据怎样显赫的地位，它的作者也算不得一个怎样杰出的作家。但是要记得，我们不能拿纯粹文学的眼光去读这部书——这并不是小说，这是事实。书中的费多尔·克里乞可夫，就是作者特米脱里·富曼诺夫（Dmitri Furmanov）他自己。他在一九一九年的时候——那时他二十八岁——被派到乌拉尔前线夏伯阳所统带的师中去做党政委。此后一段时间，他在那位"游击战士"身边努力政治的工作，具如本书所述。将这丰富的亲身经略做题材，他就着手做起"内战的史诗"来，但只成就了

---

① 《夏伯阳》，长篇小说，苏联富曼诺夫（Dmitry Furmanov，1891—1926）著，郭定一译，译者自刊，1936 年 11 月初版。

② 郭定一，傅东华（1893—1971）笔名。

这短短的一个插剧，死就来横加干涉，以致他那"还没有说完的话"（一九二六年三月十五日临终时语）竟无机会可以说下去。

他的夫人安娜·富曼诺夫，也是本书中鲜明人物之一。在一九三六年他逝世十周纪念时曾对《莫斯科日报》访员发表一次谈话，使我们可以略略知道这位作者的生平。（详载《文学》六卷六号世界文坛展望。）

关于译名，这里是仍影片的旧译。当时译者一定是把最后一个音节—yev 错看成了—yen，这才会译成"夏伯阳"的。各杂志上曾经改译做"却派也夫"，但第二个"派"字倘照"国音"读起来，也仍旧不很切合。现在所以"将错就错"，虽则算起稿费来，这一字之差也不无可观，但是读者们的脑子里已经有了"夏伯阳"打了底子，译书的人又何必这么顶真呢！是不是？

译者　一九三六年九月六日
——录自译者自刊 1939 年四版

《希德》[①]

《希德》译者的话

王维克 [②]

惭愧，惭愧！这本《希德》居然是得过首奖的翻译文学。现在且

[①] 《希德》（*Le Cid*），五幕悲剧，法国郭乃意（Pierre Corneille，今译高乃依，1606—1684）著，王维克译，上海生活书店 1936 年 12 月初版。

[②] 王维克（1900—1952），江苏金坛人。曾就读于上海大同大学、震旦大学，1925 年赴法国留学，在巴黎大学学习数学、物理，师从居里夫人。1928 年归国后，先后在上海中国公学、江苏金坛县立初级中学、湖南大学等校任教，1933 年入上海世界书局从事审订及编译工作。另译有意大利但丁长诗《神曲》、《屠格涅夫散文诗》、古印度迦梨陀娑戏剧《沙恭达罗》等。

把得奖的经过写在后面。

　　偶然在旧报中发现上海中法联谊会举行翻译法国剧本竞赛的消息，计算距收稿截止期只有一个多月了。由于内人的鼓励，才发生了参加的念头。我想法国剧本中第一块牌子要推郭乃意的《希德》，何不把他译了出来。乃于二月一日开始翻译《希德》的工作。

　　《希德》原文为诗体，共一千八百余行，预计每天译一百行，译完后再请我的妹婿眷清。译到中间，我的婶母死了，当然有几天只好停止工作。可是全剧竟在二月十八日译完，二十日校完。

　　那时我妹婿的父亲病重，没有几天也就死了，当然无暇替我眷清。于是这件工作由内人担当，同时我作了一篇：《郭乃意和他的〈希德〉》。在二月二十七日才眷清完了。又请我的妻弟用国语朗诵一遍，我听着有不顺之处，立即加以改正。直至次日下午，才匆匆忙忙把稿子用双挂号寄出。二月二十九日就是收稿截止期。

　　我们都希望着。直至五月二十一日，接到评判员徐蔚南先生的快信，和评判员徐仲年先生的平信，才知道《希德》经过多次的意外而得着首奖了。这是我的徼［侥］幸！这是内人和其他亲友的襄助！这是中法联谊会评判诸公的宽容！

　　中法联谊会会长赵志游先生，秘书江文新先生，及中法两国评判员王长实女士，王云五先生（韦捧丹先生代表出席），宋春舫先生，张道藩先生，林风眠先生，徐蔚南先生，李青崖先生，胡文耀先生，徐仲年先生，巴利先生（Dr. Paris），水则尔先生（M. Schweitzer），勒不郎先生（M. Leblanc）：译者对于以上各位在此表示十分诚意的感谢！

　　评判完了以后，徐仲年先生，徐蔚南先生，对于《希德》译文颇有许多指示，使我得依据作进一步的推敲，这是我要提出来表示特别感谢的。

中华民国二十五年国庆日，在中法联谊

会礼堂领奖归后，王维克写于客舍。

——录自生活书店 1936 年初版

《希德》郭乃意和他的希德

(王维克)

自郭乃意出，而法国戏曲始成纯粹之艺术，足以怡悦性情，
感发神思，不仅为民众娱乐之具矣。——周作人：《欧洲文学史》

据我所知，现在中国已经翻译的法国剧本，大多数是属于近代
的和现代的，甚至有好几种在文学史上尚未有稳定的位置。较古旧
的剧本，在浪漫派有曾孟朴所译的嚣俄（Hugo）剧本数种，小仲马
（Dumas fils）的数种，在古典派则莫利爱（Molière）的喜剧译出最
多，拉辛（Racine）的《费特儿》(*Fhèdre*) 和维尼（Vigny）的《查
太顿》(*Chatlerton*) 则始见于去年底商务出版的《法国名剧四种》
中。但是为拉辛之前辈，为莫利爱之先驱，为法国人所称最大诗剧
家之郭乃意（P. Corneille）的作品，则未尝引起中国人的注意。我想
这种轻视的原因，固然因为郭氏所用的文字较为高古些，诗句较为
难懂些，而其最大原因则为误解文学派别的名称。他们以为"古典
派"是要不得的东西。其实这种意见错误极了。我们要取消这种错
误，不必多说空话，只要选读几种所谓古典派的剧本就够了。不必说
原本，就读已出版的《费特儿》，及此处所译的《希德》(*Le Cid*)，我
想已够证明古典派文学实在是谨严整洁，一字一句都无懈可击，而陈
义高尚，写情深刻，使人百读不厌，决非草率从事的作品可比，（固

然有许多应归罪译者）。所以，Classique 一字，依字典所注，其义为"著作物因为尽善尽美的缘故，可为人模范，而用于课堂"。此则 Classique 为"经典"，"典籍"之义。又，Classique 与较后之文派 Romantique（浪漫派）对立：前派以"谨严"胜，后派以"奔放"胜，此不过时代趣味上的分别，决非优劣的分别。实则浪漫派何尝无谨严处，古典派何尝无奔放处。即以郭氏而论，其文之内容为浪漫的，而其文之形式则谨严确切，不能增减（所谓其诗句乃"铸于奖牌上者"是也 frappés en médalles），而可为法国语文之模范。浪漫派代表作嚣俄的《欧那尼》（Hernani）模仿《希德》之处可说很多。我们若仅仅知道几个缠不清的名称，而不研究作品，真是有百弊而无一利的。研究法国文学（至少在戏剧方面），郭乃意的作品决不能轻视的。

郭乃意以一六〇六年生于法国的鲁昂（Rouen），初学为律师，继努力于诗剧的写作，因此早年即有名于时，为路易十三之首相李虚留（Richelieu）聘作记室，受命于首相掌起草及整理文稿之事。但郭氏年少气盛，对于首相的诗文动加删改，于是首相只好叫他退职，说他是"无随员的精神"。郭氏初作喜剧，于一六三五年开始作悲剧；一六三六年取材西班牙剧本，作《希德》一悲剧（初称"悲喜剧"Tragi-comédie，因其结局尚可喜也），排演后立即声名大震，竟至遭首相的嫉视，不惜指使他人加以攻击。然而真金不怕火来烧，名作终不可抹倒，《希德》极为民众所赞赏，而当时文坛有威权者如巴而若克（Balzac 1597—1654）也替他表扬。当时"美如《希德》"（Beau comma le Cid）一语竟成为流行的谚语。《希德》排演至今，未尝少衰，到今年正有三百年了。《希德》出版后，郭氏天才流露，名作如林，其中如《荷拉士》（Horace 1640），《西那》（Cinna 1643），《北留克德》（Polyeucte 1643），《倪可末特》（Nicomède 1651）等悲剧为最著名，至今学校中犹作为标准读物。郭氏称为"悲剧之父"

（Pére de la Tragédie），然其喜剧《说谎人》（Le Mentenr［Le Menteur］1643）亦为名作，所以"喜剧之父"一尊称，他也可受之无愧。郭氏以一六四七年入法兰西学院，晚年贫困殊甚，虽然受过国家的年俸补助，可是为时未久。他自己说他当时是"饱于名，而饥于银"（Saoulde gloire et affam d'argent［saoul de gloire et affamé d'argent］），这个却是实情。郭氏精力既衰，所作剧本不足以叫座，拉辛及莫利爱遂代之而起。一六八四年死于巴黎，葬圣禄克（Saint-Roch）教堂。

在郭氏以前，法国并非没有戏剧，只是没有上轨道，没有纯净而已。巴黎大学教授莫奈（D. Mornet）宣称："郭乃意的《希德》，和拉辛的《昂特禄马格》（Andromaque），卢骚的《新爱绿伊丝》（La Nouvelle Heloise），拉马丁（Lamartine）的《沉思集》（Las Méditations）一样，真是当时的一种启示。"翻译《希德》为英文的朗迪斯（P. Landis）教授也说："郭乃意创造式样，而《希德》曾经被称为在一切文学中或是最划时代的剧本。"由此说来，可见郭氏在法国文学上的地位，实是前无古人。但是《希德》一剧，其中的人物事实，几和西班牙文人卡斯托（Guillem de Castro 1567—1630）所作的剧本《希德出世记》（Las Mocedades del Cid）全然一样，郭氏的革新在细情上面，他使故事更加合理化，英雄更加人类化，他使剧情更加紧张简捷，使文体更加精细美丽，更加规律化（合于所谓一地一时一事之"三一律"，Règle des Trois Unités），在郭氏之后，拉辛崛起，但郭氏究竟是老前辈，究竟打不倒，而且和拉辛比较起来并不"相形见绌"，反成为"相得益彰"的形势。因为郭氏剧中的人物，皆具有不屈不挠的意志，战胜情欲，而奔赴其高尚的责任和荣誉。如在《希德》中，罗得利（Rodrigue）因为替受了羞辱的父亲报仇，就杀死情人西梅痕（Chimène）的父亲，同时西梅痕不因为爱罗得利的缘故而放弃追究他的责任。反之，在拉辛剧中，其人物常为情欲所困，因而造成罪恶，使人恐怖，且生怜悯。盖郭氏剧与拉辛剧同为描写"天人交战"的心理剧，惟郭氏则描写其理想中"天理胜人欲"的人物，而拉辛则描写人类之实际性格，就是"人欲胜天理"。郭氏剧为意志世界，人物有自主的精神，为善为恶皆自负其责；在此世界中，虽生命和爱情亦不足以跟一个人的责任和荣誉相比。拉辛剧为感情世界，其人物的性格亦适与前者相反。一则描写高尚的理想，使人知有所趋；一则描写人性的弱点，使人知有所避：趋善避恶，收"异途同归"之效。由此说来，我们若同时研究这两家的悲剧，则可以更了解每一家；对于这两家的价值，决不会有所轩轾。

英国的莎士比亚（Shakespeare 1564—1616）略先于郭乃意。在中国，莎氏是几乎无人不知的，郭氏则难得被人道及（除在文学史中）。可是郭氏在法国的荣誉，决不下于莎氏的在英国。通常法国人终说莎氏是"野蛮的天才"（a Barbarian of Genius），而受了英文教育的国民则说郭氏（和拉辛）是"文明的庸才"（a cultivated Mediocrity）。这两国的国民似乎是各不了解，或者说他们是"文人相轻"的习惯也无不可。实则莎氏以奔放胜，所以为后来法国的浪漫派嚣俄等所推重。郭氏以谨严胜，且能遵守亚里士多德（Aristotle）所创之"三一律"。此律固然使文笔受拘束，但是亦可以使剧情集中。换言之，郭氏描写事情最紧张，最扼要的一段，并非演述事情的全部，有头有尾像一本小说。莎氏作剧的方法近于作小说，郭氏的方法却是较适合于舞台上短时间的表演。我国目下流行的"多本式"新剧，铺叙一种荒唐的故事，一本二本地排演一年半载，真的还谈不到"艺术"二字。

前面已经说过，郭氏的《希德》一剧，至今适为三百年，在中国也应当叫他见见天日了。《希德》文字的美丽，陈义的高尚，对白的流利（也许郭氏原是律师，所以这样辩才无碍），都用不着再多说。在国难严重汉奸横行的今日，这本书令人读之，可养成功轻私情重荣誉的美德，养成功报仇雪耻，为国效力，奔赴战场的勇气。至于译文，我一方面不敢离开原文，同时又要文字畅达，读上去不拗口，听上去不聒耳。原文为法国民众和学生的标准读物，也许我的译本可以为中国民众和学生的标准读物呢。至少，这是我的一种希望。

一九三六年，二月。

——录自生活书店 1936 年初版

《劣童迁善记》①

《劣童迁善记》[序]
沈辟邪②

　　本书作者在英国文坛上，并没有给他坐的交椅，译者□□无名小卒，因此，这部作品很少有发表的机会，虽然它在英国是皮面烫金地出版了。

　　屡次要把译稿丢了，自己拿来看一下，又屡次的有点舍它不得，实在的，原文的立意很纯正，描写很清隽，布局也很曲折，在儿童教育一方面，的确不无有点小补。曾经修改了三四次，将不合于我国国情的地方，全删去了，再读一遍，觉得还可以，于是誊清了等候发表的机会。不敢希望它皮面烫金，但愿介绍给爱好教育的读者，或者宝献于小学教师和小朋友之前。

——录自上海千秋出版社 1936 年初版

---

① 《劣童迁善记》，儿童故事，辟邪译，上海千秋出版社 1936 年 11 月初版。
② 沈辟邪，生平不详。

《罗亭》[①]

《罗亭》后记
陆蠡 [②]

　　"罗亭"是屠格涅夫有连续性的六部小说的第一部。原书起稿于一八五五年六月初旬，至七月末旬完稿。刊行于一八五六年。

　　译文根据的是 Mrs. Constance Garnett 的英译本。伦敦 William Heinemann 公司出版。卷首附有斯特普尼亚克的长序。现在把序一并译入，以供读者参阅。

　　译时也参看 Henry Bolt 的英译本（一八七三年纽约 Thomas Y. Crowell 公司出版）和二叶亭四迷及上野村夫的日译本。二叶亭四迷把书名译作《浮草》，收编在改造社《现代日本文学全集》里面。上野村夫的译本则是今年三月刚出版的。

　　移译校订虽则化了不少时间，我自己还不能认为满意。我只能说这译文不能算是十分草率。我尊重作者，我也尊重读者。

　　承丽尼，陆少懿，天虹诸兄百忙中为我细细从英日文本逐字校读一遍，指出不少错误。我在这里致深深的感谢。

一九三六年十二月十四日陆蠡记

——录自文化生活出版社 1947 年七版

---

① 《罗亭》，长篇小说，俄国屠格涅夫（I. S. Turgenev，1818—1883）著，陆蠡译，"译文丛书·屠格涅夫选集 1"，上海文化生活出版社 1936 年 12 月初版。

② 陆蠡（1908—1942），浙江天台人。曾就读于之江大学、劳动大学机械系，后任教于福建泉州平民中学、上海南翔立达学园。上海文化生活出版社创办人之一，1942 年遭日军虐杀。著有《海星》《刀竹》《囚绿记》。另译有俄国屠格涅夫小说《烟》、法国拉玛尔丁（今译拉马丁）小说《葛莱奇拉》等。

《静静的顿河 2》[①]

《静静的顿河 2》序
黄一然 [②]

　　一年前，我们对于 M·唆罗诃夫以及他的作品，从来不曾注意；我们全不是读文学的，接近文学的作品，只是从人所熟知的名著中，抽来读读。

　　去年春天，其方把贺译的《静静的顿河》第一部介绍给我们。由此才得到读这部大著作的机会。当我们读完了以后，很希望能够再读到续译本，然而一直到下半年，还是毫无消息。因此我们就想要读到原文和英译本；一方面我们需要知道什么是"在战争的持续间却生长了沉郁的憎恨"，什么是"逼近目前的革命预兆"，这些情形是怎样惊扰了顿河的哥萨克；另一方面我们也被作者伟大的笔力所吸诱，主要的还是为了作者在描写世界史上一大变革中，小市民的转变这一点，是使我们决定要读到全文的原因。文学不是历史，然而文学确是历史的反映，《静静的顿河》不仅是反映了历史的一个程序，而且指示了这一历史程序中必然的前途；本书的作者，他并不故意掩饰历史的丑恶，对于革命也并不夸张其词，小资产阶级之阶级意识的易于动摇，

[①] 《静静的顿河 2》，长篇小说，苏联 M·唆罗诃夫（M. Sholokhov，今译肖洛霍夫，1905—1984）著，赵洵、黄一然译，上海光明书局 1936 年 12 月初版。

[②] 黄一然（1908—1979），江苏太仓人。1927 年春加入中国共产主义青年团，并参加了上海工人三次武装起义。1935 年加入中国共产党。抗日战争时期，在沪参加上海文化界救亡协会，后赴山西抗日前线工作。另与妻子赵洵译著有《日本经济与经济制裁》（其中第一部《日本经济》为苏联 K·波波夫著，赵洵译；第二部《经济制裁》为黄一然著）。

他算是尽情地揭露了。唆罗珂夫的成功，应该归功于在革命的实践上，得到了学问。

于是我们就觅得原文和英译本：同年十一月，杏城自哈尔滨购得原文，寄赠赵君。我自己就在上海购得英译本（*And Quiet Flows The Don*：Mikhail Sholokhov，Translated By Stephen Garry，Putnum，London.）。

读后，我们决定把它部分地续译出来。

可是几个月以来，在教书上分去了许多时间，所幸我们在两个月以前离开了学校，能够专心从事翻译。到现在我们才算继贺译本之后，从第三部译起，到格黎高里·潘特雷叶维慈在战场上受伤以后，从医院回到家里为止。可是"在战争的持续间却生长了沉郁的憎恨"的事，这里还不过下了一些细微的种子，战争还要继续下去，革命还没有到来。

本书的译文，是赵洵君根据原文，我依据英译文，逐章对照而译成的。遇有不同的地方，全以原文为根据。全书的译文，我们尽力求其通俗。这里，赵君对译文的认真和努力，是使我十分感动的。译文完成后，前后共修改四次，最后一次，在修辞上，是我根据英译本加以润色的，如果有错误的地方，我应该负更多一点责任。至于人名等，为使读者易于记起前书的事物计，完全与贺译本一致。

然而我们对于翻译，尤其是文学作品，无论在哪一方面，是没有经验的，可说这次是我们大胆的尝试，因此我们诚恳地希望能够得到读者的指正。

《静静的顿河》一二两册，仅占全书四分之一。贺译本是包括第一二两部的，本书仅是第三部全部而已。我们很希望有人能够把这部工作做完，但是像鲁迅先生所说："能否实现，却要看这古国的读书界的魄力而定了。"

至于贺译本《静静的顿河》第一册，我们曾经对照着原文读过了，其中有许多地方是删去和修改了的，这大概译文是根据德译本重译的原因。如果有机会的话，我们打算把它补译出来，使读者有窥全豹的机会。

黄一然　一九三六年四月二十一日于上海

——录自光明书局 1936 年初版

《卢贡家族的家运》①

《卢贡家族的家运》译者序言
林如稷 ②

爱米尔·左拉的著作，是应该有系统的整个介绍的，然而因为种种实际的问题，现在采取的还只是选译的办法。在左拉一生六十余卷作品里面，除去前期不大成熟的几部短篇和长篇小说，以及戏剧，批评，书信，与艺术和时事问题的杂文而外，当然最重要便是二十卷的《卢贡·马加尔家传》，《三大名城》及《四福音书》。（《四福音书》末一卷并未完成，而作家便意外的死去了。）《卢贡·马加尔家传》是左拉从一八六八年就开始写起，一直到一八九三年才告完结，总共费去他二十五年的精力，是在世界文坛上早有定评的一部伟大而且最能代

---

① 《卢贡家族的家运》(*La Fortune des Rougon*，书名页题："卢贡·马加尔家传　第二帝政时代一个家族之自然史及社会史　卢贡家族的家运")，上下册，长篇小说，法国左拉（Émile Zola，1840—1902）著，林如稷译述，"左拉集 1"，中法文化出版委员会编辑，上海商务印书馆 1936 年 12 月初版。

② 林如稷（1902—1976），四川资中人，1921 年考入上海中法通惠工商学院。1922 年成立浅草社，并编辑《浅草》季刊。1923 年自费留学法国里昂大学、巴黎大学，主攻经济学，自修法国文学，1930 年回国。著有小说、散文、评论等多种。

表这位自然主义大师艺术的杰作。所以现在选译的范围也就限制在这
二十卷上面。好在这一部卷帙浩大的巨作，虽然各卷之间彼此有一定
的连带关系，——左拉是用家族遗传的线索把全书贯串着的，——但
每卷却也可以各自独立，各有首尾，各成一部完整的著作。关于这一
点，左拉在他给出版家拉可阿的计划书上，有过详细的说明。

　　《卢贡·马加尔家传》的总题名是："第二帝政时代一个家族之自
然史及社会史"。左拉是以卢贡·马加尔家族的发展，写出法国第二
帝政时代的各种社会生活。一方面是关于一个家族的生理方面的研
究，另一方面是关于近代社会多种问题的研究。全书的二十卷是：

　　（一）《卢贡家族的家运》（一八七一年）（*La Fortune des Rougon*）

　　（二）《贪欲的角逐》（一八七一年）（*La Curée*）

　　（三）《巴黎之腹》（一八七三年）（*Le ventre de Paris*）

　　（四）《朴拉桑的征服》（一八七四年）（*La Conquête de Plassans*）

　　（五）《莫瑞教士的过失》（一八七五年）（*La Faute de l'Abbé Mouret*）

　　（六）《雨瑟·卢贡大人》（一八七六年）（*Son Excellence Eugène Rougon*）

　　（七）《酒店》（一八七七年）（*L'Assommoir*）

　　（八）《爱之一叶》（一八七八年）（*Une Page d'Amour*）

　　（九）《娜娜》（一八八零年）（*Nana*）

　　（十）《家常琐事》（一八八二年）（*Pot-Bouille*）

　　（十一）《女福商店》（一八八三年）（*Au Bonheur des Dames*）

　　（十二）《生之欢乐》（一八八四年）（*La Joie de Vivre*）

　　（十三）《萌芽》（一八八五年）（*Germinal*）

　　（十四）《作品》（一八八六年）（*L'Œuvre*）

　　（十五）《土地》（一八八七年）（*La Terre*）

　　（十六）《梦》（一八八八年）（*Le Rêve*）

（十七）《人类的兽性》（一八九零年）（*La Bête Humaine*）

（十八）《金钱》（一八九一年）（*L'Argent*）

（十九）《溃败》（一八九二年）（*La Débâcle*）

（二十）《巴士加医师》（一八九三年）（*Le Docteur Pascal*）

至于现在所拟选译的不过：（一）《卢贡家族的家运》；（二）《萌芽》；（三）《土地》；（四）《金钱》；（五）《溃败》；（六）《酒店》；（七）《爱之一叶》；（八）《娜娜》；（九）《家常琐事》等九卷罢了。就是这九卷，据过去一年多的经验，即无人事的变化，恐怕真能完全如所期的译完，也非十年左右不可的。这当然，对于能以二十五年的岁月去写一部《卢贡·马加尔家传》的左拉及产生他的过国度，我们不能不感到惭愧。

在左拉著作的法文原本，通常用的是"法斯格尔书局"出版的本子：（Bibliothèque Charpentier, Eugène Fasquelle, Editeur）不过这个版本是常有错字的。在初译时虽然根据的是这个本子，后来却改用在一九二七年由莫理斯·来·卜龙所编的《左拉全集》本了。这种"全集"本系巴黎"佛郎索阿·白鲁尔德印书局"（Typographie François Bernouard）出版，在每本著作后面都有来·卜龙的附注，考证，并且收集了许多有关系的材料。

关于左拉的生活，为方便起见，暂时译了一篇左拉女儿作的《略传》。这对丁左拉著作方面的评论虽然不多，但是关于他的生活方面却历历如在目前，即使叙述还不算十分详尽，已经很是亲切而且动人。

不过，为甚么第一本选译这并非特别有名的《卢贡家族的家运》呢？这有几层理由的。左拉在原序上已经说过，这一卷是他的全书的"起源"，——那一个复杂家族的"起源"——先译出这一卷来，读者不但可以得到这二十卷大作的轮廓，也足以明了这个卢贡·马加尔家族的来龙去脉。并且，谁都知道左拉的艺术特色在他所主倡的"自然主义"及"实验小说"。这本《卢贡家族的家运》虽然文字还嫌晦涩一点，（不过极讲究文章的佛罗贝尔却异常称赞这是一本有力之作！）但它却要算是实现左拉文艺理论很具体的一本，——尤其是在解释他的所谓"遗传公律"方面。实在说，这一卷非但故事本身动人，而且又极完整，可以独立，在结构技巧上面更是谨严不苟。至于书中所描写的许多情节，未尝不可以移过来作我们现在社会的写照。此外，最可注意和最要紧的是：左拉这一卷的开始写作是在一八六八年，离"第二帝政"的倾覆还有两年。这位自然主义大师却在拿破仑三世失位以前二年便著作这样一部攻击"帝政"的小说，——并且是指名的露骨攻击，——又还在普法战争之先就在《世纪报》上开始发表，这正是后来掀动"德来菲事件"风暴的左拉的一种特有的大无畏态度，当得起作家这个名字的文人应有的态度！左拉在以后为这本著作拟的广告上面曾经说他的《卢贡·马加尔家传》是一个勇敢的企图。这部二十卷的连续巨作，不仅在文艺上是一部可与巴尔扎克的《人间喜剧》比肩的勇敢企图的作品，即在社会思想方面，也称得起一个勇敢的企图的！

　　至于那幅"卢贡·马加尔家族的世系分枝图表"，在通常的"法斯格尔书局本"，是印在全书最末一卷《巴士加医师》的卷首的，（在《爱之一叶》上也曾有过"图表"的未定稿，）但在"佛郎索阿·白鲁尔德印书局"的《左拉全集》，却由来·卜龙移在《卢贡家族的家运》的卷首。这很有道理；不过因为印刷及译文的关系，只好将原图影印在译本卷首，而图表的译文，却采用了英国巴德孙在编《左拉字典》（*A Zola Dictionary*，By J. G. Patterson）时所用的办法，另附略图单独译出印在卷末了。

　　左拉的文字，有些地方是很难译的，虽然费了一点心力，也常同友人商酌，不过恐怕不妥或错误之处仍是难免。于希望高明的指教之余，同时在这里向帮助过的友人深致谢意。

林如稷　二十五年，一月十六日，北平。

——录自商务印书馆 1936 年初版

《巴格达的商人》[①]

《巴格达的商人》阿拉伯故事丛书发刊辞

陆高谊[②]

　　人类本属一家，互爱平等。只以地形变迁，交通阻隔，随气候地域，形成各种民族，各种生活；久而久之，各成风俗习惯，其最高尚之成分，则进而为宗教；既成宗教，则一部分所谓风俗习惯，乃一变而为神圣不可侵犯之信条，入主出奴，成见日深；以致各民族间，各宗教间，多少真理天才，文化学术，湮没不彰；互爱平等之精神，亦因之而愈趋愈远。现在交通便利，天下已似一家，吾人深觉恢复人类固有之天性，互爱平等，以进大同，实属急不容缓。是故不论其为何种民族，何种宗教，凡有客观价值，足以观摩取法之故事，本局皆拟精选而移译之：一则使儿童及青年读物，增广范围；再则使国人于儿童或青年时期，即了解各民族各宗教之伟大，则将来成人，早具有人类互爱平等之观念，能于世界和平致其有益之贡献。一举数得，事固莫善于此。

　　阿拉伯位于古代文化中心巴比伦埃及之间，英雄圣哲，代有辈出，

---

　① 《巴格达的商人》，阿拉伯民间故事，埃及高米尔编著，马兴周移译，"阿拉伯故事丛书"之一，上海世界书局 1936 年 12 月初版。

　② 陆高谊（1899—1984），浙江绍兴人，杭州之江大学毕业。1933 年到上海，先后出任世界书局总管理处秘书、书局总经理。曾任河南第一女子师范学校校长，河南中山大学教务长、杭州之江大学教务长。在译介方面主编有"世界名人传记丛刊"等多种。

其中可歌可泣之故事，传百世而不灭者，正复不少；《天方夜谭》等故事，久为世界各国所传诵，可为明证。本局今得马兴周君另选阿拉伯故事若干种，就阿拉伯原文翻译之，地方色彩之保存，与间接译自欧美各国者，大不相同；马君并假游历该地机会，得与当地学者研究，于该地之文化精神，尤有心得，与一般所谓翻译者，更不可同日而语。本局衡情今古，乃有此阿拉伯故事丛书之刊行，想邦人君子，亦必以为应然也。

抑国人现正提倡儿童文学及青年修养读物，本局刊行此书，自信颇能适合其需要。儿童与青年之欢迎，自在意中；而全国回教同胞，得有同道如马君者，翻译介绍回教故事，当更愿先睹为快，兹值发刊伊始，用布区区，敬希指教。

陆高谊

廿五、十、卅一

——录自世界书局 1936 年初版

《巴格达的商人》阿拉伯故事丛书编译旨趣

马兴周 ①

1

记着——一切光明磊落底人们：

千万勿使任何民族的孩子去放荡作孽！

---

① 马兴周，生卒年不详，本名纳兹安，后改为马俊武，字兴周，云南开远大庄人。1934 年由母校昆明明德中学保送到爱兹哈尔大学留学，在埃及学习13 年后归国。另译有埃及高米尔编著《阿里伦丁》(今译《阿拉丁》)、《桑鼎拜德航海遇险记》、《哈漪雅格赞》(今译《哈伊·本·叶格赞》)，均收入他所编译的"阿拉伯故事丛书"，埃及太浩虚生（今译塔哈·侯赛因，Taha Hussain Bey ）自传体小说《童年的回忆》(*The Days*，今译《日子》）等阿拉伯文学史上的经典之作。又以马摩西笔名在马新报刊上发表文章。

引导孩子向上的重任，你们应该承当，
　　——绝对地应该。

更要把你们的甘露，去灌溉他们尚未发荣的蓓蕾；
　　你们所散布的圣洁的光芒，高尚的德性，
就是他们的前程的明灯，良善的楷模！

透明的珍珠，终有一日能够贯穿，
　　但是啊：——
珍珠的孔道，就须端庄而正直。
　　　　——伊本尔拉漪

这是一位阿拉伯古诗人对于敦促人们关怀儿童，或教训儿童的诗句，歌颂得多么的亲切恳挚而趣味隽永啊！由此我们可以窥见当时的人们对于儿童的问题，就特别的加以研讨和注意了。

真的，儿童是一颗透明而没有经过刮垢磨光的工夫的珍珠，是国家社会未来的砥柱与栋梁：关系的密切，地位的重大，只要是目光远大或头脑清晰的人，没有一个不公认的。

然而不幸得很，天下无穷尽的青年孩子们，虽有的已经得到高尚志士的扶助，替他们争得许多的利益与幸福：使他们能够享受家庭的厚爱和社会的同情，可是大部分的孩子依然受到成年人或老年人的任意残害和奴使，竟使他们的生理一日一日的起了变化，虽然年龄是不停地带着他们走动，使他们由童年而少年而老年的成长起来，但是沮丧、忧郁、怯懦、颓废、消极……等等的病症，对于他们是早已成为根深蒂固的了。

2

一个国家或一个民族的兴衰，是要看他们对于未来的这批主人翁，是怎样地教训和养育的。坦白地说，就是一个国家倘若是把他们的孩子爱如掌上明珠，辄不时的加以扶助和诱导，那末几十年后一定可以看见整个的国民生气勃勃，如鲜花怒放，如雨后春笋那样地显露出来！

　　——那就是民族振作的象征。

　　一个国家倘若还要醉生梦死地坚持着"孩子是最为卑贱"的那种因袭的成见，对于他们的孩儿随时加以抑压和侮慢，那末几十年后也定要叫你看到整个民族的衰颓和沮丧，竟至不可救药的。

　　——那就是亡国灭种的明证。

　　往昔德意志惨败于法帝拿破仑，竟至割地赔款，丧权辱国，于是举国震撼，从此万众一心，养精蓄锐，发奋图强；结果竟一战而收复失地，再战而攻陷巴黎。毛奇大将军尝对人言："德意志之能战胜法兰西，全赖小学教育之能迅速普及的缘故。"这是德国以教育救国而著成效的颂赞。

　　考之历史，证之现势，青年或儿童对于国家社会的亲密，确实关系重大，那末对于这种促进"未来的主人翁的气质之养成"的工作，岂可轻易忽略而疏虞？

3

　　回教传入中国已经有一千多年了，人数已经过五千万之众，历史不能不算为悠久，人数不能不算为众多；只因历代受了专制政体的束缚和压迫，所以回教不但对于政治地位，经济地位得不到平等，就是关于哲学，文学，美术，工艺，伦理都被限制得湮没不彰，黯淡无光。因此许多热心的志士想对宗教有所整顿都弄到一筹莫展，束手无策；这种苦闷的现象也真耐人够受啊！

　　满清推翻，民国建立，这给予回教很大的一个发展的机会，因此各省改善回教环境的会社亦次第产生，接着各地教授国文的学校，也真风起云涌的创办起来了。

曾忆孙中山先生在民族问题里有过这样的遗训：

> 三民主义首在解放国内之民族一律平等，回族在中国历代所受压迫最甚，痛苦最多，而革命性亦最强。故今后宜从事于回民之唤起，使加入民族解放之革命运动。
>
> 回族向以勇敢而不怕牺牲著名于世，苟能唤起回民之觉悟，将使革命前途，得一绝大之保障！……
>
> 总而言之，中国民族运动，非有回族之参加，难得最后之成功；打倒帝国之工作，非有回族之整个结合，亦势难完成也。

确实整个的回教民族受了《天经圣训》的教练，早已养成了和平、坚毅、果敢、善忍、刚强、诚挚、清洁、爱美……种种混合的品性了。他们是不肯轻易地去侵犯人，更不愿轻易地彼人欺侮；这就是为和平而奋斗，为生存而竞争的意思。

穆罕默德圣人也曾说：

> 尔辈爱国家应如鸟之爱其窠巢。

我们倘若是回顾一下，回教之在中国，则只见有爱国赤诚之表现，而不见有颠覆国家的冤谋的；徐达，常遇春之取元都，咸阳王赛典赤之安抚西南，郑和的七次航海……这都是很大的明证。他们的最大目标，都是在发扬国威，扶持正义和反抗强霸者的侵略的。

所以我们很希望中国的回教民族，能够站在"与国内各民族一律平等"的立场上，有发展抱负和建功立业的机会！

近来以来，各地的侮教案层出不穷，追其根源，只不过是少数低劣文人爱舞文弄墨的轻举妄动而已，他们既没有将回教的真理或世界的大势透彻的加以研究过，仅只抓住一时代或一地域的一点若有若无的皮毛，就像煞有介事的杜撰起来，致引起了整个回教徒的公愤。

这种坐井观天，妄自夸张的人，真是气量狭小得令人可笑亦复可怜！

须知回教既占了整个世界的四分之一的人口，经过千百余年之久而不变，即可想见他自有他的特别感人的所在。因为回教的教训是要促使人们注重高善的道德，是要促使人们向着光明的坦途去迈进的。更要人们富有同情的心肠随时劝告他们去近善远恶。

好了，现在国内的名人学者，不论是教内的或教外的许多同胞们，都已经出了很大的精力来关心回教的前途了。有辅助教育的，有印行书籍问世的，有发行刊物的，有的会社或学校，甚至于选送学生到外国留学……这不能不说是整个的中国民族能够互相携手趋于复兴的光明之路的一种预兆。

4

教育事业之于我却感到相当的兴趣的，不过我总觉得学生的向学，与其谓为自动的，毋宁说是被动的。学生到课堂里去，每天所学到的都是一些枯燥无味的功课，要是没有学校里的记过，或会考种种的难关来提醒着，那末他们支持一点钟也很不容易，何况是长年累月的期限呢？

因此有的学生读了四五年尚不能写一封通顺流畅的信，更有的既已考入了中学，遇到教师讲解博物或理化的学科，尚需费很大的精力去注重课本里的生涩的字句，这就是经过小学的阶段，还没有把国文造究得相当的根柢的缘故，于是很多的学生都畏难而思退了。这已成为很普遍的现象，是无可讳言的事实。

要怎样才能陶冶学生的性情，使他们养成爱读书学做人的兴趣呢？现时却已成为很大的一个问题了。

我想我的这一生促使我的整个性情来爱好文艺者，不能不归功于《水浒》《红楼梦》《西游记》《三国志》《儒林处史》及其他许多翻译的小说，我的性情的陶冶，和思想的启迪，所受这些章回小说的感染最深，影响也最大。

例如看到《三国志演义》就一心的倾向那长坂坡救主的赵子龙。看到《水浒》就羡慕那景阳岗打虎的武松。看到《西游记》就喜欢那七十二变的孙行者。看到《儒林外史》就钟爱那富有美术天才的王冕。看到《红楼梦》就同情那多愁多病的林黛玉和风流成性赏花玩月的贾宝玉。那时我的脑里更缠绕了许多旖旎的传说，那是受了外国的翻译书籍的影响！

现在已经成年了，同时也受了点实验哲学的激荡和科学观念的洗刷，这一切幼儿时所憧憬着的人物和景色，应该受一点打击了，然而不但不能消灭，而且还一天天的互相映证起来，因此使我深深的感觉到故事和传说之于小孩确实有很大的魔力的。所以我在外国留学的这几个年头里，随时都想编纂或移译一些足以启发青年或儿童向上的书籍，介绍到祖国来，然竟因功课的繁复，致无多暇晷来了结我这点素所怀抱的志向，真是莫大的缺憾！

前年（一九三四）回教闻人尹光宇先生代表山西伊斯兰布道会及马君图先生（前山西省教育厅长，现任省府委员兼查禁毒品委员会委员长）出席巴勒司坦世界回教大会，顺道漫游印度阿拉伯埃及等国，藉此考察各地教育教务的情形，抵埃后相见甚欢洽，且尹先生时以"须从事翻译阿文书籍"为黾勉，于是我想移译一点性相近的读物到祖国去的心，便从新起了熊熊的火焰，想来尝试一下了。

5

世界上的文字，主要的大别可分为三大系——中文系，阿拉伯文系，拉丁文系。脱胎于中文系者，有日本文，朝鲜文，安南文；脱胎于阿拉伯文系者，有印度文，波斯文，土耳其文；脱胎于拉丁文系者，则为欧美二大洲所通行之英法德意俄及其他各小国的文字。

世界的交通，一天比一天的进步，人类互相接触的机会及所发生的关系，也一天比一天的密切了，因此各种语言文字的辗转介绍，已成为刻不容缓的趋势。

各个民族都有他天赋的优点，各个国家更有他特别的专长，欧美有欧美的民族性，亚洲有亚洲的民族性，可谓风马牛不相及；就不应该把欧美的灿烂光华的物质文明，来抹煞东方固有的精神文明。往古一切先辈所遗留下来的蕴奥的哲理，暂且搁下不提，就只以文学而论，则东方的中国是以小说著名，印度是以寓言称胜，波斯是以诗歌驰誉，阿拉伯则以故事和童话显赫的。

大凡读一种小说，或一种故事，都要认清他所产生的社会背景，和那个民族的特性，倘若一个人要读中国的小说，预先不懂得上述的这种定律，那他倘若是看到玄妙精粹的所在的地方，倒反感到其味如嚼蜡那样地引不起什么兴趣来了。

阿拉伯人是世界上一个最富有文学兴趣的民族，况且他们的记忆力也特别地坚强，所以只要发生了一个瑰奇的故事或有趣的童话，他们就得用笔来牢记，或用口来传述，几乎不要多久的时光，就能普及到民间去了。这种故事的流行，既那样地迅速而且广泛。于是对于社会的感染和所发生的关系，也特别地重大了。

有的故事还附带着很多造句缜密，含义潜深的诗歌，这种现象在旁的民族，或要认为是一种贵族的文学了，然而在阿拉伯却成为民间唯一的爱好和消遣品。因此一个苦力，可以歌咏一个大诗人的结晶，一个老年人可以赏鉴赞美小孩子的诗句，用来作精神上的安慰。这种情形，也好像我们中国的古代所流传下来的歌谣一样，在当时是人们的唯一的消遣，这与他们的风俗习惯和语言文字都很接近，但是为了时代和人事的变迁，迫我们后人来歌咏的时候，就觉得字句生涩，而含意深奥了。

例如：《诗经·鄘风·柏舟》：

> 泛彼柏舟，在彼中河，髧彼两髦，实维我仪，之死矢靡它，母也天只，不谅人只；
>
> 泛彼柏舟，在彼河侧，髧彼两髦，实维我特，之死矢靡慝，母也天只，不谅人只。

这明明是一个有勇气的青年女子对于她母亲的抗议。因为那"在彼中河髧彼两髦"的孩子是她的目中人；故虽未能求得她母亲的满意，而她口中竟不绝声的说"实维我仪""实维我特""之死矢靡它""之死矢靡慝"。

诗里所羼杂的这些字句，本是当时民间通用的俚语，而且是大众都熟晓的文字，现在就是文士大夫，也颇费解了。

阿拉伯古代的许多活泼的诗人们以俚语来描写民间的风俗习惯的诗歌也很不少了，但是人们至今依然的了解和明白，这就是中阿文互不相同的地方。

况且阿拉伯文自有它的美的所在，最要的还是在它的文法的严密，和单字的广阔，使人读书的时候，能够处处发现艳丽的字句，作文的时候，更能得到许多的方便，如海里淘沙，那样的可以俯拾即是。所以阿拉伯的故事，不但是深入浅出新鲜别致，而且还富有文学的，科学的，宗教的，伦理的，种种的意味。

＊   ＊   ＊

埃及是以阿拉伯文为国文，定回教为国教的一个国家，他们的很多的风俗习惯，都与阿拉伯相似的地方不在少，而且经过历代帝王及文人学士的尽心竭力的推崇，以及得到爱资哈尔这样一个隆重的学府，继续不断地造就人才，所以埃及在事实上已显而易见的成为回教文化的根据地，阿拉伯文学的发扬者了。

在关怀儿童问题和注重儿童教育的情势之下。

一部经过整理而思想丰富，趣味浓厚，插图鲜艳，印刷精美的《阿拉伯故事丛书》出版了。整个的回教世界的富有天趣的儿童都相争阅读是不用说的了，就是那般富有热情而嗜好故事与文学的少年人或老年人都不惜用了很大的一部分精力去吸纳它的蕴藏。

无疑的，这位埋头苦干的高米尔克罗尼已一跃而成为知名的人物，更负上了"童话大家"的美誉了。许多的闻人学者，宗教家，旅行家，教育家，革命家……都曾举行了热烈的欢迎会或研究会来表扬他的这番勋绩，同时教育部也曾介绍他的这部书，可以当做小学校的国文教本，也可以当作中学生的课外补充读物。

这种接受古代文学遗产的办法，在世界上履行的国家也很不少了。就如我们中国的《水浒》或《红楼梦》，再经过现代的文学家，用"取长舍短，择善而从"的办法，把它从新用适合时代需要的文字，整理编纂出来，即可坐收事半功倍的成效！

6

现在我曾费了很大的精力，经过数度假期的积极的奋勇，算是把这一部珍贵的丛书，移译完竣了，头晕眼花，精疲力竭，手足酸痛，病魔缠绕是不言而喻的了。但我总算是解决了一桩心愿，减轻了一种重负，也觉得是一件愉快的事。就好像农人的耕种田地，虽然经过长年累月的辛苦勤劳，只要他得到收成，自然把这过去的一切淡忘了，何况还要有上税拿粮，缴租田主的牵累呢?

＊　　　　＊　　　　＊

《阿拉伯故事丛书》的特点，真是数不胜数，不但它的文字是那样的清白流畅，而且还附上许多生动的插图，更能表现出古代社会的人物和景色；使人看了随时都可以引起了怀古的思绪，和浓挚的心情。

第一：本丛书所收集的故事是积极的，尽量的充满了爱国爱乡的热情，而富有教育的意味，能使深者见深，浅者见浅，极合青年儿童的心理，且不失时代的精神。

第二：本丛书所收集的故事，前后都有联系，活泼生姿，富有文学的价值，且尽力提倡高尚的道德，能使读者，养成一种伟大的人格，而不至流于迷信鬼神或违反时代的猥亵的思想之地步。

第三：本丛书所收集的故事，处处在鼓励人们着发有为，忠实诚恳，富有同情心，不畏难，不苟安，务以达到为大多数人谋福利的理想的境域为最后目的。

原文的结构非常紧严，委婉曲折，均能引人入胜，故能直译的地方就直译，方能保持原文的精神，稍较生涩的地方，就用意译，务使读者，易于了解。

我的天性，是爱"成人之美"，所以我觉得只要是合乎正义的事，我都要勇往直前的去做，教中的出版物也真算冷落了，我希望能够以这种"抛砖引玉"的办法，来激动我的友朋们的情感，使他们能够掷出一切美玉来。

说来我这种大胆的尝试，心意敢说是太专诚了，但自愧才疏识浅，难免不无挂一漏万，只好一切都待再版时，再行订正，关于译文的错误之点，或不明了之点的指教，我极喜欢接受。

民国二十五年六月二十日于开罗

——录自世界书局 1936 年初版

《歌德自传》①

《歌德自传》译者序
（刘思慕②）

　　现在离歌德逝世百年祭转眼又四年了，那时世界——特别是国社党将要抬头的德国和社会主义的苏联——纪念歌德的热烈，读者想还记得。译者不在那时凑热闹，而在歌德崇拜的狂热已渐冷去的时候，把《歌德自传》译出来，诚然有点明日黄花之感，不过，这个伟大的诗人的价值不是百年的，而是千万年的，不朽的，而且他的真价不断为人重新估价，重新认识。在歌德自己著作的译本和关于歌德的文献两方面均极贫乏的中国，把歌德的作品而同时又可供重新认识歌德之助的《诗与真实》介绍到中国来，也不是无意义的吧。

　　诚然，世界上研究歌德的书籍论文，真是"汗牛充栋"，自百年忌以来，又不知添了多少。可是像那些"歌德的牙齿""歌德时代的眼镜"③一类的玄学的琐屑的研究，固不必说，无数的资产阶级的歌德研究和批判者中能够认识歌德的真价的真不多见。有些侧重女人对于歌德的影响，有些把歌德神秘化，奉之为超越时代的天才，不是故意歪曲，便是搔不着痒处。例如 L. Farnoux-Reinand 在 *L'Order* 杂志（一九三二年三月廿二日）曾说"如果不考究妇人对于歌德的影响，歌德的研究便不可能。"又如一九三一年夏死去之神秘主义的精神现

---

① 《歌德自传》，思慕译，上海生活书店 1936 年 12 月初版。
② 刘思慕（1904—1985），1923 年肄业于广州岭南大学文科。先后留学于莫斯科中山大学、德国法兰克福科学院、维也纳大学等。另与薛绩辉合译有新俄短篇小说集《蔚蓝的城》。
③ 前一文为柏林大学某讲师之作，后一文出自 A. v. Pilugk 之手，载于 *Deutscher Almanach* 1932。——原注

象学的文学理论家 F. Gundolf 教授，认歌德为"自我"思想的告知者，"不依系于何物，自己完成自己，与为时间所制限的存在没有关系，与目的也无关系的自律的人格"，更是极神秘之至。

国社党之也利用歌德来做他们的宣传的工具，自不待说。例如在死后百年纪念时，国社党的机关报 *Völkische Beobachter* 宣称歌德为"我们德意志人"，所走的方向跟国家社会主义党的一样。他们的理论家 Rosenburg 更谓歌德为希特勒、蒂森之流的先驱者，在《浮士德》里高喊着独占。

事实上，歌德确是伟大的天才，但决不是超越时代的天才。歌德的恋爱的生活诚然是丰富多趣的，但是给予他以决定的影响的决不是妇女。从某一方面来说，歌德是反动的，但他的反动性与德国今日的国社党不同，而且在某一方面是比后者前进得多。卡尔也称歌德为"最伟大的德意志人"，而又说：

> 歌德有时伟大，有时狭小，有时是反抗的，嘲笑的，轻蔑世间的天才，有时却是谨慎的满足的狭量之俗物。

歌德的这种二重性，正证明这个伟大的天才是为他当时的社会的政治的条件所制约。歌德生当十八世纪的后半期和十九世纪的初期，法国的启蒙思想已波及欧洲，但是后进的德国还未见革命的有力的布尔乔亚范的存在。歌德的生地是旧商业城市的佛兰福克城，家世由商人而进为贵族，他自己后来且充当威玛尔的枢密顾问官。因为这种关系，他一方面，表现出与同时代的诗人（如席勒）不同，他具有积极性，注重实践生活以至带有泛神论，素朴的唯物论的倾向，而且对于当时的社会的因袭的虚伪的生活样式也取挑战的态度。可是，在他方面，胆小的市井商人，门阀子弟和支配阶级的根性也在歌德的作品中反映出来。例如他反对激进的法国革命，而主张进化；对于封建的绝对主义的秩序虽然从两三侧面反对，但对于伟大的历史运动却怀恐怖，后来在威玛尔时代且醉心于宫廷的极微小的快乐。

　　不过，文学批判者之抉出歌德的世界观的这种矛盾，不是对歌德个人有所苛求，而只是想从当时的社会关系中来认识真正的歌德，使后之承袭文学遗产者，抛弃这天才诗人的俗物的狭小的方面，而发扬光大他的伟大前进的方面。而且，歌德虽是一个爱国主义者，而同时又是一个世界主义者，对于犹太民族也具同情，他虽与封建社会妥协，但对于中世的专制，腐败，却加以攻击和嘲笑。所以大体上来说，歌德终不失为当时新兴的资产阶级的前卫的意识的代表，不特与反犹太主义，毁灭文化，复返于中世的野蛮的国社党不能同日而语，而且是他们的讽刺。

　　欲认识真正的歌德，只有从新的社会科学的观点，把歌德的时代的社会关系，以及他的一生和全部著作加以精密的研究才成。但是《歌德自传》之大足以为这种目的之助，是不容否认的。也许有人说，歌德自传是诗人在老年（五十九岁）回忆之作，而且只叙到威玛尔时代（二十七岁）以前的事，没有别人替他作的传那样的客观和完备。不知在时代和社会关系上来描写自己正是歌德自传可以自负的地方（见原序）。事实上在自传中，藉着对于他的家庭，朋友，城市，宫廷以及各种人物的详尽生动的描写，整个的歌德也像烘云托月那样活现出来。他所写的纵只及于他一生的早年期，但恰是他的世界观形成的时期，他的二重性已在那时具有。例如在自传中我们看见他一方面同情于职工，以至反抗市政府的叛徒，暴露当时封建贵族的种种腐败和虚伪，但他方面对于封建盛时的光荣犹有余恋；我们又看见一方面他的宗教是一种自然的崇拜，对于神的公平，甚至怀疑，但是他方面又称道重仪式的天主教而薄新教。凡此种种，都是他生当的过渡时代的特征。正如他自己在序文中所说的，时代给予时代的人的影响极大，早生十年，或迟生十年，便全然不同，假如歌德迟生二三十年，歌德的思想恐怕更前进和彻底一点吧。

以文学上的价值论，《诗与真实》也是值得称道的。歌德的写实主义的观察方法和描写的手腕在本书里也颇充分地表现出来。而且文笔变化多趣：有时议论风生，有时娓娓如儿女细语，有时插入戏剧性的场面，关于他的恋爱故事的记叙，又饶有牧歌的意味。所以，本书在风格上虽与《卢骚忏悔录》异趣，但同样可作为文学作品来欣赏。

最后，关于本书的翻译，还有几句话要说：歌德的作品本不易译，散文虽比诗好一点，但以他在自传中无所不谈的缘故，有好些典故史实，人物，书名便不容易考证出来。译者之从事本书的移译，除根据德文原本之外，复参考英日译本及其他歌德传记，力求畅达，并尽可能将重要之书名，地名，人名等加注。但以浅学之故，错误之处自所不免，译者敬以万分的诚意等待着国内读者的指正。

一九三六年七月廿四日

——录自生活书店 1936 年初版

《开拓了的处女地》 [①]

《开拓了的处女地》序

郭沫若

李虹霓君把梭罗霍夫的《开拓了的处女地》的前部翻译了。有一天他同李华飞君抱着一大包原稿，要请我校阅，并求替他作一篇序。我看那原稿纸怕将近有五六百张之多，假使要通读一遍，至少要费我

---

① 《开拓了的处女地》，长篇小说，苏联梭罗霍夫（M. Sholokhov，今译肖洛霍夫，1905—1984）著，李虹霓译，"目黑"丛书之一，东京目黑社 1936 年 8 月初版。

两三个礼拜。我委实是被他骇到了。原稿是用蓝墨水写的，其上又用红水和墨笔来改正过，据说翻译费了一年多的工夫，改正是经过两三遍，这诚实，我们是不能不敬重的。

虹霓君我虽然只见过一面，但觉得他是一位质朴诚实的青年，于世故似乎全无沾染。他自己也在做小说，同时抱了一卷创作原稿给我看过。我看他的笔调来得质实，倾向也来得正确，他存心来译了这部书，当然不是偶然的。

我自己很惭愧，直切地告白：我实在没有替这本译书写序的资格。梭罗霍夫的这部书的原文不用说，就是它的英文或日文的译本，我都还没有读过。他的其它的作品，就连那有名的《静静的顿河》也是一样。虹霓君的这部译书是从日译本重译出来的，论理我应该把他译稿细看一遍，然后来作介绍，但我在前面已经说过，要那样却要费我三个礼拜的功夫，我在目前实在忙不过来。好在作品是已有定评，译者我也相信得过，因此我便取了巧，叫虹霓君自己写了一篇《关于〈开拓了的处女地〉》来揭在卷首，以省我的介绍的笔墨，而我再在这前面写出这几行来以作译者的人的介绍。我相信译者是诚实的人；而他的译品，虽是重译，也是诚实的努力；更兼是以小说家来译小说家的作品，其中的甘苦一定是深能表达的。

梭罗霍夫的作品，在国内久已被人渴待着。这部译书的出版，可以暂时疗慰着一般的渴望。将来即使有人更由原文译述出来，我相信虹霓君的诚实的努力的结晶，一定是已经有功于人间的了。

我自己也是急于想读梭罗霍夫的作品的一人，如果因为有得我这几行介绍而使得本译书及早出版，那我便敢于藉这几行的介绍来表示我的一个诚恳的期待：我将要得到于最短时期内，于中文的姿态中，接读着伟大作品的快乐。

一九三六年八月一日

——录自东京目黑社 1936 年初版

<h1 style="text-align:center">《关于〈开拓了的处女地〉》</h1>
李虹霓 ①

　　这一篇文字，原是写给郭先生看的，所以标止［上］这样的题目，因郭先生在序中，郑重地提到要把它附在序后。自不能不刊上，只是原文繁复的地方，多少有点删改，而本事一节，则更加简略了。这个是应向郭先生和读者声明，并请原谅的。　　　附志

一、作者的生平及其著作

　　谈起这位作者，就在现在，也还可说是一个小伙子，今年不过三十一岁。他是一九〇五年五月十四日生于苏联的顿，乌药，西因斯加耶的克鲁齐林斯基村的。他的父亲，是一个商店的伙计。他是他母亲三十五岁时所生的独生子，小学毕业后，曾被送到莫斯科进过中学。四年级的时候，碰着苏联的大革命，他便跑回了故乡，转换过十多种的职业。十九岁才从事写作，发表了一些短篇小说。二十一岁着手写长篇《静静的顿河》，二十三岁时发表第一部。发表后，就一跃而为世界的作家。这作品的第一部，是一九三二年在苏联《新世界》杂志上连载的，分前后两部，第二部亦已于前年在杂志上揭载完毕了。他的作品，截至去年九月止，计为短篇集的《琉璃世界》，长篇的《静静的顿河》前后四部，《开拓了的处女地》前后两部，以及正在写作中的《父与子》的戏剧。但最近《现实文学》上译载了他的

---

　　① 李虹霓，生卒年不详，江西人。笔名杨素，曾留学日本，1936年夏与覃子豪、李春潮、罗永麟等20余人在东京组织文学社团文海文艺社，出版《文海》月刊，并与罗永麟负责译文审理工作。曾通过叶紫将译本《开拓了的处女地》赠给鲁迅。

《战争》，想系最近发表的著作。

他欢喜音乐，欢喜狩猎，欢喜散步，更十分的爱静，这自然是作家应有的风度。只是这样的作家，我想除新国家的苏联外，实在不易产生。因为他们的政府，在不余遗力的奖励艺术与文学，从事文学的人，也不必为稻粱谋了。

二、本事的概略

这作品的故事，是描写一个新集团农场的运动，在运动当中遭到种种的妨害，种种的波拆 [折]，以及种种的反对的阴谋。那样便展开了各种的悲剧和喜剧。这作品的主要人物：如由工厂派遣到该村来从事农业集团化运动的达毕托夫，是这运动中的骨干，而以前的白军上尉波罗夫滋益夫，则为反动妨害的主脑。其次如过激的党小组的书记纳乌利纳夫，人道主义的村苏维埃主席拉次妙托纳夫，左倾的第二突击队的队长刘毕休经，情感用事的康托拉托，在这运动中，均占相当的地位，尤其反动方面的轴心的耶哥夫·鲁居吉，虽不能认为是反动的主持者，但他在当地所负的反动责任，所演的反动秘剧，实较主动的波罗夫滋益夫，更为重要。再如富农方面的鲁哇奴伊，吉托克，拉布西纳夫，以及贫农的波尔西爵夫，都在反动上着过很深的痕迹。其次，像专扮喜剧的西吉乌加利老头儿，十分淫荡的鲁休加，也都是人间应有的形相。而在本作品中，则更加活跳了。总之，这部作品，据个人的经验，是一读就知他所表现事实，的确实是人间的事实，确实能理出人间味，这是不能否认的。关于详细的情形，读者诸君去读中译的原作。

三、关于这作品的批评

这作品的翻译本，已超过十四种之多，关于它的批评，当然不说也就知道了。个人为读书的界限所限制，有许多无法读到。兹就所读过的，稍稍介绍一点在下面。

苏联的批评家阿纳·马加略夫，在他的《保持这水准》的论文里，曾这样的说过。（日本文学评论第二卷第二号马上义太郎译）

"《开拓了的处女地》的主人翁们，虽充满了苦痛，爱和憎恶，却并不是闭锁在家庭中的主题——说到这题材，究竟是大众的题材了。而发现在这长篇主人翁们面前的，及他们继续地解决的问题，也就是全世界几百万勤劳者的面前的问题。"

这批评的确切处，在于把单独的运动性，推察到整个的运动性上。我们知道，社会因自然和人为的条件，绝对地不能不向新的阶段进展，而进展中的矛盾和纠纷，自也无法避去。但这小说却把这矛盾和纠纷，极力明朗化了它无意义之点，实可以减少社会进展的阻力，这就是这作品的重大意义之一。

苏联的克·勒伯特夫，在他所写的《现于苏联文学的个性和典型》的论文中，有这样的评语。

"《开拓了的处女地》中，有多种配置的登场人物非常的多。在他们的出现，行动，进退中，绝没有一点人为的夸张的影子。他们的登场，并不是为着某种的特定的思想而出现，可说是为着事件的关连，他们有不得不出现的理由而现出的。这小说中的出现的人物，可说无论哪一个都是沽的人类。他们都给了自己一种不能不模仿的特征，不只是因作者的言语的使用，才和其他的一种独创形象的无数小特征分别的。"

关于典型与个性的创造，是文学上挺难的手术，这是谁也不能否认的。这作品中的人型，实不容易找到他们的类似之点。如纳乌利诺夫的左倾，和刘毕休经的左倾绝对认不出他们有相似的之处。这是因为他是从活的人类中，找出的活的人型，所以这样逼真。

日本的米川正夫氏，对于这作品也有不少的评述。他觉得这作品的特独的成功，第一是用现实主义的艺术，再现这农村改进企图中所发生的困难，矛盾，混乱等喜剧和悲剧。第二插叙许多有兴趣的事件，把纯文学和大众文学连结融合于一炉。第三是作者以报告文学做重心，而加以手法的构造。这也就可见作者的苦心经营了。

关于对于这作品的坏的批评，也有两种意见　关于取材方面，他们觉得他过于单纯了，或者竟可说是闭锁在农村里。这个我觉得有些可笑了。一部小说，虽然一大部分，不免是作者的意匠所经营，但材料究竟是社会的自然的给与，作者不过把它整理组织起来就是了。那么这作品是不是组织上现了破绽？如组织上没有丝毫破绽，而硬要插进一点都市的事件，以壮自己作品的观瞻，表示作品的完全，那就太不合理了。这批评实找不出丝毫的价值。

关于描写的技术方面，他们觉得他的形式过旧，里面不会插写诗歌，而尤以对话过多为这作品的毛病。这一种批评也是过于吹毛求疵了。艺术不是天上掉下来的东西，它是人类生活的再显现。像这小说，原是写斗争的作品，人人都在百忙的工作中，哪里还有什么歌咏升平的心情。而所写的故事，又实在是不需要诗歌的故事，若说不勉强加入一些诗歌，就不算完整的艺术，真不值一笑了。

用对话表现艺术，固然不能说是艺术表现的最高的手法。但因场合的不同，而菲薄对话，也是错误的。这作品的对话，我敢说，没有一句不自然的，没有一句不十分恰当的。那么，对话多又有什么关系呢？

关于这作品的批评，在个人方面，对于它的表现的手术，固然不能说它已达到了最高峰，但也不能否认他确达到了足够表现的阶段。取材和造意，更值得十分拜倒。而在他的描写的手术下，也已给予新社会的企求者的我们，以不少的教训了。

最后，我要附带提到的，就是这书的出版，全赖各位友朋的鼓励和帮助！尤其仅仅谒见一次的郭先生，能在百忙而且溽暑的当中，替我写序并远道的寄来，真可见郭先生的忠于艺术和爱护从事艺术的青年的热忱，这更是应该特别感谢而且钦佩的！其余的各位好友，也在这里一并志谢！

译者，二五，七，十一于上海。

——录自东京目黑社 1936 年初版

《桑鼎拜德航海遇险记》①

《桑鼎拜德航海遇险记》译后漫谈
马兴周

去年（一九三五）七月我们曾藉暑假的机会组织了一个考察团到埃及靠近地中海沿岸的一个大城——亚历山大，和附近的重要城镇去旅行。

我们不但得到各地人士的热烈欢迎，而且各大新闻报纸杂志都曾把我们的照片和消息大大的宣扬了一下，替我们洗刷了东亚病夫的污点不少，使我们能够替祖国争了一点荣誉，这是全体旅行团团员所感到的一点庆幸！

亚城——这是多么隽永的一个名词啊？然而陌路生人初次踏入那里的境地的时候，看到那新时代的伟大建筑，和那雄壮的洋楼，秀丽的景致，整洁的道路，便利的交通，与那纸醉金迷的都市繁荣；要是没有历史的记载，或是没有看到那古代的遗迹，那末，你或许会感到是足踏欧洲的某大名都，而忘却是曾置身于光耀几千年以前而辗转覆

---

① 《桑鼎拜德航海遇险记》，埃及高米尔编著，马兴周移译，"阿拉伯故事丛书"之一，上海世界书局 1936 年 12 月初版。书前附有《阿拉伯故事丛书刊发辞》《阿拉伯故事丛书编译旨趣》，前已于《巴格达的商人》条目中收入。

没的一个大城亚历山大了。也更要叫你忘却这个大城里所寄存着的可歌可泣的历代帝王的往事，和那绮丽的古代传说。

的确，亚城的生活是那样的富有活力，是那样的使人心旷神怡；所以每年夏末秋初的时候，全国的要人仕庶上至国王，以至于机关的公务人员，或商人学生……没有不被这种爽凉的环境，吸引到这里来的，无论如何，他们是要来过几日清闲的生活，要到海滨去呼吸几口新鲜空气。

你要是真的到大海滨去，那末你的眼福就会享受那大洋的广阔，深浩，使你的胸襟舒畅不浅！你再乘着绿色的汽车或红色的电车顺海滨大马路上驰过去，那一幢一幢的水阁凉亭就透露出水面来，那就是游泳的所在，那就是你与大自然母亲接触的场所。

这种香艳肉感的稠人之地，就是各色人等，男男女女，老老少少聚会的乐园，是一个天然的大游艺会，这种序幕的揭开，是浪花四溢的声响，羼杂着人的喜笑声，打成一片，激成合奏来给这种壮观助威！

那个舞台上所表演的角色，不但有血气方刚的中年男女，和那天真可爱的孩子们，要手舞足蹈的表现了他们整个素所含蓄的个性，就是那般白发皓须的老头子，和那面部起了波文的老太婆们，也都抖擞精神，穿起了各色各样的游泳衣跳到海里去游一游，潜一潜，去受那大浪的冲撞，洗刷！有时又跑到海滩上去堆沙造塔，尽量的表现他们已逝去了的童心。更闲适的莫过那般窈窕娉婷的妙龄女郎们，搀起了手来，拉着那彩色的轻气球，向着海滩的那方面跑过去，像那绿叶被大风吹起一样的远远的飘去，翻身映日，鲜艳无比，……那是多么充实着生气蓬勃与天真烂漫的一个境域啊！

真的，在这时候钟声响了就一伙儿持着书本到课堂上听教师谆谆的诱导，和口讲指划的解释那生涩的修辞学，或文法上的更变，或圣训与伦理上的陶冶与记忆，……等会占据了整个的脑海而带有老成持重性的那种生活，都被这种天之骄子似的海滨狂潮给撞破了，消灭殆尽了；无论如何在这种环境之下要叫你十足的相信，现在已经是由那富有沉默庄重的圈子里挣扎了出来，使你感到心胸的舒畅，和那大海一样的旷远，使你看到体魄的增强，和那怒涛一样的活泼有力。

"远东人，中国人，旅客，游历家，朋友，同教，大学生，……。"是随时都可以羼杂着海潮声与欢呼声冲动了耳鼓的。

来！来！我们共同赛跑，我们向着那狂浪怒潮冲过去，我们深潜到海底里去与鱼虾为伍，更到那水晶宫里去把妖王提来当马骑，这是每天都少不了的一套玩艺，一点兴奋，我爱大自然的甜蜜，我更爱那金发碧眼的天真烂漫的小孩，尤其是她们有时穿上那淡绿绸的轻衣或是粉红的长衫一袭，站在那蔚蓝色的大海之滨，细软的黄沙之上，其衣缘和卷发，随着微微的轻风飞舞！她们偶一回盼，云涡一起，雪白的齿牙一现，满面那样的生出活气与和蔼，那种态度的自然，那种情境的美丽，是怎样的一幅活有生气的图画啊！这种恍目的景致，使你看的起劲，看的出神，使你毫无疑议的肯定这就是大自然的灵魂！是大自然活泼的象征！

"良辰美景，终朝留不住，游人也如梦！"我们按照旅行程序所规定的日期，就此含着万缕的情思，被那无情的铁驴，呜的一声响，忽忽催催的把我们带到开罗来了，然而我的脑里无论在什么地方，什么时候，都缠绕着海滨所享受的那种不可名状的生活，和那葱茏郁阴的丛林，与鲜艳娇美的花圃。……

由于这种动态的促使，所以我动手来翻译童话，并不是无因的。我把它来当做我输送感情的工具，恢复疲劳的兴奋剂。

当时我为要替东方的小孩请命，曾鼓着勇气，前往访谒埃及的大文豪，一个鼎鼎有名的童话家，高米尔博士（Doctor Komil Kilami），然而这位名教授，就以他的创作和翻译来说大小当有几百种了，无形他已成了小孩子的救星，那整千整万的孩子们，天天捧着他的书本不放，他那引人入胜的魔力，难怪埃及的许多要人，名教授，宗教家，大商人甚至于船长……都曾有过热烈的庆祝会，来表彰他的作品，因此教育部也曾颁布定他的这部儿童文库为初级小学以至初中学生的课外补充读物。

那是一个很精致的会客厅里，（我预前得到中国留埃学生部长沙儒诚先生的介绍，他们是从前在宰克伯爵的欢宴席上认识的。）周围的环境很幽静，我与他握手寒暄以后，他就同我谈到东方小孩的情形，又谈到胡适之博士的白话文学运动，更谈到最近蒋介石大将所提倡的新生活运动，他的结语是这样的：

> 姑无论怎样，中国这个有悠久历史的伟大民族，是有复兴的希望的。

我们由帝国主义者利用电影的宣传，尽量的表露中国的畸形社会如鸦片烟鬼，海盗，小脚，东洋车夫，诱奸，杀人……等种种污点来诱惑观众的视觉，移动世人的观念。在这种情形之下，高氏能随时替我们表露了东方这伟大民族的优点，这不能不使我们感到一点兴奋。

后来我问他什么书籍能够启发小孩的思想，和感到趣味的浓厚，他就毫无踌躇的到书室里，去把他所编著的全部文库都签好了名来送给我，他尤其嘱我要翻译，最好顺序先把《桑鼎拜德航海遇险记》翻出；这一本比较的文浅而意深，能使儿童按步上进。我翻看这些书都是文字简洁，装订秀丽，插图鲜艳，印刷精美的，当时我的心里的快慰，真是难以言语形容了。

"东方的小孩子们对于启发思想的书本不容易得到；虽能由流传方面去领略了一点故事，都是怪诞不经的传说，这只足以胆战心惊，养成一种畏威受迫的习惯；纯洁的小孩子们应该要设法避免的，祈上帝护佑他们。"高氏很从容的对我这样说。

　　我觉得这是很有道理的话，是合逻辑而带哲理的话，真是语重而心长。诚然，我们只要回想到幼童时所听到的话，——关于故事的话。我们的脑海里，没一时不被妖魔，恶鬼，猪精，猴王，……一类的神奇鬼怪的故事占据着的。所以要想求一点足以启发向上的思想，却是难乎其难！这是多么抱憾的一件事。

　　这本书我以一种愉快的心情，含着无限的希望，以四十天的功夫侈〔移〕译完竣，在翻译的时候，我的眼里或想象中没有一时不有小孩子的影子。我总希望将来他们有阅读我译出的这些故事的机会，同时我译到紧张的时候，也曾有过几次的沉思与幻灭，也曾起了几次的同情心，有时遇到可惊的地方就感到忧愁；遇到可喜的地方力就鼓舞，甚至由那种奇幻美丽的川原，庄严灿烂的宫殿，浓密芬芳的园苑，彩式艳茂的服装，……这一切都得把我的全神吸引到几千年前的社会环境里去了。……偶然一猛省才感觉到这是一个故事的情节，这种故事的动人，文字结构所造成的魔力，我不能不赞叹这是第一次发现，——发现死文字能够使人乐，使人悲，使人慨叹，使人鼓舞。

　　阿拉伯文学显然的在世界上占着很重要的位置；像《一千零一夜》这种书也公然博得世界上文人学士一致的承认它是一部富有伟大思想的文学宝库。然而我觉得阿拉伯文字比这种更有价值更伟大的杰作也不少，竟被文字的界限所隔膜，而终究淹没不彰，然而近代曾用欧洲各种文字所翻译过去的也很不少了，可惜中文的译本尚那样的凤毛麟角，这是很可惋惜的。

　　藉埃及大思想家，文学泰斗达海博士（Doctor Taha Hossami）的观察，他说：许多以宗教立国的国家所产生的伟大杰作，多半被宗教和文字的限制而不易流传到世界去。这是很透彻的一种论断！诚然有很多以翻译为职志的人，多半以一种主观的成见去做选择材料去取的工夫。例以非宗教的人，就决不去介绍富有宗教色彩的文字，姑无论它是怎样的有益于思想界，如何的蕴奥有哲理，都漠然置之，加之人的精力有限，世界的学问无穷，因此很多真实的宝贝都被埋藏在地层底下，这是毫无疑议的事。

我译这本书并没有什么大奢望，只不过将这种故事，——鼓励人要有冒险精神的故事，介绍给国内的小朋友们，作为我在海外遥念他们的一点小小的新年礼物，这也是在课余之暇所结成的一点小小的尝试：时间既那样的倥偬，文字要怎样的达到和原文那样的飘洒流畅，也是很困难的。这一点我不能不请求识者加以原谅和指导了。我只希望将来出第二本的时候，能比这本更清雅更畅达。那就是无上的荣幸了。书中主人公桑鼎拜德是一个富有同情心的人，是一个勇敢而有大略的男子；他受那千辛万苦的磨炼，依然毫不灰心，只是再接再厉的向前迈进，遇到危险的时候，不慌不忙总要想一种良善的方法来解除困难，且看他与不满五尺长的身躯，去远游异域，屡受困苦而不休，百遭艰难而不惧，这一点是我们一天只是保守家园不敢离开父母一步，而时作无病呻吟的人们，应当起的一点惭愧，一点兴奋，对于那种以大自然为伍的生活，也当起一点仰慕。

亲爱天真的小朋友，你们应把大自然当做慈母，把大自然当做教师，去启迪你们旷无边际的思想，去尽量的发展你们的个性与本能，培养一种新道德新人格，也希望你们随时能够有这样的发问：

1. 身体健康了没有？

2. 生活感到快乐了没有？

3. 脑海里是否富有高尚伟大的思想了没有？

4. 我这一生就这样混混噩噩，懵懵懂懂的渡过了吗？

我们要承认自己是一个好孩子，不能不起这一点感想！

末了我还要声明几句：这本书原是山西布道会承认给我出版的，然而适逢春雨社的同志们来函嘱我替《春雨》写点稿子；然而我目前又没有什么的文字可以发表，只好把这篇已经写好的童话寄去，承他们诸位给我在《春雷》上发表，能够得到多数小朋友的阅读，使我能尽一点为小朋友服务的心愿。在这里我应该深深的谢谢他们诸位的好意的。

民国二五年二月十一日于埃及皇家图书室。

——录自世界书局 1936 年初版

《泰西五十轶事》^①

《泰西五十轶事》小引

（唐允魁^②）

读过英文的人，没有不读过《泰西五十轶事》和《泰西三十轶事》的。这两本书，虽然有深浅的分别，然而在程度和内容上，却是互相衔接的。它们是研读英文文学书的初步，所以在辞句方面，比较别的英语读本优美。而且里面的事实，除开引人入胜以外，还带有教训的意味，可以培养高尚的情感。少男少女读了，自然在无形中感受不少益处。这两本书能够得到大多数读者，也许这是顶大的原因吧。

虽然名为"轶事"，可是里面并不全是名人轶事，里面的各种故事，长短不一，可以分成下列几类：1 童话：这些童话，在西洋是很流行的，而且经过好久的流传，有它永久的价值。2 寓言：这些寓言，都限于很普通的。3 经典故事：在希腊和罗马的文学书里拣出来的。

---

① 《泰西五十轶事》(Fifty Famous Stories Retold)，西洋历史故事、名人轶事、童话、寓言集。英国鲍尔温（James Baldwin，1841—1925）原著，唐允魁译述，"世界故事名著集"之一，上海启明书局 1936 年 12 月初版。

② 唐允魁，生平不详，根据嘉兴秀州中学校史文集《雪泥鸿爪忆秀州》，唐允魁曾为职员，任 1931 年学生自治会干事会游艺股长，应任教于此。另启明书局总经理钱公侠毕业于此校，唐允魁尚译有赛珍珠《儿子们》、法国马洛著《苦女努力记》，编译有《泰氏英文法》均为启明书局出版。同样，黄深译述的《泰西三十轶事》，其"小引"与《泰西五十轶事》同，可以推测黄深与唐允魁应是同一人。

4 英雄和名人故事：这些才是真正的轶事，大半是实事；里面的主人翁，都是我们所熟知的。——除上以外，也许还有几篇，不包含上列范围之内，然而每一篇都有价值。

　　本书的内容，诚然是非常芜杂，而且材料也显得大陈旧了。我们现在还要把这两本书翻译印行，有两点意思：

　　1 诚为原编者所说，本书不但是文学的初步，可以做英国文学入门，而且足以培养高尚的情感。此外当作欣赏的文艺，也有它的价值。

　　2 现在英文是中国学校里必修的外国语，读英文选用这两本书作课本的，可以说很多我们的翻译在信雅达三方面，不敢自夸，然而当做英文原本的帮助，想来总是可能的。

译者

——录自启明书局 1939 年三版

《坏孩子和别的奇闻》^①

《坏孩子和别的奇闻》前记

鲁迅

　　司基塔列慈（Skitalez）的《契诃夫记念》里，记着他的谈话——

　　"必须要多写！　你起始唱的夜莺歌，如果写一本书，就停止住，岂非成了乌鸦叫！　就依我自己说：如果我写了头几篇短篇小说就搁笔，人家决不把我当做作家！　契红德！一本小笑话集！人家以为我

---

① 《坏孩子和别的奇闻》（封面题 "坏孩子和别的小说八篇"，书名页题 "坏孩子和别的奇闻"），小说集，俄国安敦·契诃夫（A. P. Chekhov，1860—1904）著，鲁迅译，封面题 "文艺连丛之三·联华书局发行 1936"；版权页题 "鲁迅译 V. 马修丁木刻插画　三闲书屋印造 1935"。

的才学全在这里面。严肃的作家必说我是另一路人,因为我只会笑。如今的时代怎么可以笑呢?"(耿济之译,《译文》二卷五期。)

　　这是一九〇四年一月间的事,到七月初,他死了。　他在临死这一年,自说的不满于自己的作品,指为"小笑话"的时代,是一八八〇年,他二十岁的时候起,直至一八八七年的七年间。在这之间,他不但用"契红德"(Antosha Chekhonte)的笔名,还用种种另外的笔名,在各种刊物上,发表了四百多篇的短篇小说,小品,速写,杂文,法院通信之类。一八八六年,才在彼得堡的大报《新时代》上投稿;有些批评家和传记家以为这时候,契诃夫才开始认真的创作,作品渐有特色,增多人生的要素,观察也愈加深邃起来。这和契诃夫自述的话,是相合的。

　　这里的八个短篇,出于德文译本,却正是全属于"契红德"时代之作,大约译者的本意,是并不在严肃的绍介契诃夫的作品,却在辅助玛修丁(V. N. Massiutin)的木刻插画的。玛修丁原是木刻的名家,十月革命后,还在本国为勃洛克(A. Block)刻《十二个》的插画,后来大约终于跑到德国去了,这一本书是他在外国的谋生之术。我的翻译,也以绍介木刻的意思为多,并不着重于小说。

　　这些短篇,虽作者自以为"小笑话",但和中国普通之所谓"趣闻",却又截然两样的。他不是简单的只招人笑。一读自然往往会笑,不过笑后总还剩下些什么,——就是问题。生瘤的化装,蹩脚的跳舞,那模样不免使人笑,而笑时也知道:这可笑是因为他有病。这病能医不能医。这八篇里面,我以为没有一篇是可以一笑就了的。但作者自己却将这些指为"小笑话",我想,这也许是因为他谦虚,或者后来更加深广,更加严肃了。

一九三五年九月十四日

译者

——录自联华书局 1936 年版

《坏孩子和别的奇闻》译者后记

鲁迅

契诃夫的这一群小说，是去年冬天，为了《译文》开手翻译的，次序并不照原译本的先后。　是年十二月，在第一卷第四期上，登载了三篇，是《假病人》，《簿记课副手日记抄》和《那是她》，题了一个总名，谓之《奇闻三则》，还附上几句后记道——

> 以常理而论，一个作家被别国译出了全集或选集，那么，在那一国里，他的作品的注意者，阅览者和研究者该多起来，这作者也更为大家所知道，所了解的。　但在中国却不然，一到翻译集子之后，集子还没有出齐，也总不会出齐，而作者可早被压杀了。易卜生，莫泊桑，辛克莱，无不如此，契诃夫也如此。
>
> 不过姓名大约还没有被忘却。他在本国，也还没有被忘却的，一九二九年做过他死后二十五周的纪念，现在又在出他的选集。但在这里我不想多说什么了。
>
> 《奇闻三篇》是从 Alexander Eliasberg 的德译本 *Der persiche orden und andere Grotesken*（Welt-Verlag，Berlin，1922）里选出来的。这书共八篇，都是他前期的手笔，虽没有后来诸作品的阴沉，却也并无什么代表那时的名作，看过美国人做的"文学概论"之类的学者或批评家或大学生，我想是一定不准它称为"短篇小说"的，我在这里也小心一点，根据了"Groteske"这一个字，将它翻作了"奇闻"。
>
> 第一篇介绍的是一穷一富，一厚道一狡猾的贵族；第二篇是已经爬到极顶和日夜在想爬上去的雇员；第三篇是圆滑的行伍出身的老绅士和爱听艳闻的小姐。字数虽少，脚色却都活画出来

了。但作者虽是医师，他给簿记课副手代写的日记是当不得正经的，假如有谁看了这一篇，真用升汞去治胃加答儿，那我包管他当天就送命。 这种通告，固然很近于"杞忧"，但我却也见过有人将旧小说里狐鬼所说的药方，抄进了正经的医书里面去——人有时是颇有些希奇古怪的。

这回的翻译的主意，与其说为了文章，倒不如说是因为插画；德译本的出版，好像也是为了插画的。这位插画家玛修丁（V. N. Massiutin），是将木刻最早给中国读者赏鉴的人，"未名丛刊"中《十二个》的插图，就是他的作品，离现在大约已有十多年了。

今年二月，在第六期上又登了两篇：《暴躁人》和《坏孩子》。那后记是——

契诃夫的这一类的小说，我已经介绍过三篇。这种轻松的小品，恐怕中国是早有译本的，但我却为了别一个目的；原本的插画，大概当然是作品的装饰，而我的翻译，则不过当作插图画的说明。

就作品而论，《暴躁人》是一八八七年作；据批评家说，这时已是作者的经历更加丰富，观察更加广博，但思想也日见阴郁，倾于悲观的时候了。诚然，《暴躁人》除写这暴躁人的其实并不敢暴躁外，也分明的表现了那时的闺秀们之鄙陋，结婚之不易和无聊；然而一八八三年作的大家当作滑稽小品看的《坏孩子》，悲观气息却还要沉重，因为看那结末的叙述，已经是在说：报复之乐，胜于恋爱了。

接着我又寄去了三篇：《波斯勋章》，《难解的性格》和《阴谋》，算是全部完毕。但待到在《译文》第二卷第二期上发表出来时，《波斯勋章》不见了，后记上也删去了关于这一篇作品的话，并改"三篇"为"二篇"——

　　　　木刻插画本契诃夫的短篇小说共八篇，这里再译二篇。
　　《阴谋》也许写得是夏列斯妥夫的性格和当时医界的腐败的情形。　但其中也显示着利用人种的不同于"同行嫉妒"。例如，看起姓氏来，夏列斯妥夫是斯拉夫种人，所以他排斥"摩西教派的可敬的同事们"——犹太人，也排斥医师普莱息台勒（Gustav Prechtel）和望·勃隆（Von Bronn）以及药剂师格伦美尔（Grummer），这三个都是德国人姓氏，大约也是犹太人或者日耳曼种人。　这种关系，在作者本国的读者是一目了然的，到中国来就须加些注释，有点缠夹了。但参照起中村白叶氏日文译本的《契诃夫全集》，这里却缺少了两处关于犹太人的并不是好话。一是缺了"摩西教派的同事们聚作一团，在嚷叫"之后的一行："'哗拉哗啦，哗啦哗啦，哗啦哗啦……'"；二，是"摩西教派可敬的同事又聚作一团"下面一句"在嚷叫"，乃是"开始那照例的——'哗拉哗啦，哗啦哗啦'了……"但不知道原文原有两种的呢，还是德文译者所删改？我想，日文译本是决不至于无端增加一点的。
　　　　平心而论，这八篇大半不能说是契诃夫的较好的作品，恐怕并非玛修丁为小说而作木刻，倒是翻译者 Alexander Eliasberg 为木刻而译小说的罢。　但那木刻，却又并不十分依从小说的叙述，例如《难解的性格》中的女人，照小说，是扇上该有须头，鼻梁上应该架着眼镜，手上也该有手镯的，而插画里都没有。大致一看，动手就做，不必和本书一一相符，这是西洋的插画家很普通的脾气。谁说"神似"比"形似"更高一着，但我总以为并非插

画的正轨，中国的画家是用不着学他的——倘能"形神俱似"，
不是比单的的"形似"又更高一着么？

但"这八篇"的"八"字没有改，而三次的登载，小说却只有七
篇，不过大家是不会觉察的，除了编辑者和翻译者。谁知道今年的刊
物上，新添的一行"中宣会图书杂志审委会审查证……字第……号"，
就是"防民之口"的标记呢，但我们似的译作者的译作，却就在这机
关里被删除，被禁止，被没收了，而且不许声明，像衔了麻核桃的赴
法场一样。这《波斯勋章》，也就是所谓"中宣……审委会"暗杀账
上的一笔。

《波斯勋章》不过描写帝俄时代的官僚的无聊的一幕，在那时的
作者的本国尚且可以发表，为什么在现在的中国倒被禁止了？——我
们无从推测。 只好也算作一则"奇闻"。 但自从有了书报检查以
来，直至六月间的因为"新生事件"而烟消火灭为止，它在出版界
上，却真有"所过残破"之感，较有斤两的译作，能保存它的完肤是
很少的。

自然，在地土，经济，村落，堤防，无不残破的现在，文艺当然
也不能独保其完整。 何况是出于我的译作，上有御用诗官的施威，
下有帮闲文人的助虐，那遭殃更当然在意料之中了。 然而一面有残
毁者，一面也有保全，补救，推进者，世界这才不至于荒废。 我是
愿意属于后一类，也分明属于后一类的。现在仍取八篇，编为一本，
使这小集复归于完全，事虽琐细，却不但在今年的文坛上为他们留一
种亚细亚式的"奇闻"，也作了我们的 一个小小的记念。

一九三五年九月十五之夜，记。

——录自联华书局 1936 年版

1937 年

《阿路塔毛奥甫家的事情》[①]

《阿路塔毛奥甫家的事情》（高尔基小说）全集缘起
（树华[②]）

世界大文豪 M·高尔基一生的作品是太多了，其中译成中国文字的，也已经不少，然而对于这样伟大的作者的作品，我们以为在国内应该有全集刊行，一来藉以纪念伟人对于人类贡献的丰功伟业，二来也使读者便于阅读保存，我们不揣冒昧，便决定了先刊行 M·高尔基小说全集。

M·高尔基的小说，译成中文的，实在不在少数，但经我们与原文对照校阅之后，不客气地说，发现很少有忠实原文的，几乎最少的也有二三十处错误，多的，那简直可以说是全篇无一是处，因此我们决定要刊行的全集，无论有无中译本，一概另行由原文翻译，不过竭力尽尚无中译本和译本太差的先译，预计在三年之内出齐，希望读者和赞助我们的宗旨的朋友，给我们可能的帮助。

——录自天津生活知识出版社 1937 年初版

---

① 《阿路塔毛奥甫家的事情》（*ДЕЛО АРТАМОНОВЫХ*，今译《阿尔达莫诺夫家的事业》），小说，苏联 M·高尔基（Maxim Gorky，1868—1936）著，树华译，"高尔基小说全集"之一，天津生活知识出版社 1937 年 1 月初版。

② 树华，生平不详。查"高尔基小说全集"，除该作，已出版还有《更夫及主人》《莽撞人》，均为树华译，推测"全集缘起"为树华作。

《爱丽思镜中游记》 [①]

《爱丽思镜中游记》小引

杨镇华 [②]

只要读过《阿丽思异乡游记》的人，不必我说什么话，单听到《阿丽思镜中游记》这个书名，便会知道这也是一本很有趣的书了，没有读过《异乡游记》的人呢，也不必我把这书中的有趣的地方说出来，他自己可以去读一遍，也就会知道这本《镜中游记》的内容。

这书的主人，阿丽思，是个聪明却不伶俐的小姑娘，这次的镜中之游，离她前次的异乡之游，大概不很久，所以她的一切，也并没有什么大改变。不大欢喜上课的脾气，依然如旧——说到上课，原是没有趣味的话，谁都不欢喜的，那并不是小姑娘不好，而是教的人不好啊——不过，她的忍耐功夫，已比异乡之游时，好了一些啦，这一点，我觉得是她的进步，也足以为我们的小朋友们取法的。

我译这本书时，恰好在三伏天，天气非常热，并且是工余之暇执笔的，因之常常感到有不自满意的地方，译好之后，看了一遍，改了几个地方，再托茜茜替我誊一遍，不过，不自满意的地方，依然有。原书本来有一篇序，和一张阿丽思走过的棋盘和它的说明的。序中的

---

① 《爱丽思镜中游记》(*Through the Looking Glass*)，童话，英国 L. Carroll（今译卡罗尔，1832—1898）著，杨镇华译述，上海启明书局 1937 年 1 月初版。
② 杨镇华，生卒年不详，浙江兰溪人。笔名夏民、莲岳等。著有《翻译研究》。另译有英国吉卜林童话集《原来如此》、金斯莱（Charles Kingsley）童话《水婴孩》、白涅德夫人（Frances Eliza Hodgson，今译伯内特）小说《小伯爵》、美国亚尔珂德（Louisa M. Alcott）《小妇人》、兰姆《莎氏乐府本事》等多种。

话，都是关于这个棋的，我觉得没有多大意思，也许读者看了，反而觉得多事，所以二者我都不译出来，还有原书最后一页，有一首诗，我也没有译出，原因不必说是可以省去。

在这里，我要向茜茜表示我的谢忱，在这样炎热的夏天，替我誊录这书的全稿，并且誊录得很快。

译者

——录自启明书局 1937 年初版

《德国短篇小说选》^①

《德国短篇小说选》译序

（胡启文^②）

这本集子里的各篇小说，大部分是一九三四年和一九三五年冬春之交译成的。当时翻译的是根据密尔维尔和哈格列亚夫合编的《德国短篇杰作集》(Lewis Mevillle & Reginald Hargreaves：*Great German Short Stories*)。原书共千余页，可是我译了约莫两个月，就中辍了，虽然新近又添译《诺布伽》，《瓦尔特伯爵和海根达夫人》两篇，但还不够预定十万字的字数，篇幅也不及原书的十分之二。这些东西，小半已在各大小刊物上发表了；如今竟有成书的机会，实在是梦想不到的事情。但，自然，我是很欢喜的，拜伦（Lord Byron）不是说过这话么？

---

① 《德国短篇小说选》，柴诃（J. H. D. Zschokke，1770—1848）等著，胡启文译，"中国文艺社丛书"之一，上海中华书局 1937 年 1 月初版。
② 胡启文，生平不详，1930 年代曾在《文艺月刊》发表译作。

Tis pleasant, sure, to see one's name in print;

A book's a book, although there's nothing in't.

（看见自己的名字在活版里确是一件愉快事；

书却总是一部书，就是内容空虚也罢。）

    集中的几个作家，几乎全是浪漫主义者，所以这本书也可叫作《德国浪漫主义小说集》。本来，是想翻译几篇写实主义的小说的，因为说到观察的精细和表现的技巧，浪漫主义的小说自然比不上写实主义底；但一则译者的能力有限，二则原书中写实主义的小说本就极少，只好"俟诸异日"了。然而，浪漫主义的小说却也自有它的特点，那便是富于想象，而深于热情，使人读了，像吟咏一首抒情诗。它的内容，恰如波厄生（Boyesen）在他的《德国文学论集》（*Essays on German Literature*）里所说的："浪漫主义的小说所爱写的东西，是夜，是月光，是梦；诗歌所歌唱的东西，不是明确的欲望，是神秘的朦胧的感情。"所以，我们读了，宛如走进精神生活的乐园，置身梦幻童话的世界。现在，浪漫主义虽然好像已是落伍了，但，我相信，在任何时代，一个人一生中总有一个时期是爱读浪漫派的作品的，可见这一派的文艺也自有它的不朽的价值了。而我的翻译这部集子，也可说是作为自己的纪念——纪念我那年青的，活跃的，情热的，梦幻的，罗曼蒂克时期啊！

    这里，对于几个作者的介绍，也是必要的。《克兰撒的旅店》的作者柴诃（Johann Heinrich Daniel Zschokke，1770—1848）生于玛德堡，是一个性喜漫游的戏剧作家，就学于佛兰克府，在此处讲学和改作剧本，随后就在格里逊的里奥脑地方开设寄宿学校。一七九九年，卜居于阿劳，为大会议的一分子。他的著作包括巴伐利亚和瑞士的历史，以及一长列故事丛书——*Der Creole*，*Jonathan Frock*，

Clementine，*Oswald*，*Meister Jordan* 及其他，其中最普遍的是 *Stunden der Andacht*（《默想的时间》）——一种星期日出版的定期刊物，以雄辩和热情宣扬唯理主义，他的全集凡三十五卷（一八五一——五四年）。

吉斯纳（Salomon Gessner，1730—88）生于瑞士之朱立虚，在这里开设书肆。他是个田园诗人，兼擅雕绘风景画。"吉斯纳的田园散文诗，和他的模糊的阿加地亚风景画，他的温柔的牧羊少年与牧羊少女，以及他的天真的黄金时代之伤感的画图，强有力地出现于罗珂珂时代，同他所关心的那时代真正的牧羊郎及其他卑微的人们底真相，是相去颇远的。"（汤马斯：《德国文学》，Thomas：*German Literature*，P.239）他和古典主义的诗人克洛卜司托克（Friedrich Gottlieb Klopstock，1724—1803）同时，且受其影响，亦属古典派。他的绘画也是保守的古典作风。译《洪水》一篇以见其作品之一斑。

一八一三——一四年间，正是德国多事的年头。拿破仑的铁骑蹂躏俄罗斯后，继之以莱比锡的战役。德国忿强敌之压境，于是自由战争的诗人群起作爱国抒情诗的怒号，库尔纳（Thcodor Körner，1791—1813）就是其中的一个。他不只是诗人，而且是参与实际战争的斗士，最后还在洛孙堡战死的。他父亲把他的战歌辑成一集，题为《琴与剑》（*Leier und Schwert*，1814）。他的生涯和匈牙利的爱国诗人裴多菲·山陀尔（Petöfi Sandor，1823—49）正相仿佛。

格林姆兄妹（Jacob Grimm，1785—1863 and Wilhelm Grimm，1786—1859）的名字中国人早就知道了。他们在一八一二年合编出版《儿童及家庭小说》（*Kinder-und Hausmärchen*）第一卷。他们的童话和丹麦安徒生（Hans Andersen）底不同：后者完完全全是创作的，而前者则为年长代久的民间传说，经说故事人的口舌之流传，而抄录下来的。格林姆的童话可说是新浪漫主义的有趣味的副产物。

卡米苏（Adelbert von Chamisso，1781—1838）是作家中之佼佼者，在德国文学史上是属于"Gesundete Romantiker"（刚健的浪漫派）的。他的出身本是法国贵族，一七九〇年，法国大革命起，他的家庭逃难到德国去，经过六年的流离，才在柏林完聚。尝服役于普鲁士军队，普法战起，随军出征。一八〇六年，往法研究自然科学。后返柏林。不久，随俄人环游世界，作自然科学的采集旅行。对于植物学，颇有造就。但他的声誉还是建立在他的诗歌和小说上。"他的幽默诗歌的清新和明朗，他的单纯而自然地表现单纯自然的感情的才能，他藉以应付日常生活的欢爱与忧愁的柔情，在一般读者间久已树立他的声誉。"（菲立普：《德国文学概要》，M. E. Phillips：*Handbook of German Literature*，P.115.）他的著名的小说，《彼得·须莱米耳趣史》（*Peter Schlemihls Wundersame Geschichte*，1813），使他名扬全欧。这是一篇极有味的叙述一个人把影子卖给魔鬼的童话。小说中的英雄，其实是作者的化身，他对于由自由战争所引起的思想上的动摇，表现在须莱米耳的个性上（见威鲁摆：《德国的浪漫运动 》，L. A. Willoughby：*The Romantic Movement in Germany*，P.56）影子代表祖国。作者讽刺德国人的失策，在维也纳会议上，出卖生存权，做梅特涅的精神上的奴隶，永远不得翻身。（见罗勃孙：《德国文学》J. G. Robertson：*The Literature of Germany*，P.156.）故事虽略嫌冗长，仍然是津津有味；作法也很别致，中国还不曾有过这类作品。

其余三位作者，生平不详。"奥脱玛"（"Otmar"，1753—1819）是笔名，真名是纳支嘉尔（Johann Karl Christoph Nachtigal）。《牧羊郎克劳斯》是一篇民间传说，情节极像欧文（Washington Irving）的《吕伯·万·温克尔》（*Rip Van Winkle*）。蒲斯清格（Johann Gustav Büsching，1783—1829）出版过几本德国的古物、文学、艺术的著作。

至于哥兹却尔克（Caspar［Kaspar］Friedrich Gottschalck）只晓得他是生于一七七二年，别的一点也无从知道。

末了，我要特别提起华林一先生，这本译稿大部分是经过他校正的，又将《克兰撒的旅店》介绍到《文艺月刊》上发表；现在又承徐仲年、舒新城两先生将我这集子出版：我谨在这里表示诚恳的谢忱。

一九三六，五，廿五。

书中插图，均系采自瓦尔志尔的《文艺科学便览》(Dr. Oskar Walzel's *Handbuch Der Literatur-Wissenschaft*）一书。承宗白华先生将此书借我摄出各图，谨此志谢。

——录自中华书局 1937 年初版

《法国故事集》^①

《法国故事集》写给读这本书的小朋友

傅绍先 ^②

亲爱的小读者：

在你们读这本书以前，让我先告诉你们几句话。

---

① 《法国故事集》(*Children Stories From French Fairy Tales*)，爱锡莱（Doris Ashley）原著，傅绍先译述，"世界故事名著集"之一，上海启明书局 1937 年 1 月初版。
② 傅绍先，生卒年不详，曾任职于中华书局、世界书局。著有《意大利文学 ABC》《西洋文学讲座　意大利文学》，另译有《福尔摩斯新探案》、详注英译德国歌德小说《少年维特之烦恼》等。

第一，这本书是从一本英文书翻译过来的，原名 *Children's Stories from French Fairy Tales*，作者 Doris Ashley，是位外国儿童文艺作家，他所写的儿童读物很多很多。这是其中的一种，全书共十二篇，此地只选译了七篇，内容都很新奇有趣，并且篇篇含有深刻的讽刺或微妙的寓意，不过这些关于道德或伦理上的教训作用，却不是我翻译此书的动机，我的原来目的，是只要把这本外国儿童文艺作品，介绍给你们，作课余的读物，救知识上的饥荒，便很心满意足了。

第二，翻译一本儿童书比较翻译一本科学书要容易多了，可是也有种种困难。中西的风土人情的各异，有许多地方，在外国儿童一看便知，我们中国儿童读了，莫名其妙，惝然硬硬地把它改了，不但不合翻译的原理，并且对不住那原著者，于是不能不想一种救济的方法。还有行文造句，彼此不同，我们要保存原书的作风，既不好呆译，又不好意译，而且顾名思义，这是给你们小朋友读的东西，用些艰深字句，使它成人化，是万万不能的，因此写的时候，又要处处笔下留神。自然，千密一疏，仍免不了有很多不妥的地方，那是本书译者要向诸位小朋友告罪的，并望特别地原谅。话说完了，请读下文。再会！

译者

——录自启明书局 1937 年初版

《复活》[①]

《复活》序

陈绵[②]

　　托尔斯泰是一个世界的文豪，用不着我们介绍。《复活》更是一个著名的杰作，很少的人不知道尼克吕多夫牺牲一切去救一个堕落女子的灵魂使它复活的故事。当托尔斯泰写这部小说的时候，他已经到了他文人生活中最锋芒的一个时代；在那时他思想的转变也已经到了一个坚绝的阶级；他的作家的态度同他私人的生活都随着《复活》的完成同时完成了。他把以往对于纯艺术的赞赏，对于创作的快乐，对于一切文艺的感动，对于诗，对于画，对于一切文人们所公认的纯洁高上的泉源，是完全看透了。他不愿作这种只顾到美而不顾到真与善的工作。因为托尔斯泰那个时候是被社会种种的不公平，被人类所受的苦痛，被世界上一切刺心的问题所深刻地感动，所以他决不肯再描写或研究任何生活，去专为作一种客观的好奇，或是为个人的名气。他那个时候，是抱定了改善人心，改良社会的宏愿。他觉得一个文人不应该对于人的各种问题漠不相干。他以为即便是些天才的著作也是

[①]　《复活》(*Le Résurrection*)，五幕剧，法国 H. 巴大叶（Henry Bataille，今译巴塔耶，1872—1922）著，陈绵译，中华教育文化基金董事会编译委员会编辑，上海商务印书馆 1937 年 1 月初版。

[②]　陈绵（1900—1968），剧作家、话剧导演、戏剧翻译家。笔名齐放。福建闽侯人，后随家迁京。毕业于北京大学，后留学法国，在巴黎大学艺术学院攻读硕、博士学位，1929 年获文学博士（戏剧学）学位，任教于法国东方语言学校、巴黎大学。回国后，先后任教于北京大学、中法大学、北京艺术专科学校，并与唐槐秋组织领导中国旅行剧团的演剧活动。另译有小仲马《茶花女》、拉辛《昂朵马格》、柯奈耶（今译高乃依）《熙德》等多种剧作，以及《候光》《天罗地网》等改译剧。

无用的，或者还许是有害的。当他在写《复活》的时候，他已经变成一个社会的改良者，人类的恩人。《复活》的发表，曾惊动了全世界的文坛，使人看出托尔斯泰的思想转变。他那时的天才、毅力、性格完全的改换一条道路。《复活》好像一道深沟，把他以前纯艺术的大小说家的生活，同为社会谋福利为人类求真理的哲学家的生活分开了。在这个《复活》的小说里，包含着人类所有的苦痛，社会所有的矛盾。那里面，可以说把人群中所有的角色，都使他们活动起来，各自象征着他们的弱点，他们的丑态。这个小说在出版以后，曾有许多的文人想要把它移到舞台上来，可惜这个书里的材料太丰富，使人无法入手，所以一般剧作家都有望洋兴叹之慨。

一千九百年，就是在这我们二十世纪开端的头一年，一个法国的青年剧作家，昂里，巴大叶氏（Henry Bataille）居然有这种勇气，把他编成了剧本。当时先得到的便是托尔斯泰的惊异，也可以说是一般剧作家的惊异。因为这种工程，无论是原著者，或是戏剧专家，都以为不可能的。等到一九〇二年九月十四日在巴黎欧戴昂（Odéon）国家话剧院首次公演的时候，得到了一切批评家的赞许，托尔斯泰也极力称赞这个青年剧作家的天才。

这个戏的好处，是在他很忠诚的守着原著中述事的次序，把他分为六段。在序幕中他描写少女格蒂沙纯真的爱情，写尼克吕多大亲王怎样被贵族社会所传统下来的风流习惯所推动，造成了一个悲剧的泉源：就是他同格蒂沙发生了肉体的关系。

第一幕是序幕以后十年的事情。亲王尼克吕多夫在陪审官席上认出了格蒂沙。可是那时她已经在玛司罗花的名下当着妓女，并且被人诬告杀人。亲王在与众陪审官商议案情的时候，就想要救她。可是，终于因为陪审官的愚蠢，把她判了二十年的徒刑。

第二幕，亲王更觉得他对于因为他而堕落的女子，应负相当的责任。又因为他见到了贵族的生活之浮浅与虚假，他就毅然的同他贵族的未婚妻解除了婚约。

第三幕里，我们可以见到了玛司罗花堕落的真相。尼克吕多夫在这里感觉到不但要救玛司罗花的肉身，而且还要救他［她］的灵魂。因为他认为玛司罗花灵魂的埋没，也是他一个人的罪。

第四幕，尼克吕多夫使玛司罗花换个较好的环境，把她安置在一个医院里。在一种误会中，他曾经一度失望，以为玛司罗花的灵魂是不可救了，因为他相信了一个医生说她不规矩的谎话。但是他还继续的作应作的工作。

第五幕，是在西伯利亚。玛司罗花想要同她的一个难友结婚。尼克吕多夫乍听之下甚为灰心。等到听出玛司罗花是因为爱他所以才这样做的理由，他才明白了玛司罗花宁愿牺牲自己，而不愿连累了他一生。尼克吕多夫那时候的心理，是又悲伤，又喜悦。悲的是，他找到了他以往的爱情，然而需要舍去；喜的是，玛司罗花已经知道了原谅，知道了牺牲，可以证明她的灵魂是复活了。

这个剧本，既然能够把故事很有力的述说出来，同时又把原著中对于各种社会的描写，很详细的演出，使我们感觉到这不是一本像平常有一两主人翁的戏，而是一出我们全人类的戏。

中国旅行剧团在廿五年三月五日首次在天津新新戏院把这个戏演出。当时各朋友为这个戏的实现曾用过极大的努力，我在这里诚恳地向他们道谢。他们那一次每人都兼担着几个不同的角色，而新新戏院主人韦耀卿也使他的幼子韦宝鑫先生给我们帮忙；因为登场的人物太多而我们的演员不够分配的原故。他们都很勇敢地尽了他们的责任，真使我钦佩，感激！

我现在把那次演员们在每幕担任的角色表，同剧情的详细说明抄在后面做为这个序文的结束。

一　演员在每幕担任角色表

	序幕	第一幕	第二幕	第三幕	第四幕	第五幕
吴静	女总管		贵族夫人	老女囚	看护主任	老女囚
赵慧深	亲王姑母			美人		慈心女囚
童毅	小女仆		那达沙	红发女	看护妇	中年女囚
蒋弈芳	老女仆			带儿子的女囚		女商一
唐若青	姑母养女	只有在后台一句话		玛司罗花即格蒂沙	同	同
章曼苹				飞多夏	飞多夏	
程辰	亲王姑母		密细小姐	女囚		女商二
李景波	老家人	陪审官中之老者				老囚
戴涯	亲王	尼克吕多夫	同	同	同	同
张炎		法院司事		狱卒		徒囚二
任苏		(一)课长声(二)军人			医生	军官一
陶金		(一)院长声(二)尼金		尼金	尼金	囚徒受刑声
徐叔阳		陪审官一				徒囚一
葛鑫		陪审官二		驼背女囚		乡人
谭汶		教授	葛洛骚		练习生	病囚
姜明		商人		卖酒老妪		西孟松
吴景平		陪审官中之公司办事员		溺子女囚		徒囚三
曹藻		陪审官长	法官		医院长	军官
李小云		陪审官四				
韦宝鑫				小孩		小孩

二　"复活剧情"

序幕

亲王帝米悌，尼克吕多夫是一个浪漫的青年。他在从军到土耳其打战的前一夜回到最爱他的两个独身的老姑母家里来。老姑母们有一个养女，叫格蒂沙，领洗的小名又叫格特林。亲王很喜欢她，她也纯真地爱亲王。这一天正是复活节，乍见复别，在悲哀的情绪中，禁不住亲王的诱惑，贞静的格特林作了帝米悌王爷的情妇。

第一幕

十年后有一次亲王被选做法庭的陪审官。审的是妓女玛司罗花毒杀商人的案子。在妓女的口供中发现了这个堕落的女子玛司罗花就是从前纯洁的小格蒂沙，小格特林。他又知道了当十年前他走后格蒂沙因为有了孕被他的姑母们赶走了。格特林从此堕落又堕落，到了作妓女的地位。亲王看案情知道她是没罪，在陪审官会议时极力替她辩护。可是陪审官们人多口杂，终于判了她二十年徒刑。尼克吕多夫痛心极了，觉得他对于格蒂沙的堕落应负责任，所以他决定了去救她。

第二幕

尼克吕多夫在那个时候，已经同高查金郡主夫人的女公子密细小姐定婚。他既然想尽全力去照管一个别的女人，觉得不能够把他同密细小姐的关系做清楚。他当晚到了高查郡府，看那里贵族社会的肤浅与固执，愈加使他感觉到他以前的生活之无意识。他对密细虽然不无好感，然而他终于同她解断了婚约。

第三幕

莫斯科女监狱里面的痛苦使无罪的玛司罗花非常愤慨。难友中有一个少女名叫飞多夏倒很知道安慰她。这一天尼克吕多夫亲王亲自到狱里来看她，可是她把往事已经在她这十年来的苦痛中忘掉了，所以见了亲王时她只拿他当一个嫖客似的看待，同他要些钱花。等到亲王同她追述往事的时候，忽然间引起了她的怨恨，把尼克吕多夫臭骂一顿。亲王更感觉到他不但要救格蒂沙的肉身，而且对于她的灵魂的埋没也负着莫大的责任。他于是把使玛司罗花的灵魂复活当做他终身的使命。

第四幕

尼克吕多夫想先叫玛司罗花改换一个环境。他把她同她的好友飞多夏安置在监狱医院里当看护妇。那里有一个混蛋医生，以为玛司罗花既是妓女出身一定容易上手，没想被她拒绝了。他老羞成怒要加以强暴。刚巧这个时候医院长来了，他就诬赖玛司罗花贱性难改，屡次同他挑逗。院长信以为实，决定把她送回狱去。等到亲王知道了他很伤心。玛司罗花把苦忍在心里，也没加解释。不过亲王既然要救她的灵魂决定要救到底。

第五幕

亲王替玛司罗花进行的上告没有成功，究竟被发送到西伯利亚了，亲王也随了她去。坶司罗花是被派在一对革命罪犯里面。这里面的人都很看重她，因为她整日劳作，待人忠诚。罪犯里面有一个义士西梦松，对她发生了深挚的感情。这一天亲王来了，西梦松把他要向玛司罗花求婚而玛司罗花有意嫁他的事告诉亲王。尼克吕多夫心里愈加失望，觉得他想以感化的力量去求一个埋没的灵魂的复活是失败了。这个时候他接到了玛司罗花特赦的命令，他把这消息告诉她，并且当时问她究竟是嫁他还是嫁西梦松。玛司罗花毫不犹疑地说要嫁西梦松。但是她的声音她的眼光都在那里说她爱的是亲王。所以当尼克吕多夫郑重的问她的时候，她禁不住痛哭起来。她说她所爱的只有亲王，但不愿使亲王因为她毁坏了他的前程。西梦松究竟是个义士，她很可以得一个好结果。亲王听了这个话心中又悲伤又喜悦，悲的是要与玛司罗花从此分手，喜的是玛司罗花竟知舍己成人，可以证明她的灵魂确是复活了。这一天赶巧又是耶稣复活节，他们也就在众信徒呼喊耶稣复活的声中永别了。

陈绵　二十五年七月在北平

——录自商务印书馆 1937 年初版

《杰克·伦敦短篇小说集》[①]

《杰克·伦敦短篇小说集》后记
（许天虹[②]）

　　杰克·伦敦（Jack London，1876—1916）对于中国的读者已不是一个陌生的作家；他的名著《野性的呼声》早已有了两三种中译本，虽然从这中间我们并不能看到这位社会主义作家的全般面目。

　　今年适逢伦敦的诞生六十年纪念和逝世二十年纪念。（他仅仅活了四十岁！）我前后选译了他的几篇描写帝国主义者压迫弱小民族或

---

① 《杰克·伦敦短篇小说集》，美国杰克·伦敦（Jack London，1876—1916）著，天虹译，黄源主编"译文丛书"之一，上海文化生活出版社 1937 年 1 月初版。

② 许天虹（1907—1958），浙江海盐人。曾就读于嘉兴教会学校秀州中学、杭州之江大学附中。曾任职于上海劳动大学编译馆。其妹许粤华是黄源前妻。抗战时期在临海回浦中学担任英语教师。另译有英国迭更司（今译狄更斯）小说《大卫·高柏菲尔自述》《双城记》、美国杰克·伦敦小说《强者的力量》及法国莫洛亚《迭更司评传》等多种。

暗示资本主义的流毒的短篇小说，陆续发表在《译文》月刊和《国闻周报》上。最近又译了他的两篇具有前进意识的短篇，又把五六年前曾经译出来发表在《北新》半月刊上的那篇描写童工生活的《变节者》修改了一下，就凑成了这个集子。

在这里所收的八篇小说中间，我觉得，最有意味的是《北极圈内的酒酿》这一篇。它不但对于神道设教者和假冒为善的统治者竭尽讥嘲之能事，而且对于宗教、法律、……的起源，也披露了真相的一角。

附录里的《自述》，是伦敦在三十岁前写的，所以其中只叙到那时为止。在这以后的十年间，他曾驾着一叶扁舟，横渡太平洋，在夏威夷和南太平洋各岛漫游了两年。日俄战争时，他曾往高丽及东三省前线，当希尔斯脱系各报馆的战地通讯员。他所写的四五十册长短篇小说，也大半是在这最后的十年间写成的。同时，他又时常在美国各地和各大学中作鼓吹社会主义的演讲，并且写了多种富于革命性的论著。至于其他各节，可以参看附着的辛克莱（Upton Sinclair）的论文。——这篇《关于杰克·伦敦》，本是辛克莱的《拜金艺术》（*Mammonart*）中的一章，原名 Supermanhood（超人的品格）；其中对于伦敦的死因和他一生的悲剧，有相当详细的分析，可以帮助我们理解伦敦的为人和他的作品。

杰克·伦敦的文字本是极活泼有力的，听说德法等国的学校里有拿他的作品来当作模范英语读的；可是经我用这样呆板的中文译出来，当然减色不少。就是译错的地方也不敢说绝对没有，尚祈海内明达教正！

一九三六年十月十九日，译者。

——录自文化生活出版社 1940 年再版

《玫瑰与指环》①

《玫瑰与指环》小引

叶炽强②

十九世纪中叶英国文学上最有平民倾向的作家，只有两个：一是狄更斯（Charles Dickens），另一便是塔克雷（Tharkeray）。他们俩都是痛诋贵族阶级之虚伪和罪恶，并竭力主持人道主义的。

狄更斯的个性与环境造成他是个悲哀的歌者，或痛苦的歌者。他所描写的被侮辱被压迫者，多半是没有怨言的殉道者。但塔克雷却比较地激烈，他是个讽刺家，在他的小说里，往往无情地鞭笞贵族阶级的罪恶，喜欢将英国贵族代表钉在耻辱的柱上。所以他的作品里充满着教训与道的箴言，不惜挺身为富裕特权阶级之攻讦者，同时也就做了贫民的辩护者。

塔克雷名叫 William Make Peace，生于一八一一年，卒于一八六三年。他虽是个纯粹的英国人，却生长于印度的加尔加加答，因为他父亲是东印度公司的职员。他曾在英国剑桥大学求学，一早便靠文学维持生活，写了不少讽刺的作品，是一个杂志文最好的作者。《虚荣市》（*Vanity Fair*）出版后，声名鼎盛。

这部童话，并不是塔克雷的重要作品，但在少年文学中占了相当的地位。他写作这部书的动机起于一八五四年。当时塔氏旅居美国，

---

① 《玫瑰与指环》（*Rose and Ring*），长篇童话（节译本），英国塔克雷（W. M. Thackeray，今译萨克雷，1811—1863）著，叶炽强译，"世界文学名著"丛书之一，上海启明书局 1937 年 1 月初版。

② 叶炽强，生平不详。另译有比利时梅脱林克（M. Maelerlinck）《青鸟》、日本松村武雄《日本故事集》、丰岛二郎《印度故事集》等。

和女友彭思女士同任家庭教师时，她请他讲给孩子们的一些人物画中编造出来的故事。彭女士是一个富于相像［想象］的人，每于夜间将那些故事画讲给孩子听，塔氏记载下来复加整理，便成功这部《玫瑰与指环》。读者要知道它的价值最好引安德娄赖在他的《黄色童话》的序里说过的话来重复说了一下：

　　——这一册书，编者以为是每一个儿童图书馆里所不可缺少的；父母在尽可能的范围里第一当买这部书以饷自己的孩子，否则便不能算是受过完善的教育。

炽强　一九三六年，十二月。

——录自启明书局 1937 年初版

《青鸟》[①]

《青鸟》小引

叶炽强

　　被称为"比利时莎氏比亚"的梅德林克（M. Maurice Maeterlinck 1862—　）[②]，是近代世界的戏剧家及散文作家。他的盛名，使小孩子也都知道的，也就是这本《青鸟》（Blue Bird）。

[①] 《青鸟》（The Blue Bird），童话故事，比利时梅脱林克〔Maurice Maeterlinck，今译梅特林克，1862—1949〕原著，法国勒白仑〔G. Leblanc，今译勒布朗，1869—1941〕改写，叶炽强译，"世界文学名著"丛书之一，上海启明书局1937 年 1 月初版。

[②] 梅特林克逝世于 1949 年。

　　他是一个最大的象征派的代表，他的作品，有《茂娜凡娜》（*Monna Vanna*）等十余种，在无论哪一国里都能找到他的译文，尤其是《青鸟》，几乎是各国小孩子手中常见的读物。

　　本书中的故事："写两个孩子，在梦中要找寻青鸟，在记忆之土，在将来之国，在月宫中，在森林中，到处的寻找，都没有找到。后来他们醒来了，邻居的孩子生病，要他们养的鸟玩，他们给了他，这鸟真的变成青的了。但当他把它放出来玩时，鸟又飞得不见了。"青鸟乃是幸福的象征，只有从自己牺牲中才能得到：但幸福非永久可以在握的。所以青鸟不久就飞去了。

　　《青鸟》第一次上演在莫斯科，后来欧美各大舞台，把《青鸟》列为常演的剧本了。

　　本书并非是剧本，使小孩子易于了解起见，是由勒白仑（Georgette Leblanc）用故事体裁写的；但并没有损害原书的精神，这是梅德林克本人亦承认的。

——录自启明书局 1937 年初版

《情书》[①]

《情书》序

陈绵

　　《情书》的原名叫做《信》。原作者是英国莫恨先生（Somerset Maugham），近二十年来欧美很负盛名，有英国莫泊桑之称。因为他

[①] 《情书》（*The Letter*），三幕剧，英国莫恨（Somerset Maugham，今译毛姆，1874—1965）著，陈绵译，中华教育文化基金董事会编译委员会编辑，上海商务印书馆 1937 年 1 月初版。

同莫泊桑一样也著有许多生动的短篇小说。《马来咒语》就是他短篇集中一个顶有名的。他在一九二九年用这个短篇集中的一个故事《克司比的案子》编了一个三幕剧：《情书》。

莫恩先生在没写《情书》之前已经有多少次舞台上的成功，有一个剧本叫作《雨》，曾在英国美国的戏院连演过两年之久。可惜这个戏里的主角不是我们能够容易了解的，因为这是一个教徒感化一个轻狂女子的故事。又有一个剧叫做《圆圈》，在法国演出时曾经哄动过巴黎，这是一出心理剧，是说老年人的经验当不了幼年人的宝鉴。母亲作［做］错了事，虽然知道了，反悔了，女儿还是要做同样的错事。所以我们人类总是这么一代一代地错误下去，如同一个圆圈周而复始。不过这个剧本哲理文学的气味过深，不甚适于表演。其余还有《芙德利克夫人》等名剧，都曾在欧美剧坛上有过威权。我国有方于译的《勿宁死》也是他的作品。有一时期伦敦的各大戏院同时出演着莫恩的剧本有四个之多。这种盛况恐怕除去剧圣莎士比亚，还没有别人作［做］到过。这也可以见得莫恩先生在欧美剧坛上的地位了。

《情书》的剧情

司当利夫人是一位外虽贤惠内实轻狂的一个女子，十年来她恋爱着一个青年尼克松，这件事，不但是她丈夫不知道就是任何人也疑虑不到。一天尼克松又爱上了一个妓女想抛弃她，她因为嫉妒而愤恨就把尼克松杀死了。警察来时她说是尼克松醉后用强，她一时恐惧，为了自卫起见，把他杀死的。大家对她无不同情，她的宣告无罪是一定的了。在这时替她辩护的律师听说外面有一封信，是出事的那一天司当利夫人写给尼克松的。这封信是存在与尼克松同居的妓女的手里，要是呈到法院里去，对于司当利夫人的审判一定非常不利。律师就问司当利夫人有没有这种事，她先说不知，以后看出太危险才承认了。律师就用一笔大款把这封情书收买回来。开庭时百凡顺利，司当利夫人被宣告无罪。不过律师向她的丈夫索要买信所用的巨款时候，几乎使司当利先生同他多年的老友律师反目，所以司当利夫人为保持他们的友谊不得不向她的丈夫做一个忠实的忏悔。她以后也只有在赎罪中过生活了。

这个戏共有三幕。

第一幕　由杀人的枪声起，司当利夫人述说出事的经过至同赴法院为止。布景是司当利的家里。

第二幕　在法院的接待室。自律师发现情书起，司当利夫人不得已承认，至律师准备买信为止。

第三幕　自司当利夫人无罪回家。律师向司当利索款，司当利夫人讲述实形为止，布景与第一幕同。

这个戏并没有什么文学的价值和哲学的深义，不过只是一个个性的研究。可是这里最可取的一点实在是作剧技巧。第三幕末尾司当利夫人讲演实形时是用一种舞台上的巧妙将当时的真相表演出来，等到尼克松被杀了，再回到司当利夫人向她丈夫忏悔的场幕。这种倒述法，在小说上与电影上是常有的，不过在舞台上这实是第一次。我近来发下了一个小誓愿，打算把欧美各种话剧的格式都择一个代表作，介绍给国人，使观众渐渐知道话剧是如何美妙不同，使有志于剧作的多看几个样子。《茶花女》同《情书》就是我实行这个誓愿的初步，不过究竟能够不能够成功，那就全看大众对于我的鼓励同我自己的努力了。

这里我要声明几点：（一）这个剧本是我从卡布夏（H. de Carbuccia）的法译本转译的。（二）第二幕末尾有到妓女家买信的一场被我删去了，我觉得这样更紧凑一点儿。（三）为使观众明了买信的决意起见，我在第二幕的末尾加了一场爵思律师与武秘书的对话，请读者注意。

这个剧本是由中国旅行剧团首次在天津演出的。当时的演员是由唐槐秋先生饰爵思律师；姜明先生饰罗白·司当利；谭汶先生饰武秘书；陶金先生饰尼克松；曹藻先生饰警察长惠廉；张子和先生饰警察；任苏先生饰男仆甲；吴景平先生饰男仆乙；李小震先生饰男仆丙；唐若青女士饰雷利·司当利；章曼苹女士饰爵思夫人；吴静女士饰女修饰沙弥特。他们都很忠诚地把这个戏演出，我在这里谨向他们致谢。

陈绵　一九三六，七月，在北平。

——录自商务印书馆 1937 年初版

《莎乐美》^①

《莎乐美》小引

汪宏声 ^②

十九世纪中叶以后，英国文坛产生了唯美主义一派。创始于约翰·罗斯金（John Ruskin），继之以华尔脱·彼得（Walter Peter），至本书原作者奥斯卡·王尔德（Oscar Wilde）而登峰造极。

奥斯卡·王尔德（1856—1900）生于爱尔兰之杜勃林。父亲是个医生，母亲也是一位作家。初在杜勃林的三一学院读书，即以文学露头角。一八七四年入牛津大学的麦格特伦学院。一八七八年以 Ravenna 一诗狄纽达甘荣誉奖金。在牛津时，即服膺唯美主义，揭"为艺术而艺术"一口号，从者甚多。一八八二年赴美国讲学。一八八四年与康斯坦·劳合女士结婚。

---

① 《莎乐美》(*Salome*)，独幕悲剧，英国王尔德（Oscar Wilde，1854—1900）著，汪宏声译述，"世界戏剧名著"丛书之一，上海启明书局 1937 年 1 月初版。

② 汪宏声（1910—?），浙江吴兴人，1930 年毕业于上海光华大学第五届教育系，曾任教于上海圣玛利亚女校，张爱玲的国文老师。另译有美国奥尔科特小说《小妇人》《好妻子》《小男儿》，还曾以沈佩秋的笔名翻译了易卜生《娜拉》、果戈理《巡按》等。

　　王尔德对于唯美主义，不但高揭口号而已，并且还见之于日常行为。在牛津为学生时，即蓄长发，佩红花，招摇过市，造成一时风尚。后来行为更为不拘，大为正人君子所不满。卒以获罪被判徒刑，一九〇〇年卒于巴黎。

　　《莎乐美》一剧为其最伟大之作品，唯因不与英国绅士之传统道德观念相调合，政府下令禁止出版。一八九三年在巴黎印行，一八九四年在巴黎作第一次之演出，获得惊人的成功。

　　现在的中国也正是正人君子得势的时候，不过译者相信一切伟大作品，都是超越时代性的；所以《莎乐美》之伟大，不会因了正人君子之传统道德而有所损益也。

译者　二六·一·十二

——录自启明书局 1937 年初版

《莎氏乐府本事》[①]

《莎氏乐府本事》莎翁传略

杨镇华

　　莎翁，莎士比亚（William Shakespeare），谁都知道是英国最伟大的戏剧家，也是世界最伟大的文学家。这样著名的作家，原不须我在此地介绍的，只因有些读者，还不很知道他的人，为便利起见，在这里我约略地把关于他的话说一说，当然是很简短的。

[①] 《莎氏乐府本事》(*Tales from Shakespeare*，又名《莎翁的故事》)，英国 Charles Lamb（通译查尔斯·兰姆，1775—1834）、Mary Lamb（通译玛丽·兰姆，1764—1847）著，杨镇华译，"世界文学名著"丛书之一，上海启明书局 1937 年 1 月初版。

　　关于他的生平，知道清楚的人很少，甚至有许多人以为没有这样一个人的，他的许多作品是别人做的，只不过用他这个假名来发表而已。但这样的话，我们可暂不置信，因为我们当他真的有这样一个人比较可靠，比较对些。他的生平，人们知道的虽少，可是写他的传记的人却很多，为的是见智见仁，个人写个人心中的莎翁，较为便利。现在且让我们将从各种记载中得来的材料，而组成一个很简略的莎翁传略吧。

　　我们这位大诗人，大戏剧家在一五六四年四月生于英国斯德拉福地方的华盛舍村上。他的母亲玛丽·亚顿，是个农家女子，他的父亲是个屠户，而又是个小商人，曾在一个时候，做过村里的执行史。斯德拉福当时有所极小的中学，莎士比亚也许在这中学里读过几年书。他的父亲常和人家打官司，到他十四岁时候，他的父亲因为欠了别人的债，被捉到官厅里去，或许他就在这时期辍学，离开学校，出去做工。当他十八岁时，他和一个农家女子安·哈德慧结婚，她的年龄比他要大八岁。在二十三岁时，莎士比亚就带着仍旧欠债的父亲和他自己的三个嗷嗷待哺的子女，离开了他的故乡，向人生的自新的正路上去奋斗了。

　　他自斯德拉福搬到伦敦，是从孤寂的乡下来到拥挤的热闹城市中来，也可说从美丽的乡村景色中出来，走到污浊的街道上；也可说是从天真纯朴的乡下人的群中出来，走进求名逐利的人们的队伍里。他为什么要走去的呢？这倒是很可思索的事。也许是他要找寻工作做，也许像小孩子跟着马戏班那样，他跟着一群戏子而来的，也许是偷了别人的东西，被人逐出斯德拉福的——究竟是什么原因呢？大家现在都还弄不明白。不过，他的离开故乡，在最显明的解释，是他受了舞台的诱引所致的；因为他好像一出来，就注意戏院，而在戏院中不久便得到他的地位，并不是由于机会而得，也不是取巧于计策，的确有他相当的本能。当时，英国全国差不多都是戏剧迷，对于舞台都是心往神移的，而莎士比亚尤专心于戏剧，并用方法以求更进一步。

　　当然，开始的时候，他只能扮饰无关紧要的小角色，但他不久便学会了许多舞台上的"门槛"，能知道观众的兴趣。所以他初步的戏剧工作，是校正旧剧，加些穿插或背景进去，迎合那些浅薄的观众们罢了。后来，他和其他的戏剧作家在一块合作，如丽丽，比尔，以及马罗威等。最后，他自己单独创作，那时他已全学会了，当他的《露迷欲和主丽特》和《仲夏夜之梦》一出世，在英国便宣告突然地产生了一位伟大的诗人和戏剧家。

　　莎士比亚在伦敦的生活的试验时期，显然的是康健，快乐而有热情的时期，这个时期给他的是成功。此后接着来的，却是忧郁悲愁的时期，并且除掉忧郁悲愁之外，还加上一种别的苦痛。至于怎样才会有如此极大的变动呢？倒也是个颇费思考的事。第一个猜度是：莎士比亚对于当时舞台上的许多低级的观念和趣味，极其憎厌，这我们可以从他的小诗中看出来，他的那些小诗反映出他对于戏院和挤满其中的无礼貌的群众的厌恶；另外还有一个对于他之所以忧郁悲愁的猜度，有些和他交情很好的贵族，平时常常在金钱方面帮助他的，他的许多诗也都是献给这些人的。后来这些人的命途多舛，他便不自禁地消沉抑郁了。他的这些有权力的朋友的命运，变得最坏的，如爱萨克斯子爵，因叛国而处斩，潘卜罗克充军海外，萧生浦登雄图未逞，赍[赍]志以终，埋葬于伦敦塔下。莎士比亚以前曾和这些人共享过安乐，到这时，也许分尝他们的悲哀。后世还有批评家说，莎士比亚亲自参预爱萨克斯疯狂的叛变。

　　他到底为什么而悲愁抑郁，我们且不要去问吧，总之，到了这时期，他在作品中显示出来，他已不再以那种青年人明澈的眼睛去看人世了。所以这时期，他所写作的都是些悲剧，如《李尔王》，《麦克俳斯》，《汉楼氏》，《伍守乐》，《恺撒大将》等；其中的主角，没有一个是稍有希望稍有幸运的人物，都是受命运播弄，孤立无援的人。

这样可怕的心境，在伦敦是找不到方法补救了。而且我们这位伟大的诗人，在这大城市中，既曾光荣显耀过一时，现在也渐见厌倦了，对于舞台也颇憎厌，终于在伦敦住了二十四年（大约从一五八七年到一六一一年止）后，卖掉他在戏院中的利益，拍去他脚上黏着伦敦的灰尘，随着他的归心，回到斯德拉福来了。回来后，他恢复了乡村绅士的生活，和平与宁静重新来到他的眼前。归隐之后，他写作是比较以前少些。不过，这最后时期中写成的有几篇作品，如《辛贝林》、《冬天的故事》和《澎湃的风潮》，却是他作品中最最成熟的结晶啦。

隐居了几年，我们这位大诗人，不幸在他中年的时候即与世长辞了。他的死期是一六一六年四月二十一日。死后葬在斯德拉福教区的教堂中。他的作品到现在已有三四百年，仍为世人传诵，不受时间和地域的牵制，但是他自己对于这些传诵至今的作品，却并不关心，也从未去收集成秩［帙］，印行问世。因为他的作品，是表现各种典型人物和思想，都极优美的，所以后世的人很不容易从这些作品中，断定他自己的为人。不过，假使我们说出"温和的莎翁"这几个字时，谁都不至于不同意吧？

关于他的作品和它们的美妙，我想，现在可以不必去多说，我相信，读者们将来总有一天知道的。

杨镇华。二十二年，五月，十三夜。

——录自启明书局 1937 年初版

《莎氏乐府本事》小引
杨镇华

关于莎翁，我们在前面已讲过了。但是这本书并不是莎翁的原作，所以我们如果要说到本书的作者，便不得不另外再提两个人。现在就让我们先来讲讲他们的事情吧。

历来的天才，大半不是疯癫，便是痴狂——当然疯或狂到相当的程度，决不是平常疯子或狂人可比。本书的作者便是两个疯狂的人。他们是姊弟俩，姊姊的名字叫玛利·兰姆；弟弟的名字叫查理·兰姆。他们间的手足之情非常爱好。姊姊终身不嫁，弟弟也终身未娶，姊弟两人在一起过着他们独身的生活。

玛利生于一七六四年，查理生于一七七五年。他们的家住在热闹的伦敦。查理对于伦敦的热闹，却颇爱好，几乎不能须臾稍离，因为他虽则性情静寂，却不爱好乡村的自然景色，又不善于交际，因此，他后来的生活颇为简单。幼时受教育于基督医院，与诗人柯勒里芝同学，两人从幼小时缔交，成为终身的莫逆。他家境清寒，十五岁时，查理·兰姆便辍学就事，分担着家庭的重负。起初他在南海公司当司书，后来转入东印度公司。司书的生活，他过了三十三年之久。他开始写作时，已是中年了。写作的目的，当时只为自己所入有限，写点稿子，收点"外款"，维持年老病弱的父母而已。他的姊姊呢，则在家里做些女红，帮助他维持全家的生活。在这三十三年的司书生活中，查理在伦敦时，可分为三部分，除此以外，差不多可说整个的伦敦都和他没有相干。就在这三个地方，他得到他的安慰和工作。第一，是他的家庭；第二，是办事的公司；第三，是他的家和办事处间的街道。在家里，他有亲爱的姊姊，和他一起读书，消磨沉闷的黄昏，后来他姊姊发疯了，这些共读的黄昏便又消磨于看护的工作里。在公司里办事，他克尽心力，赚得生活必需的金钱。而住家和公司间的热闹街道，又给他以极大的好处。因为在那街上涌沸翻腾着的，是人间生活的高潮，这高潮给查理以文学上的影响很多，我们如去读他的《伊理小品》(*Essays of Elia*)，就可知道。

一七九六年，我们这位查理，忽然地发狂了，于是被人送入疯人院里，在那里关了六个星期，然后出来。然而，福无双至，祸不单行，查理的疯狂愈后，九月间，姊姊玛利又忽然疯狂起来了，甚至在疯狂中，闯下了一场大祸，以小刀刺死了他们的母亲！后来玛利虽也医治好了，但疯狂却在她身上生了根，时发时愈，莫可奈何，幸而查理以后不再发疯，还可以照顾他可怜的姊姊。所以平常姊姊精神清醒时，姊弟俩云窗共读，或一起写作；病来了，弟弟含泪送姊姊往疯人院中去。

查理后来文名渐盛，东印度公司也就给他一笔每年四百四十一镑的养老金，当然，这并不全是为他的文名的缘故，他办事勤谨也有以致之的。然而，奇怪的很，他得到养老金后，不必做事了，原可多多努力于文学上的事业，不料文章反而少写，并且写出来的，反不及以前忙里偷闲中写出来的作品。到了一八三四年，查理·兰姆便和他可怜的姊姊与世长辞。玛利呢，再过十三年，也就追随她的弟弟于地下去了。

讲完这两位姊弟的生平，且让我们来讲一讲写这书的情形吧。这本《莎氏乐府本事》，在儿童文学中，占有很高的地位，不必说那是故事和文笔的好处。《莎氏乐府本事》，共有二十篇，我译出的仅是《仲夏夜之梦》，《冬天的故事》，《随你欢喜》，《威尼斯商人》，《辛贝林》，《麦克俾斯》，《泼妇的驯服》等七篇；其他的十三篇，为张由纪先生所译。这二十篇中，玛利写了十四篇，除一篇《潘利烈》外，都是喜剧的故事，查理只写了六篇悲剧的故事。这是因为姊姊玛利特具写儿童文学书的天才的缘故。这书是一八〇七年出版的，也是使查理·兰姆成名的第一本书。此后，他们姊弟俩合作的书，还有：《李西斯脱太太的学校》，《小孩子们的诗》等。

他们写此书时，在一八〇六年，住在伦敦四法院之一的中院。在那年给一个朋友的信中，玛利·兰姆说过戏剧，小说，诗歌和"各色各样这一类蒸汽般的计划，盘旋于我的脑际"，结果，我们在查理于五月十日写给朋友的信中，便看见他说玛利已写完成六个故事了：

《澎湃的风潮》，《冬天的故事》，《仲夏夜之梦》，《无为的烦恼》，《佛龙耐的两个绅士》和《辛贝林》。而《威尼斯商人》也已在预备中。查理自己也写完了《伍守乐》和《麦克俾斯》，他还说他想把所有的莎翁悲剧都写成故事。

　　我们再看看玛利讲到写这些故事时的情形的话吧。她说："你会很欢喜看着我们呢，我们常常坐在一张桌上写作（但是不坐在同一个椅垫上的），好像《仲夏夜之梦》里的海米亚和海伦娜，或者，不如说像一个老文人大贝和乔安，我呢，闻闻鼻烟，他呢，总不住地在喃喃，说他一点也做不出，他说一点也做不出，一直说到做完了才止，这时，他才发现自己已做了一点出啦。"

　　查理在另外的一封信上，又说："玛利紧紧地固执着《善有善果》的一篇，她埋怨着说：'戴着男孩子的外表的女性的人物太多了。'她开始以为莎士比亚一定缺少想象力哪！我呢，为鼓励她起见（因为在进行她伟大的工作时，常常要气馁下去的），便告诉她这样一个剧本的确是做得极好，藉以使她高兴。但是她却固执着，所以，我便不得不答应帮助她。要帮助她，我就非放下了我的烟不可啦。"后来，玛利在一封信中告诉她的友人说："查理已把我告诉你那篇使我头痛的故事，读过了一遍，他以为这篇写得最最好：这篇故事就是《善有善果》啊。"最后，查理在一八〇七年一月二十九日，写信告诉当时的诗人华滋华斯说："今天我们写完了《莎氏乐府本事》。我们觉得她写的以一篇《潘利烈》为最好，我的，以《伍守乐》最好；不过我希望所有的故事都有一些好处。"

杨镇华　二十二年，五月，十四日。

——录自启明书局 1937 年初版

《深渊》 [①]

《深渊》译者小引

谢炳文 [②]

　　《深渊》是高尔基的纪念碑性的代表戏曲，在他的文学生涯上曾经是划了新时期的一部杰作。当契珂夫读到初稿时，曾寄书作者致贺，其中写道："我已经读了你的剧本。这是一部崭新的显然很好的作品。第二幕写得很好，这是最好的最有力的一幕。当我读着的时候，尤其是读到了末尾，我几乎喜欢得舞蹈起来。"

　　它自一九〇二年发表以后，仅仅数年间，单在莫斯科艺术剧院就公演了几百次；往后德、法、英、美、日本都曾相继上演，最近苏联和美国已把它编成了电影在银幕上出现了。从这些事实，就充分地说明了《深渊》的艺术价值和社会价值。

　　《深渊》所取的场面，是十九世纪俄罗斯下层社会的阴惨的生活。作者站在社会道德的见地，完全运用着绝对写实的笔调。他把陷入深渊中的人们的怨嗟，痛恨，愤激与苦恼，都赤裸裸地暴露了出来，丝毫没有加以粉饰或理想化。无疑的，作者是同情于他们的悲惨的命运，同情于他们对现存社会制度的敌意，以及他们的反抗的意志的。

---

① 《深渊》（今译《底层》），四幕剧，苏联高尔基（Maxim Gorky，1868—1936）著，谢炳文（封面署"林华译"，版权页"译述者"署"谢炳文"）译述，"世界戏剧名著"丛书之一，上海启明书局1937年1月初版。

② 谢炳文（1913—2009），原名焕章，字炳文，又名谢然之，笔名林华，浙江余姚人。早年就读于上海圣约翰大学附中，后入光华大学文学院、苏州东吴大学政治系、上海东吴大学法律学院。"左联"成员。1932年到赣南瑞金，担任《红色中华》主编，后任张闻天秘书长。1936年赴日本中央大学留学。1949年到台湾。另译有德国霍普特曼戏剧《沉钟》、高尔斯华绥《争斗》、美国房龙《圣经的故事》等。与钱公侠主编"世界戏剧名著"丛书。

然而作者却也知道他们是绝望了的人物，已经再也不能挽救他们自己，因为他们已经沉湎于酒色，养成了堕落和蔑视劳动的劣根性。

就剧中的人物而言，固然全是被深渊吞噬了的一群，但实际上他们却并未绝对地消失了探究人生的勇气。在这里，我们也还可以见到两种社会的乃至哲学的人生观底争斗。看吧，全剧的中心的葛藤，正在于个人主义与社会道德的冲突，尼采主义与基督教主义的论争上面呢。那浮浪汉莎青正是个人主义与尼采主义的代表者，而巡礼罗嘉老人却就是社会道德与基督教的代表者。他们各人都有一种理想的憧憬，各人都有自己对人生的看法。尤其是罗嘉老人，在全剧中算是最出色的一个人物，他企图用博爱，谦逊和服从运命这种种说教来感化同伴们，然而他的伦理观念在沉沦了的人们的心目中，委实是太渺茫太空虚了，所以他的说教，不仅没有达到积极的效果，甚至到最后，连催眠的作用也完全消失了。

至于《深渊》的形式，可说是属于挪威剧或西欧写实剧这类典型的，它特别近似于德国霍甫特曼的《织工》。这里，所描写的全是群众，却寻不出一个主人翁。这里，全篇都是取同一个步调，剧情并没有大的变化，同时舞台面所出现的人物的行动，也都是在一个主要倾向的支配之下发展的。再者，在剧作的技巧上，也是很特别的。《深渊》完全没有遵守现代戏剧的规律，一切批评家所说的法则，在这里是完全用不到的。正如托尔斯泰所批评的，高尔基的一切剧作，实在不能算是戏曲。便是在《深渊》里面，也是既无发端，亦无发展，甚至也没有所谓大团圆的。全剧人物，除了罗嘉以外，差不多自序幕以至第四幕，始终都处在种种不同的剧情中，所以剧情的意义，往往在一幕或二幕里面就终结了，它与其他的各幕，简直完全没有连络。有许多舞台家认为《深渊》可以把各幕分拆起来上演，其实也是绝可能的事呢。

《深渊》有人译做《夜店》，大概是取名于它的背景的原因吧。在俄文上原作"Na Dnye"，意思是"沉在底下"，日本昇曙梦译做"ドン底"，甚为恰当。我根据的是莫斯科艺术剧院脚本的英译本，题名："Lower Depths"。英译者，是美国著名的俄国文学研究者 Jennie Covan 女士。除了以英译为蓝本外，我曾经参照了原久一郎和昇曙梦的两种日译本。关于剧本的对白，尽量地采用了中国下层社会中的土话，这一点算是比较的能传达原文的神情。此外，第二第四两幕中的歌，原是伏尔加流域的民谣，经作者把新的歌词配上了原谱，就显得特别沉痛悲壮。这里照录了歌谱，以便读者按谱填词，在悲愤的时候可以放声歌唱一下。

　　最后要附记的就是：高尔基于一九三二年曾将《深渊》重加修改，但改得怎样暂时可不知道，容后当专文介绍。其次我这译稿是一九三一年完工的，因为人事仓忙，始终未曾问世，却想不到五年后的今日，竟是哀悼这位世界文学巨人的纪念品啊！　　谢炳文记于日本千叶海滨。

　　　　　一九三六年，七月，十八日。高尔基逝世周月纪念日。

　　　　　　　　　　　　　　　　　——录自启明书局 1937 年初版

《小学教员》①

《小学教员》陈序
陈荩民②

　　这个剧本，是法国现代著名的文学家巴若来先生的主要作品之

---

① 《小学教员》(*Topaze*)，戏剧，法国巴若来（Marcel Pagnol，今译帕尼奥尔，1895—1974）著，郑延谷翻译，徐仲年校阅，"中国文艺社丛书"之一，上海中华书局 1937 年 1 月初版。此书封面、书名页均标注"此译曾获民国二十五年上海中法联谊会文学竞赛奖金"。

② 陈荩民（1895—1981），浙江天台人。曾就学于北京高师，1921 年赴法国里昂中法大学学习，获理学硕士学位。回国后曾任职于浙江省立六中、暨南大学、北洋大学等。著有《高等数学教程》《高等数学基础》。

一。巴氏在一九二七年完成此书后，随即就在巴黎国立大戏院表演，当时受了社会上很好的批评；不久之后，又摄成了影片，风行于全欧洲。最近，又有英文，俄文，意文，德文的译本，由法国文学上有权威的作品，一进而为世界文学上，有权威的作品了！

这本书有三种重要的含义，值得我们注意的：第一，就是描写现在社会上，人心太坏，无上无下，无老无少，差不多个个都是一样；尤其是那些在政台上的达官比一般人更要坏。第二，就是描写那些钞票，一些小小的纸片，竟征服了全世界。第三，就是描写那些青年女士，她们的爱情，多半都是以钞票为转移的。一个男子，身上要有钞票，才有同女人讲恋爱的资格，若是钱包空了，还要追求女人，那你就十次有九次，要遭她们白眼的。

我的朋友郑延谷先生，他费了两个月的时间，把这世界文坛上有权威的剧本，译成中文，并将法文原本和中文译本，都交给了我叫我做一篇序文；我看了之后，觉得《小学教员》是现代社会的警钟，青年男女的明镜，大有裨益于"世道人心"的著作；所以我乐于把书中重要的含义介绍给读者；至于本书译笔的流畅和忠实，因为延谷先生是译著等身的文学家，早为读者所知，不再介绍了。

一九三六年，十二月陈茇民序于上海

——录自中华书局 1937 年初版

《小学教员》序

徐仲年

《小学教员》的法文原名是《屠伯斯》(*Topaze*)，因为剧中主人翁叫做屠伯斯，便取他的名字作为剧本名。我想，郑延谷先生把它改为《小学教员》，固然很醒目，如果再改为《私塾教员》，亦无不可：所谓梅氏小学也者，正是一所私塾。

本书原著者马赛儿·巴桌儿（Marcel Pagnol）先生，——一译巴若来——现今是很著名的了，不但在法国如此，在欧洲也如此，不但在欧洲如此，在全世界也如此。到而今，他的著作也有相当丰富了：有剧本，有小说；有独著的，有与人合写的。然而这本《小学教员》实在是他的发祥著作；他所得到的"名"与"利"，都以此为出发点。

根据一九三〇年调查，《小学教员》一书销去五万八千部；这个数目有些夸大，依照法国书店的习惯，还要打个七折，那么，实售四万零六百部。《小学教员》写成于一九二七年；初演于一九二八年十月九日，星期三晚上，在巴黎集锦剧院（Variétés）：这就是说，从一九二八年十月至一九三〇年，不到两年，销去四万余部：这，很可以自豪了罢！《小学教员》一经演出，接续演了二十八个月，简直没有中断过。在法国固然震烁一时，在世界各大都会也是如此。一九三一年，在一篇批评里，罗贝尔·杜·蒲泼郎（Robert de Beauplan）先生说："《小学教员》现在已有了传说；对于在物质上有非常的收获的剧本，自然会发生种种传说。世界各国都有了《小学教员》的译本，各戏院都扮演这本《小学教员》；——只有中国与土耳其没有译演罢？直到今日，收获的总数当在一万二千五百万法郎以上。"我还记得，一九三一年，中国大洋一元可买七个法郎，那么总收入合成一千七百八十五万七千余元；一九三六年，一元只可换四个法郎七十五生丁，姑且以五个法郎计算，合为二千五百万元！

以上还是一九三一年的总结；从一九三一年至今年一九三六年，又增添了多少收入呢？

在罗贝尔·杜·蒲泼郎先生喟叹："……只有中国与土耳其没有译演罢"之后五年，土耳其如何，我不知道；在中国，我亲自读过两种译本，其中一种——即郑延谷先生所译的——并且获得一九三六年度上海中法联谊会（Association amicable Sine-Française）文学奖金。

（关于奖金一事，请参考杏公虑：《薰风初起时的上海文化界》，登在《文艺月刊》九卷一期）。不久的将来，《小学教员》要跨上中国舞台的。

　　这是一部绝端受人欢迎的著作。但是，谁料到这部锋头如此之健的《小学教员》，当它未被集锦剧院收受之前，它的著者曾携了它叩过巴黎十一个大戏院经理之门而被拒绝呢？集锦剧院是第十二个被叩门的戏院；还是马克斯·莫莱（Max Naurey [Maurey]）先生有眼光，接收了这个剧本，而……发了一笔大财。

　　《小学教员》是一本讽刺剧，是一本喜剧其表，悲剧其实的著作。倘使没有抓住这两点，没有看清这两点，就不必读这部书，就不必观这本剧。否则呢，戴了灰色眼镜去看一切，势必误解这本剧本，误认它劝人为恶，鼓吹不道德的享受主义。

　　这也可以说是"屠伯斯堕落三部曲"：屠伯斯是一位十足的正人君子，在梅氏小学当教员，脑中装满："贫非罪恶"，"宁受恶苦，却不可作恶"，"懒惰为百恶之母"，"良好名誉比金腰带更值钱"，"黄金不会造成幸福"等等古色古香的思想，受尽校长梅施的剥削，被梅施女儿爱兰哄骗着，终究因为在分数上不肯作弊，被校长驱逐出门；这时，恰有一个政棍，某重要市政府参议爱济·贾士特-贝那克（Régis Castel-Bénac），为了要完成他的舞弊计划，找寻一个肯借用姓名的傀儡，屠伯斯原在贾士特家教过单人功课的，贾士特的情妇萧丽·古都怀（Suzy Coutois）主张利用屠伯斯做傀儡，屠伯斯未尝没有发觉贾士特的阴谋，却迷于萧丽的巧笑妙目，宁可咬紧牙齿忍受良心上的痛苦，低首下气地当了木偶；古谚说得好："近朱者赤，近墨者黑"，我们这个傀儡，经过了相当的薰陶，逐渐不傀儡，终至把看他当傀儡的贾士特摔倒了，占据了他的经售处，占据了他的一切，此时，屠伯斯真地堕落了。大概作者恐怕屠伯斯的甘心堕落，会引起读者反感，所以设法补救：在第四幕第八出内，提起了麻洛哥地皮的事，屠伯斯向萧丽说道："……这并不是一件不正当的事，在这事里面，自有回扣，和一切的殖民地事业无异，这是最合法，最有规律的。……"表示有才干的人，不走邪路也会赚钱，今后的屠伯斯要从正道上去弄钱了。

屠伯斯的魔君不是贾士特——一般人易作如是想——而是贾士特的情妇萧丽·古都怀。这位太太可以叫做"博同情的魔君"（démon Sympathique）：所谓"同情"，并非同情于她的出卖自己，她的为恶；却同情于她的身世，同情于她的不知恶之为恶而作恶。假使她生长在一个比较良好的环境里，以她的聪明，以她的美貌，一定有所造就，有所成功；——的确，女子能成功，美貌亦是一要素：一位有才无貌的女子想建立些事业，比一位有貌无才的女子要难得多，事实如此，喟叹也无用！无奈萧丽出身低微，偏不安命，不甘让环境毁灭自己，在千艰万难中挣扎，却没有武器（学识），只得出卖身子，做政客的情妇。当然，卫道之士不妨板起了面孔，这般那般责备她，——这套玩意儿我也会弄的；——可是，坐而说不如立而行，倘若卫道之士做了萧丽，我恐怕他的行动不见得比她来得高明，甚而还不如她咧！

至于贾士特这人，知恶作恶，知法犯法，最是卑鄙，最可恶。然而天下滔滔者皆是！自古迄今，所谓什么什么政体，泰半是分赃主义。贾士特之流，好像粪坑里的蛆，闹哄哄钻个不停，真是金钱无香臭，有奶便是娘！贾士特犹是小焉者也。

剧中其他人物，比贾士特更次要了，不足论。

这剧的价值在乎观察正确，描写细腻。

这是一本讽刺剧，也是一本心理剧。

写讽刺剧有两条大道：一条是把剧中人和剧中情节写得可笑，法文所谓 rendre ridicule，便是这个手法；另一条是用冷酷的手段，把人类的弱点暴露出来，讽刺的笔调是湖南人四川人吃辣椒，取来加味的。《小学教员》似乎走了后面一条路，但有时到第一条路上去兜个圈子，藉以调剂口味，使读者与看客的心不要时时浸在严重的空气里，为的恐怕辣椒太辣，辣坏了吃客的舌头。

　　欧战以后的世界，是一个不景气的世界：随时随地几乎随人都是不景气。金钱的势力，金钱的需要，因不景气而一天膨胀似一天。金钱，本是人类制造出来的东西，现今人类反做了金钱的奴隶：骗，偷，榨，劫，奸淫，杀伐，以及一切的罪恶，都与金钱有直接或间接的关系。屠伯斯，萧丽，贾士特，梅施，爱兰……都是黄金大斧下的羔羊！——虽同是羔羊，而毛色各异，例如贾士特，梅施，爱兰们的毛是黑色的，萧丽披的是灰色毛。

　　如果有人有胆量，有天才，尽可把这个偷生于金钱暴君治下的世界描写出来。不过无论他采取纵的写法也好，横的写法也好，他需要巨大的篇幅，众多的人物。这，小说体材最相宜；——本来已有小说家实行过或正在实行这种计划。至于剧本，虽则从浪漫派以来打破了三一律，可是，演员的多寡，演出时间的长短，究属有限止的，不能无穷尽地增加，不能无穷尽地拉长。所以，倘若用剧本来描写这个世界，只能开一个镜头，只能截取一个断片。然而马赛儿·巴臬儿先生在小小四幕之间，容纳下三个方面：小学界，法国外省政界——所谓："外省"，即指巴黎以外的地方，——以及"半世界"中的妇女——所谓："半世界"（demi-monde），即上海俗语所谓的"私门头"，无妓女形式暗底卖淫的妇女，——足见马臬儿先生心思灵敏，手腕经济。

　　在任何一国，小学教员最清苦。他们欲过好舒服生活而无钱，欲过最简单的生活而不可能。人家叫他们一声："教书先生"，便害了他们；他们不能过工友的生活，不是他们不愿意，也不是他们的薪水高出于工友的工资，——有时他们的月薪远不及工资，在中国也如此，——他们有他们的"地位"，他们有他们的"身分"："地位"与"身分"害得他们无钱也得撑场面，上不及天，下不落地，吊起在空中！然而这班可怜虫，正如未琢磨的白玉，最是纯洁，最是可敬。当然，他们之间不是没有败类；然而，即使他们有败类，也闯不出大祸来！第一幕中的屠伯斯，由我们看来，未免有些"迂"，未免有些"酸"。仔细一想，倘使全世界都是屠伯斯，生命便要狭小到使人窒息程度；反之，倘使全世界都是贾士特，我们还能生活么？所可惜的是恶的火焰，一天天炽煌，有吞食这些仅存的硕果的趋势！

贾士特是一个法国外省的政客，就是说他不在巴黎，也不在其他大城如里昂（Lyon），斯太斯堡（Strasbourg），博尔度（Bordeaux），而在次要的都市里。这种次要的都市，我真闭了眼睛都想象得出：狭小，狭小，狭小，自精神上至物质上，无往而不狭小。我们这位元凶大恶的贾士特，费尽心机，也只能徘徊于扫地机与小便池之间！

中国有句俗语，叫做："鹞子旺边飞"，很可以形容萧丽·古都怀。她的目的，她的人生观，她的所以卖身，无非为了"他（指贾士特），献给我一种阔绰的生活"（节录第三幕第二出）。若有一天"他No.1"不能供给她"阔绰的生活"，她自会投入"他No.2"的怀中，而且，依此类推。那么，萧丽是一个没灵魂的艳尸了？不，不。幸而她的灵魂还有苏醒的时候。

是的，萧丽的灵魂还有苏醒的时候。正因如此，我们尚能给她以同情；否则呢，我们早把她与贾士特同论了。她向来以"同情的呆子"看待屠伯斯：在她心目中，有赚钱的机会而不会也不愿利用，真是"呆"；然而这个呆子万分诚实，而且对于她未免有情，她也就谁能遭此而予以同情。在第三幕第二出中，屠伯斯窃听得"同情的呆子"的称呼，因而向萧丽生气；萧丽也天良发现，吐出这些真心话：

> ……你看我，我要把它（指银子）赚来，并且还要快快地赚来，不然我就死在我的欲望里面。你还要知道，走这条路，也不是容易的，人家不会白白给我钱。（粗暴）其实，你还有什么责骂我的地方呢？你骂我没有丈夫吗？唉！若是在二十岁的时候，

遇着了一个富人，他预备同我结婚，那我当然是很愿意的。但是，我那时是一个穷人。谁愿意来向我求婚呢？不过是铁匠的儿子，报贩，电车上的查票员。我若是同他们结了婚，我现在成了什么样的人呢？一定未老先衰，牙齿黄了，手也弄坏了。你看看我所保存的牙和手啦！

萧丽没有受过多大的教育，所以她的见解来得肤浅，她只知保存她的牙齿和手。然而她所陈述的"格"（le cas），正是士大夫所哀悼的"凤随乌"：其辞虽异，其情则同，都是十二分可悲的！

她又说：

我的亲爱的屠伯斯，我们把事情说明白了：是的，我很喜欢你，因为我看出你是很高尚的人，很伟大的人，同我父亲一样的老实人……他也只有一个小小的位置，比你从前的事还要小。他也像你一样，很忠实地尽职……他死的时候很穷，很穷……你看啦。这是我对你的同情，这是纯粹的同情，并不是爱情……

这也是很沉痛的话：一生真正老实，吃尽苦，到头来还死在穷困之中，如何不令人丧气？穷而不改志，真是高尚，真是伟大！虽则萧丽没有受过优良的教育，不知"君子固穷"，在道德上的真价值，然而她的良心并未完全麻木，她早已领略过"君子固穷"的苦味，因屠伯斯而回忆到死去的父亲，因死去的父亲而推爱及屠伯斯：这种种，一方面，使我们认清萧丽的本性是很美的；另一方面，正因我们认清了她的本性，对于她的由知识浅薄而来的错误行为，我们可以宽恕她。

她的父亲，老古都怀，是英雄还是被牺牲者？就他的富贵不动于中，尽忠守贞，贯彻始终而言，他当然是个英雄。不过，在一般人眼光中，功利主义较重，他又是一个被牺牲者。萧丽懂得他的父亲的高尚与伟大，——因而估计屠伯斯的高尚与伟大，——却心中未免想他有些"傻"，——所以屠伯斯也有些"傻"。她既承认她的父亲是一个被牺牲者，所以她心中只有英雄主义，看不起懦弱的人；你看，她向屠伯斯说："……我，就是想爱你，我也不许我去爱你。"

屠伯斯："为什么呢?"

她："因为你是一个懦弱人，并且很容易受骗，人家说什么，你就相信什么……。我需要一个男子，在生活上拖着我走；而你呢? 你是一只拖船，只会被人家拖啊!"

这是不错的：人生，不是我们去征服它，便是我们被它征服。英雄主义——只须不侵害他人——未尝没有价值。它的价值在乎走正路，以智与力胜人。若说贾士特之流，走邪路，寡廉鲜耻，即使能够成功，也出诸"投机"与"幸成"之途，不足为训!

至于萧丽说："我需要一个男子，在生活上拖着我走，"以及上面的：

屠伯斯："阔绰的生活! 哈! 你不过是一个人家包下的女子啦。"

萧丽："哦! 我也是同一切的女人一样，不论是丈夫或情人，有多大的区别呢?"

那是作者借着萧丽之口在那儿挖苦不能自立的女子!

作者对于屠伯斯的心理描写最下功夫，也最是成功。第一点，屠伯斯对于萧丽·古都怀的爱情的升降；第二点，良心与欲望的交战。

屠伯斯，一开始便爱萧丽，远在他到她家里教她的侄儿的时光，他向他的同事陶密资说："……老陶，我不知道什么缘故，恐怕是房内的装饰品太美丽，或是她的香水太冲人的关系，我每次同她谈了话后，我从记不起我究竟说了些什么"(第一幕第七出)，他已经有些"失头忘脑"(perdre latête) 了! 萧丽未尝不看出屠伯斯的心事来，当贾士特问她："呵! 呵! 他爱上了你吧?"她回答道："他看见了我，他就脸红起来，他简直连话也说不清了，现出那种痴呆而可笑的样子……"（第二幕第五出）：这是呼应上一幕的。

屠伯斯的所以甘当傀儡，纯是为了爱情。当然，贾士特试用屠伯斯，完全因为萧丽的介绍；萧丽实是屠伯斯的祸阶。——不过，屠伯斯中美人计不止一次，他也上了爱兰·梅施的当，为她改卷子，替她领学生出校散步。——等到杜好施（Roger de Tréville）这个破落户，因为生意被屠伯斯抢去，在屠伯斯面前讲了贾士特的坏话，屠伯斯愤然引退，还是萧丽勾住了他，说上一大篇半真半假的鬼话。于是屠伯斯自告奋勇，宛如中古时代的骑士，要保护这位美人，而……自己落了圈套。

直到第三幕第二出，屠伯斯才看穿了美人计，因为他窃听着萧丽与贾士特称他为"同情的呆子"，而且萧丽说："这个同情的呆子，与〔于〕我们很有益，所以在他的面前也要稍为表示点诣媚，敷衍敷衍他。"屠伯斯方才恍然大悟，勃然震怒，悄然兴悲。可是，他还是爱她：

> 呵！呵！萧太太，你不要装痴呵！我对你的好感，你自己还知道在我之先。并且你还利用了我这种好感，用了一个聪明的鬼计，把我陷在今日的这个痛苦的境内。你看我傻到这般地步；我虽则都知道了，可是心还不死；我恨你，却又爱你！……

单恋到了这个"虽死无怨"的地步，可以说是白热了吧。似乎此后两人的结合是极自然的趋向，谁知作者又故弄玄虚呢？

屠伯斯摔倒了贾士特，占据了贾士特的一切，乘着胜利余威，与萧丽对坐谈"心"，他已找到了一位"时髦的出名女人，见得世面，还要在我的雅致的家里接待我的朋友"；而且她的头发是棕色的，面貌很美，中等身材："她的情人才离了她，她或许只要我说出一个字就可以倒在我的怀中。"这位女士是谁呢？此时，萧丽正与贾士特吵过了嘴，贾士特一怒而去，在这种情形之下，谁都会猜屠伯斯所选中女子是萧丽自己。萧丽也如此想，所以自抬身价，批评屠伯斯是"一个自信自夸的呆子。你硬不相信，你就去对她说，你去试试看"，——意思便是："你不妨向我开口。"青天吊下一个霹雳，他所选中的是马丹男爵的情妇伍苔脱！

这一下，萧丽大大吃惊：这只"拖船"简直倒撞过来，"懦弱人"反而使出铁拳头来！她不得不心折，不得不投降了：

萧丽："这真是蠢极了！你在我的面前，玩出这样的把戏，你是看我不起吗？你现在希望怎样呢？"

哈哈！屠伯斯看不起萧丽：活见鬼！铁拳头来了：

屠伯斯（粗暴）："一点不希望，我还有什么可以希望呢？你曾看得我太穷，太不懂世事。我决不会得你的欢心。我只能做一个永远的同情的呆子。"

春云稍展：

萧丽（很温和地）："同情的。"

余音绕梁：

屠伯斯（伤心地）："但是呆子。"

《三字经》上的："人之初，性本善；性相近，习相远"，这几句好像专为屠伯斯而写的。从第一幕第一出到第二幕第十出，随在表示屠伯斯是个"死好人"：第一幕中的受爱兰之骗，拒绝分数作弊而被逐；第二幕中听了杜好施的谗言尚且替贾士特抱不平……在第二幕第十一出里，他听了萧丽的一篇"可怜的历史"，便踏上斜坡，一步步向火坑陷落。第一次挣扎：

屠伯斯："啊！这是多么复杂的事！多么黑暗的事！与良心多么冲突的事！啊！倘使我有时间把里面的'好''坏'分个清楚！……多么卑鄙的事！"

第三幕第一出，整出形容屠伯斯的畏惧：内愧与怕法院发觉交战于心中，然而著者用极经济的手段，略一点缀，文章便急转直下，到第二出又紧张起来：屠伯斯窃听得萧丽称他为"同情的呆子"，使他大大地伤心；——贾士特也呼他为"同情的呆子"，但使这位单恋者悲伤的不是贾士特。此处有绝大的挣扎：

> 屠伯斯：是它（指良心）自己追着我，找着我，围着我！我所犯的千斤重的罪恶，要把我压碎了。我每天虽坐在这办公室内，但是，我觉得外面四处，都在攻击我！……就是今天早晨，我把身子靠在这个窗子上，还看见外面有三辆扫地机走过去。那机器的前面，钉着一块牌子，上面把我的名字，很大的字，镀着镍："屠伯斯式"。太阳照在那透亮的牌子上，反射着我，使我非把眼睛闭下不可；我就向后面一退，把窗门关了；但是那些机器的声音，还是灌着我的耳朵。你（指萧丽）知这些机器对我说些什么？它们喊道："骗子！骗子！骗子！"同时那机器上的刷子，擦着路上的石头叫道："屠骗子！屠骗子！"

这是一段绝好，绝动人的文章；它的感动力不下于同幕同出萧丽所说的伤心话，"……你看我，我要把它（指金钱）赚来，……"（见上面所引。）

这可以说是屠伯斯良心谴责的焦点。

"春蚕到死丝方尽，蜡炬成灰泪始干"，屠伯斯既然尝了这杯爱情苦酒，就难放下杯来，正所谓（boire jusqu'à la lie），非饮至糟粕不止，堕落是堕落定的了！就在这出里，贾士特第一次委托屠伯斯单独接洽那尿池子的事情。

不论写悲剧或写喜剧，万万不可使空气从头紧张到尾，这是最蠢的手法；第一因为"紧张"与"松弛"是从比较而来的，没有松弛便陪衬不出紧张；第二因为观客的注意力不能时时刻刻兴奋，必需予以休息，然后再可集中。此处，第三幕第二出是很紧张的，第三出便和缓下来，第四出又复紧张，第五出承第四出而解释它。屠伯斯在第四出中，只有恐惧，只有虚惊；言语之间，他已不思振作，垂头丧气，准备人家来科罚他：这是从被动的作恶，到主动的作恶，从良心的谴责到良心的默认的紧要关头。

在第三幕第六出里，当那个老头儿来要挟的时候，屠伯斯颇想自杀，却又不敢下手。正当他进退维谷，忽然来了救星：贾士特轻描淡写把事情解决了。屠伯斯看在眼中。

屠伯斯向梅施的一席话，证明他始终是一个老实人（第九出）；然而他的对付送上门来的爱兰，足见他已今非昔比了（第十出）！

贾士特始终是一个傻瓜，他看不出屠伯斯的转变：他以为屠伯斯是不过如此，所以想请屠伯斯走路。屠伯斯想要留在那儿"学学"，而吐出一句惊人的话来：

　　　　——人生的真义或许和我以前所想象的不同，你的看法或许是对的（第十一出）。

向贾士特的人生观表同情，无异向"罪恶"投降！此后的屠伯斯另有一番面目。——说不定屠伯斯在贾士特面前装傻，为的要多学点经验，使人家不疑心他。

贾士特始终是一个傻瓜，我再复述一句，因为屠伯斯私下进行麻洛哥的事，他还蒙在鼓里，一些也不知道（第四幕第一出）！屠伯斯逐渐跋扈，在贾士特口中说出："他一点也不怕我了，那是事实。"

暴风雨终究要降临的，正如屠伯斯终究要摔倒贾士特一样。毛病出在麻洛哥的事身上：

························

萧丽："麻洛哥的事也在里面吗？"

贾士特："真的，麻洛哥的事是些什么？"

屠伯斯：(很严厉)"这是私人的。"

贾士特："怎么，私人的？"

屠伯斯："就是说与你没有关系。"

这是起身炮！

屠伯斯："……这个比较，就是证明你的利益太好，即使从今天起停了，也是很不差了。"

贾士特："为什么要停止呢？"

屠伯斯(微笑)："因为我想把这个办事处，收为我所有。从今天以后，这个经售处是属于我了。我赚的钱都归我。假若以后有什么事要同你合作，我可以抽百分之六给你，但是绝对只有百分之六。"

这一炮，送了贾士特的终，也送了屠伯斯自己的终：在道德上，清清白白的屠伯斯已判死刑了！

从一八三〇起，法国剧界很有几本划时代的著作，最重要的是：禹古（Victor Hugo, 1802—1885）的《爱尔那宜》(Hernani, 一八三〇)，小仲马（Alexandre Dumas fils, 1824—1895）的《茶花女》(la Dame aux Camélias, 小说成于一八四八，剧本成于一八五二)，贝克（Henry Becque, 1837—1899）的《群鸦》(Corbeaux, 一八八二)，以及我们这本《小学教员》。《爱尔那宜》与《茶花女》相隔二十二年，《茶花女》与《群鸦》相隔三十年，《群鸦》与《小学教员》相隔四十六年。

《爱尔那宜》是浪漫派的典型作；《茶花女》是写实派的典型作；《群鸦》代表了自然派；《小学教员》代表了心理派。这些一脉相传，虽则派别不同，而演变的痕迹不难找出。浪漫派把"情感"从古典派的铁爪下解放出来，然而不羁的野马转瞬间嚣张到了不得。于是写实派取而代之。可是，写实派也犯了夸张过实的毛病，左拉（Emile Zola，1840—1902）的自命"科学化"的小说，满含"想当然耳"的所在。自然派以 décrire les choses telles qu'elles sont 为旗帜，宛如摄影机，把目的物摄下来便得，不再加以修饰。无奈他们的镜头往往只朝着社会中腐败的一方面，而忽略了善与美的方面。至于心理派，由自然派蜕化出来，根据真正的科学智识，发掘人心之秘，尝试解答人生之谜。

《群鸦》与《小学教员》的性质很相近。《群鸦》①描写一个厂长死后，他的寡妇子女受尽恶人（群鸦）的磨折，直至他的二小姐忍痛嫁给群鸦之一，一个六十岁的老头子为止。这是一个人生断片，一个血淋淋的人生断片，不用修饰，也论不到章法，只是平铺直叙地写去。

《小学教员》则不然，心理的描写，当然是特色；其它如篇幅的支配，次要人物的陪衬，观众兴奋的调剂，……都经过长度的思量。如果《群鸦》是一块未经雕琢的璞，那么，《小学教员》是一方既经切磋的玉。

从《群鸦》到《小学教员》，我相信是有进步的。

可是，不论在《群鸦》，不论在《小学教员》，悲世的成分未免太重了罢！

　　　　　　　　上海；十七，七，一九三六，校后书，徐仲年。

　　　　　　　　　　　　　　——录自中华书局 1937 年初版

---

① 读王维克译：《法国名剧四种》(商务印书馆)；余上沅《〈群鸦〉与自然派的戏剧》(见《文艺月刊》，九卷一期)。——原注

《小学教员》译者序

郑延谷

这本书的原名，本来是《屠伯斯》(*Topaze*)，因为屠伯斯是一位小学教师，所以译本的名称，就改为《小学教员》，因为用这个名字，意义现得更明显些。

这个译本，在获得中法联谊会文学竞赛奖金后，正预备付印时，忽接徐仲年先生来信，说他极愿意把这本书，编入"中国文艺社丛书"，并愿为之校阅，我当感谢他。

这个剧本的作者，与我上次所译的《渔光女》之作者，是一个人——巴若来——，巴先生的思想，我在《渔光女》的序文上，已经说过了，无所谓偏于左，也无所谓偏于右，他是根据现在社会的实在情形，运用他灵敏的文笔，把社会的毛病完全写出来。不过在他的剧本上，确实含了几分很有刺激性的辣椒和芥末。《小学教员》同《渔光女》的用意，都是把现代确实值得咒骂的社会写出来，所以读了《小学教员》的，必须再读《渔光女》，读了《渔光女》的，也必须再读《小学教员》。

在《小学教员》这本书里面的内容，是描写金钱的万能，和它的罪恶。在今日的社会上，人生一切的幸福，都以金钱为转移。我们如果有了它，那末，舒服的生活，美丽的太太，光荣的名誉，高贵的地位……都随时可以办得到。因为金钱的力量有这么大，所以现在的人，个个都拼命地向金钱路上走，除了它，以外的一切都完了！在今日的社会上，所以我们很少遇见女人的真爱情，也很少遇见朋友的真信义，也很少遇见人们的真良心。至于以外的一切道德，更是破产！为甚么以前的好道德，到了今日都失了效用呢？为甚么今人比古人坏呢？就是那些钞票的魔力所使然。

"先生，请看今日的社会，如果它再继续地下去，那些好人要被它灭尽！"这是巴若来先生记下的，一个少年剃头匠的话。真是不错，现在的好人，在社会上是站不住的。他的前途，只有下列三条路：第一条：是同屠伯斯样，本来的正人君子，结果变成了欺诈的小人。第二条：是低头吃苦，做那垂着耳朵的猪头三，结果是穷，饿，病，死！第三条：是被人骑在背上，耸起耳朵向前冲的驴子，结果是流汗，喘气，倒地，四肢一直，呜呼哀哉！

记得我们乡下，有一个六十多岁的老书呆子，有一次他对我说道："在现时代的男女，十有九是坏东西！"他这句话，我们不必去责骂他说得太凶，因为他是一个呆子，我们多少总可以原谅他几分。可是以巴若来的剧本，和那位剃头匠的话看来，在欧洲既是如此，在中国又何尝不是如此呢？所以老书呆子的话，也不一定是错的。

我们看得今日的世界，虽有这么样广大，这么样复杂，其实也只是一些极简单的小小纸片——钞票——，在那里指挥一切，征服一切！

喂！喂！诸位读者！我问你们几句笑话：你们读了《小学教员》和《渔光女》后，你们会不会感想到"万物之灵"的我们之可怜？时时被那些无知无觉的小纸片压迫，个个做了它的奴隶！这是一件多么好笑的事！

一九三六年，七月三十日郑延谷序。

——录自中华书局 1937 年初版

书名索引

作者索引

W

X

Y

Z

图书在版编目(CIP)数据

汉译文学序跋集. 第十二卷,1936—1937/李今主
编;樊宇婷编注. —上海:上海人民出版社,2022
ISBN 978 - 7 - 208 - 17651 - 5

Ⅰ.①汉⋯ Ⅱ.①李⋯ ②樊⋯ Ⅲ.①序跋-作品集
-中国-近现代 Ⅳ.①I265

中国版本图书馆 CIP 数据核字(2022)第 038869 号

特约编辑 屠毅力
责任编辑 陈佳妮
装帧设计 张志全工作室

汉译文学序跋集

第十二卷(1936—1937)
李　今 主编
樊宇婷 编注

出　　版　上海人民出版社
　　　　　（201101　上海市闵行区号景路 159 弄 C 座）
发　　行　上海人民出版社发行中心
印　　刷　上海商务联西印刷有限公司
开　　本　890×1240　1/32
印　　张　71.25
插　　页　10
字　　数　1,783,000
版　　次　2022 年 11 月第 1 版
印　　次　2022 年 11 月第 1 次印刷
ISBN 978 - 7 - 208 - 17651 - 5/I·2017
定　　价　360.00 元(全五册)